T0270185

DEIDAD

SAGA COVENANT

DEIDAD

JENNIFER L. ARMENTROUT

Traducción de Marta Carrascosa

Argentina – Chile – Colombia – España
Estados Unidos – México – Perú – Uruguay

Título original: *Deity*
Editor original: Jennifer L. Armentrout
Traducción: Marta Carrascosa

1.ª edición: agosto 2024

Derechos de traducción gestionados por Taryn Fagerness Agency
y Sandra Bruna Agencia Literaria, SL.
Reservados todos los derechos.
© 2012 *by* Jennifer L. Armentrout
All Rights Reserved
© de la traducción 2024 *by* Marta Carrascosa
© 2024 *by* Urano World Spain, S.A.U.
Plaza de los Reyes Magos, 8, piso 1.º C y D – 28007 Madrid
www.mundopuck.com

ISBN: 978-84-19252-85-2
E-ISBN: 978-84-10159-71-6
Depósito legal: M-14.894-2024

Fotocomposición: Urano World Spain, S.A.U.

Impreso por: Rodesa, S.A. – Polígono Industrial San Miguel
Parcelas E7-E8 – 31132 Villatuerta (Navarra)

Impreso en España – *Printed in Spain*

*Para Kayleigh-Marie Gore, Momo Xiong, Valerie Fink,
Vi Nguyen y Angela Messer por ser las mayores fans de
la saga Covenant y las primeras en responder en Twitter.
Y para Brittany Howard y Amy Green de la YA
Sisterhood, por ser, bueno, simplemente increíbles.
Y a la familia Greer, por ser la primera familia oficial
de la saga Covenant.*

Capítulo 1

La seda roja me llegaba hasta las caderas y se convertía en un corpiño ajustado que me acentuaba las curvas. Llevaba el pelo suelto, que caía sedoso alrededor de mis hombros, como los pétalos de una flor exótica. Las luces del salón de baile reflejaban cada ondulación de la tela, de manera que, a cada paso, parecía que florecía del fuego.

Él se detuvo con los labios entreabiertos, como si el mero hecho de verme lo hubiera vuelto incapaz de hacer otra cosa. Un rubor cálido se apoderó de mi piel. Esto no acabaría bien, no cuando estábamos rodeados de gente y él me miraba de esa manera, pero no podía marcharme. Este era mi lugar, con él. Esa hubiera sido la elección correcta.

La elección que... no había tomado.

A mi alrededor, los bailarines se volvían más lentos, sus rostros ocultos tras deslumbrantes máscaras adornadas con joyas. La inquietante melodía que tocaba la orquesta se coló bajo mi piel y se me metió en los huesos cuando los bailarines se separaron.

Nada se interponía entre nosotros.

Intenté respirar, pero él no solo me había robado el corazón, sino también el aire que necesitaba.

Estaba allí de pie, vestido con un esmoquin negro ajustado a las firmes líneas de su cuerpo. Una sonrisa ladeada, llena de picardía y despreocupación, curvaba sus labios mientras se inclinaba por la cintura y extendía el brazo hacia mí.

Me temblaron las piernas al dar el primer paso. Las luces centelleantes iluminaban el camino hasta él, pero incluso en la oscuridad lo hubiera encontrado. El latido de su corazón sonaba igual que el mío.

Ensanchó la sonrisa.

Ese fue el único empujón que necesité. Me dirigí hacia él, con el vestido cayendo detrás de mí en un río de seda carmesí. Se enderezó y me agarró por la cintura mientras yo le rodeaba el cuello con los brazos. Apoyé el rostro en su pecho, impregnándome del olor a mar y hojas quemadas.

Todos nos miraban, pero daba igual. Estábamos en nuestro mundo, donde solo importaba lo que nosotros queríamos, lo que habíamos deseado durante tanto tiempo.

Se rio por lo bajo mientras me hacía girar. Mis pies ni siquiera tocaban el suelo del salón.

—Qué imprudente —murmuró.

Sonreí a modo de respuesta; sabía que en lo más profundo le encantaba esa parte de mí.

Me dejó sobre mis pies, me agarró una mano y me puso la suya en la parte baja de la espalda. Cuando volvió a hablar, su voz era un susurro bajo y sensual.

—Estás preciosa, Alex.

Se me encogió el corazón.

—Te quiero, Aiden.

Me besó en la coronilla y luego empezamos a girar en círculos vertiginosos. Poco a poco, las parejas se nos unieron y vislumbré sonrisas amplias y ojos extraños tras las máscaras: ojos completamente blancos, sin iris. La inquietud se extendió. Esos ojos… sabía lo que significaban. Nos desviamos hacia una esquina, donde oí suaves gritos procedentes de la oscuridad.

Me asomé al rincón del salón de baile que estaba sombrío.

—¿Aiden...?

—Shh. —Deslizó la mano por mi columna y me acarició la nuca—. ¿Me quieres?

Nuestros ojos se encontraron y se quedaron ahí.

—Sí. *Sí.* Te quiero más que a nada.

La sonrisa de Aiden se desvaneció.

—¿Me quieres más que a él?

Me quedé inmóvil en ese abrazo repentinamente laxo.

—¿Más que a quién?

—Que a él —repitió Aiden—. ¿Me quieres más que a él?

Volví a mirar más atrás, hacia la oscuridad. Aman nos daba la espalda. Estaba pegado a una mujer, con los labios sobre su garganta.

—¿Me amas más que a él?

—¿Que a quién? —Intenté acercarme, pero me detuvo. La incertidumbre floreció en mi vientre cuando vi la decepción en sus ojos plateados—. Aiden, ¿qué pasa?

—No me quieres. —Dejó caer las manos y dio un paso atrás—. No si estás con él; no si lo has elegido.

El hombre se giró por la cintura, de cara a nosotros. Seth sonrió, en su mirada se podía ver un mundo de oscuras promesas. Promesas que yo había aceptado, que yo había elegido.

—Tú no me quieres —dijo Aiden de nuevo, desvaneciéndose entre las sombras—. No puedes. Nunca pudiste.

Me acerqué a él.

—Pero...

Era demasiado tarde. Los bailarines se acercaron a mí y me perdí en un mar de vestidos y susurros. Los empujé, pero no pude abrirme paso; no encontraba a Aiden ni a

Seth. Alguien me empujó y caí de rodillas, con la seda roja desgarrándose. Llamé a gritos a Aiden y luego a Seth, pero ninguno hizo caso a mis súplicas. Estaba perdida, veía caras ocultas tras las máscaras, unos ojos extraños. *Conocía esos ojos.*

Eran los ojos de los dioses.

Me incorporé en la cama sobresaltada, con una fina capa de sudor cubriéndome el cuerpo mientras el corazón seguía intentando salírseme del pecho. Pasaron varios segundos hasta que mis ojos se adaptaron a la oscuridad y reconocí las paredes desnudas de mi dormitorio.

—¿Qué demonios? —Me pasé el dorso de la mano por la frente húmeda y caliente. Apreté los ojos llorosos.

—¿Mmm? —murmuró un Seth medio despierto.

Estornudé en respuesta, una vez y luego dos.

—Qué sexy. —Buscó a ciegas la caja de pañuelos—. No puedo creer que sigas enferma. Ten.

Suspiré, acepté los pañuelos y apreté la caja contra el pecho mientras sacaba unos cuantos.

—Es culpa tuya... ¡*achís*! Fue tu maldita idea ir a nadar con... ¡*achú*!... cinco grados, cara de culo.

—Yo no estoy enfermo.

Me limpié la nariz, esperé unos segundos más para asegurarme de que había terminado de estornudar como una loca y dejé caer la caja al suelo. Los resfriados eran una mierda. En mis diecisiete años de vida, nunca me había resfriado hasta ahora. Ni siquiera sabía que *podía* resfriarme.

—¿No eres tan condenadamente especial?

—Ya lo sabes —respondió.

Me giré por la cintura y miré la nuca de Seth. Casi parecía normal con la cara apoyada en una almohada, *mi* almohada. No parecía alguien que fuera a convertirse en un Asesino de Dioses en menos de cuatro meses. Para nuestro mundo, Seth era como cualquier criatura mitológica: hermoso, pero en la mayoría de los casos mortal.

—He tenido un sueño muy raro.

Seth rodó sobre su costado.

—Venga. Vuelve a dormirte.

Desde que habíamos vuelto de Catskills, hacía una semana, había estado pegado a mí como nunca antes. No es que no entendiera por qué, con todo el tema de las furias y que había matado a un puro. Lo más probable es que nunca volviera a perderme de vista.

—De verdad que tienes que empezar a dormir en tu cama.

Giró la cabeza un poco. Una sonrisa somnolienta se dibujó en su rostro.

—Prefiero tu cama.

—Y yo preferiría que celebrásemos la Navidad aquí, y así recibiría regalos y cantaría canciones navideñas, pero no consigo lo que quiero.

Seth tiró de mí hacia abajo, sujetándome con el brazo.

—Alex, yo siempre consigo lo que quiero.

Un escalofrío me recorrió la piel.

—¿Seth?

—¿Sí?

—Estabas en mi sueño.

Abrió un ojo ambarino.

—Dime que estábamos desnudos, por favor.

Puse los ojos en blanco.

—Eres un pervertido.

Suspiró de forma lúgubre mientras se acercaba.

—Me lo tomaré como un no.

—Harías bien. —Incapaz de volver a dormirme, empecé a morderme el labio. Había muchas preocupaciones a las que mi cerebro daba vueltas—. ¿Seth?

—¿Mmm?

Lo vi acurrucarse más en la almohada antes de continuar. Había algo encantador en Seth cuando estaba así, una vulnerabilidad y una masculinidad que faltaban cuando estaba completamente despierto.

—¿Qué pasó cuando luché contra las furias?

Abrió los ojos en finas rendijas. Me lo había preguntado varias veces desde que habíamos vuelto a Carolina del Norte. El tipo de fuerza y poder que había desplegado al enfrentarme a los dioses era algo que solo Seth, como Apollyon hecho y derecho, debería de haber sido capaz de hacer.

¿Siendo una mestiza que no había Despertado? Bueno, no tanto. Las furias deberían haberme dado una paliza.

Seth apretó los labios.

—Vuelve a dormir, Alex.

Se negó a contestarme. Otra vez. La ira y la frustración afloraron en mí. Me quité su brazo de encima.

—¿Qué es lo que no me estás contando?

—Estás paranoica. —Volvió a dejar caer el brazo sobre mi estómago.

Intenté zafarme de su agarre, pero este se hizo más fuerte. Apretando los dientes, rodé sobre mi costado y me acomodé a su lado.

—No estoy paranoica, imbécil. Pasó algo. Ya te lo he dicho. Todo… todo parecía ámbar. Como el color de tus ojos.

Soltó un largo suspiro.

—He oído que la gente en situaciones de alto estrés aumenta su fuerza y sentidos.

—No era eso.

—Y que la gente puede sufrir alucinaciones bajo presión.

Eché el brazo hacia atrás, esquivando su cabeza por poco.

—Yo no tuve alucinaciones.

—No sé qué decirte —Seth levantó el brazo y rodó sobre su espalda—. Como sea, ¿vas a volver a clase por la mañana?

Al instante, una nueva preocupación se apoderó de mí. Ir a clase significaba enfrentarme a todo el mundo sin mi mejor amigo. A Olivia. Sentí una gran presión en el pecho. Cerré los ojos con fuerza, pero apareció el rostro pálido de Caleb, con los ojos abiertos y sin vida, con una daga del Covenant clavada en el pecho. Era como si solo pudiera recordar cómo era de verdad en sueños.

Seth se incorporó y sentí que me taladraban la espalda con la mirada.

—¿Alex...?

Odiaba nuestro vínculo superespecial, detestaba por completo que todo lo que yo sentía le llegase. La intimidad ya no existía. Suspiré.

—Estoy bien.

No respondió.

—Sí, voy a ir a clase por la mañana. A Marcus le va a dar un ataque cuando vuelva y se dé cuenta de que no he ido a clase. —Me tumbé boca arriba—. ¿Seth?

Inclinó la vista hacia mí. Las sombras cubrían sus rasgos, pero sus ojos atravesaban la oscuridad.

—¿Sí?

—¿Cuándo crees que volverán ellos? —Con *ellos* me refería a Marcus y Lucian... y a Aiden. Se me cortó la respiración. Sucedía cada vez que pensaba en Aiden y en lo que había hecho por mí... lo que había arriesgado.

Inclinándose sobre un costado, Seth se acercó a mí y me agarró la mano derecha. Sus dedos se enredaron con los míos, palma con palma. Sentí un hormigueo en la piel. La marca del Apollyon —la que no debería estar en mi mano— se encendió. Me quedé mirando nuestras manos entrelazadas, sin sorprenderme en absoluto cuando vi las tenues líneas, también marcas del Apollyon, que subían por el brazo de Seth. Giré la cabeza y observé cómo las marcas se extendían por su rostro. Parecía que sus ojos se iluminaban. Últimamente lo hacían mucho más, tanto las runas como sus ojos.

—Lucian dijo que volverían pronto, quizá hoy mismo. —Muy despacio, movió la yema de su pulgar por la línea de la runa. Se me curvaron los dedos de los pies y hundí la mano libre en las mantas. Seth sonrió—. Nadie ha mencionado al Guardia sangre pura. Y Dawn Samos ya ha regresado. Parece que la compulsión de Aiden funcionó.

Quería apartar la mano. Era difícil concentrarse cuando Seth jugaba con la runa de mi palma. Por supuesto, él lo sabía. Y con lo tonto que era, le gustaba.

—Nadie sabe lo que pasó en realidad. —Ahora trazaba la línea horizontal con el pulgar—. Y así seguirá siendo.

Cerré los ojos. La verdad de cómo había muerto el Guardia sangre pura tendría que permanecer en secreto, o tanto Aiden como yo nos meteríamos en problemas muy serios. No solo habíamos estado a punto de acostarnos durante el verano —y luego no se me había ocurrido nada mejor que ir y decirle que lo quería, cosa que estaba *totalmente* prohibida—, sino que también había matado a un sangre pura en defensa propia. Y Aiden había utilizado la compulsión con dos puros para encubrirlo. Matar a un puro significaba la muerte para un mestizo, sin importar la situación, y un puro tenía prohibido usar la compulsión en otro puro. Si *algo* de eso salía a la luz, ambos estaríamos bien jodidos.

—¿Eso crees? —susurré.

—Sí. —Sentí el cálido aliento de Seth en la sien—. Duérmete, Alex.

Dejando que la relajante sensación de su pulgar contra la runa me arrullase, volví a dormirme, olvidándome por un momento de todos los errores y de las decisiones que había tomado en los últimos siete meses. Mi último pensamiento consciente fue mi mayor error: no el chico que tenía a mi lado, sino el que nunca podría tener.

En un día bueno y normal odiaba la clase de Trigonometría. Me parecía que la asignatura al completo no servía para nada. ¿A quién le importaban las identidades pitagóricas cuando iba al Covenant para aprender a matar cosas? Pero hoy mi odio hacia la clase había alcanzado un récord histórico.

Casi todo el mundo me miraba, incluso la señora Kateris. Me hundí en el asiento, con la nariz metida en el libro que no leería ni aunque Apolo bajara y me lo exigiera. Solo había un par de ojos que me afectaban de verdad. Los demás se podían ir a la mierda.

La mirada de Olivia era intensa, condenatoria.

¿Por qué? ¿Por qué no podíamos cambiarnos de sitio? Después de todo lo que había pasado, sentarse a su lado era la peor de las torturas.

Me ardían las mejillas. Me odiaba, me culpaba de la muerte de Caleb. Pero yo no había matado a Caleb, lo había hecho una daimon mestiza. Yo solo había facilitado que se escabullera por un campus en el que había un toque de queda por lo que resultó ser una muy buena razón.

Así que, en cierto modo, fue culpa mía. Lo sabía, y dioses, haría cualquier cosa por cambiar lo que pasó aquella noche.

Posiblemente, el arrebato de Olivia en el funeral de Caleb era la razón por la que todos los demás seguían mirándome de reojo. Si no recordaba mal, creo que gritó algo como «eres el Apollyon» mientras yo la miraba.

En el Covenant de Nueva York, en Catskills, los mestizos pensaban que era bastante guay, pero aquí… no tanto.

Cuando me encontré con sus miradas, no apartaron la vista lo bastante rápido como para ocultar su inquietud.

Al final de la clase, metí el libro en la mochila y salí a toda prisa por la puerta, preguntándome si Deacon hablaría conmigo en la siguiente clase. Deacon y Aiden eran polos opuestos en casi todo, pero tanto Aiden como su hermano pequeño parecían ver a los mestizos como iguales, algo que era extraño entre los de sangre pura.

Los susurros me seguían por el pasillo. Ignorarlos era más difícil de lo que había imaginado. Cada célula de mi cuerpo exigía que me enfrentara a ellos. ¿Y hacer qué? ¿Saltar sobre ellos como un mono araña chiflado y acabar con todos? Sí, no me haría ganar ningún admirador.

—¡Alex! ¡Espera!

Se me contrajo el corazón al oír la voz de Olivia. Aceleré el paso, prácticamente llevándome por delante a unos cuantos mestizos más jóvenes que me miraban aterrorizados y con los ojos muy abiertos. ¿Por qué me tenían miedo? Yo no era la que iba a convertirse pronto en Asesina de Dioses. Pero no, a Seth lo miraban como si *fuese* un dios. Unas puertas más y podría esconderme en Verdades y Leyendas Técnicas.

—¡Alex!

Reconocí el tono de Olivia. Era el mismo que solía usar cada vez que Caleb y ella estaban a punto de tener una de sus peleas: decidida y testaruda como el demonio.

Mierda.

Estaba justo detrás de mí y yo estaba a un paso de mi clase. No iba a llegar.

—Alex —dijo—. Tenemos que hablar.

—No voy a hacer esto ahora. —Que me dijeran que era culpa mía que Caleb estuviera muerto no estaba realmente en lo más alto de la lista de cosas que quería oír hoy.

Olivia me agarró del brazo.

—Alex, tengo que hablar contigo. Sé que estás enfada-da, pero no eres la única que tiene derecho a echar de menos a Caleb. Yo era su novia…

Dejé de pensar. Me di la vuelta, dejé caer mi bolsa en medio del pasillo y la agarré por el cuello. En un segundo, la tenía contra la pared y de puntillas. Con los ojos muy abiertos, me agarró del brazo y trató de empujarme.

Apreté un poco.

Por el rabillo del ojo vi a Lea, ya sin el brazo inmoviliza-do. La daimon mestiza que le había roto el brazo era la mis-ma que había matado a Caleb. Lea dio un paso adelante, como si quisiera intervenir.

—Mira, lo entiendo —susurré con voz ronca—. Que-rías a Caleb. ¿Y sabes qué? Yo también. Y también lo echo de menos. Si pudiera volver atrás en el tiempo y cambiar esa noche, lo haría. Pero no puedo. Así que, por favor, dé-jame…

Un brazo del tamaño de mi cintura salió disparado de la nada y me hizo retroceder un metro y medio. Olivia se des-plomó contra la pared, frotándose la garganta.

Me di la vuelta y gruñí.

Leon, el rey de la inoportunidad, me fulminó con la mirada.

—Necesitas una niñera profesional.

Abrí la boca, pero luego la cerré. Considerando algu-nas de las cosas que Leon había interrumpido en el pasa-do, no tenía ni idea de lo cierta que era su afirmación. Pero entonces me di cuenta de algo más importante. Si Leon había vuelto, entonces mi tío y Aiden también ha-bían vuelto.

—Tú —Leon señaló a Olivia—. Vete a clase. —Volvió a centrar su atención en mí—. Tú te vienes conmigo.

Mordiéndome la lengua, agarré mi mochila del suelo y emprendí mi paseo de la vergüenza por el pasillo que ahora estaba abarrotado. Vislumbré a Luke, pero aparté la mirada antes de poder medir su expresión.

Leon subió por las escaleras —los dioses sabían lo mucho que me gustaban—, y no hablamos hasta que estuvimos en el vestíbulo. La estatua de las furias ya no estaba, pero el espacio vacío me dejó un hueco frío en el estómago. Volverían. Estaba segura. Era cuestión de tiempo.

Cuando se detuvo se elevaba sobre mí, casi dos metros de puro músculo.

—¿Por qué cada vez que te veo estás a punto de hacer algo que no deberías?

Me encogí de hombros.

—Es un don.

Un gesto de reticente diversión apareció en su rostro mientras se sacaba algo del bolsillo trasero. Parecía un trozo de papel.

—Aiden me pidió que te diera esto.

Se me formó un nudo en el estómago y agarré la carta con manos temblorosas.

—¿Está… está bien?

Frunció el ceño.

—Sí. Aiden está bien.

Ni siquiera intenté ocultar el suspiro de alivio al darle la vuelta a la carta. Estaba cerrada con un sello rojo de aspecto oficial. Cuando levanté la vista, Leon ya no estaba. Sacudí la cabeza, me acerqué a uno de los bancos de mármol y me senté. No tenía ni idea de cómo Leon podía mover un cuerpo tan enorme con tanto sigilo. El suelo debería temblar a su paso.

Con curiosidad, deslicé el dedo bajo el pliegue y rompí el sello. Al abrir la carta, vi la elegante firma de Laadan. Leí con rapidez el texto una vez, y luego volví a leerlo.

Y lo leí una tercera vez.

Sentí un calor y un frío insoportables a la vez. Se me secó la boca, se me cerró la garganta. Unos leves temblores me sacudieron los dedos, haciendo que el papel se agitara. Me levanté y volví a sentarme. Las cuatro palabras se repitieron ante mis ojos. Eran lo único que podía ver. Lo único que me interesaba saber.

Tu padre está vivo.

Capítulo 2

Con el corazón a mil, subí los escalones de dos en dos. Al
ver a Leon cerca del despacho de mi tío empecé a correr.
Cuando me vio, se mostró un poco alarmado.

—¿Qué pasa, Alexandria?

Me detuve en seco.

—¿Aiden te dio esto?

Leon frunció el ceño.

—Sí.

—¿La has leído?

—No. No iba dirigida a mí.

Apreté la carta contra mi pecho.

—¿Sabes dónde está Aiden?

—Sí. —El ceño de Leon se tornó severo—. Volvió anoche.

—¿Dónde está *ahora*, Leon? Necesito saberlo.

—No veo por qué razón podrías necesitar tanto a Aiden
como para interrumpir su entrenamiento. —Se cruzó de brazos—. ¿Y no deberías estar yendo a clase?

Me quedé mirándolo un segundo antes de dar media
vuelta y marcharme. Leon no era estúpido, así que no me
había dicho dónde estaba Aiden por accidente, pero tampoco
me importaba lo suficiente como para averiguar el motivo.

Si Aiden estaba entrenando, entonces yo sabía dónde encontrarlo. Una brisa fría y húmeda me roció las mejillas cuando atravesé las puertas del vestíbulo y me dirigí hacia el campo de entrenamiento. El cielo gris lechoso era típico de finales de noviembre, lo que hacía que pareciese que el verano había quedado muy atrás.

Las clases para alumnos de niveles inferiores se impartían en las salas de entrenamiento más grandes. Los ladridos de impaciencia del Instructor Romvi desde detrás de una de las puertas cerradas siguieron mis pasos rápidos por el pasillo vacío. Hacia el final del pabellón, frente a la sala médica a la que Aiden me había llevado después de que Kain me diera una paliza en el entrenamiento, había una sala más pequeña equipada con lo estrictamente necesario y una cámara de privación sensorial.

Aún no había entrenado en ella.

Al asomarme por la rendija de la puerta, vi a Aiden. Estaba en medio de la colchoneta, cuadrándose frente a un saco de boxeo. Una fina capa de sudor le cubría los músculos fibrosos mientras boxeaba, haciendo retroceder el saco varios metros.

En cualquier otro momento, me habría dedicado a admirarlo de forma obsesiva, pero mis dedos sufrieron un espasmo y aplastaron la carta. Me deslicé por el hueco y crucé la sala.

—Aiden.

Se dio la vuelta y sus ojos pasaron de un gris frío a un tono atronador. Dio un paso atrás, pasándose el brazo por la frente.

—Alex, ¿qué haces aquí? ¿No deberías estar en clase?

Levanté la carta.

—¿Leíste lo que había en esta carta?

Puso la misma cara que Leon.

—No. Laadan me pidió que me asegurara de que la recibieras.

¿Por qué le había confiado a Aiden semejante noticia? Ni siquiera podía empezar a entenderlo. A menos que...

—¿*Sabías* lo que había en esta carta?

—No. Solo me pidió que te la diese. —Se agachó, recogiendo una toalla de la colchoneta—. ¿Qué pone en la carta para que hayas venido a buscarme?

Una pregunta estúpida y totalmente intrascendente salió a la superficie.

—¿Por qué se la diste a Leon?

Desvió la mirada, cada vez más inmóvil.

—Pensé que sería lo mejor.

Mi mirada bajó de su cara a su cuello. Allí estaba de nuevo aquella fina cadena de plata. Me moría por saber qué llevaba, ya que no era de los que llevan joyas. Arrastré mis ojos de nuevo a su rostro.

—Mi padre está vivo.

Aiden inclinó la cabeza hacia mí.

—¿Qué?

Una sensación amarga se asentó en mi estómago.

—Está *vivo*, Aiden. Y ha estado en el Covenant de Nueva York durante años. Estaba allí cuando yo estuve. —El remolino de emociones que sentí la primera vez que leí la carta resurgió—. ¡Lo vi, Aiden! Sé que lo vi. El sirviente de los ojos marrones. Y él lo sabía, sabía que era su hija. Por eso siempre me miraba de forma extraña. Probablemente por eso me llamaba tanto la atención cada vez que lo veía. Pero no lo sabía.

Aiden palideció bajo su bronceado natural.

—¿Puedo?

Le entregué la carta y luego me pasé las temblorosas manos por el pelo.

—Sabes, había algo diferente en él. Nunca parecía estar drogado como otros sirvientes. Y cuando Seth y yo nos marchábamos, lo vi luchar contra los daimons. —Hice una pausa, respirando hondo—. Pero no lo sabía, Aiden.

Frunció el ceño mientras ojeaba la carta.

—Dioses —murmuró.

Me aparté de él y me abracé los codos. La sensación de asco que había estado evitando fluyó por mi estómago. La ira hirvió la sangre de mis venas.

—Es un sirviente, un maldito *sirviente*.

—¿Sabes lo que esto significa, Alex?

Me enfrenté a él, sorprendida de verlo tan cerca. Al instante percibí el aroma del *aftershave* y el agua salada.

—Sí. ¡Tengo que hacer algo! Tengo que sacarlo de ahí. Sé que no lo conozco, pero es mi padre. Tengo que hacer algo.

Aiden abrió los ojos de par en par.

—No.

—¿No qué?

Dobló la carta con una mano y me agarró del brazo con la otra. Clavé los talones.

—¿Qué estás...?

—Aquí no —ordenó en voz baja.

Confusa y un poco asustada por el hecho de que Aiden me estuviera tocando, dejé que me llevara a la consulta médica, al otro lado del pasillo. Cerró la puerta tras de sí y echó el pestillo. Un calor incómodo inundó mi organismo al darme cuenta de que estábamos solos en una habitación sin ventanas y de que Aiden acababa de cerrar la puerta. En serio, tenía que controlarme porque no era momento para mis ridículas hormonas. Vale, de verdad que *no* era el momento.

Aiden me miró. Tenía la mandíbula apretada.

—¿En qué estás pensando?

—Eh... —Di un paso atrás. De ninguna manera iba a admitir aquello. Entonces me di cuenta de que estaba enfadado, furioso conmigo—. ¿Qué he hecho ahora?

Colocó la carta sobre la mesa en la que una vez me había sentado.

—No harás ninguna locura.

Entrecerré los ojos y tomé la carta, comprendiendo por fin por qué estaba tan enfadado.

—¿Esperas que no haga nada? ¿Y que deje que mi padre se pudra en la servidumbre?

—Tienes que calmarte.

—¿Calmarme? Ese sirviente de Nueva York es mi padre. ¡El padre que me dijeron que había muerto! —De repente, me acordé de Laadan en la biblioteca y de cómo hablaba de mi padre como si aún estuviera vivo. La rabia me revolvió el estómago. ¿Por qué no me lo había dicho? Podría haber hablado con él—. ¿Cómo voy a calmarme?

—Yo… no puedo imaginarme por lo que estás pasando o lo que estás pensando. —Frunció el ceño—. Bueno, sí, puedo imaginarme lo que se te está pasando por la cabeza. Quieres asaltar Catskills y liberarlo. Sé que eso es lo que estás pensando.

Por supuesto que estaba pensando en eso.

Empezó a acercarse a mí, sus ojos se volvieron de un plateado brillante.

—No.

Retrocedí, apretando la carta de Laadan contra mi pecho.

—Tengo que hacer algo.

—Sé que sientes la necesidad de hacerlo, pero, Alex, no puedes volver a Catskills.

—No pienso asaltarlo. —Me acerqué a la mesa mientras él se acercaba—. Pensaré en algo. Tal vez me meta en un lío. Telly dijo que lo único que tenía que hacer era cometer un error más y me enviarían a Catskills.

Aiden se quedó mirándome.

Ahora la mesa se interponía entre nosotros.

—Si pudiera volver allí, entonces podría hablar con él. Tengo que hablar con él.

—De ninguna manera —gruñó Aiden.

Mis músculos se paralizaron.

—No puedes detenerme.

—¿Quieres apostar algo? —Empezó a rodear la mesa.

La verdad era que no. La ferocidad en su expresión me dijo que haría todo lo posible para detenerme, lo que significaba que tenía que convencerlo.

—Es mi padre, Aiden. ¿Qué harías tú si fuese Deacon?

Golpe bajo, lo sé.

—No te atrevas a meterlo en esto, Alex. No permitiré que hagas que te maten. No me importa por quién. No lo haré.

Las lágrimas me quemaban el fondo de la garganta.

—No puedo dejarle en una vida así. No puedo.

El dolor parpadeó en su mirada de acero.

—Lo sé, pero él no vale tu vida.

Dejé caer los brazos a los lados y dejé de intentar esquivarlo.

—¿Cómo puedes tomar esa decisión? —Y entonces las lágrimas contra las que había estado luchando se desataron—. ¿Cómo no voy a hacer algo?

Aiden no dijo nada mientras colocaba las manos en la parte superior de mis brazos y me acercaba a él. En vez de abrazarme, se apoyó contra la pared y se deslizó hacia abajo, llevándome con él. Me acurruqué entre sus brazos. Doblé las piernas sobre él y apreté su camiseta con una de mis manos.

Respiré con dificultad, llena de un dolor que no podía dejar ir.

—Estoy harta de que me mientan. Todos mintieron sobre mi madre, ¿y ahora esto? Creía que estaba *muerto*. Y, dioses, ojalá lo estuviera, porque la muerte es mejor que lo que tiene que vivir. —Se me quebró la voz y más lágrimas se derramaron por mis mejillas.

Aiden me abrazó con fuerza y me acarició la espalda. Quería dejar de llorar porque era débil y humillante, pero no podía parar. Descubrir el verdadero destino de mi padre había sido horrible. Cuando se me pasó lo peor de las lágrimas, me aparté un poco y levanté la mirada llorosa.

Ondas sedosas y húmedas de cabello oscuro se adherían a su frente y a las sienes. La tenue luz de la habitación seguía resaltando aquellos pómulos y labios marcados que había memorizado hacía tanto tiempo. Aiden rara vez sonreía del todo, pero cuando lo hacía, era impresionante. Había tenido la oportunidad de deleitarme con aquella extraña sonrisa unas cuantas veces; la última había sido en el zoo.

Verle ahora, verle de verdad, por primera vez después de que lo hubiera arriesgado todo para protegerme... quería empezar a llorar de nuevo. Durante la última semana, había repetido lo sucedido una y otra vez. ¿Podría haber hecho algo diferente? ¿Desarmar al Guardia en vez de clavarle la daga en el pecho? ¿Y por qué Aiden había utilizado la compulsión para encubrir lo que yo había hecho? ¿Por qué arriesgar tanto?

Y ahora, nada de eso me parecía importante, no después de saber lo de mi padre. Me limpié las ojeras con las palmas de las manos.

—Perdona por... llorarte encima.

—Nunca te disculpes por eso —dijo. Esperaba que me soltara en ese momento, pero sus brazos siguieron rodeándome. Sabía que no debía, porque me haría mucho daño más tarde, pero me dejé abrazar—. Tienes ese acto reflejo ante todo.

—¿Qué?

Bajó un brazo y me dio un golpecito en la rodilla.

—Es la primera respuesta inicial. Lo que piensas inmediatamente después de escuchar algo. Actúas en base a eso en lugar de pensar bien las cosas.

Apoyé la mejilla en su pecho.

—Eso no es un cumplido.

Llevó una mano a mi cuello y sus dedos se enredaron en el pelo de mi nuca. Me pregunté si sería consciente de lo que estaba haciendo y contuve la respiración. Su mano se tensó, sujetándome para que no pudiera retroceder demasiado. No era que fuese a hacerlo, por muy mal que estuviera, por muy peligroso o estúpido que fuese.

—No es un insulto —dijo en voz baja—. Simplemente eres así. No te paras a pensar en el peligro, solo en lo que es correcto. Pero a veces no es… lo correcto.

Lo medité.

—¿Usar la compulsión con Dawn y los otros fue un acto reflejo?

Tardó una eternidad en contestar.

—Lo fue, y no fue lo más inteligente, pero no podía hacer otra cosa.

—¿Por qué?

Aiden no respondió.

No lo presioné. Había un consuelo en sus brazos, en la forma en que su mano trazaba un círculo relajante a lo largo de mi espalda, que no podía encontrar en ningún otro lugar. No quería estropearlo. En sus brazos estaba más tranquila, por extraño que pareciese. Podía respirar. Me sentía segura, con los pies en la tierra. Nadie más me hacía sentir así. Era como si él fuese mi propio tranquilizante.

—Convertirte en Centinela fue un acto reflejo —susurré.

El pecho de Aiden subió y bajó contra mi mejilla.

—Sí, lo fue.

—¿Te… arrepientes?

—Nunca.

Ojalá yo tuviera su determinación.

—No sé qué hacer, Aiden.

Inclinó la barbilla hacia abajo, rozándome la mejilla. Su piel era suave, cálida, emocionante y calmante, todo en uno.

—Encontraremos la forma de ponernos en contacto con él. Dijiste que no parecía estar bajo los efectos del elixir. Podríamos enviarle una carta a Laadan; ella podría hacérsela llegar. Ese sería el paso más seguro.

Mi corazón hizo un baile feliz de lo más estúpido. La esperanza se extendió sin control en mi interior.

—¿Podríamos?

—Sí. Puedo enviarle una carta a Laadan con facilidad, un mensaje. Por ahora, es lo más seguro.

Quise apretujarlo, pero me contuve.

—No. Si te descubren… No puedo permitir que eso ocurra.

Aiden rio con suavidad.

—Alex, probablemente hemos roto todas las reglas que hay. No me preocupa que me descubran por pasar un mensaje.

No, no habíamos roto *todas* las reglas.

Se apartó un poco y sentí su intensa mirada en mi cara.

—¿Creías que no te ayudaría con algo tan importante como esto?

Mantuve los ojos cerrados, porque mirarle era una debilidad. *Él* era mi debilidad.

—Las cosas son… distintas.

—Sé que las cosas son distintas, Alex, pero siempre estaré aquí para ti. Siempre te ayudaré. —Hizo una pausa—. ¿Cómo puedes dudar de eso?

Como una idiota, abrí los ojos. Me quedé embobada. Era como si todo lo que se había dicho, todo lo que sabía, ya no importara.

—No lo dudo —susurré.

Sus labios se inclinaron hacia un lado.

—A veces no te entiendo.

—La mitad de las veces no me entiendo ni yo. —Bajé la mirada—. Ya has hecho... demasiado. ¿Lo que hiciste en Catskills? —Me tragué el nudo que tenía en la garganta—. Cielos, nunca te di las gracias por ello.

—No...

—No digas que no merece la pena agradecértelo. —Levanté la vista y lo miré a los ojos—. Me salvaste la vida, Aiden, a riesgo de la tuya. Así que gracias.

Apartó la mirada, sus ojos se centraron en un punto sobre mi cabeza.

—Te dije que nunca dejaría que te pasara nada. —Su mirada volvió a mí y la diversión brilló en esos estanques plateados—. Pero parece que es un trabajo a tiempo completo.

Curvé los labios.

—De verdad que lo he intentado, sabes. Hoy ha sido el primer día que he hecho algo remotamente estúpido. —Omití la parte en la que había estado encerrada en mi habitación con un fuerte resfriado.

—¿Qué has hecho?

—La verdad es que no quieres saberlo.

Volvió a reírse.

—Supuse que Seth te mantendría alejada de los problemas.

Al darme cuenta de que ni siquiera había pensado en Seth desde el momento en que había leído la carta, me puse tensa. Ni siquiera había pensado en el vínculo. Mierda.

Aiden respiró hondo y bajó los brazos.

—¿Sabes lo que esto significa, Alex?

Luché por recomponerme. Había cosas importantes con las que lidiar. Mi padre, el Consejo, Telly, las furias, unos cuantos dioses cabreados y Seth. Pero mi cerebro estaba hecho papilla.

—¿Qué?

Aiden miró hacia la puerta, como si tuviera miedo de decirlo en voz alta.

—Tu padre no era un mortal. Es un mestizo.

Capítulo 3

No volví a clase. En su lugar, me fui a mi habitación en la residencia y me senté en la cama, la carta descansaba frente a mí como una serpiente dispuesta a propagar su veneno. Estaba dándole vueltas a la noticia de que mi padre estuviera vivo y… me sentía estúpida por no haberme dado cuenta enseguida. La carta de Laadan no lo decía con claridad, pero entendí por qué había eludido la verdadera bomba que soltaba en el breve mensaje. ¿De qué otra forma habría podido el Consejo controlar a mi padre? Y lo había visto luchar. Parecía un ninja con esos candelabros.

Mi padre era un maldito mestizo, un mestizo *entrenado*. Joder, es probable que hubiera sido un puñetero Centinela, lo que explicaba perfectamente por qué mi madre lo había conocido antes de conocer a Lucian.

Un mestizo.

Entonces, ¿en qué diablos me convertía eso?

La respuesta parecía muy simple. Me tumbé boca arriba, mirando al techo sin verlo realmente. Cielos, quería hablar de esto con Caleb, porque esto no podía ser lo que era.

Un sangre pura que tenía hijos con otro sangre pura engendraba pequeños y felices bebés puros. Un sangre pura que se acostaba con un mortal creaba a los siempre útiles mestizos. Pero un sangre pura y un mestizo… algo que estaba tan prohibido, que era tan tabú que no se me ocurría ninguna situación en la que se concibiera un hijo, engendraban… ¿qué?

Me levanté de golpe, con el corazón a punto de salírseme del pecho. La primera vez que Aiden había estado en mi dormitorio y yo lo había mirado —bueno, había estado comiéndomelo con la mirada, pero qué más daba—, me pregunté por qué las relaciones entre mestizos y puros habían estado prohibidas durante eones. No era el miedo a un cíclope tuerto, pero en cierto modo sí lo era.

Un sangre pura y un mestizo daban lugar a un Apollyon.

—Mierda —dije, mirando la carta.

Pero tenía que ser más que eso. Normalmente solo nacía un Apollyon por generación, con la excepción de Solaris y el Primero, y de Seth y yo. Lo que significaba que un mestizo y un puro solo habían tenido un niño un puñado de veces desde el momento en que los dioses habían pisado la Tierra. Tuvo que haber más ocasiones en las que sucediera. ¿O esos bebés habían sido asesinados? No me extrañaría que los puros o los dioses hicieran algo así si supieran lo que podría resultar de la unión de un puro y un mestizo. Pero, ¿por qué nos habían perdonado a Seth y a mí? Obviamente, sabían lo que era mi padre, ya que lo habían retenido por alguna razón. Se me oprimió el corazón y apreté los puños. Reprimí la ira para volver a ella más tarde. Le había prometido a Aiden que no haría nada imprudente, y mi rabia siempre me llevaba a cometer una idiotez.

Un escalofrío me recorrió la espalda. Un sonido venía de mi puerta, muy similar al de una cerradura al ser abierta. Miré la carta, mordiéndome el labio inferior. Luego miré el reloj que había junto a la cama. Llegaba muy tarde al entrenamiento con Seth.

La puerta se abrió y se cerró. Agarré la carta y la doblé con rapidez. Lo supe en el momento en que se plantó en la puerta sin levantar la vista. Una sensación de conciencia bailó sobre mi piel y el aire se llenó de electricidad.

Simplemente preguntó:

—¿Qué ha pasado hoy?

Había muy pocas cosas que pudiera ocultarle a Seth. Habría sentido mis emociones desde el momento en que leí la carta y todo lo que había sentido mientras había estado con Aiden. No sabría con exactitud qué era lo que provocaba que mis sentimientos estuvieran a flor de piel —gracias a los dioses—, pero Seth no era estúpido. Me sorprendía un poco que hubiera esperado tanto para venir a buscarme.

Levanté la mirada. Parecía una de esas estatuas de mármol que adornaban la fachada de todos los edificios que había aquí, pero con la diferencia de que su piel era de un color dorado único, de una perfección sobrenatural. A veces parecía frío, impasible. Sobre todo cuando se recogía el pelo rubio que le llegaba hasta los hombros, aunque ahora lo llevaba suelto y le suavizaba los rasgos. Normalmente llevaba una sonrisa de suficiencia dibujada en los labios, pero ahora los tenía apretados en una línea firme y tensa.

Aiden me había sugerido que me guardara la carta y su contenido para mí. Laadan había roto sabrían los dioses cuántas reglas al hablarme de mi padre, pero yo confiaba en Seth. Después de todo, estábamos predestinados a estar juntos. Un par de meses atrás me habría reído si alguien me hubiera dicho que íbamos a estar haciendo lo que fuera que estuviéramos haciendo. Al conocernos había sido odio a primera vista, y seguíamos teniendo momentos épicos. No hacía mucho que lo había amenazado con clavarle un puñal en el ojo. Y lo había dicho en serio.

En silencio, le tendí la carta.

Seth la aceptó, desdoblándola con sus ágiles y largos dedos. Lo miré con las piernas cruzadas. No había nada en su expresión que revelara en qué estaba pensando. Después de lo que me pareció una eternidad, levantó la vista.

—Oh, cielos.

No era exactamente la respuesta que esperaba.

—Vas a hacer algo increíblemente estúpido por esto.

Levanté las manos.

—Joder, ¿todo el mundo cree que voy a cargarme Catskills?

Seth enarcó las cejas.

—Déjalo —refunfuñé—. No voy a atacar el Covenant. Tengo que hacer algo, pero no será… imprudente. ¿Contento? De todos modos, ¿te acuerdas del mestizo que nos cruzamos cuando vimos el Consejo durante nuestro primer día allí?

—Sí. Lo estabas mirando fijamente.

—Es él. Lo sé. Por eso me resultaba tan familiar. Sus ojos. —Me mordí el labio, apartando la mirada—. Mi madre siempre hablaba de sus ojos.

Se sentó a mi lado.

—¿Qué vas a hacer?

—Voy a mandarle una carta a Laadan, una carta para mi padre. A partir de ahí, no lo sé. —Lo miré. Gruesos mechones de pelo le cubrían la cara—. Sabes lo que esto significa, ¿verdad? Que es un mestizo. Y nosotros… —Nos señalé—. Somos la razón por la que ese tipo de relaciones entre mestizos y puros están prohibidas. Los dioses saben lo que pasaría si un puro y un mestizo se acuestan.

—Puede que sea más que eso. A los dioses les gusta la idea de dominar a los mestizos. ¿Qué crees que hicieron con los mortales durante su época de esplendor? Los dioses sometieron a los mortales hasta que llegaron demasiado lejos. Aún tratan a los mestizos como si fuesen basura.

Vaya, ¿Seth odiaba a los dioses o qué? Miré fijamente mi palma derecha, la débil runa que solo Seth y yo podíamos ver.

—Era él, mi padre, estaba en el hueco de la escalera. No puedo explicarlo, pero sé que era él.

Seth levantó la vista y sus ojos adquirieron un extraño tono amarillo.

—¿Quién lo sabe?

Sacudí la cabeza.

—El Consejo tiene que saberlo. Laadan lo sabía porque era amiga de... mi madre y mi padre. No me sorprendería que Lucian y Marcus también lo supiesen. —Fruncí el ceño—. ¿Recuerdas cuando oímos hablar a Marcus y Telly?

—Recuerdo que te dejé caer de culo.

—Sí, lo hiciste porque estabas mirando a Tetas.

Sus ojos se abrieron de par en par y soltó una carcajada sorprendida.

—¿Tetas? ¿Qué?

—Ya sabes, esa chica que iba detrás de ti en Catskills. —Cuando levantó las cejas, puse los ojos en blanco. Era propio de Seth que le costase recordar de qué chica hablaba—. Me refiero a la que tenía, bueno, unas tetas enormes.

Se quedó un rato mirando al horizonte y luego volvió a reírse.

—Oh. Sí, esa... espera un segundo. ¿La has apodado Tetas?

—Sí, y apuesto a que ni siquiera recuerdas su nombre.

—Ah...

—Me alegro de que ahora estemos en el mismo punto. De todos modos, ¿recuerdas que Telly dijo que ya tenían a uno allí? ¿Que podían tenerlos juntos? ¿Crees que se refería a mi padre y a mí? —Si Marcus y Lucian lo sabían, quería reventarles la cabeza, pero enfrentarse a ellos pondría en peligro a Laadan.

Seth miró la carta.

—Eso tendría sentido. Sobre todo, teniendo en cuenta lo desesperado que estaba Telly por someterte a la servidumbre.

El Ministro Telly era el Ministro Jefe de todos los Consejos y me la había tenido jurada desde el principio. Mi testimonio sobre los sucesos de Gatlinburg había sido una artimaña para llevarme ante todo el Consejo y que votaran para someterme a la servidumbre. Y creía firmemente que Telly estaba detrás de la compulsión de la noche en que casi me convertí en un polo de hielo humano. Si Leon no me hubiera encontrado, habría muerto congelada. Después estaba la noche en que me habían dado el equivalente a una droga olímpica en un burdo intento de pillarme en una posición comprometida con un puro. Habría funcionado de no ser porque Seth y Aiden me descubrieron con la bebida.

Cuando recordaba aquella noche, me ardían las mejillas. Prácticamente había acosado a Seth, aunque él no se había quejado. Seth sabía que yo estaba bajo los efectos de la bebida y había intentado controlarse, pero el vínculo que nos unía le había hecho sentir toda mi lujuria. Habría perdido la virginidad si no hubiera terminado la noche vomitando hasta la primera papilla. Sé que toda la situación incomodó a Seth. Se sentía culpable por haber cedido. Y el puño de Aiden había hecho estragos en el ojo de Seth después de haberme encontrado en el suelo del baño... con la ropa de Seth. Aiden no podía entender cómo había perdonado a Seth... y a veces yo tampoco podía. Tal vez fuese el vínculo, porque lo que nos unía era fuerte. Tal vez fuese algo más.

Luego estaba el Guardia sangre pura que había intentado matarme, diciendo que necesitaba «proteger a los suyos». También sospechaba que el Ministro Telly estaba detrás de eso.

—¿Quién más lo sabe? —Seth me sacó de mis pensamientos.

—Laadan le pidió a Aiden que me diera esta carta, pero fue Leon quien me la dio. Leon asegura que no ha leído la carta, y le creo. Estaba sellada. Mira. —Señalé el sello roto—. Aiden tampoco sabía lo que contenía.

La mandíbula de Seth se tensó.

—¿Acudiste a Aiden?

Sabía que tenía que proceder con cuidado. Seth y yo no estábamos juntos ni nada parecido, pero también sabía que ahora no estaba tonteando con nadie más. Desde que regresé de Catskills, solo había tenido sofocos cuando él estaba cerca de mí, sobre todo durante nuestras sesiones de entrenamiento físico. Por encima de todo, Seth era un hombre. Sucedía... mucho.

—Pensé que tal vez lo sabía, ya que Laadan le confió la carta, pero no fue así —dije al final.

—¿Pero se lo dijiste?

No tenía sentido mentir.

—Sí. Sabía que estaba disgustada. Está claro que es de fiar. No va a decir nada.

Seth guardó silencio durante un instante.

—¿Por qué no viniste a mí?

Oh, no. Me concentré en el suelo, luego en mis manos y finalmente en la pared.

—No sabía dónde estabas. Y Leon me dijo dónde estaba Aiden.

—¿Intentaste buscarme siquiera? Esto es una isla. No hubiera sido muy difícil. —Dejó la carta sobre la cama y, por el rabillo del ojo, vi que sus pies me señalaban.

Me mordí el labio. No le debía nada, ¿o sí? En cualquier caso, no quería herir sus sentimientos. Seth podría actuar como si no los tuviese, pero yo sabía que no era así.

—No lo pensé. No es para tanto.

—Vale. —Se inclinó y su aliento me acarició la mejilla—. He sentido tus emociones esta tarde.

Tragué saliva.

—¿Entonces por qué no viniste a buscarme?

—Estaba ocupado.

—Entonces, ¿qué más da que no te buscase? Estabas ocupado.

Seth me apartó el espeso cabello del cuello y me lo echó por encima del hombro. Se me agarrotaron los músculos.

—¿Por qué estabas tan enfadada?

Giré la cabeza. Nuestras miradas se cruzaron.

—Acababa de descubrir que mi padre está vivo y que es un sirviente. Me afectó.

Sus ojos se volvieron de un ámbar cálido.

—Es un buen motivo.

No había mucho espacio entre nuestras bocas. El nerviosismo se apoderó de nosotros. Seth y yo no nos habíamos besado desde el día del laberinto. Creo que mi resfriado le había asqueado, y no es que lo hubiera estado presionando, pero no había estornudado ni moqueado desde esta mañana.

—¿Sabes qué?

Sonrió un poco.

—¿Qué?

—No pareces muy sorprendido por lo de mi padre. No lo sabías, ¿verdad? —Contuve la respiración, porque si lo sabía, no sabía lo que haría. Pero no sería bonito.

—¿Por qué piensas eso? —Entrecerró los ojos—. ¿No confías en mí?

—No es eso. Sí, confío. —Y de verdad que lo hacía… la mayor parte del tiempo—. Pero es que no te ha sorprendido nada.

Seth suspiró.

—Ya nada me sorprende.

Pensé en otra cosa.

—¿Sabes cuál de tus padres era mestizo?

—Supongo que tuvo que ser mi padre. Madre era pura hasta la médula.

No sabía eso. Una vez más, sabía muy poco de Seth. Claro que le gustaba hablar de sí mismo, pero todo era superficial. Luego estaba el mayor misterio de todos.

—¿Cuál es tu apellido?

—Alex, Alex, Alex —me reprendió en voz baja, poniéndose de rodillas.

Junté las manos, reconociendo el calculado filo de su mirada. Estaba tramando algo.

—¿Qué?

—Quiero intentar algo.

Como estábamos en mi cama y Seth era un pervertido la mayor parte del tiempo, tenía un nivel de sospecha bastante elevado. Se notaba en mi voz.

—¿El qué?

Seth me empujó hacia atrás hasta que estuve tumbada. Se quedó por encima, con los labios ligeramente inclinados.

—Dame la mano izquierda.

—¿Por qué?

—¿Por qué eres tan condenadamente curiosa?

Arqueé una ceja.

—¿Por qué siempre tienes que invadir mi espacio personal?

—Porque me gusta. —Me acarició el estómago—. Y en el fondo te gusta que lo haga.

Apreté los labios. Estaba segura de que al vínculo que nos unía le gustaba que lo hiciera. Lo sentía en este momento. Era como un ronroneo. Que a mí me gustara o no era algo que todavía estaba intentando averiguar.

—Dame la mano izquierda —volvió a pedirme—. Vamos a trabajar en tu técnica de bloqueo.

—¿Y tenemos que estar agarrados de la mano para hacer esto?

En mi cama, quise añadir.

—Alex.

Solté un sonoro suspiro y le di la mano.

—¿Ahora vamos a cantar canciones?

—Ya te gustaría. —Se sentó a horcajadas sobre mis muslos, colocando una rodilla a cada lado—. Tengo una voz muy bonita cuando canto.

—¿Tenemos que hacer esto ahora? No me apetece mucho después de lo que ha pasado. —Practicar técnicas de bloqueo mental requería concentración y determinación; dos cosas que en este momento no tenía. Bueno, para ser sincera, la concentración era algo de lo que solía carecer la mayoría de los días.

—Ahora es el mejor momento. Tienes las emociones a flor de piel. Tienes que aprender a controlarlas. —Seth me agarró la otra mano y entrelazó sus dedos con los míos. Se inclinó tanto que los bordes de su pelo rozaron mis mejillas—. Cierra los ojos. Imagina las paredes.

Cerrar los ojos era algo que no quería hacer con Seth sentado sobre mí. El vínculo entre nosotros se hacía más fuerte cada día. Podía sentirlo moviéndose en mi vientre, vibrando hacia la superficie. Los dedos de mis pies se curvaron en mis calcetines de peluche. Me invadió la misma sensación que tuve el día que volé la roca. Quería tocarle. O el vínculo quería que yo lo tocara.

Seth inclinó la cabeza hacia un lado.

—Sé lo que estás sintiendo ahora mismo. Lo apruebo totalmente.

Me ardieron las mejillas.

—Dioses, te odio.

Se rio entre dientes.

—Imagínate las paredes. Son sólidas, no se pueden traspasar.

Me imaginé las paredes de ladrillo. En mi mente, eran rosa neón. Con purpurina. Le di brillo a las paredes porque me daban algo en qué concentrarme. Seth había dicho que la técnica podía funcionar contra las compulsiones si se hacía de la forma correcta, pero cuando se trataba de las emociones no se construían los muros alrededor de la mente, sino más bien a través del estómago y sobre el corazón. Primero, formé los muros en mi mente y luego los desplacé hacia abajo, creándome una coraza.

—Aún puedo sentirlas —dijo Seth, moviéndose inquieto sobre mí.

Me di cuenta de que esto debía de ser una mierda para él. Sabía que seguía obsesionada con Aiden, disgustada por lo de mi padre y confundida cuando se trataba de él. Y solo conseguía captar algo de él cuando se ponía cachondo.

El maldito cordón que tenía dentro —mi conexión con Seth— empezó a zumbar, exigiendo que le prestara atención. Era como una mascota molesta… o como Seth. Me pregunté si podría utilizar la cuerda para bloquear mis emociones. Abrí los ojos y pensé en preguntárselo, pero cerré la boca.

Seth tenía los ojos cerrados y parecía muy concentrado en algo. Sus párpados se movían de vez en cuando y sus labios formaban una línea tensa. Luego, las marcas se extendieron por su piel, moviéndose tan rápido que los glifos no eran más que un borrón mientras le bajaban por el cuello, bajo el cuello de su camisa.

El corazón me dio un brinco. También lo hizo el cordón dentro de mí. Intenté apartar la mano antes de que aquellas marcas me alcanzaran la piel.

—Seth.

Abrió los ojos de golpe. Estaban vidriosos. Las marcas se deslizaron sobre su piel. Una ráfaga de luz ámbar crepitante irradiaba de su antebrazo. Luché por escapar de él y alejarme de esa maldita cuerda, pero solo conseguí que me sujetara las manos.

El pánico se desató, desgarrándome.

—¡Seth!

—No pasa nada —dijo.

Pero sí que pasaba. No quería que esa cuerda hiciera lo que sabía que iba a hacer. Y entonces lo hizo. El cordón ámbar envolvió nuestras manos, entre chasquidos y chispas, extendiéndose por mi brazo. Me eché hacia atrás, intentando apartarme, pero Seth se aferró a mí con los ojos clavados en los míos.

—El cordón es el poder más puro. *Akasha* —dijo. *Akasha* era el quinto y último elemento, y los únicos que podían controlarlo eran los dioses y los Apollyon. El tono de los ojos de Seth se volvió luminoso. Parecía casi demente—. Espera.

No me estaba dando muchas opciones. Dirigí la mirada a nuestras manos. El cordón se tensó y se iluminó en un ámbar brillante. Un cordón azul salió de debajo del ámbar, derramando gotas de luz incandescente sobre la colcha. De forma vaga, esperé que la cama no se incendiara. Eso sería difícil de explicar.

El cordón azul se encendió y se apagó, parpadeando. Me di cuenta, vagamente, de que era mío y más débil que el ámbar. Entonces el azul se disparó y comenzó a vibrar. La mano izquierda empezó a arderme al sentir un pinchazo en la piel. Al reconocer la sensación, me asusté.

Me retorcí, intentando retroceder. No quería otra runa, y no habíamos aguantado tanto la última vez. Esto era muy diferente.

—Seth, esto no me parece… —Mi cuerpo se sacudió, interrumpiendo mis propias palabras.

Seth se tensó.

—Por los dioses…

Y entonces lo sentí, *akasha*, desplazándose a través de los cordones, saliendo de mí y entrando en Seth. Era algo parecido a la marca de un daimon, pero no era doloroso. No… esto era agradable, embriagador. Dejé de forcejear, dejé que el glorioso tirón me llevara. No pensé en nada. No había preocupaciones ni temor. El dolor que sentía en la mano se desvaneció, reduciéndose a un dolor sordo que se extendía por todas partes. Tan solo existía esto… y Seth. Cerré los ojos y se me escapó un suspiro. ¿Por qué había tenido tanto miedo?

Se produjo un destello de luz que pude ver a pesar de tener los ojos cerrados. Seth me soltó la mano y cayó sin fuerza a mi lado. La cama se hundió junto a mi cabeza por el lugar donde él había colocado sus manos. Sentí su aliento en la mejilla, era como la brisa cálida y salada del océano.

—¿Alex?

—¿Mmm…?

—¿Estás bien? —Me dio un beso en la mejilla.

Sonreí.

Seth soltó una risita, y entonces su boca se abrió paso hasta la mía, y yo me abrí para él. Las puntas de su pelo me hacían cosquillas en las mejillas mientras el beso se profundizaba. Bajó los dedos por mi blusa y luego los deslizó por la piel desnuda de mi vientre. Rodeé su pierna con la mía y nos movimos juntos en la cama. Sus labios bailaban sobre mi piel enrojecida mientras deslizaba las manos hacia abajo, hasta encontrar el botón de mis vaqueros.

Un segundo después, llamaron a mi puerta y se oyó una voz potente.

—¿Alexandria?

Seth se detuvo sobre mí, jadeando.

—Tiene que ser una broma.

Leon volvió a llamar.

—Alexandria, sé que estás ahí.

Aturdida, parpadeé varias veces. Poco a poco la habitación volvió a estar enfocada, al igual que la expresión de disgusto de Seth. Iba a reírme, pero me sentía… rara.

—Será mejor que le respondas, ángel, antes de que entre aquí.

Lo intenté, pero fracasé. Respiré hondo.

—Sí. —Me aclaré la garganta—. Sí, estoy aquí.

Hubo una pausa.

—Lucian solicita tu presencia de inmediato. —Hubo otro silencio—. También solicita la tuya, Seth.

Seth frunció el ceño mientras el brillo de sus ojos se desvanecía.

—¿Cómo demonios sabe que estoy aquí?

—Leon… simplemente lo sabe. —Lo empujé sin fuerzas—. Suéltame.

—Eso intentaba. —Seth se dio la vuelta, pasándose las manos por la cara.

Fruncí el ceño y me incorporé. Me invadió una oleada de mareo. Mi mirada pasó de Seth a mi mano cerrada en un puño. La abrí despacio. En un azul iridiscente brillaba un glifo con forma de grapa. Tenía las dos manos marcadas.

Se inclinó sobre mi hombro.

—Oye, tienes otro.

Me abalancé sobre él y fallé por poco.

—Lo has hecho a propósito.

Seth se encogió de hombros mientras se enderezaba la camisa.

—No te ha importado, ¿verdad?

—Esa no es la cuestión, idiota. No debería tener esto.

Levantó la vista, con las cejas arqueadas.

—Mira, no lo he hecho a propósito. No tengo ni idea de cómo o por qué sucede. Tal vez sucede porque se supone que debe suceder.

—Hay gente esperando —gritó Leon desde el pasillo—. El tiempo apremia.

Seth puso los ojos en blanco.

—¿No podían haber esperado otros treinta o sesenta minutos?

—No sé qué crees que ibas a conseguir hacer en ese tiempo extra.

Todavía un poco mareada, me balanceé al ponerme de pie y miré mi camiseta desabrochada y el sujetador. *¿Cómo había ocurrido?*

Seth me sonrió.

Tanteé los botones y me puse roja. La ira que sentía hacia Seth latía en mi interior, pero estaba demasiado cansada para reñirle con palabras. Y luego estaba Lucian. ¿Qué demonios quería?

—Te has dejado uno. —Seth se levantó de un salto y me abrochó el botón que tenía sobre el ombligo—. Y deja de sonrojarte. Todo el mundo va a pensar que no estábamos entrenando.

—¿Lo estábamos?

Su sonrisa se extendió y me entraron ganas de darle una bofetada, pero utilicé ese tiempo para alisarme el pelo y quitarme las arrugas de la camiseta. Cuando nos encontramos con Leon en el pasillo, sentí que tenía un aspecto bastante decente.

Leon me miró como si supiera exactamente lo que había pasado en el dormitorio.

—Qué bien que por fin hayáis podido acompañarme.

Seth se metió las manos en los bolsillos.

—Nos tomamos el entrenamiento muy en serio. A veces estamos tan metidos en ello que tardamos unos minutos en bajar.

Me quedé con la boca abierta. Ahora sí que quería pegarle.

Leon miró a Seth con los ojos entrecerrados y se dio la vuelta con un gesto firme para que lo siguiéramos. Me quedé detrás de ellos, preguntándome por qué le importaba a Leon lo que yo estuviera haciendo en la habitación. Todos querían que abrazáramos nuestra naturaleza de Apollyon. Entonces pensé en Aiden y se me encogió el corazón.

Bueno, tal vez no *todo el mundo*.

Una sensación extraña y retorcida se apoderó de mi estómago. ¿Qué acababa de pasar ahí dentro? Habíamos pasado de hablar a enrollarnos a tope cuando no había ocurrido nada parecido desde Catskills. Me miré las manos.

El cordón superespecial, eso es lo que había pasado.

Me sentí un poco mal cuando levanté la vista y vi a Seth pavonearse por el pasillo. Con las mejillas encendidas, parecía que apenas podía contener la energía que lo recorría. Me invadió la confusión. Lo de la transferencia de energía me había sentado muy bien, y lo de después también, pero la cara de Aiden me perseguía.

Seth me miró por encima del hombro cuando Leon abrió la puerta. Ya había empezado a anochecer, pero la sombra que se deslizaba por el rostro de Seth no era producto de la noche.

Intenté levantar un muro a mi alrededor.

Y fracasé.

Capítulo 4

Cuando me tiré sobre el asiento que estaba más alejado del escritorio de Marcus, estaba exhausta. Aquellas escaleras habían sido un suplicio, pero agradecí que no esperaran que caminara hasta la isla contigua, donde vivía Lucian. No creía que lo hubiera conseguido. Lo único que quería era acurrucarme e irme a la cama; ir a cualquier sitio que no fuera esta habitación iluminada.

—¿Dónde está todo el mundo? —preguntó Seth, de pie detrás de mí. Sus manos descansaban en el respaldo de la silla, pero sus dedos, resguardados por mi pelo, estaban apoyados en mi espalda—. Pensaba que el tiempo apremiaba.

Leon se mostró petulante.

—Debo de haberme equivocado de hora.

Esbocé una sonrisa cansada mientras subía las piernas y las escondía debajo de mí. Como ya dije, Leon era el rey de la inoportunidad. Quizá pudiera echarme una siesta antes de que llegaran todos. Cerré los ojos y apenas presté atención a los intentos de Leon y Seth de burlarse el uno del otro.

—La mayoría de los entrenamientos no tienen lugar en un dormitorio —dijo Leon—. ¿O han cambiado los métodos de forma drástica?

Punto para Leon.

—El tipo de entrenamiento que tenemos que hacer es poco convencional. —Seth hizo una pausa y supe que tenía esa horrible sonrisa en la cara. La sonrisa por la que había querido pegarle tantas veces—. No es que un Centinela entienda del todo cuánto esfuerzo supone preparar a un Apollyon.

Punto para Seth.

Bostecé mientras me acomodaba en la silla y apoyaba la mejilla en el respaldo.

—¿Te pasa algo, Alexandria? —preguntó Leon—. Estás muy pálida.

—Está bien —respondió Seth—. Nuestro entrenamiento fue bastante... agotador. Ya sabes, hay mucho movimiento. Sudar, empuj...

—Seth —espeté, cediéndole de mala gana el resto de puntos.

Menos mal que las puertas del despacho de Marcus se abrieron y entró un séquito de gente. El primero fue mi tío sangre pura, el decano del Covenant en Carolina del Norte. Detrás de él estaba mi padrastro, Lucian, el Ministro de ese mismo Covenant. Llevaba su ridícula túnica blanca, con el pelo negro sobre la espalda, recogido con una cinta de cuero. Era un hombre atractivo, pero siempre desprendía cierta frialdad y falsedad, por muy cálidas que fueran sus palabras. Iba flanqueado por cuatro de sus Guardias, como si esperase que una flota de daimons saltara sobre él y le succionara todo el éter. Supongo que, dados los recientes acontecimientos, no podía ser demasiado precavido. Y detrás de ellos estaban Linard y Aiden.

Desvié la mirada y recé para que Seth mantuviera la boca cerrada.

Marcus me miró mientras se sentaba detrás de su escritorio, con las cejas enarcadas por la curiosidad.

—¿Te estamos privando de la siesta, Alexandria?

Ningún «cómo estás» o «me alegro de verte viva». Sí, siempre me quiso mucho.

Leon se retiró a un rincón, cruzándose de brazos.

—Estaban *entrenando*. —Hizo una pausa—. En su habitación.

Me quise morir.

Marcus frunció el ceño, pero Lucian —oh, mi querido Lucian—, tuvo una reacción de lo más típica. Sentado en una de las sillas frente a Marcus, desplegó la túnica y se echó a reír.

—Era de esperar. Son jóvenes y se sienten atraídos el uno por el otro. No se les puede culpar por buscar intimidad.

No pude evitarlo. Miré a Aiden. Estaba de pie junto a Leon y Linard, con la mirada revoloteando por la habitación. Se detuvo y se quedó mirándome antes de seguir de largo. Solté el aliento que había estado conteniendo y me centré en mi tío.

Los ojos de Marcus eran como joyas de esmeralda, como los de mi madre, pero más duros.

—Destinados o no, las reglas del Covenant también son para ellos, Ministro. Y por lo que he oído, a Seth le cuesta permanecer en su habitación durante la noche.

Esto no podía ser más embarazoso.

Seth se inclinó sobre el respaldo de mi silla y bajó la cabeza. Me susurró al oído.

—Creo que nos han descubierto.

No había forma de que Aiden pudiera haber oído a Seth, pero la ira emanaba de él en oleadas, hasta el punto de que Seth inclinó la cabeza hacia arriba, se encontró con la mirada de Aiden y sonrió.

Me había hartado. Me incorporé y aparté el brazo de Seth del respaldo de la silla.

—¿Para esto es la reunión? Porque, en serio, me vendría bien una siesta.

Marcus me miró con frialdad.

—En realidad, estamos aquí para hablar de lo que ocurrió en el Consejo.

Se me revolvió el estómago. Intenté poner cara de póker, pero mis ojos se desviaron hacia Aiden. No parecía demasiado preocupado. De hecho, seguía mirando a Seth.

—Hay varias cosas que hemos descubierto en relación con nuestro viaje —dijo Lucian.

Marcus asintió, con los dedos en aspa bajo la barbilla.

—El ataque de los daimons es una de ellas. Sé que algunos han sido capaces de planear ataques.

Mi madre había sido una de ellas. Había estado detrás del ataque a Lake Lure durante el verano, la primera prueba de que algunos daimons podían trazar planes coordinados.

—Pero ese tipo de ataque a gran escala es... es inaudito —continuó Marcus, mirándome—. Sé... sé que tu madre había insinuado que algo así se avecinaba, pero que llevaran a cabo algo de esa índole nos parecía improbable.

Aiden ladeó la cabeza.

—¿Qué estás diciendo?

—Creo que tuvieron ayuda.

Se me aceleró el corazón.

—¿Desde dentro? ¿Ha sido un mestizo o un puro?

Lucian resopló.

—Eso es absurdo.

—No creo que sea algo tan descabellado —dijo Leon, entornando los ojos hacia el Ministro.

—Ningún mestizo o puro ayudaría de buen grado a un daimon. —Lucian juntó las manos.

—Puede que no fuese por voluntad propia, Ministro. Los puros o los mestizos podrían haber sido coaccionados por compulsión —continuó Marcus, y aunque debería haber sentido alivio, algo feo seguía asentado en mi interior. ¿Y si alguien los había dejado entrar más allá de las puertas?

No. Eso no podía haber ocurrido. Si las sospechas de Marcus eran ciertas, tenía que haber sido bajo coacción.

Marcus me miró.

—Es algo que debemos tener en cuenta por la seguridad de Alexandria. Los daimons estaban allí por ella. Podrían volver a intentarlo. Capturar a un Guardia o a un Centinela puro o mestizo, y hacer que guíen a los daimons hasta ella. Es algo a tener en cuenta.

Me quedé muy quieta e imaginé que Seth y Aiden también. Los daimons no habían ido a por mí. Fue una mentira que contamos para que pudiera irme de Catskills inmediatamente después de... matar al Guardia sangre pura.

—Estoy de acuerdo —La voz de Aiden fue bastante uniforme—. Podrían volver a intentarlo.

—Hablando de su seguridad —Lucian se giró en su asiento hacia mí—. Las intenciones del Ministro Telly eran demasiado claras, y si hubiera sabido lo que planeaba, nunca habría accedido a la sesión del Consejo. Mi máxima prioridad es que permanezcas a salvo, Alexandria.

Me moví incómoda. Cuando era pequeña, Lucian ni siquiera fingía preocuparse por mí. Pero desde que había regresado al Covenant a finales de mayo, actuaba como si fuera la hija que había perdido hacía mucho tiempo. A mí no me engañaba. Si yo no fuera la segunda que iba a convertirse en Apollyon, él no estaría sentado aquí ahora mismo. ¿A quién estaba engañando? Seguramente, los daimons me habrían devorado en Atlanta.

Sus ojos se encontraron con los míos. Nunca me habían gustado sus ojos. Eran de un negro antinatural, el color de la obsidiana y el frío. De cerca, no parecían tener pupilas.

—Me temo que el Ministro Telly puede haber estado detrás de la compulsión y del desagradable acto de darte esa poción.

Lo sospechaba, pero oírselo decir me dejó atónita. Como Ministro Jefe, Telly tenía mucho poder. Si no hubiera sido por el voto de la Ministra Diana Elders, me habrían arrojado a la esclavitud.

—¿Crees que intentará algo más? —Era difícil no responder a la voz profunda y melódica de Aiden.

Lucian negó con la cabeza.

—Me gustaría decir que no, pero me temo que volverá a intentar algo. Lo mejor que podemos hacer en este momento es asegurarnos de que Alexandria no se meta en líos y no le dé al Ministro Jefe ninguna excusa para someterla a la servidumbre.

Varios pares de ojos se posaron en mí. Ahogué otro bostezo e incliné la barbilla hacia arriba.

—*Intentaré* no hacer ninguna locura.

Marcus arqueó una ceja.

—Sería un buen cambio.

Lo fulminé con la mirada, frotándome la rodilla flexionada con la palma de la mano izquierda. Todavía sentía un hormigueo extraño en la piel.

—¿No hay un método más proactivo? —preguntó Seth, apoyándose en mi silla—. Creo que todos estamos de acuerdo en que Telly volverá a intentar algo. No quiere que Alex Despierte. Nos tiene miedo.

—Tiene miedo de ti —murmuré, y luego volví a bostezar.

Seth inclinó mi silla hacia atrás en respuesta, haciendo que me agarrara a los brazos. Me sonrió, lo que no concordó con sus siguientes palabras.

—Casi consiguió a Alex. Le faltó un voto para la servidumbre. ¿Quién dice que no construirá alguna acusación falsa contra ella e inclinará los votos a su favor?

—Diana nunca comprometerá su posición para satisfacer los deseos de Telly —dijo Marcus.

—Vaya. ¿Os tuteáis? —dije.

Marcus ignoró mi comentario.

—¿Qué sugieres, Seth?

Seth se apartó del respaldo de mi silla y se colocó a mi lado.

—¿Qué te parece destituirlo de su puesto? Así no tendrá poder.

Lucian observó a Seth con una mirada de aprobación en los ojos, y juraría que Seth sonrió. Casi como si hubiera traído a casa el boletín de notas con todo sobresalientes y estuviera a punto de recibir una palmadita en el hombro. *Raro.* Raro y espeluznante.

—¿Estás sugiriendo un golpe de Estado? ¿Que nos rebelemos contra el Ministro Jefe? —Marcus dirigió su incredulidad hacia Lucian—. ¿Y no tienes respuesta a esto?

—No me gustaría rebajarme a algo tan desagradable, nunca, pero el Ministro Jefe Telly está anclado en las viejas costumbres. Sabes que lo único que quiere es vernos retroceder como sociedad —respondió Lucian con suavidad—. Llegará a los extremos para proteger sus creencias.

—¿Cuáles son esas creencias, exactamente? —pregunté. El cuero hizo ruidos poco atractivos cuando me hundí en el asiento.

—A Telly le encantaría que dejáramos de relacionarnos con los mortales. Si por él fuera, no haríamos nada más que dedicarnos a adorar a los dioses. —Lucian se pasó una mano pálida por la túnica—. Cree que el deber del Consejo es proteger el Olimpo en lugar de guiar a nuestra especie hacia el futuro y ocupar el lugar que nos corresponde.

—Y nos ve como una amenaza para los dioses —dijo Seth, cruzándose de brazos—. Él sabe que no puede venir a por mí, pero Alex es vulnerable hasta el Despertar. Hay que hacer algo con él.

Hice una mueca.

—Yo no soy vulnerable.

—Pero sí lo eres. —Los ojos de Aiden eran de un gris plomo cuando se detuvieron en mí—. Si el Ministro Jefe Telly de verdad teme que Seth sea una amenaza en el futuro, entonces intentará eliminarte de la ecuación. Tiene el poder para hacerlo.

—Lo entiendo, pero Seth no va a volverse loco en el Consejo. No va a intentar apoderarse del mundo cuando yo Despierte. —Lo fulminé con la mirada—. ¿Verdad?

Seth sonrió.

—Estarías a mi lado.

Ignorándole, me rodeé las piernas con los brazos.

—Telly no puede querer eliminarme simplemente por la idea de una amenaza. —Pensé en mi padre. Sabía, sin lugar a dudas, que él también estaba detrás de aquello—. Tiene que haber algo más que eso.

—Telly vive para servir a los dioses —dijo Lucian—. Si siente que pueden estar amenazados, esa es la única la razón que necesita.

—¿No vivís para servir a los dioses? —preguntó Leon.

Lucian apenas miró al Centinela sangre pura.

—Así es, pero también vivo para servir a los intereses de mi pueblo.

Marcus se masajeó la frente con cansancio.

—Telly no es nuestra única preocupación. También están los propios dioses.

—Sí. —Lucian asintió—. También está el tema de las furias.

Me pasé la mano por la frente, obligándome a concentrarme en la conversación. El hecho de que me incluyeran en esto era importante. Así que supuse que debía prestar atención y mantener el sarcasmo al mínimo.

—Las furias atacan tan solo cuando perciben una amenaza para los sangre pura y los dioses —explicó Marcus—. Su aparición en los Covenants antes del ataque daimon fue un mero acto de precaución por parte de los dioses. Fue una advertencia de que, si no podíamos mantener a la población daimon bajo control, o si nuestra existencia quedaba expuesta a los mortales a través de las acciones de los daimons, ellos responderían. Y cuando los daimons lanzaron su ataque al Covenant, las furias fueron liberadas. Pero fueron a por *ti*, Alex. Aunque había daimons contra los que podrían haber luchado, te percibieron como la mayor amenaza.

Las furias habían arrasado con daimons e inocentes por igual en aquellos sangrientos momentos tras el asedio daimon y habían venido a por mí. No iba a mentir, en mi vida había estado más aterrorizada.

—Volverán —añadió Leon—. Es su naturaleza. Quizá no de inmediato, pero lo harán.

La cabeza me daba vueltas.

—Me lo imaginaba, pero no he hecho nada malo.

—Existes, querida. Eso es lo único que necesitan —dijo Lucian—. Y tú eres la más débil de los dos.

También era la más adormilada de los dos.

Seth se balanceó sobre sus talones.

—Si vuelven, las destruiré.

—Buena suerte con eso. —Cerré los ojos, dándoles un respiro de la intensa luz—. Lo único que harán será arder y volver.

—No si las mato.

—¿Con qué? —preguntó Aiden—. Son diosas. Ningún arma hecha por el hombre o por un semidiós las matará.

Cuando abrí los ojos, Seth sonreía.

—*Akasha* —dijo—. Eso las mataría de forma permanente.

—Ahora mismo no tienes ese tipo de poder —afirmó Leon, con la mandíbula tensa.

Seth siguió sonriendo hasta que Lucian se aclaró la garganta y habló.

—Nunca llegué a ver a las furias. Habría sido... algo digno de presenciar.

—Eran preciosas —dije. Todos se volvieron hacia mí—. Lo eran, al principio. Entonces cambiaron. Nunca había visto nada igual. De todos modos, una dijo que Tánatos no estaría contento con su regreso después de... deshacerme de ellas. Dijo algo sobre el camino que los Poderes habían elegido y que yo sería su herramienta. El oráculo también dijo algo así antes de desvanecerse.

—¿Quiénes son los Poderes? —preguntó Leon.

Aiden asintió.

—Esa es una buena pregunta.

—Eso no es motivo de preocupación. Las furias, sí —respondió Lucian, rechazando el tema con un movimiento de su esbelta muñeca—. Al igual que Telly, operan sobre viejos temores. Las furias son leales a Tánatos. Si las furias vuelven, me temo que Tánatos no andará muy lejos.

Marcus dejó caer la mano sobre el escritorio de caoba brillante.

—No puedo permitir que los dioses ataquen la escuela. Tengo cientos de estudiantes que debo mantener a salvo. Las furias no discriminan a la hora de matar.

Ni una sola vez había mencionado el mantenerme a salvo a mí. Eso me dolió. Podríamos estar emparentados, pero eso no nos convertía en una familia de verdad. Marcus ni siquiera me había sonreído, ni una sola vez. En realidad, no me quedaba nadie. Por eso era tan importante llegar hasta mi padre.

—Sugiero que llevemos a Alex a un lugar seguro —dijo Lucian.

—¿Qué? —Me chirrió la voz.

Lucian me miró.

—Las furias saben que deben buscarte aquí. Podríamos trasladarte a un lugar seguro.

Seth se sentó en el brazo de mi silla, cruzando sus largas piernas por los tobillos. No parecía estar sorprendido por nada de esto.

Le di un golpecito en la espalda para llamar su atención.

—¿Sabías algo de esto? —susurré.

No contestó.

La mirada que le dirigí prometía problemas más tarde, y no de los divertidos. Por lo menos, Seth podría haberme avisado de esto.

Aiden frunció el ceño.

—¿Dónde la llevarías?

Volví a mirarlo. Los músculos de mi pecho se tensaron cuando nuestras miradas se cruzaron por un segundo. Ahora, si me concentraba lo suficiente, aún podía sentir sus brazos a mi alrededor. No era la mejor táctica cuando todo el mundo hablaba de mi futuro como si yo no estuviera aquí.

—Cuanta menos gente lo sepa, mejor —respondió Lucian—. Estará bien protegida por mis mejores Guardias y por Seth.

Marcus pareció considerarlo.

—No tendríamos que preocuparnos de que las furias atacasen este lugar. —Miró en mi dirección, con expresión cautelosa—. Pero si se va del Covenant ahora, no podrá graduarse y convertirse en Centinela.

Se me revolvió el estómago.

—Entonces no puedo irme. Tengo que graduarme.

Lucian sonrió y me entraron ganas de darle un puñetazo.

—Querida, ya no tienes que preocuparte por convertirte en Centinela. Te convertirás en Apollyon.

—¡No me importa! ¡Ser un Apollyon no lo es todo en mi vida! Necesito convertirme en Centinela. Eso es lo que siempre he querido. —Esas últimas palabras me dolieron en el pecho. Lo que siempre había querido era tener opciones. En realidad, convertirme en Centinela era el menor de los males.

—Tu seguridad es más importante que lo que desees. —La voz de Lucian era firme, y me recordó a cuando era una niña que se había aventurado a entrar en una habitación a la que no debía o se había atrevido a hablar fuera de lugar. Ese era el verdadero Lucian, y se colaba a través de su fachada.

Nadie más se daba cuenta.

Me apreté los muslos hasta que me dolieron.

—No. Tengo que convertirme en Centinela. —Miré a Seth en busca de ayuda, pero de repente estaba interesado en las puntas de sus botas—. Ninguno de vosotros lo entiende. Los daimons me quitaron a mi madre y la convirtieron en un monstruo. ¡Mirad lo que me hicieron! No. —Luché por respirar, sabiendo que estaba a dos segundos de perder la cordura—. Además, no importa dónde me lleves, las furias me encontrarán. Son diosas. No es como si pudiera esconderme para siempre.

Lucian me miró de frente.

—Nos daría tiempo.

La ira me invadió. Estuve a nada de caerme de la silla.

—¿Tiempo para que Despierte? ¿Y después qué? ¿No te importa lo que me pase?

—Tonterías —dijo Lucian—. No solo tendrás poder, Seth será capaz de protegeros a los dos.

—¡No necesito que Seth me proteja!

Seth me lanzó una mirada por encima del hombro.

—Tú sí que sabes cómo hacer que un hombre se sienta útil.

—Cállate —siseé—. Ya sabes lo que quiero decir. Sé luchar. He matado daimons y he luchado contra las furias y he sobrevivido. No necesito que Seth sea mi niñera.

Leon resopló.

—Sí que necesitas una niñera, pero dudo que él esté cualificado para el trabajo.

Aiden tosió, pero sonó muy parecido a una risa ahogada.

—¿Crees que puedes hacerlo mejor? —La voz de Seth era despreocupada, pero lo noté tenso. También sabía que no estaba hablando con Leon—. Porque eres más que bienvenido a intentarlo —añadió.

Los ojos de Aiden pasaron de grises a plateados. Sus labios carnosos se inclinaron en una sonrisa de satisfacción cuando se encontró con la mirada de Seth.

—Creo que los dos sabemos la respuesta.

Me quedé boquiabierta.

Seth se enderezó y cuadró los hombros. Antes de que pudiera decir algo, que estaba segura de que sería muy malo, salté del asiento.

—No puedo dejar el... —Unos puntos brillantes bailaron ante mis ojos, convirtiéndolo todo en un borrón mientras el estómago se me revolvía de forma peligrosa—. Uy...

Al instante, Seth estaba a mi lado, con un brazo alrededor de mi cintura.

—¿Estás bien? —Me bajó de nuevo hacia el sillón—. ¿Alex?

—Sí —respiré y levanté la cabeza despacio. Todos me miraban atentamente. Aiden se había acercado, con los ojos muy abiertos. Las mejillas me ardieron de calor—. Estoy bien. De verdad. Solo estoy un poco cansada.

Seth se arrodilló a mi lado y me agarró la mano. Apretó suavemente mientras miraba por encima de su hombro.

—Ha estado resfriada toda la semana.

—¿Ha estado *resfriada*? —Lucian curvó el labio—. Qué... mortal.

Le lancé una mirada de odio.

—Pero nosotros... Los mestizos no enferman —dijo Marcus, con los ojos entrecerrados.

—Bueno, puedes decírselo a la caja de pañuelos con la que he estado viviendo. —Me pasé los dedos por el pelo—. En serio, ya estoy bien.

Marcus se levantó de repente.

—Creo que por esta noche hemos terminado. Todos estamos de acuerdo en que no hay nada que decidir en este momento.

Lucian, que se había quedado callado y dócil, asintió.

La discusión terminó y, por un momento, pude relajarme. Por ahora no iba a irme del Covenant, pero no podía deshacerme del temor que me carcomía el estómago de que, al final, la decisión no sería mía.

Capítulo 5

A la mañana siguiente se me pegaron las sábanas y falté a las dos primeras clases. En cierto modo salió bien, ya que no tuve que enfrentarme a Olivia después de intentar estrangularla el día anterior, pero el cansancio de la noche seguía acosándome. Pasé el descanso previo a mis clases de la tarde discutiendo con Seth.

—¿A ti qué te pasa? —Empujó la silla hacia atrás.

—Ya te lo he dicho. —Eché un vistazo a la sala común. Había poca gente. Era mejor que comer en la cafetería, donde todos nos miraban—. Sé que sabías lo del plan de Lucian de meterme en el Programa de Reubicación del Apollyon.

Seth gruñó.

—Vale. Bien. Puede que lo mencionase. ¿Y qué? Es una idea de lo más inteligente.

—No es una idea inteligente, Seth. Tengo que graduarme, no esconderme. —Miré mi bocadillo de fiambre casi sin tocar. Se me revolvió el estómago—. No voy a huir.

Se reclinó en la silla y se llevó las manos a la cabeza.

—Lucian piensa en lo mejor para ti.

—Oh, cielos. No empieces con la mierda esa de Lucian. Tú no lo conoces como yo.

—La gente cambia, Alex. Puede que antes fuese un imbécil, pero ha cambiado.

Lo miré y, de repente, ni siquiera sabía por qué estaba discutiendo. Bajé los hombros.

—¿Qué sentido tiene?

Seth frunció el ceño.

—¿Qué quieres decir?

—Nada. —Jugueteé con la pajita.

Se inclinó hacia delante y empujó mi plato.

—Deberías comer más.

—Gracias, papá —espeté.

Levantó las manos y volvió a sentarse bien.

—Cálmate, conejita mimosa.

—De todas formas, todo esto es culpa tuya.

Seth resopló.

—¿Por qué es culpa mía?

Fruncí el ceño.

—Nadie quiere matarte, pero tú eres el que tendrá el potencial de acabar con toda la corte del Olimpo. Pero todos dicen: «¡Matemos a la que no está haciendo nada!». Y tú puedes tener tu «felices para siempre» mientras yo muero.

Volvió a mover los labios.

—No sería feliz si estuvieras muerta. Estaría triste.

—Estarías triste porque no serías el Asesino de Dioses. —Levanté mi bocadillo, dándole la vuelta despacio—. Olivia me odia.

—Alex...

—¿Qué? —Levanté la vista—. Me odia porque dejé morir a Caleb.

Entrecerró los ojos.

—Tú no dejaste morir a Caleb, Alex.

Suspiré; de repente quería llorar. Ya era oficial: hoy estaba completamente ida.

—Lo sé. La echo de menos.

—¿Has intentado hablar con ella? —Abrió los ojos de par en par al mirarme. Señaló el bocadillo—. Come.

De mala gana, le di un bocado enorme y torpe.

Seth arqueó una ceja mientras me observaba.

—¿Tienes hambre?

Tragué saliva. La comida me produjo un nudo en el estómago.

—No.

No hablamos durante unos minutos. Sin querer, giré la mano izquierda y miré la runa con forma de grapa que brillaba con suavidad.

—¿Lo hiciste...? ¿Lo hiciste a propósito?

—¿Qué? ¿La runa? —Me tomó la mano y me la puso con la palma hacia arriba—. No, no lo hice a propósito. Ya te lo he dicho.

—No lo sé. Parecía que te estabas concentrando mucho cuando ocurrió.

—Me estaba concentrando en tus emociones. —Seth recorrió el glifo con el pulgar, a punto de tocarlo—. Esto no te gusta, ¿verdad?

—No —susurré. Otra marca significaba un paso más hacia convertirme en alguien más. En algo más.

—Es algo natural, Alex.

—No me parece natural. —Lo miré—. ¿Esta qué significa?

—La fuerza de los dioses —respondió, sorprendiéndome—. La otra significa el valor del alma.

—¿Valor del alma? —Me reí—. Eso no tiene sentido.

Deslizó la mano hasta mi muñeca y apoyó el pulgar sobre mi pulso.

—Son las primeras marcas que reciben los Apollyons.

Mi muñeca parecía tan pequeña en su mano, frágil incluso.

—¿Las tuyas aparecieron tan pronto?

—No.

Suspiré.

—¿Qué pasó… entre nosotros anoche?

Una sonrisa malvada se dibujó en sus labios.

—Bueno, la mayoría de los jóvenes lo llaman enrollarse.

—No me refería a eso. —Aparté la mano y froté la palma contra el borde de la mesa—. Sentí que la energía o como quieras llamarla salía de mí y entraba en ti.

—¿Te hizo daño?

Negué con la cabeza.

—Me sentí bien.

Sus fosas nasales se encendieron como si oliera algo que le gustaba. Entonces, sin previo aviso, se inclinó sobre la mesa que nos separaba, me agarró las mejillas y acercó su boca a la mía. El beso fue suave, tentador y extraño. Que nos hubiésemos besado la noche anterior no contaba, o al menos me había convencido de ello. Así que este era el primer beso de verdad desde Catskills, y en público. Y todavía tenía el bocadillo en la mano derecha. Así que sí, fue extraño.

Seth se apartó, sonriendo.

—Creo que deberíamos hacerlo más a menudo, pues.

Me ardían las mejillas, porque sabía que la gente estaba mirando.

—¿Besarnos?

Se rio.

—Estoy a favor de besarnos más, pero me refería a lo que pasó anoche.

De la nada, la ira se apoderó de mí.

—¿Por qué? ¿Sentiste algo?

Arqueó una ceja.

—Oh, sentí algo.

Tomé aire y lo solté despacio.

—Me refería a cuando me agarraste de la mano y apareció la marca. ¿Sentiste algo?

—Nada de lo que parezca que quieras que hable.

—Dioses. —Apreté el bocadillo. Unas manchas de mayonesa salpicaron el plato de plástico—. Ni siquiera sé por qué estoy hablando contigo.

Seth exhaló despacio.

—¿Tiene que venirte la regla o algo así? Porque tus cambios de humor me están matando.

Me quedé mirándolo un momento y pensé: «Vaya, ¿de verdad acaba de ir por ahí?». Y entonces eché el brazo hacia atrás y lancé el bocadillo al otro lado de la mesa. Chocó contra su pecho con un golpe un tanto satisfactorio, pero fue la expresión de su cara cuando saltó del asiento lo que estuvo a punto de hacerme sonreír. Una mezcla de incredulidad y horror se reflejó en sus facciones mientras se sacudía trozos de lechuga y jamón de la camiseta y los pantalones.

En la sala común no había más que un puñado de personas, en su mayoría jóvenes sangre pura. Todos se quedaron boquiabiertos.

Probablemente lanzarle un bocadillo al Apollyon no fuese algo que debía hacerse en público. Pero no pude evitarlo: me reí.

Seth levantó la cabeza. Sus ojos tenían un color ocre intenso y lleno de ira.

—¿Eso te ha hecho sentir mejor?

Me lloraban los ojos de tanto reírme.

—Sí, creo que sí.

—Sabes, vamos a cancelar el entrenamiento después de las clases de hoy. —Flexionó la mandíbula, con las mejillas sonrojadas—. Descansa.

Puse los ojos en blanco.

—Como quieras.

Seth abrió la boca para decir algo más, pero se detuvo. Se quitó lo que quedaba de jamón y queso, se dio la vuelta y se fue. No podía creer que le hubiera tirado mi almuerzo a Seth. Me pareció un poco extremo, incluso para mí.

Pero fue divertido.

Me reí para mis adentros.

—¿Vas a limpiar esto?

Di un pequeño respingo en mi asiento y levanté la vista. Linard salió de detrás de una de las columnas y miró el desastre en el suelo.

—¿Me estás vigilando o algo?

Sonrió con firmeza.

—Estoy aquí para asegurar que estás a salvo.

—Y *eso* es un poco espeluznante. —Me levanté del asiento y agarré una servilleta de mi plato. Recogí lo que pude, pero la mayonesa se quedó pegada a la alfombra—. ¿Ha sido idea de Lucian?

—No. —Se llevó las manos a la espalda—. Fue petición del decano Andros.

Me quedé paralizada.

—¿De verdad?

—De verdad —respondió—. Deberías irte. Tu próxima clase empezará pronto.

Asentí distraída, tiré los restos de basura y agarré la mochila. La petición de Marcus me tomó desprevenida. Esperaba que Lucian me echara encima a sus Guardias. No querría que le pasara nada a su preciado Apollyon. Tal vez Marcus no me encontraba tan desagradable como yo creía.

Linard me siguió a la salida de la sala común, manteniendo una distancia prudente. Me recordó al día en que había comprado los barquitos espirituales que Caleb y yo habíamos soltado en el mar. El recuerdo me dio un tироncito en el corazón y empeoró mi mal humor.

Fui como un zombi al resto de las clases. Después de cambiarme rápido para ponerme la ropa de entrenamiento, entré en la clase de Combate. El Instructor Romvi parecía ridículamente satisfecho con mi aspecto.

Dejé caer la mochila y me apoyé en la pared, como si no me molestara el hecho de no tener a nadie con quien hablar. La última vez que había estado en esta clase, Caleb aún estaba vivo.

Apreté los labios y dejé que mi mirada recorriera la pared donde estaban las armas. Me había acostumbrado tanto a esta sala durante mis entrenamientos con Aiden que para mí ya era como mi casa. De pie junto a la pared de las cosas destinadas a matar daimons, Jackson sonrió por algo que había dicho otro mestizo. Luego me miró y sonrió con suficiencia.

Hubo un tiempo en el que me había parecido atractivo, pero entre que mi madre daimon había asesinado a los padres de su novia —si es que seguía con Lea— y la última vez que me enfrenté a él, había dejado de tenerlo en tan alta estima.

Le sostuve la mirada hasta que la apartó. Luego continué mi exploración. Olivia estaba junto a Luke, atándose el pelo rizado en una coleta. Tenía moratones en la piel color caramelo del cuello. Me miré las manos. Había sido yo.

Dioses, ¿en qué estaba pensando? Me sentí culpable y avergonzada. Cuando levanté la vista, Luke me estaba mirando. Su mirada no era hostil ni nada parecido, solo… triste.

Aparté la mirada, mordiéndome el labio. Echaba de menos a mis amigos. Y echaba mucho de menos a Caleb.

La clase no tardó en empezar y, aunque estaba cansada, me metí de lleno en ella. Me pusieron en pareja con Elena para una serie de ejercicios de sujeción y agarre. Al pasar por las distintas técnicas, mi cerebro por fin pudo desconectar. Aquí, entrenando, no pensaba en nada. No había penas ni pérdidas, tampoco un destino con el que lidiar o un padre al que salvar. Imaginé que así sería ser Centinela.

Cuando saliera a cazar, no tendría que pensar en nada más que en localizar y matar daimons. Tal vez esa era la verdadera razón por la que quería ser Centinela, porque así podría ir por la vida… ¿y hacer qué? Matar. Matar. Y matar un poco más.

En el fondo, no era lo que quería. ¿Me estaba dando cuenta de eso ahora?

Incluso lenta con los pies, era un poco más rápida que Elena. Cuando pasamos a los derribos e inmovilizaciones, que consistían en tirarse al suelo e intentar zafarse, pude mantenerla inmovilizada, pero me estaba volviendo más lenta, cada vez más agotada.

Rompió mi agarre e inclinó las caderas, haciéndome rodar sobre mi espalda. Me miró fijamente y frunció el ceño.

—¿Te encuentras bien? Estás muy pálida.

Necesitaba buscar en Google cuánto duraban los efectos de un resfriado, porque esto se estaba volviendo muy irritante. Lo único que quería era una cama. Antes de que pudiera responder a la pregunta de Elena, el Instructor Romvi apareció detrás de nosotras. Reprimí un gruñido.

—Si sois capaces de hablar, quizá no estéis entrenando lo suficiente. —Los ojos pálidos de Romvi eran como glaciares. Le encantaba aterrorizarme en clase; seguro que me había echado de menos—. Elena, sal de las colchonetas.

Se levantó y se marchó, dejándome con el Instructor. A nuestro alrededor, los estudiantes entrenaban. Me puse en pie y me moví inquieta, preparándome mentalmente para lo que fuera a lanzarme. Me di la vuelta y coloqué las manos en las caderas.

Me golpeó en el hombro con la mano.

—Uno nunca debe dar la espalda en un conflicto.

Me encogí de hombros y me enfrenté a él.

—No sabía que estábamos en un conflicto.

Algo brilló en sus ojos.

—Siempre estamos en conflicto, sobre todo en mi clase. —Me miró por debajo de su nariz de halcón, algo habitual dado que era un sangre pura que una vez había sido Centinela—. Hablando de eso, me alegro de que por fin te unas a nosotros, Alexandria. Empezaba a creer que pensabas que la formación ya no era necesaria.

Me vinieron varias respuestas a la cabeza, pero sabía que no debía soltarlas.

Parecía decepcionado.

—He oído que luchaste durante el asedio daimon.

Sabiendo que con menos palabras me pateaban menos el trasero, asentí con la cabeza mientras me imaginaba a un pegaso aterrizando en su cabeza y mordiéndole en el cuello.

—También luchaste contra las furias y sobreviviste. Solo los guerreros pueden presumir de tal hazaña.

Mi mirada se deslizó más allá de él, hacia donde ahora Olivia y Luke estaban mirándome desde el borde de las colchonetas. ¿Cuántas veces habíamos estado en esta situación? Pero esta era diferente, porque Caleb solía estar entre ellos.

—¿Alexandria?

Me centré en él, encogiéndome de hombros mentalmente. Nunca debía dejar de mirar a Romvi cuando hablaba.

—Luché contra las furias.

En sus ojos brilló el interés.

—Enséñame lo que hiciste.

Sorprendida, di un paso atrás.

—¿Qué quieres decir?

Una pequeña sonrisa se dibujó en un lado de sus labios.

—Enséñame cómo luchaste contra las furias.

Me humedecí los labios, nerviosa. No tenía ni idea de cómo había luchado contra las furias y había sobrevivido, solo sabía que todo se había vuelto ámbar, como si alguien me hubiera salpicado los ojos con el color pardo.

—No lo sé. Todo sucedió muy rápido.

—No lo sabes. —Levantó la mano y la manga de su camisa tipo túnica se deslizó por su brazo, revelando el tatuaje de la antorcha girada hacia abajo—. Me cuesta creerlo.

Experimenté un momentáneo lapso de cordura.

—¿Qué pasa con ese tatuaje?

Apretó la mandíbula y esperé a que me atacara. Pero no lo hizo.

—¡Jackson!

Llegando a las colchonetas, Jackson se detuvo y apoyó las manos en sus estrechas caderas.

—¿Señor?

Romvi me miró a los ojos.

—Quiero que hagas de contrincante.

Miré la cara sonriente de Jackson. Lo que Romvi quería que hiciera era mostrarle cómo había luchado contra las furias y había sobrevivido, usando a Jackson para ello. No importaba contra quién luchara; no podía mostrarle algo que no sabía.

Cuando Romvi salió de las colchonetas, se detuvo y le susurró algo a Jackson. Lo que sea que estuviera diciendo provocó una sonrisa fácil en la cara de Jackson justo antes de asentir.

Pasándome la mano por la frente húmeda, ralenticé la respiración e intenté ignorar los finos temblores que me recorrían las piernas. Incluso cansada podía con Jackson. Era un buen luchador, pero yo era mejor. Tenía que ser mejor.

—Te va a doler al final de la clase —se burló Jackson, haciendo crujir los nudillos.

Enarqué una ceja y le hice un gesto hacia delante con una mano. Podía apetecerme mucho una almohada, pero podía con él.

Esperé a que estuviera a medio metro antes de lanzar una ofensiva brutal. Fui rápida y ligera con los pies. Hizo una finta en una dirección para evitar un golpe seco y terminó con una patada lateral en la espalda. Al poco, acabó de espaldas, jadeando y maldiciendo por una feroz patada giratoria.

—¿Me va a doler? —dije, poniéndome encima de él—. No, no lo creo.

Respiró con dificultad y saltó sobre las puntas de los pies.

—Espera y verás, nena.

—¿Nena? —repetí—. No soy tu nena.

Jackson no respondió a eso. Voló en una patada de mariposa que esquivé. Esas patadas eran brutales. Golpe tras golpe, fuimos a por el otro, cada golpe más cruel que el anterior. Hay que admitir que estaba tomándome esto un poco demasiado en serio. No iba a ponérselo fácil a este imbécil. Me invadió una extraña oscuridad mientras bloqueaba una serie de patadas y golpes que habrían derribado incluso a Aiden. Sonreí a pesar del sudor que me caía y de cómo me dolían los antebrazos. Canalicé toda la rabia que había sentido antes para luchar contra Jackson.

Nuestro combate acabó llamando la atención de los demás alumnos. Me sorprendí un poco cuando el puño de Jackson rebotó en mi mandíbula y el Instructor Romvi no dio por terminada la pelea. En todo caso, parecía que se estaba divirtiendo viendo el brutal enfrentamiento.

¿Así que Jackson no quería seguir las reglas y a Romvi no le importaba? Daba igual. Giró el puño, pero esta vez le agarré la mano y se la retorcí hacia atrás.

Jackson rompió el agarre con demasiada facilidad, lo que demostró que yo estaba llegando a mis propios límites. Giré sobre mis talones, vi que las luces parpadeaban —¿o eran mis ojos?— y con una potente patada giratoria le derribé las piernas a Jackson. No hubo ni un momento para celebrar su evidente derrota. Vi que Jackson se abalanzaba sobre mis piernas. Intenté saltar como nos habían enseñado, pero, agotada, fui demasiado lenta. Su pierna atrapó la mía y caí de lado, rodando de inmediato fuera de su alcance.

—Estoy seguro de que no fue así como derrotaste a las furias. —El Instructor Romvi sonaba engreído.

No tuve ni un segundo para pensar en lo mucho que deseaba poder darle una patada a Romvi. Jackson se dio la vuelta. Me hice a un lado, pero su patada me alcanzó en las costillas. El dolor estalló, tan inesperado y tan intenso que me quedé paralizada.

Al sentir que Jackson aún no había terminado, levanté las manos, pero ese pequeñísimo instante me salió caro. El tacón de Jackson se deslizó entre mis manos, me golpeó la barbilla y me partió el labio. Algo caliente entró en mi boca y vi destellos de luz. Sangre, sabía a sangre. Y más allá de las luces parpadeantes, vi la bota de Jackson levantarse una vez más.

CAPÍTULO 6

Jackson iba a estamparme el pie en la cabeza.

Eso no era parte del entrenamiento.

En el último segundo posible, alguien agarró a Jackson por la cintura y lo tiró a la colchoneta. Mis manos volaron hacia mi boca. Algo pegajoso y caliente las cubrió de inmediato.

Lo único que saboreé fue sangre. Vacilante, me pasé la lengua por el interior de la boca y comprobé que no había perdido ningún diente. Cuando me di cuenta de que aún tenía la dentadura completa, me levanté escupiendo sangre. Luego me abalancé sobre Jackson.

Me quedé de piedra. El shock casi hizo que me cayera de rodillas.

Jackson ya estaba preocupado por defenderse de alguien más, y ese alguien era Aiden. Por un momento, olvidé el dolor mientras me preguntaba vagamente de dónde había salido. Aiden ya no asistía a mis clases. Ni siquiera me entrenaba, así que no tenía motivos para merodear por estas aulas.

Pero aquí estaba.

Embelesada por aquella extraña mezcla de gracia y brutalidad, vi cómo Aiden sacaba a Jackson de la colchoneta, agarrándolo de la camiseta. Sus caras estaban a centímetros de distancia. La última vez que había visto a Aiden *así* de enfadado fue cuando había ido a por Seth la noche que me habían dado la poción.

—Así no se lucha con un compañero —dijo Aiden en voz baja y fría—. Estoy seguro de que el Instructor Romvi te ha enseñado algo mejor que eso.

Los ojos de Jackson se hicieron increíblemente grandes. Estaba de puntillas, con los brazos colgando a los lados. Fue entonces cuando me di cuenta de que la nariz de Jackson sangraba más que mi boca. Alguien lo había golpeado, lo más probable era que ese alguien hubiera sido Aiden, porque solo un puro podría hacer eso y que nadie interviniera.

Soltó a Jackson. El mestizo cayó de rodillas, acunándose la cara. Aiden se giró y evaluó rápidamente los daños. Luego se volvió hacia el Instructor Romvi, y habló demasiado bajo y rápido como para que yo o la clase lo entendiéramos.

Antes de que pudiera darme cuenta, Aiden cruzó las colchonetas y me tomó del brazo. No hablamos mientras me acompañaba a la salida de la sala de entrenamiento.

—Mi bolsa —protesté.

—Haré que alguien te la recoja.

En el pasillo, me agarró por los hombros y me dio la vuelta. Sus ojos pasaron del gris oscuro al plateado cuando su mirada se posó en mi labio.

—El Instructor Romvi nunca debió permitir que llegara tan lejos.

—Ya, no creo que le importase.

Maldijo.

Quería decir algo. Algo como «estas cosas pasan» o al menos que eran de esperar, ya que no tenía muchos amigos por aquí. O tal vez debería darle las gracias a Aiden, pero por las emociones en conflicto que se reflejaban en su rostro me di cuenta de que no le gustaría. Aiden estaba furioso, furioso por las razones equivocadas. Había reaccionado como si me hubiera pegado un tipo cualquiera y no un mestizo. Como sangre pura, no tenía por qué intervenir. Ese era el trabajo del Instructor. Aiden lo había olvidado en un momento de rabia desenfrenada.

—No debería haber hecho eso, perdí los estribos —dijo en voz baja. Sonaba y parecía terriblemente joven y vulnerable para alguien que yo creía tan poderoso—. No debería haberle pegado.

Le recorrí el rostro con la mirada. Aunque me palpitaba la cara, quería tocarle. Quería que me tocara. Y lo hizo, pero no como yo quería. Me puso la mano en la parte baja de la espalda y me dirigió a la enfermería. Quería tocarme la boca para ver lo mal que estaba. En realidad, quería un espejo.

La doctora sangre pura me echó un vistazo a la cara y negó con la cabeza.

—A la camilla.

Me levanté.

—¿Va a quedarme cicatriz?

La doctora tomó un frasco blanco de aspecto turbio y varios algodones.

—Aún no estoy segura, pero intenta no hablar ahora. Al menos hasta que me asegure de que no hay daños dentro del labio, ¿vale?

—Si me deja cicatrices, me voy a cabrear mucho.

—Deja de hablar —dijo Aiden, apoyándose en la pared.

La doctora le dedicó una sonrisa, al parecer sin curiosidad por saber por qué me había acompañado un puro. Se volvió hacia mí.

—Esto puede escocer un poco. —Me pasó el algodón por el labio. ¿*Escocer*? Ardía como el demonio. Estuve a punto de saltar de la camilla.

—Antiséptico —dijo, con una mirada comprensiva—. Queremos asegurarnos de que no se infecte. Entonces sí te quedaría cicatriz.

¿El escozor? Podría soportarlo. La doctora tardó un par de minutos en limpiarme el labio. Esperé el veredicto algo impaciente.

—No creo que necesites puntos en el labio. Se hinchará y estará un poco sensible durante un tiempo. —Me echó la cabeza hacia atrás y me palpó con suavidad la boca—. Pero creo que vamos a necesitar un punto justo... aquí, debajo del labio.

Me estremecí cuando empezó a pincharme y me centré en su hombro. *No muestres dolor. No muestres dolor. No muestres dolor.* La doctora metió los dedos en el frasco marrón y presionó la piel desgarrada. Grité cuando un dolor abrasador me atravesó desde la piel bajo el labio y se extendió por mi rostro.

Aiden empezó a avanzar, pero se detuvo cuando pareció darse cuenta de que no había nada que pudiera o debiera hacer. Se llevó las manos a los costados y su mirada se cruzó con la mía. Sus ojos eran de un gris atronador e infinito.

—Un poquito más —dijo con dulzura—. Entonces todo habrá terminado. Tienes suerte de no haber perdido ningún diente.

Entonces me apretó una vez más sobre la piel. Esta vez no hice ningún ruido, pero apreté los ojos hasta que las luces bailaron tras los párpados cerrados. Quería saltar de la camilla y buscar a Jackson. Pegarle me haría sentir mejor. Confiaba en ello.

La doctora retrocedió hasta los armarios. Volvió con una gasa húmeda y empezó a limpiar la sangre, teniendo en cuenta el punto de sutura.

—La próxima vez que la entrenes, ten un poco más de cuidado. Será así de joven y guapa solo una vez. No se lo estropees.

Miré a Aiden.

—Pero...

—Sí, señora —me interrumpió Aiden, dirigiéndome una mirada seria.

Le devolví la mirada.

La doctora suspiró y volvió a negar con la cabeza.

—¿Por qué los mestizos elegís esto? Seguro que la alternativa es mejor. En fin, ¿tienes alguna otra herida?

—No —murmuré. Las palabras de la doctora me sorprendieron.

—Sí —dijo Aiden—. Comprueba el lado izquierdo de las costillas.

—Oh, vamos —dije—. No es tan grave... —Me quedé sin palabras cuando la doctora tiró del dobladillo de mi camiseta.

La doctora me presionó las costillas, pasando las manos por los costados. Tenía los dedos fríos y ágiles.

—No hay ninguna rota, pero esto... —Frunció el ceño, inclinándose más cerca. Inhaló con fuerza, dejó mi camiseta y miró a Aiden. Pareció tardar un momento en serenarse—. No tiene las costillas rotas, pero sí hematomas. Debería tomárselo con calma durante unos días. Además, debería hablar poco para que no se le abran los puntos.

Aiden parecía querer reírse ante la última sugerencia. Cuando estuvo de acuerdo con la doctora, ella salió de la habitación con bastante rapidez.

—¿Por qué has dejado que crea que lo has hecho tú? —le pregunté—. Ya ni siquiera me entrenas.

—¿No se supone que debes hablar poco?

Puse los ojos en blanco.

—Ahora piensa que te encanta golpear a los mestizos o algo así.

Señaló la puerta.

—No estaría muy lejos de la imaginación. Tu Instructor permitió que sucediese. La doctora ve más casos como este de los que le gustaría.

Y seguramente había visto a muy pocos sangre pura que se preocupasen lo suficiente como para asegurarse de que el mestizo estaba bien. Suspiré.

—¿Qué hacías allí?

Hubo un atisbo de sonrisa.

—¿No te he dicho que asegurarme de que estás a salvo es un trabajo a tiempo completo?

Empecé a sonreír, pero enseguida recordé que no debía hacerlo.

—Ay. —Ignoré su mirada divertida—. Entonces, ¿por qué estabas allí *en realidad*?

—Pasaba por allí y miré en la sala. —Se encogió de hombros, mirando por encima de mi hombro—. Os vi entrenando y observé. El resto es historia.

No le creí del todo, pero lo dejé pasar.

—Habría podido con Jackson, ¿sabes? Pero este maldito resfriado me ha dejado hecha polvo.

La mirada de Aiden volvió a posarse en mí.

—No deberías estar enferma. —Dio un paso adelante, extendiendo la mano, y con cuidado me la colocó alrededor de la barbilla. Frunció el ceño—. ¿Cómo te has puesto enferma?

—No puedo ser la primera mestiza que se pone enferma.

Movió el pulgar por mi barbilla, con cuidado de evitar el punto sensible. Así era Aiden, siempre tan cuidadoso conmigo a pesar de que sabía que yo era una persona dura. Me dio un vuelco el corazón.

—No lo sé —dijo, dejando caer la mano.

Sin saber qué responder, me encogí de hombros.

—De todos modos, gracias por, eh… hacer que Jackson parase.

Una mirada letal y firme se dibujó en su rostro.

—Me aseguraré de que Jackson sea castigado por lo que ha hecho. El Covenant ya tiene bastante sobre sus hombros como para que los mestizos intenten matarse unos a otros.

Me toqué la barbilla e hice una mueca de dolor.

—No sé si fue idea suya.

Aiden me agarró la mano y me la apartó de la cara.

—¿Qué quieres decir?

Antes de que pudiera responder, un fino escalofrío me recorrió la espalda. Segundos después, la puerta de la sala se abrió de golpe. Seth entró, con los ojos dilatados y los labios entreabiertos. Su mirada pasó de mi labio a donde Aiden me sostenía la mano.

—¿Qué demonios ha pasado?

En la cara de Aiden apareció la confusión y luego la comprensión. Me soltó la mano y retrocedió.

—Estaba entrenando.

Seth le lanzó una mirada mordaz a Aiden mientras se dirigía hacia donde yo estaba sentada en la mesa. Me agarró de la barbilla con dos dedos finos, igual que había hecho Aiden. Mi corazón no se agitó, pero el cordón sí.

—¿Con quién peleabas?

—No es para tanto. —Sentí que me empezaban a arder las mejillas.

—No lo parece. —Seth entrecerró los ojos—. Y te duele en otra parte. Puedo sentirlo.

Dioses, de verdad que tenía que trabajar en ese escudo.

—Gracias por cuidarla, Aiden. —Seth no me quitó los ojos de encima—. Ya me ocupo yo de ella.

Aiden abrió la boca para decir algo, pero luego la cerró. Se dio la vuelta y salió de la habitación en silencio. El impulso de saltar de la camilla y correr tras él fue difícil de ignorar.

—¿Qué te ha pasado en la cara? —volvió a preguntar.

—Me la he destrozado —murmuré, apartándome de él.

Seth me inclinó la barbilla hacia un lado, frunciendo el ceño.

—Ya lo veo. ¿De verdad te lo hiciste mientras entrenabas en combate?

—Sí, bueno, me partí la crisma en clase.

Frunció el ceño.

—¿Qué significa eso?

Le aparté la mano y me bajé de la camilla.

—No es nada. Tan solo es un labio partido.

—¿Un labio partido? —Me agarró por la cintura, tirando de mí hacia atrás—. Podría jurar que lo que veo en tu barbilla es una huella de bota.

—¿En serio? ¿Tan grave es? —Me toqué la barbilla con cautela, preguntándome qué pensaría si viera la huella de la bota en mis costillas.

—Tan vanidosa. —Seth me agarró la mano—. ¿Con quién entrenabas?

Suspiré e intenté zafarme, pero fue inútil. Seth y el cordón querían que estuviera aquí con él. Apoyé la mejilla en su pecho.

—No importa. Y, de todas formas, ¿no sigues enfadado conmigo por tirarte comida?

—Oh, no estoy muy contento con eso. Creo que la mayonesa deja mancha. —Aflojó un poco el abrazo—. ¿Te duele?

Mentir no tenía sentido, pero es lo que hice.

—No. Para nada.

—Ya —murmuró contra mi cabeza—. ¿Con quién entrenaste?

Cerré los ojos. Estando tan cerca de él, con el vínculo y todo, era fácil dejar de pensar. Igual que cuando luchaba.

—Siempre me emparejan con Jackson.

Al día siguiente, después de clase, estuve dando vueltas por el centro de formación. Me encontré entrando en la sala pequeña en la que había estado Aiden cuando me enteré de lo de mi padre. Por supuesto, ahora no estaba allí. No había nadie. Dejando caer mi bolsa justo al otro lado de la puerta, me acerqué al saco de boxeo que colgaba en el centro de las colchonetas. Era una cosa vieja y andrajosa que había visto días mejores. Algunas partes del cuero negro estaban arrancadas. Alguien había usado cinta adhesiva y lo había remendado. Pasé los dedos por los bordes de la cinta.

La inquietud me recorría la piel. La idea de volver a mi residencia y pasar tiempo a solas no me atraía. No había visto a Seth desde que me había dejado el día anterior. Supuse que seguía enfadado por el tema del bocadillo.

Empujé el saco con las palmas. Luego giré las manos. Dos glifos que brillaban con suavidad me devolvieron la mirada.

Volví a mirar el saco de boxeo. ¿Mi padre había entrenado en este Covenant? ¿Había estado en esta misma sala? Eso explicaría por qué conocía tan bien a mi madre. De nuevo, la melancolía se apoderó de mí.

La puerta de la sala se abrió. Me giré, esperando al Guardia Linard. Pero no era él. Mi corazón hizo un breve y estúpido baile feliz.

Aiden entró en la sala de entrenamiento y la puerta se cerró tras él. Llevaba el atuendo de un Centinela: una camiseta negra de manga larga y un pantalón cargo también negro. Me quedé mirándolo como una idiota.

La forma en que mi cuerpo le respondía a un sangre pura era algo totalmente imperdonable. Lo sabía, pero eso no impidió que me faltara el aliento o que mi piel se encendiese. No era solo su aspecto. No me malinterpretéis: Aiden tenía toda esa belleza masculina tan poco común. Pero era más que eso. Me entendía de una forma en la que muy poca gente lo hacía. No necesitaba un vínculo para hacerlo, como Seth. Aiden me comprendía gracias a su inquebrantable paciencia… y a no aguantar ninguna de mis tonterías. Durante el verano habíamos pasado muchas horas juntos entrenando y conociéndonos. Me gustaba pensar que había surgido algo bonito de ello. Después de lo que había hecho para protegerme en Nueva York, y luego con Jackson, ya no podía estar enfadada de verdad con él por el día en que me dijo que no podía amarme.

Aiden me miró con curiosidad.

—Vi a Seth entrando en la parte principal de Deity Island y no estabas con él. Supuse que estarías aquí.

—¿Por qué?

Se encogió de hombros.

—Simplemente sabía que estarías en una de las salas de entrenamiento, aunque te hayan dicho que te lo tomaras con calma.

Siempre que se enfrentaba a algo, se iba directo a las colchonetas. A mí me pasaba lo mismo, lo que me recordó a la noche en que le había abordado tras conocer el verdadero destino de mi madre. Me di la vuelta, pasando los dedos por el centro del saco.

—¿Cómo te encuentras? ¿Las costillas y el labio?

Me dolían las dos cosas, pero había estado peor.

—Bien.

—¿Has escrito la carta para que se la dé a Laadan? —preguntó al cabo de un rato.

Se me hundieron los hombros.

—No. No sé qué decirle. —No es que no lo hubiera pensado, pero ¿qué le dices a un hombre que creías muerto, a un padre que nunca conociste?

—Dile lo que sientes, Alex.

Me reí.

—No sé si él querría saber todo esto.

—Sí que querría. —Aiden hizo una pausa, y el silencio se extendió entre nosotros—. Últimamente pareces… ida.

Todavía me sentía así.

—Es el catarro.

—Parecía que te ibas a desmayar en el despacho de Marcus y, afrontémoslo, no hay ninguna razón por la que no pudieras haber derribado a Jackson ayer… o al menos quitarte de en medio. Pareces exhausta, Alex.

Suspiré y lo miré. Estaba recostado contra la pared, con las manos metidas en los bolsillos.

—¿Qué haces aquí? —pregunté, tratando de desviar la atención de mí.

La expresión de Aiden era de complicidad.

—Te vigilo.

Sentí calor en el pecho.

—¿En serio? Eso no es espeluznante, para nada.

Esbozó una pequeña sonrisa.

—Bueno, estoy de servicio.

Miré alrededor de la habitación.

—¿Crees que hay daimons por aquí?

—Ahora mismo no estoy cazando. —Un mechón de pelo ondulado castaño oscuro le cayó sobre los ojos grises al inclinar la cabeza hacia un lado—. Me han dado una nueva misión.

—Cuéntame.

—Además de cazar, te vigilo a ti.

Parpadeé y me reí tan fuerte que me dolieron las costillas.

—Dioses, debe apestar ser tú.

Frunció el ceño.

—¿Por qué piensas eso?

—No puedes librarte de mí, ¿verdad? —Me volví hacia el saco, buscando un punto débil—. Quiero decir, no es que quieras hacerlo, pero sigues cargando conmigo.

—Yo no lo considero *cargar* contigo. ¿Por qué lo piensas?

Cerré los ojos, preguntándome por qué había dicho eso.

—Entonces, ¿Linard también tiene una nueva misión?

—Sí. No has respondido a mi pregunta.

Y no iba a hacerlo.

—¿Marcus te ha pedido que hagas esto?

—Sí, lo hizo. Cuando no estés con Seth, Linard, Leon o yo estaremos de vigías. Hay muchas posibilidades de que quien quiera que te haya hecho daño...

—El Ministro Telly —añadí, cerrando el puño.

—Quienquiera que te hiciera daño en Catskills intentará algo aquí. Luego están las furias.

Le di un puñetazo al saco, con una inmediata mueca de dolor al tirarme de los músculos doloridos de las costillas. Debería habérmelas vendado primero. Estúpida.

—Vosotros no podéis luchar contra las furias.

—Si aparecen, lo intentaremos.

Sacudiendo la mano, di un paso atrás.

—Moriréis en el intento. Esas cosas... bueno, ya viste de lo que son capaces. Si vienen, no te metas.

—¿Qué? —La incredulidad coloreó su tono.

—No quiero ver a la gente morir sin razón.

—¿Morir sin razón?

—Sabes que seguirán viniendo, y no quiero que alguien muera cuando todo parece... inevitable.

El aliento que aspiró fue agudo, audible en la pequeña habitación.

—¿Estás diciendo que crees que tu muerte es inevitable, Alex?

Volví a golpear el saco de boxeo.

—No sé lo que estoy diciendo. Olvídalo.

—Algo... Algo en ti ha cambiado.

Me entraron ganas de huir de la habitación, pero me enfrenté a él. Me miré las palmas de las manos. Las marcas seguían allí. ¿Por qué seguía mirándomelas como si fueran a desaparecer o algo así?

—Han pasado muchas cosas, Aiden. No soy la misma persona.

—Eras la misma persona el día que descubriste lo de tu padre —dijo, con los ojos del color de un nubarrón.

La ira empezó a bajarme por el estómago, zumbándome por las venas.

—Eso no tiene nada que ver con esto.

Aiden se apartó de la pared, sacándose las manos de los bolsillos.

—¿Qué es *esto*?

—¡Todo! —Me clavé los dedos en las palmas de las manos—. ¿Qué sentido tiene todo esto? Vamos a pensarlo de forma hipotética por un segundo, ¿vale? Digamos que Telly o quien sea no se las arregla para enviarme a la servidumbre o para matarme y las furias no acaban destrozándome. Aun así, voy a cumplir dieciocho años. Voy a Despertar. Entonces, ¿qué sentido tiene? Quizá debería irme. —Caminé hacia donde había dejado mi bolso—. Quizá Lucian me deje ir a Irlanda o algo como eso. Me gustaría visitarla antes de que esté…

Aiden me agarró por la parte superior del brazo y me giró para que me pusiera frente a él.

—Dijiste que tenías que quedarte en el Covenant para poder graduarte, porque necesitabas ser Centinela más que nadie en la sala. —Bajó la voz mientras sus ojos buscaban los míos con intensidad—. Esto te apasionaba. ¿Ha cambiado?

Tiré de mi brazo, pero él no me soltó.

—Tal vez.

Aiden enrojeció en la zona de los pómulos.

—¿Así que te rindes?

—No creo que sea rendirse. Llámalo… aceptar la realidad. —Sonreí, pero me sentía asqueada.

—Eso es una gilipollez, Alex.

Abrí la boca, pero no salió nada. Argumenté que me quedaría en el Covenant para poder convertirme en Centinela. Y sabía que, en el fondo, todavía quería convertirme en una, por mi madre, por mí, pero no estaba segura de que fuera lo que necesitaba. O algo con lo que podía estar de acuerdo, si era honesta conmigo misma. Después de ver a esos sirvientes masacrados en el suelo y que nadie se preocupara, que nadie viniera a ayudarlos...

No estaba segura de poder ser parte de nada de eso.

—Nunca te has regodeado en la autocompasión cuando las probabilidades te superan.

Se me desencajó la mandíbula.

—No me estoy autocompadeciendo, Aiden.

—¿En serio? —dijo en voz muy baja—. ¿Igual que no te conformas con Seth?

Dioses, no era lo que quería oír.

—No me estoy conformando. —*Mentirosa*, susurró una voz malvada en mi cabeza—. No quiero hablar de Seth.

Apartó la mirada un segundo y volvió a posarla en mí.

—No puedo creerme que lo hayas perdonado por lo que... Por lo que te hizo.

—Eso no fue culpa suya, Aiden. Seth no me dio la poción. No me obligó...

—¡Aun así lo sabía!

—No voy a hablar contigo de esto. —Empecé a retroceder.

La mano en su costado se apretó.

—¿Así que sigues... con él?

Una parte de mí se preguntaba qué había sido del Aiden que me abrazó cuando le hablé de mi padre. Había sido más fácil lidiar con esa versión. Por otra parte, era evidente que yo tampoco me estaba comportando como la persona que era antes. Y a una parte de mí le gustaba la forma en que decía «él», como si el mero nombre le diera ganas de golpear algo.

—Define «con», Aiden.

Me miró fijamente.

Levanté la cabeza.

—¿Quieres decir si salgo con él o si somos solo amigos? ¿O preguntabas si estamos durmiendo juntos?

Entrecerró los ojos en finas rendijas que brillaban con un feroz color plateado.

—¿Y por qué lo preguntas, Aiden? —Me aparté y me soltó—. Sea cual sea la respuesta, no importa.

—Pero sí importa.

Pensé en las señales y en lo que significaban.

—No tienes ni idea. No tiene importancia. Es el destino, ¿recuerdas? —Volví a tomar mi bolsa, pero él volvió a agarrarme del brazo. Levanté la vista, exhalando despacio—. ¿Qué quieres de mí?

La comprensión se apoderó de su expresión, suavizando el tono de sus ojos.

—Tienes miedo.

—¿Qué? —Me reí, pero sonó como un graznido nervioso—. No tengo miedo.

Los ojos de Aiden se desviaron por encima de mi cabeza y la determinación se instaló en sus ojos.

—Sí. Lo tienes.

Sin decir nada más, me dio la vuelta y tiró de mí hacia la cámara de privación sensorial.

Abrí mucho los ojos.

—¿Qué estás haciendo?

Siguió tirando hasta que nos detuvimos frente a la puerta.

—¿Sabes para qué usan esto?

—Eh, ¿para entrenar?

Aiden me miró, sonriendo con fuerza.

—¿Sabes cómo se entrenaban los antiguos guerreros? Solían luchar contra Deimos y Fobos, que utilizaban los peores miedos de los guerreros contra ellos durante la batalla.

—Gracias por la lección diaria de historia de dioses raros, pero...

—Pero como los dioses del miedo y el terror han estado fuera del mapa por un tiempo, crearon esta cámara. Creen que luchar usando nada más que tus otros sentidos para guiarte es la mejor manera de perfeccionar tus habilidades y enfrentarte a tus miedos.

—¿Miedo a qué?

Abrió la puerta y un agujero negro nos recibió.

—A cualquier cosa que te esté frenando.

Clavé los talones.

—No tengo miedo.

—Estás aterrorizada.

—Aiden, estoy a dos segundos de... —Mi propio grito de sorpresa me interrumpió cuando me arrastró al interior de la cámara y cerró la puerta tras de sí, sumiendo la habitación en una oscuridad total. Se me heló la respiración en la garganta—. Aiden... No puedo ver nada.

—De eso se trata.

—Bueno, gracias, Capitán Obviedad. —Estiré la mano a ciegas, pero no sentí nada más que aire—. ¿Qué esperas que haga aquí? —Tan pronto como la pregunta salió de mi boca, me asaltaron imágenes poco apropiadas de todas las cosas que podríamos hacer en ese lugar.

—Peleemos.

Bueno, eso apestaba. Inhalé y percibí el aroma a especias y océano. Lentamente, levanté la mano. Mis dedos rozaron algo duro y cálido: ¿su pecho? Luego no hubo nada más que vacío. Dioses, esto no iba a salir nada bien.

De repente, me agarró del brazo y me hizo girar.

—Ponte en posición.

—Aiden, de verdad que no quiero hacer esto ahora. Estoy cansada y me han dado una paliza...

—Excusas —dijo, con su aliento peligrosamente cerca de mis labios.

Me quedé quieta.

Su mano había desaparecido.

—Ponte en posición.

—Estoy en ello.

Aiden suspiró.

—No, no lo estás.

—¿Cómo lo sabes?

—Me doy cuenta. No te has movido —dijo—. Ahora ponte en guardia.

—Joder, ¿eres como un gato que puede ver en la oscuridad o algo así? —Cuando no respondió, gruñí y me puse en posición: brazos a media altura, piernas abiertas y pies fijos en el sitio—. Muy bien.

—Tienes que enfrentarte a tus miedos, Alex.

Entrecerré los ojos, pero no vi nada.

—Creía que habías dicho que no tenía miedo a nada.

—Normalmente no lo tienes. —De repente, estaba delante de mí y su olor me estaba distrayendo—. Por eso tener miedo ahora es tan difícil para ti. Tener miedo no es una debilidad, Alex. Es solo un signo de algo que debes superar.

—El miedo es una debilidad. —Esperando que continuara delante de mí, decidí seguirle la corriente. Estiré el codo, pero no estaba allí. Y entonces lo tuve a mi espalda, su aliento bailaba a lo largo de mi nuca. Me giré, tomando aire—. ¿Tú de qué tienes miedo?

Un soplo de aire y estaba detrás de mí otra vez.

—No se trata de mí, Alex. Tienes miedo de perderte a ti misma.

—Claro que no. ¿En qué estaba pensando? —Me di la vuelta, maldiciendo cuando se hubo ido. Esto me estaba mareando—. Entonces, ¿por qué no me dices de qué tengo miedo, oh, señor tan valiente?

—Tienes miedo de convertirte en algo que no puedas controlar. —Me agarró del brazo mientras giraba hacia el sonido de su voz—. Eso te da mucho miedo. —Me soltó y retrocedió.

Tenía razón y, por eso, la rabia y la vergüenza me inundaron. En la oscuridad que me rodeaba había un sector más denso que el resto. Me lancé hacia él. Anticipándose al movimiento, me agarró por los hombros. Me impulsé, dándole en el estómago y en el pecho.

Aiden me empujó hacia atrás.

—Estás enfadada porque tengo razón.

Un sonido ronco me subió por la garganta. Cerré la boca y volví a golpear. Mi codo conectó con algo.

—Un Centinela nunca tiene miedo. Nunca se escondería y huiría.

—¿Estás escondiéndote y huyendo, Alex?

El aire se agitó a mi alrededor y salté, esquivando por poco lo que seguramente era un perfecto barrido de piernas.

—¡No!

—Eso no es lo que parecía antes —dijo—. Querías aceptar la oferta de Lucian. ¿Visitar Irlanda?

—Yo… Yo estaba… —Maldita sea, odiaba cuando tenía razón.

Aiden se rio desde algún lugar en la oscuridad.

Seguí el sonido. Yendo demasiado lejos, demasiado presa de mi ira, perdí el sentido del equilibrio cuando ataqué. Aiden me agarró del brazo, pero ninguno de los dos pudimos mantenernos en pie en la oscuridad. Cuando caí, él vino conmigo. Aterricé de espaldas, con Aiden justo encima de mí.

Aiden me agarró las muñecas antes de que pudiera golpearlo de nuevo, inmovilizándolas por encima de mi cabeza y sobre las colchonetas.

—Siempre te dejas llevar por tus emociones, Alex.

Intenté apartarlo, sin confiar en mí misma para hablar. Un sollozo crecía en mi garganta mientras me movía debajo de él y conseguía liberar una pierna.

—Alex —me advirtió con suavidad. Presionó y, cuando inspiró, su pecho se elevó contra el mío. En la oscuridad absoluta de la sala de privación sensorial, su aliento era cálido contra mis labios. No me atreví a moverme. Ni siquiera un milímetro.

Aflojó el agarre alrededor de mis muñecas y deslizó una mano sobre mi hombro, acariciándome la mejilla. En esos segundos, el corazón quería salírseme del pecho y todos los músculos se me bloquearon, tensos por la expectación. ¿Iba a besarme? No. Me había partido el labio, pero si lo hacía, yo no se lo impediría, y sabía que eso estaba muy mal. Me recorrió un escalofrío y me relajé debajo de él.

—Está bien tener miedo, Alex.

Entonces eché la cabeza hacia atrás, deseando estar lejos de él tanto como quería estar justo donde estaba.

—Pero tú no tienes miedo. —Guio mi barbilla hacia abajo con dedos suaves—. ¿Cuándo aprenderás? —Su voz era pesada, ronca—. Eres la única persona que tiene control sobre en quién te conviertes. Eres demasiado fuerte para perderte. Yo creo en ello. ¿Por qué tú no?

Respiré con dificultad. Su fe en mí fue casi mi perdición. La presión en mi pecho me habría levantado de las colchonetas. Pasaron varios segundos antes de que pudiese hablar.

—¿Tú de qué tienes miedo? —volví a preguntar.

—Una vez dijiste que yo no tenía miedo de nada —me espetó.

—Eso dije.

Aiden se movió un poco y me acarició la curva de la mejilla con el pulgar.

—Tengo miedo de algo.

—¿De qué? —susurré.

Respiró hondo, estremeciéndose.

—Tengo miedo de que nunca me permitan sentir lo que siento.

CAPÍTULO 7

Se me entrecortó la respiración. Hubiera deseado poder ver su cara, sus ojos. Quería saber lo que estaba pensando en ese momento, tocarle. Pero me quedé allí tumbada, la única parte de mí que se movía era el corazón.

Me rozó la mejilla con el pulgar una vez más.

—Eso es lo que me da miedo. —Luego se apartó de mí. Retrocedió y las colchonetas se movieron bajo su paso vacilante—. Estaré en la otra sala de entrenamiento cuando estés lista... para caminar de regreso a tu residencia.

Hubo un breve destello de luz que vino de las salas de entrenamiento del exterior cuando se escabulló por la puerta y la oscuridad volvió a cubrirme.

No me moví, pero el cerebro me daba vueltas. Tenía miedo de que nunca le permitieran sentir lo que sentía. Dioses, no era estúpida, pero deseaba serlo. Sabía lo que quería decir y también sabía que no significaba una mierda. Una parte de mí estaba enfadada, porque se atrevía a decirlo cuando lo único que conseguía era que me doliera el pecho de deseo, un deseo tan intenso que creía que podría aplastarme bajo su peso. ¿Y por qué admitirlo ahora, cuando antes le había suplicado que me dijera que sentía lo mismo y él lo había negado? ¿Qué había cambiado?

Y tenía razón sobre lo otro. Me aterraba convertirme en algo que no pudiese controlar, de perderme en el vínculo, en Seth. Parecía que, incluso si superaba todos los obstáculos en el camino, estaba *ese*, ese que no podía superar con éxito Alex, la imprudente.

La puerta volvió a abrirse y el suave murmullo de dos voces masculinas flotó por la habitación. Se oyó una risita profunda y ronca mientras las colchonetas se hundían bajo sus pies. Podría haber dicho algo, pero estaba demasiado perdida en mis propios pensamientos como para pronunciar una sola palabra.

Un segundo después, unos pies se enredaron con mis piernas y sonó un aullido de sorpresa. Las colchonetas cedieron y un cuerpo se desplomó, cayendo a medias sobre mí. Solté un «ay» y aparté las manos del pecho.

—¡Dioses, Alex! —exclamó Luke, apartándose de mí y sentándose—. Santo cielo, ¿qué estás haciendo aquí?

—¿Cómo supiste que era yo con solo palparme las tetas? —me quejé, echándome un brazo por encima de la cara.

—Es un superpoder.

—Vaya.

Luke resopló. Sentí rodar las colchonetas mientras se enfrentaba a su silencioso y misterioso compañero.

—Oye —dijo Luke—. ¿Puedes darnos unos minutos?

—Claro, como quieras —respondió el chico, volviendo a salir por la puerta. La voz era muy familiar, pero por más que lo intenté no pude ubicarla.

—Pervertido —dije—. ¿Para qué has estado usando estas salas, Luke? Travieso.

Se rio.

—Para algo mucho más entretenido y normal que para lo que las has estado usando tú. Tú eres la que está tumbada en una sala sensorial a oscuras como un bicho raro. ¿Qué estás haciendo aquí? ¿Planeando acabar con el Covenant? ¿Meditando? ¿Dándote placer?

Hice una mueca.

—¿No tienes nada mejor que hacer?

—Sí, lo tengo.

—Entonces vete. Esta sala ya está ocupada.

Luke suspiró.

—Estás siendo ridícula.

Pensé que era gracioso, teniendo en cuenta que no tenía ni idea de por qué estaba siendo un «poco rara» en la sala sensorial. Luke no tenía ni la menor idea de lo que acababa de pasar aquí. Probablemente pensaba que me estaba escondiendo de todo el mundo o que tenía algún tipo de colapso mental. Esa última parte aún estaba en el aire y podía ser una gran posibilidad. Si hubiera sido Caleb quien se hubiera tropezado conmigo, lo habría sabido. Inspiré con fuerza.

De repente me di cuenta de que echarle de menos no estaba siendo nada fácil.

—Es una mierda no tener amigos, ¿verdad? —preguntó Luke al cabo de unos instantes.

Fruncí el ceño.

—Menos mal que no puedes ser psicólogo, porque se te da fatal eso de hacer que la gente se sienta mejor consigo misma.

—Pero tienes amigos —continuó como si yo no hubiera dicho nada—. Solo que parece que nos has olvidado.

¿Como a quién?

—Como a mí. —Luke se tendió a mi lado—. Y a Deacon. Y a Olivia.

Resoplé.

—Olivia me odia a muerte.

—No te odia.

—Y una mierda. —Dejé caer el brazo, enfrentándome a él en la oscuridad—. Me culpa de la muerte de Caleb. La oíste el día de su funeral y ayer en el pasillo.

—Está dolida, Alex.

—¡Yo también estoy dolida! —Me senté con las piernas cruzadas.

Las colchonetas temblaron cuando Luke rodó sobre su costado.

—Ella amaba a Caleb. Por poco práctico que sea para cualquiera de nosotros amar a alguien, ella lo amaba.

—Yo también lo amaba. Era *mi* mejor amigo, Luke. Me culpa de la muerte de mi mejor amigo.

—Ya no te culpa.

Me alisé los pelitos que se me habían escapado de la coleta.

—¿Cuándo ocurrió eso? ¿En las últimas veinticuatro horas?

Impertérrito, Luke se incorporó y, de algún modo, encontró mi mano en la oscuridad.

—El día que se te acercó en el pasillo, quería disculparse contigo.

—Es curioso, porque recuerdo que me dijo algo así como que tenía que reprimir mi dolor. —No aparté la mano de la suya; era agradable que alguien me tocara y no pasara nada raro—. ¿Acaso esa es una nueva forma de disculparse que desconozco?

—No sé en qué estaba pensando. Quería disculparse, pero tú no te detuviste a hablar con ella —explicó con suavidad—. Se le fue. Fue una zorra. Olivia lo sabe. Y que le hayas pateado el culo delante de todos tampoco ayudó.

La antigua Alex se habría reído de eso, pero no me hizo sentir bien.

—Tienes que hablar con ella, Alex. Ahora mismo las dos os necesitáis.

Tiré de mi mano y me puse de pie con rapidez. De repente, la habitación me pareció sofocante e insoportable.

—No la necesito, ni a ella ni a nadie.

En un segundo, Luke estuvo a mi lado.

—Y eso ha sido probablemente lo más infantil que has dicho nunca.

Entrecerré los ojos en su dirección.

—Y tengo algo aún más infantil que decirte. Estoy a dos segundos de pegarte.

—Eso no mola mucho —se burló Luke, rodeándome—. Necesitas amigos, Alex. Por muy bueno que esté Seth, no puede ser tu único amigo. Necesitas amigas. Necesitas a alguien con quien llorar, alguien que no intente meterse en tus pantalones. Necesitas a alguien que quiera estar contigo no por lo que eres, sino por quién eres.

Abrí la boca de par en par.

—Vaya.

Luke debió de notar mi asombro, porque se echó a reír.

—Todo el mundo sabe lo que eres, Alex. Y a la mayoría le parece guay. Lo que no les parece guay, y la razón por la que todo el mundo te evita, es tu actitud. Todo el mundo entiende que estás herida por lo de Caleb y lo que pasó con tu madre. Lo entendemos, pero eso no significa que tengamos que tolerar tu constante mal genio.

Abrí la boca para decirle a Luke que la perra no era yo, que eran todos ellos los que me habían estado tratando como a un perro de tres cabezas desde que había vuelto, e incluso antes, pero no me salió nada. Aparte de pasar tiempo con Seth, me había aislado de todo el mundo.

Y a veces era una persona horrible. Tenía razones, buenas razones, pero no eran más que excusas. El peso se me asentó en el pecho.

En el silencio y la oscuridad que nos rodeaba, Luke me encontró y me rodeó los hombros entumecidos con sus brazos.

—Bueno, quizá tengamos que soportarlo un poco. Después de todo, eres un Apollyon. —Podía notar la sonrisa en su voz—. Y a pesar de que has sido una perra descomunal, todavía te queremos y estamos preocupados.

Se me hizo un nudo en la garganta. Luché contra él, de verdad que sí, pero sentí que las lágrimas me picaban en los ojos mientras mis músculos empezaban a relajarse. De algún modo, mi cabeza encontró su hombro y me dio unas palmaditas tranquilizadoras en la espalda. Por un momento pude fingir que Luke era Caleb y, en mi cabeza, simulé que le había contado todo lo que había pasado. Mi Caleb imaginario me sonrió, me abrazó más fuerte y me ordenó que dejase de actuar como una estúpida. Que no importaba lo que había pasado y todo lo que había averiguado; el mundo no se había acabado y no se iba a acabar.

Y por el momento, eso parecía ser suficiente.

Cuando por fin salí de la sala sensorial, Aiden me estaba esperando. No dijo nada mientras salíamos. Ambos habíamos dicho y probablemente pensado demasiado. No había ninguna incomodidad entre nosotros, pero había una gran sensación de… incertidumbre. Aunque podía ser que fuese yo la que estaba proyectando mis propios sentimientos en él.

Subimos por la pasarela en dirección a las residencias. El viento levantaba arena y había una sensación de frío y humedad en el aire a medida que nos acercábamos al jardín.

Dos chicos puros miraban fijamente la estatua de mármol de Apolo alcanzando Dafne mientras esta se transformaba en árbol. Uno le dio un codazo al otro.

—Eh, mira. Apolo se está poniendo palote.

Su amigo se echó a reír. Puse los ojos en blanco.

—Alex. —Había algo en la voz de Aiden, una aspereza que me decía que lo que fuera que iba a decir iba a ser potente. Su mirada se dirigió a mi cara, luego a mi espalda—. ¿Qué demonios?

No era lo que esperaba.

Aiden pasó rozándome, concentrado únicamente en algo que no era yo. Maldita sea. Me di la vuelta.

—Tú no... *oh.*

Entonces vi lo que había interrumpido a Aiden.

Dos chicos llevaban a un Jackson apenas consciente entre ellos, un Jackson apenas reconocible. Parecía que había salido muy mal parado tras una paliza. Cada centímetro visible de su piel estaba amoratado o ensangrentado: tenía los ojos hinchados, los labios abiertos de par en par y la marca profunda y furiosa que tenía en la mejilla izquierda se parecía sospechosamente a la huella de una bota.

—¿Qué le ha pasado? —preguntó Aiden, ocupando el lugar de uno de los mestizos y prácticamente sosteniendo todo el peso del chico.

El mestizo negó con la cabeza.

—No lo sé. Nos lo encontramos así en el patio.

—Yo... me caí —dijo Jackson, con sangre y saliva chorreándole de la boca. Creo que le faltaban algunos dientes.

Una expresión de duda cruzó el rostro de Aiden.

—Alex, por favor, ve directo a tu cuarto.

Asentí en silencio y me alejé. Todavía estaba enfadada con Jackson. Había intentado pisotearme cabeza, pero lo que le habían hecho era horrible y calculador. Comparado con el puño que Aiden había plantado en su cara cuando Jackson...

Mis ojos se cruzaron con los de Aiden durante un segundo antes de que se llevara a Jackson hacia la enfermería. Recordé mi conversación con Seth.

Me había preguntado: «¿Con quién entrenaste?».

«Siempre me emparejan con Jackson».

Por todos los dioses, había sido Seth.

Parecía que Seth me evitaba la mayor parte del tiempo, probablemente por el incidente del bocadillo de jamón. Nuestros entrenamientos se cancelaban o bien consistían en trabajar en mis escudos mentales. Durante toda una semana, cada vez que le veía, le preguntaba por Jackson. Con una mirada de completa inocencia me había dicho que él no lo había hecho. No le creí, y se lo hice saber.

Me miró con expresión vacía y me dijo:

—¿Por qué iba a hacer algo así?

No quería creer que lo hubiera hecho, porque quienquiera que le hubiera hecho eso a Jackson le había dejado fuera de combate durante mucho tiempo. Jackson no hablaba, literalmente. Tenía la mandíbula cerrada con alambres y había oído que necesitaba mucho trabajo de odontología. Aunque se curaría mucho más rápido que un mortal, sabía que seguiría sin hablar. Al chico le habían dado un susto de muerte.

Y aunque no quería creer que había sido Seth, no podía evitar las sospechas. ¿Quién más le haría algo así a Jackson? Seth tenía un motivo, un motivo que me hacía sentir mal. Si lo había hecho, había sido por lo que Jackson me había hecho en clase. ¿Pero cómo había podido hacer algo tan… violento, tan inestable? Esa pregunta me atormentaba.

Lo único bueno fue que el extraño malestar que se había instalado en mi interior como una manta que picaba se desvaneció. Una pequeña parte de mí echaba de menos la compañía de Seth por las tardes y la forma en que siempre se las arreglaba para convertirme en una almohada humana durante la noche, pero había otra parte de mí que se sentía aliviada. Como si no se esperara nada más de mí.

Aunque nadie intentó drogarme o matarme, Linard y Aiden continuaban siguiéndome. Y cuando estaban ocupados, era la enorme sombra de Leon la que me acechaba. Había empezado a merodear por las salas de entrenamiento incluso los días que Seth y yo no entrenábamos. Sabía que Aiden acabaría encontrándome allí. No volvimos a hablar de tener miedo, sino que simplemente pasábamos el rato… en la sala de entrenamiento.

Sonaba cutre, pero era como en los viejos tiempos, antes de que todo se volviera tan jodidamente complicado. A veces Leon nos visitaba. Nunca parecía sorprendido o desconfiado. Ni siquiera la última vez, cuando habíamos estado sentados contra la pared, discutiendo si existían o no los fantasmas.

Yo no creía en ellos.

Aiden, sí.

Leon creía que los dos éramos unos idiotas.

Pero joder, qué ganas que me daban. Sentarse y hablar, nada más. Sin entrenar. Sin tratar de conectar y usar *akasha*. Esos momentos con Aiden, incluso cuando Leon decidía unirse a nosotros, eran mi parte favorita del día.

No había vuelto a estrangular a Olivia, pero las cosas eran súper incómodas cuando la veía, lo que no era ninguna sorpresa. Aun así, empecé a almorzar en la cafetería con Seth. Después del segundo día Luke se nos unió, luego Elena, y, al final, Olivia. No hablábamos, pero tampoco nos gritábamos nada.

Sin embargo, algunas cosas no cambiaron. Las fiestas mortales de Navidad y Año Nuevo llegaron y se fueron, junto con la mayor parte del mes de enero. La mayoría de los puros todavía parecían esperar que cada mestizo se convirtiera en una criatura succionadora de éter maligna y se abalanzara sobre ellos. Deacon, el hermano de Aiden, era uno de los pocos que se atrevía a sentarse a nuestro lado en clase o a hablar con nosotros por el campus. Otra cosa que no había cambiado era mi incapacidad para escribir una carta a mi padre. ¿Qué se suponía que debía decir? No tenía ni idea. Cada noche que pasaba sola, empezaba una carta y luego la dejaba. El suelo estaba lleno de bolas de papel.

—Escribe lo que sientes, Alex. Estás dándole demasiadas vueltas —había dicho Aiden después de quejarme—. Sabes que está vivo desde hace dos meses. Tienes que escribir sin pensar.

¿Dos meses? No me había parecido tanto tiempo. Y eso significaba que tenía poco más de un mes antes de Despertar. Tal vez estaba tratando de frenar el tiempo. Sea como fuere, mis sentimientos estaban por todas partes, y si mi padre era tan competente como yo creía, no quería que pensara que tenía problemas.

Así que, después del entrenamiento con Seth, recogí mi cuaderno y me dirigí a una de las salas de recreo menos concurridas. Acurrucada en la esquina de un sofá rojo brillante, miré fijamente la página en blanco y mordisqueé el extremo del bolígrafo.

Linard se colocó junto a la puerta, con cara de aburrimiento. Cuando me vio mirándolo, hice una mueca y volví la vista hacia las líneas azules del papel. Luke me interrumpió varias veces, tratando de atraerme para jugar al *air hockey*.

Cuando su sombra volvió a posarse sobre mi cuaderno, gruñí.

—No quiero…

Olivia estaba de pie frente a mí, con un grueso jersey de cachemira por el que enseguida empecé a sentir lujuria. Tenía los ojos marrones muy abiertos.

—Eh… lo siento —dije—. Pensaba que eras Luke.

Se pasó una mano por el pelo rizado.

—¿Intenta que juegues al *skee ball*?

—No. Se ha pasado al *air hockey*.

Su risa sonaba nerviosa mientras miraba al grupo junto a las máquinas de juegos. Luego cuadró los hombros mientras señalaba el espacio a mi lado.

—¿Puedo sentarme?

Se me revolvió el estómago.

—Sí, si quieres.

Olivia se sentó y se pasó las manos por las piernas enfundadas en unos vaqueros. Pasaron varios minutos sin que ninguna de las dos hablara. Ella fue la primera en romper el silencio.

—Bueno, ¿cómo...? ¿Cómo has estado?

Era una pregunta cargada de implicaciones, y se me escapó una risa ahogada y áspera. Me llevé el cuaderno al pecho mientras miraba a Luke. Fingía no haberse dado cuenta de que estábamos juntas.

Dejó escapar un pequeño suspiro y empezó a levantarse.

—Vale. Supongo que...

—Lo siento. —Hablé en voz baja, con palabras roncas. Sentí que me ardían las mejillas, pero me obligué a seguir—. Lo siento por todo, sobre todo por lo del pasillo.

Olivia apretó los muslos.

—Alex...

—Sé que querías a Caleb y en lo único en lo que he estado pensando ha sido en mi propio dolor. —Cerré los ojos y me tragué el nudo que tenía en la garganta—. De verdad que me gustaría poder volver atrás y cambiar todo lo que pasó esa noche. He pensado un millón de veces en todas las cosas que podríamos haber hecho de otra manera.

—No deberías... hacerte eso —dijo en voz baja—. Al principio, no quería saber lo que pasó de verdad, ¿sabes?

Los detalles. Durante un tiempo, no podía… lidiar con el hecho de saberlo, pero al final conseguí que Lea me lo contara todo hace una semana.

Me mordí el labio, sin estar segura de qué decir. No había aceptado mi disculpa, pero estábamos hablando.

Respiró de forma entrecortada, con los ojos brillosos.

—Me dijo que Caleb la salvó. Que estabas luchando contra otro daimon y que, si él no la hubiera agarrado, habría muerto.

Asentí, apretando el cuaderno. Los recuerdos de aquella noche aparecieron. Caleb pasando a toda velocidad junto a mí.

—Fue muy valiente, ¿verdad? —Se le entrecortó la voz.

—Sí —asentí con vehemencia—. Ni siquiera dudó, Olivia. Fue tan rápido y tan bueno, pero el daimon… fue más rápido.

Parpadeó varias veces; parecía que tenía las pestañas húmedas.

—Sabes, me contó lo que pasó en Gatlinburg. Todo lo que pasasteis y cómo lo sacaste de la casa.

—Fue suerte. Ellos, mi madre y los demás, empezaron a pelearse. Yo no hice nada especial.

Entonces Olivia me miró.

—Te tenía en gran estima, Alex. —Hizo una pausa y se rio en voz baja—. Cuando empezamos a salir, estaba celosa de ti. Era como si no pudiera estar a la altura de lo que teníais juntos. Caleb te quería de verdad.

—Yo lo quería. —Tomé aire—. Y él te quería a ti, Olivia.

Su sonrisa era acuosa.

—Supongo que necesitaba culpar a alguien. Podría haber sido a Lea, o a los Guardias que fallaron en mantener a los daimons fuera. No lo sé. Es solo que eres una fuerza imparable, eres un Apollyon. —Sus rizos elásticos rebotaron mientras sacudía la cabeza—. Y…

—No soy un Apollyon aún. Pero entiendo lo que estás diciendo. Lo siento. —Apreté el gusanillo del cuaderno—. Desearía...

—Y *yo* lo siento.

Incliné la cabeza hacia ella.

—No fue culpa tuya. Y fui una zorra al culparte. Aquel día, en el pasillo, quería disculparme, pero todo salió mal. Y sé que Caleb me odiaría por culparte. No debería haberlo hecho. Estaba dolida. Lo echo mucho de menos. —Se le quebró la voz y se dio la vuelta, respirando hondo—. Sé que son excusas, pero no te culpo.

Se me llenó la garganta de lágrimas.

—¿No me culpas?

Olivia negó con la cabeza.

Quería abrazarla, pero no estaba segura de si eso estaría bien. Tal vez era demasiado pronto.

—Gracias.

Quería decirle más cosas, pero no encontraba las palabras adecuadas.

Cerró los ojos.

—¿Quieres oír algo gracioso?

Parpadeé.

—Vale.

Se volvió hacia mí y sonrió, aunque sus ojos brillaban por las lágrimas.

—Después del día en que Jackson y tú peleasteis, todo el mundo hablaba de ello en la cafetería. Cody pasó por allí y dijo algo ignorante. No recuerdo qué fue, tal vez algo sobre lo estupendo que es ser un sangre pura. —Puso los ojos en blanco—. En fin, Lea se levantó despreocupada y le tiró todo el plato de comida en la cabeza. —Se le escapó una risita—. Sé que no debería reírme, pero desearía que hubieras visto eso. Fue divertidísimo.

Me quedé con la boca abierta.

—¿En serio? ¿Qué hizo Cody? ¿Lea se metió en problemas?

—Cody tuvo una rabieta, llamándonos panda de herejes o algo así. Creo que a Lea le pusieron una sanción y su hermana no estaba muy contenta con ella.

—Guau. Eso no suena muy propio de Lea.

—Está algo cambiada. —Olivia se puso seria—. Ya sabes, ¿después de lo que pasó? No es la misma. En fin, tengo cosas que hacer, pero... me alegro de que hayamos hablado.

La miré a los ojos y sentí que se me escapaba parte de la tensión. Ya no sería como antes, no por un tiempo.

—Yo también.

Sonrió aliviada.

—¿Nos vemos mañana en la cafetería para comer?

—Claro, allí estaré.

—Me voy de vacaciones de invierno la semana que viene, con mi madre. Un asunto del Consejo que tiene que atender y quiere que vaya con ella, pero cuando vuelva, ¿podemos hacer algo? ¿Tal vez ver una película o pasar el rato?

Mientras los mortales tenían vacaciones de invierno durante las fiestas navideñas, nosotros teníamos las nuestras durante todo el mes de febrero, para celebrar el Antiesterión. En los viejos tiempos, la fiesta duraba solo tres días y todo el mundo más o menos se emborrachaba en honor de Dionisio. Era como Todos los Santos y Carnaval convertidos en una enorme orgía de borrachos. En algún momento los puros habían extendido la festividad a un mes entero, la calmaron y la llenaron de sesiones del Consejo. Los esclavos y sirvientes solían poder participar, pero eso también había cambiado.

—Sí, sería genial. Me encantaría.

—Bien. Me quedaré con eso. —Olivia se levantó para irse, pero se detuvo en la puerta. Dándose la vuelta me saludó con la mano y esbozó una sonrisa tentativa antes de salir.

Eché un vistazo a mi cuaderno. Parte del dolor y la culpa que habían quedado tras la muerte de Caleb se habían disipado. Respiré hondo y garabateé una nota rápida para Laadan, en la que le decía que no se preocupara por el incidente de la bebida y le daba las gracias por contarme lo de mi padre. Luego escribí dos frases debajo del breve párrafo.

Dile a mi padre que LO QUIERO, por favor.
Arreglaré esto.

Esa noche, más tarde, sellé la carta y se la entregué a Leon, que estaba rondando fuera de mi residencia, con instrucciones explícitas de dársela a Aiden.

—¿Puedo preguntar por qué le pasas notas a Aiden? —Miró la carta como si fuera una bomba.

—Es una nota de amor. Le pido que marque «sí» o «no» si le gusto.

Leon me miró con desdén, pero se metió la carta en el bolsillo trasero. Le dediqué una sonrisa descarada antes de cerrar la puerta. Sentí como si me hubieran quitado un camión de encima ahora que había escrito la carta. Me alejé de la puerta y corrí hacia la mesa del ordenador. Mis pies desnudos chocaron contra algo grueso y pesado.

—¡Ay! —Saltando sobre una pierna, miré hacia abajo—. Cielos, qué estúpida soy.

El libro de Mitos y Leyendas me miraba fijamente. Me agaché con rapidez y lo agarré. Por algún motivo, en medio de toda la locura, me había olvidado de él. Sentada, abrí el polvoriento libro y empecé a buscar la sección que Aiden había mencionado en Nueva York.

No tuve suerte con la parte escrita en inglés. Suspiré y ojeé la portada del libro. Empecé a pasar las páginas cubiertas de lo que me parecía un galimatías. Mis dedos se detuvieron al cabo de unas cien páginas, no porque reconociera nada de lo escrito, sino porque reconocí el símbolo que aparecía en la parte superior de la página.

Era una antorcha que miraba hacia abajo.

Había varias páginas escritas en griego antiguo, completamente inútiles para mí. Deberían enseñar eso en lugar de trigonometría en el Covenant, pero ¿qué sabía yo? Por otro lado, a los puros se les enseñaba la lengua antigua.

Aiden conocía la lengua antigua… Era un poco friki, en el sentido más sexy de la palabra.

Si pudiera averiguar más sobre la Orden, entonces tal vez podríamos obtener las pruebas necesarias para demostrar que algo raro pasaba con Telly y Romvi. No estaba del todo segura de que tuviera nada que ver con lo que había pasado, pero era mucho mejor que la sugerencia de Seth.

Lo último que necesitábamos era un motín… o que uno de nosotros matase a *otro* sangre pura.

CAPÍTULO 8

Esa misma noche, más tarde, cuando estaba medio dormida, escuché el familiar sonido de mi puerta abriéndose. Me levanté sobre el codo, apartándome el pelo de la cara. El fino escalofrío que me recorrió me decía que era Seth. Los cerrojos no tenían ninguna posibilidad contra él. O los derretía o usaba el elemento aire para desbloquearlos desde el otro lado.

Se detuvo justo en el umbral de la puerta. Sus ojos brillaban en la oscuridad con un suave tono ambarino.

Estaba sorprendida de verlo y me llevó un rato decir algo.

—Se supone que no puedes estar en esta residencia tan tarde, Seth.

—¿Alguna vez me ha detenido eso? —Se sentó en el borde de mi cama y pude sentir su mirada puesta en mí—. Esta noche estabas de mucho mejor humor.

—Y yo que pensaba que estaba mejorando con el bloqueo.

—Lo estás haciendo. Hoy lo has hecho muy bien en el entrenamiento.

—¿Estás aquí por eso? —Lo oí quitarse los zapatos—. ¿Porque es menos probable que te tire comida ahora mismo?

—Tal vez. —Pude intuir la sonrisa en su voz.

—Empezaba a pensar que encontrabas más atractiva tu cama.

—Me echabas de menos.

Me encogí de hombros.

—Seth, sobre lo de Jackson…

—Ya te lo he dicho. No tuve nada que ver con eso. ¿Y por qué haría algo tan, tan horrible?

—No sé por qué. ¿Tal vez porque eres un psicópata?

Seth se rio.

—«Psicópata» es un término muy exagerado. Eso sugeriría que no me siento responsable de mis acciones.

Arqueé una ceja.

—Exacto.

Cuando apartó las mantas, me acerqué y vi cómo deslizaba las piernas por debajo de ellas. Se puso de costado, frente a mí.

—¿Te das cuenta de que tengo vigilancia? Sabrán que estás aquí.

—Me crucé con Linard al entrar. —Me apartó un mechón de pelo que me había caído en la mejilla, colocándolo detrás de mi oreja. Su mano se detuvo—. Me dijo que estaba infringiendo las normas. Le dije que me chupase un huevo.

—¿Y qué respondió a eso?

La mano de Seth bajó hasta mi hombro, cubriendo el fino tirante de mi camiseta. El cordón dentro de mí comenzó a zumbar con suavidad.

—No parecía muy contento. Dijo que iba a decírselo a Marcus.

El corazón me dio un pequeño vuelco. Tenía cero dudas de que Aiden se enteraría de esto; tenía que estar al tanto de las costumbres de dormitorio de Seth. Se me hizo un nudo en el estómago mientras lo miraba fijamente. *No estoy con*

Aiden. No estoy con Aiden. No estoy haciendo nada malo. La tensión seguía clavándose en mis músculos.

—No es como si Marcus pudiese hacer algo al respecto. —Se inclinó sobre mí, guiándome suavemente para que me tumbara boca arriba.

Sus dedos se deslizaron bajo el tirante y me estremecí cuando me rozó la clavícula con sus ásperos nudillos.

—No es más que el decano.

—Y mi tío —señalé—. Dudo que le guste la idea de que haya chicos durmiendo en mi cama.

—Mmm, pero yo no soy un chico cualquiera. —Inclinó la cabeza hacia abajo. El pelo le cayó hacia delante, protegiéndole la cara—. Soy el Apollyon.

Hinché el pecho con brusquedad.

—Las reglas… también son para ti y para mí.

—Ah, recuerdo a esa chica que no podía seguir una simple regla, aunque su vida dependiera de ello. —Inclinó la cabeza, lo que hizo que su nariz rozara la mía—. Y creo que lo que estamos haciendo ahora mismo es la regla menos escandalosa que has roto.

Me sonrojé mientras ponía las manos en su pecho, impidiéndole superar ese último o esos dos últimos centímetros que nos separaban.

—La gente cambia —dije sin convicción.

—Hay gente que sí. —Colocó su brazo junto a mi cabeza, apoyándose.

El cordón estaba empezando a enloquecer de verdad, exigiéndome que le prestara atención. Se me curvaron los dedos de los pies.

—¿Has venido aquí para hablar de las reglas que he roto o qué?

—No. En realidad, tenía una razón para venir.

—¿Y cuál es? —Me moví incómoda, tratando de ignorar la forma en que la piel, sobre todo las palmas de las manos, empezaban a hormiguearme. Gracias a los dioses que llevaba una camiseta.

—Dame un segundo.

Fruncí el ceño.

—¿Por qué…?

Seth inclinó la cabeza y me rozó los labios. Sentirme atrapada entre el deseo de cerrar la boca y el de abrirla para él era una sensación frustrante. Me dolía estar cerca de él tanto como estar lejos.

—¿Por… por eso has venido? —pregunté cuando levantó la cabeza.

—No fue la razón principal.

—Entonces, ¿por qué…? —Su boca interrumpió mis palabras y el beso se hizo más profundo, robándome las protestas.

El cordón se tensó cuando me deslizó la mano por el brazo, por el vientre y por debajo del dobladillo de la camiseta.

Sonrió contra mis labios.

—Tengo que viajar con Lucian durante las vacaciones de invierno. No volveré hasta finales de febrero.

—¿Qué? —El zumbido del cordón se estaba volviendo exagerado, lo que dificultaba concentrarme. Estaba un poco sorprendida de que se fuera tan cerca de mi decimoctavo cumpleaños, ya que había imaginado que acamparía dentro de mi habitación en las semanas previas a mi Despertar—. ¿A dónde vas?

—Al Covenant de Nueva York —respondió, deslizándome la otra mano por el pelo—. Ha habido algunos problemas que exigen la atención del Consejo.

Parte de la confusión desapareció.

—Quiero ir contigo. Mi padre está…

—No, no puedes ir. No es seguro para ti.

—Me da igual. Quiero ir. Tengo que ver a mi padre. —Por la mirada de Seth, me di cuenta de que no estaba consiguiendo nada—. Estarás allí. No pasará nada. Y aquí estaré menos segura sin ti. —Me dolió físicamente decir esas últimas palabras, pero tiré el orgullo por la ventana. Ver a mi padre era lo más importante.

Los labios de Seth se inclinaron hacia arriba, disfrutando de ese pequeño impulso a su ego.

—Marcus le ha asegurado a Lucian que estarás bien protegida. Tu querido sangre pura se cortaría las venas antes de dejar que te pasara algo.

Me quedé boquiabierta.

—¿Qué? —Movió la mano hacia arriba hasta que la dejó reposar bajo mi caja torácica—. Es la verdad. Y Leon y Linard estarán aquí, velando por ti. Estarás bien.

No tenía miedo de quedarme aquí. Solo quería ver a mi padre.

—Seth, tengo que ir.

Me besó el labio inferior, que estaba un poco hinchado.

—No, no tienes que ir. Y no vas a ir. Ni siquiera yo podría conseguir que Lucian aceptara llevarte otra vez a aquel infierno.

Pensaba a toda velocidad, en busca de una forma de convencerlo.

—Y ni se te ocurra escaparte, porque todo el mundo espera que lo hagas. No creo que pueda percibir mucho de ti cuando estemos a tanta distancia, pero desde el momento en que me vaya, alguien te estará vigilando. Así que ni lo pienses. Lo digo en serio.

—No necesito una maldita niñera.

—Sí, sí que la necesitas. —A continuación, sus labios encontraron mi barbilla—. La chica que no puede seguir las reglas para salvar su vida sigue dentro de ti.

—Eres un imbécil.

—Me has llamado cosas peores, así que me lo tomaré como un cumplido. —Sonrió, aunque yo sabía que sentía la furia que crecía en mi interior.

—¿Cuándo te vas? —pregunté, intentando mantener la voz firme.

—Me voy el domingo por la noche, así que estás atrapada conmigo hasta entonces. —Besó el hueco de mi cuello.

—Genial —murmuré. Las clases terminarían el miércoles. Casi todos los puros se iban de vacaciones, lo que significaba que la mayoría de los Guardias estarían fuera, protegiéndolos. Algunos de los mestizos se irían también: cualquiera que aún mantuviera contacto con un padre mortal o tuviese una buena relación con uno de sangre pura. Aún había una posibilidad de que pudiera escaparme, pero ¿cómo diablos iba a llegar a Nueva York? Ni siquiera tenía carné de conducir, pero ése era el menor de mis problemas.

Tendría que llegar a Nueva York sin que me mataran en el proceso.

Seth volvió a besarme, y me sentí impulsada a arrancarle el pelo a puñados mientras el vínculo entre nosotros intentaba dejarme sin aire por todos los medios.

—De todas formas, ¿por qué tienes que ir? —le pregunté cuando se tomó un respiro. Necesitaba algo, cualquier cosa en la que concentrarme para que aliviara la presión del cordón que no dejaba de tensarse.

Se enredó unos mechones de mi pelo entre los dedos.

—Hay un problema con los… sirvientes de Catskills.

—¿Qué? —El pavor floreció en mi estómago y creció tan rápido como una mala hierba—. ¿A qué te refieres?

—Algunos de ellos desaparecieron tras el ataque. Sus cuerpos no fueron encontrados y ningún daimon escapó. —Me dio otro beso rápido y profundo antes de que volviera a hablar—. Y parece que algo va mal con el elixir.

—¿Sabes algo de los que desaparecieron? —Le agarré la muñeca antes de que su mano se deslizara más por debajo de mi camiseta.

—No creo que tu padre esté entre los desaparecidos, pero en cuanto pueda confirmarlo te lo haré saber. —Se dejó caer, y como lo había agarrado de la muñeca, no había nada que lo detuviera—. No quiero hablar más. Voy a estar fuera durante semanas.

Su peso alegró mucho al cordón y se me dificultaba prestar atención.

—Seth, esto… es importante. ¿Qué ha pasado con el elixir?

Suspiró.

—No lo sé. No parece estar funcionando con tanta eficacia.

—¿Con tanta eficacia?

—Sí, los mestizos… están tomando conciencia de sí mismos. Algo así como los ordenadores de *Terminator*.

Una comparación extraña, pero entendí lo que quería decir. Y joder, era algo serio. El elixir era una mezcla de hierbas y productos químicos que mantenían a un mestizo obediente y aturdido. Sin él, dudaba que los mestizos sometidos a la servidumbre estuvieran encantados con su suerte en la vida.

—Parece que aquí funciona.

—Esa es la cuestión. Está funcionando en todas partes menos allí. El Consejo nos quiere allí para asegurarse de que no pase nada en Nueva York, sobre todo después del atentado.

—¿Pero por qué tienes que ir?

—No lo sé, Alex. ¿Podemos hablar de esto más tarde? —Me miró con ojos brillosos—. Hay otras cosas que quiero hacer.

El cordón emitió un zumbido de aprobación.

—Pero…

Seth volvió a besarme y me apretó la mano contra el estómago. Le solté la muñeca con la intención de empujarlo, pero entonces me agarré a su camiseta. El aire que nos rodeaba parecía vibrar. Había algo creciendo en mi interior, una advertencia de que el maldito vínculo no era nada bueno.

Sentí que el cordón se abría paso hacia la superficie antes de abrir los ojos. Unas luces ámbar y azul proyectaban sombras extrañas en la pared de mi dormitorio. Me quedé paralizada mirándolas durante un instante. Era tan extraño que fuéramos responsables de ellas, que salieran de nuestro interior.

Me asusté un poco.

Pero la mano libre de Seth estaba por todas partes, rozándome el brazo, la pierna, y nuestros cordones se unían como una espiral, conectándonos. Mis dedos se aferraban a su camiseta y yo tiraba de él hacia mí un segundo y al siguiente lo apartaba.

De repente, la piel bajo la palma de la mano me ardió. Pequeñas punzadas de dolor me robaron el aliento. Sentí cómo se me revolvía el estómago, cómo *akasha* atravesaba los cordones. Un breve destello de cordura me recordó lo que había pasado la última vez que nos habíamos aferrado el uno al otro. Nos movíamos juntos en la cama, y esta vez había menos ropa que quitarse.

El pánico se apoderó de mí. No estaba preparada para esto con Seth. Le solté la camiseta. Lo empujé con tanta fuerza que pude zafarme de él, rompiendo la conexión. Me puse de rodillas, tocándome el estómago.

—Me... duele.

Seth parecía aturdido.

—Lo siento, ha sido sin querer.

Con las manos temblorosas, me subí la camiseta lo suficiente para ver lo que sospechaba que iba a haber allí. En el centro, por encima del ombligo, justo bajo la caja torácica, había una marca incandescente que parecían dos tildes unidas por la parte superior.

—La marca del poder de los dioses —susurró Seth, incorporándose—. Maldita sea, Alex, esa es una de las grandes. Mañana deberíamos intentar volar algo. Sé que lo hiciste fatal cuando lo intentaste la primera vez, pero apuesto a que ahora te saldría bien.

No podía creer lo rápido que había pasado de querer hacerlo conmigo a querer volar algo por los aires. Seth parecía más emocionado por la runa que por lo otro. Joder, ya tenía otra vez esa mirada de loco.

Puso las manos alrededor de la marca con reverencia.

—Las primeras cuatro marcas que aparecen son valor, fuerza, poder e invencibilidad. Pero la de poder es *akasha*. ¿Ves dónde está? —Fue a tocar la marca, pero retrocedí. Frunció el ceño—. De todos modos, de ahí es de donde sacas el poder.

También era el lugar donde dormitaba el cordón cuando no intentaba convertirme en una hormona gigante y furiosa.

—¿Qué pasa cuando obtienes la cuarta marca?

Seth se pasó una mano por el pelo, apartándoselo de la cara. La luz de la luna se colaba por las persianas y le atravesaba el rostro.

—No lo sé. Las mías aparecieron de golpe, pero en ese orden. En las palmas de las manos, en el estómago y en la nuca. Después, en todas partes.

De repente se me secó la boca. Dejé caer la camiseta y retrocedí hasta el borde de la cama.

—¿Crees que Despertaré antes si aparece la cuarta?

Levantó los ojos.

—No lo sé, pero ¿tan malo sería?

Me mareé.

—Quizá deberíamos dejar de... tocarnos o lo que sea hasta que cumpla los dieciocho.

—¿Qué?

—Seth, no puedo Despertar antes de tiempo.

Sacudió la cabeza.

—No lo entiendo, Alex. Las cosas irán mucho mejor cuando Despiertes. No tendrás que preocuparte por Telly ni por las furias. Es más: los dioses ni siquiera podrían tocarnos. ¿Eso no es algo bueno?

No era algo bueno, porque una vez que Despertase, había una gran posibilidad de que me perdiese a mí misma en el proceso. Seth me había advertido hacía tiempo de que sería como unir dos mitades, que lo que él quisiera influiría en mis elecciones y decisiones. No tendría control sobre mí misma ni sobre mi futuro.

Y Aiden había estado en lo cierto aquel día en la cámara de privación sensorial. Me aterraba.

—Alex. —Seth me agarró la mano con cuidado, con delicadeza—. Que Despiertes ahora sería lo mejor para nosotros. Incluso podríamos intentarlo. Ver si podemos hacer que aparezca la cuarta marca. Tal vez no pase nada después de eso. Tal vez Despiertes.

Tiré de mi mano. El ansia en su voz me asustó.

—¿Estás… estás haciendo esto a propósito, Seth?

—¿Haciendo el qué?

—¿Intentas que Despierte antes tocándome o lo que sea?

—Te toco porque me lo paso bien. —Entonces me agarró de nuevo, pero aparté la mano—. ¿Qué problema hay? —me preguntó.

—Seth, te juro por todos los dioses… si estás haciendo esto a propósito, te destruiré.

Seth frunció el ceño.

—¿No crees que estás siendo un poco dramática?

—No lo sé. —Y la verdad era que no lo sabía. Me hormigueaban las palmas de las manos, me ardía el estómago y el cordón de mi ombligo por fin se estaba calmando—. Hace semanas que no haces nada conmigo excepto entrenar y entonces apareces esta noche, todo susceptible y sentimental. ¿Y luego pasa esto?

—Me he puesto sentimental porque voy a estar lejos varias semanas. —Seth se deslizó fuera de la cama, poniéndose de pie con un movimiento ágil—. Y en realidad no te estaba evitando. Simplemente te estaba dando algo de espacio.

—¿Entonces por qué has venido esta noche?

—Fuera cual fuese la razón, está claro que ha sido un error. —Se inclinó y agarró sus zapatos—. Al parecer, estoy aquí para usarte en mis planes malvados.

Me bajé de la cama, abrazándome los codos. ¿Me estaba volviendo paranoica?

—¿Qué estás haciendo?

—¿Tú qué crees? No quiero estar donde no se me quiere.

Una sensación incómoda empezó a comerme las entrañas.

—Entonces, ¿por qué has venido si… no era por eso?

Levantó la cabeza. Tenía los ojos de un tono ocre furioso. Parecía un león acorralado, atrapado entre las ganas de huir y las ganas de atacar.

—Te echaba de menos, Alex. Es por eso. Y voy a echarte de menos. ¿Se te ha pasado por la cabeza?

Oh, cielos. La culpa hizo que me sonrojara. Ni siquiera se me había pasado por la cabeza. Me sentí como la peor de las brujas.

Un momento después, algo se encendió en sus ojos.

—Es Aiden, ¿verdad?

El corazón me dio un vuelco.

—¿Qué?

—Siempre se trata de Aiden. —Se echó a reír, pero no había nada de humor en su risa.

No se trataba de Aiden, no tenía nada que ver con él. Se trataba de Seth y de mí, pero antes de que pudiera decir una palabra, Seth apartó la mirada.

—Supongo que te veré cuando vuelva. —Se dirigió hacia la puerta—. Ten cuidado.

—Mierda —murmuré. Me lancé alrededor de la cama, bloqueando la puerta—. Seth...

—Apártate, Alex.

Me molestaron sus palabras, pero respiré hondo.

—Mira, todo esto de las marcas y el Despertar me pone de los nervios. Lo sabes, pero... no debería haberte acusado.

No hubo ningún cambio en su expresión.

—No, no deberías haberlo hecho.

—Y esto no tiene nada que ver con Aiden. —No tenía nada que ver, o al menos eso es lo que me decía a mí misma mientras le agarraba la mano que tenía libre y él se estremecía—. Lo siento, Seth.

Miró detrás de mí, con los labios apretados.

—Lo siento de verdad. —Le solté la mano y apoyé la cabeza en su pecho. Con cuidado, envolví mis brazos a su alrededor—. Es que no quiero convertirme en otra persona.

Seth inhaló con fuerza.

—Alex...

Apreté los ojos. Con vínculo o sin él, me importaba. Era importante para mí, y quizá lo que sentía por él era algo más que lo que el vínculo me hacía sentir. Tal vez era que me preocupaba por él como me había preocupado por Caleb. En cualquier caso, no quería herir sus sentimientos.

Dejó caer los zapatos y me rodeó con los brazos.

—Me vuelves loco.

—Lo sé. —Sonreí—. El sentimiento es mutuo.

Se rio y me rozó la frente con los labios.

—Vamos. —Empezó a tirar de mí de nuevo hacia la cama.

Me detuve un instante. No herir sus sentimientos no equivalía a acabar con una marca en la nuca.

Seth se dejó caer, tirando de mí hacia delante.

—A dormir, Alex. Nada más. A menos que... —Bajó la mirada a mi camiseta de tirantes—. Sabes, deberías ponértela más a menudo. Deja muy poco a la imaginación, cosa que me gusta.

Me ruboricé hasta la raíz del pelo, pasé por encima de él y me tapé hasta la barbilla. Seth se echó a reír. Me rodeó la cintura con un brazo y se acurrucó junto a mí. Respiraba con calma. Nada que ver con mi respiración, que parecía correr junto a los latidos de mi corazón. Y sonreía con naturalidad, como si no acabásemos de discutir.

—Eres un pervertido —dije por enésima vez.

—Me has llamado cosas peores.

Y tuve la sensación de que seguramente lo haría en el futuro.

CAPÍTULO 9

—Vaya. Mirad quién está sonriendo. Es el fin del mundo. —Dos ojos plateados asomaban tras una mata de pelo rubio rizado, y Deacon St. Delphi sonrió mientras se dejaba caer en el asiento que estaba a mi lado—. ¿Cómo le va a mi mestiza favorita?

—Bien. —Bajé la mirada hacia mi libro de texto, con los labios fruncidos—. Siento no haber estado muy habladora.

Se inclinó hacia mí y me dio un codazo en el costado.

—Lo entiendo.

Deacon lo entendía. Tal vez por eso no me había presionado para que hablara con él desde mi regreso. Se había sentado a mi lado en clase, sin decir una palabra. No me había dado cuenta de que había estado esperando a que yo que me acercara.

Volví a mirarlo. Eso era lo que pasaba con Deacon. Todos, incluso Aiden, lo veían como un vago y un fiestero que no prestaba atención a nada, pero era mucho más observador de lo que creían. Le había costado mucho crecer sin sus padres, y por fin estaba saliendo de la etapa de «chico fiestero al que no le importa nada».

—¿Vas a hacer algo en las vacaciones de invierno?

Puso los ojos en blanco.

—Para eso haría falta que Aiden se tomase unas vacaciones, ya que no me deja salir de esta isla sin él. Ha estado superparanoico desde lo que pasó en Catskills. Creo que está esperando que los daimons o las furias se dejen caer por aquí en cualquier momento.

Me estremecí.

—Lo siento.

—Da igual —respondió—. No es culpa tuya. No iba a hacer nada emocionante. He oído que mi querido hermano mayor está haciendo de escolta para ti.

Puse los ojos en blanco.

—Sabes, les oí hablar a él y al decano cuando visitó la casa.

—¿Qué casa? ¿La cabaña de Aiden?

Deacon arqueó una ceja.

—No, *la* casa. —Vio mi cara de estupefacción y se apiadó de mí—. ¿La casa de nuestros padres? Bueno, en realidad ahora es la casa de Aiden. Está al otro lado de la isla, cerca de la de Zarak.

No tenía ni idea de que hubiera otra casa. Había supuesto que Aiden tenía la cabaña y Deacon se quedaba en la residencia. Ahora que lo pensaba, ¿por qué demonios vivía Aiden en aquella cabaña diminuta si era el dueño de una de esas casas enormes y lujosas de la isla principal?

Como si supiera lo que estaba pensando, Deacon suspiró.

—A Aiden no le gusta quedarse en la casa. Le recuerda demasiado a nuestros padres, y odia todo eso del estilo de vida opulento.

—Oh —susurré, mirando al frente del aula. Nuestro profesor siempre llegaba tarde.

—En fin, volviendo a lo que te estaba contando. Les oí hablar por casualidad. —La silla y el pupitre de Deacon hicieron un ruido espantoso cuando se acercó a mí—. ¿Quieres saberlo?

Luke, que estaba sentado en el pupitre de Elena, nos miró. Alzó las cejas al vernos.

—Claro. Suéltalo —dije.

—Está pasando algo con el Consejo; tiene que ver con los mestizos.

—¿Cómo qué? —pregunté.

—No lo sé a ciencia cierta. Pero sé que tiene algo que ver con el Consejo de Nueva York. —Deacon apartó la mirada, concentrándose en el frente de la clase—. Me imaginé que tú lo sabrías, ya que acabas de estar allí.

Negué con la cabeza. Siempre pasaba algo en el Consejo, y seguramente tenía que ver con el elixir. Entonces me di cuenta de que Deacon seguía con la vista fija en el frente del aula. Seguí sus ojos. Estaba mirando a Luke.

Y Luke le devolvía la mirada.

De esa forma intensa en que a veces yo miraba a… Aiden.

Volví a mirar a Deacon. No podía verle los ojos, pero tenía las puntas de las orejas sonrosadas. Al cabo de unos instantes, demasiado tiempo para que un tío mire a otro de forma casual, Deacon apartó la mirada. Pensé en la voz fantasma que había oído con Luke en la cámara sensorial. Me había resultado familiar… pero no podía ser.

—En fin —Deacon se aclaró la garganta—, creo que voy a dar una fiesta para los que se quedan durante las vacaciones de invierno. ¿Crees que Aiden estará dispuesto?

—Eh, lo más seguro es que no.

Deacon suspiró.

—Vale la pena intentarlo.

Volví a mirar a Luke.

—Sí, supongo que sí.

—No está funcionando.

Seth emitió un sonido de impaciencia en la garganta.

—Intenta concentrarte.

—Eso hago —repliqué, apartándome el pelo revuelto por el viento de la cara.

—Esfuérzate más, Alex. Puedes hacerlo.

Me abracé a mí misma; estaba tiritando. Hacía mucho frío en los pantanos. El viento frío y húmedo me azotaba y el jersey grueso no ayudaba. Llevábamos así casi todo el sábado. Cuando Seth había sugerido que intentara volar algo, di por hecho que estaba bromeando.

Me había equivocado.

Con los ojos cerrados, imaginé la roca en mi mente. Ya sabía cómo era la textura, el color y la forma irregular. Llevaba horas mirándola.

Seth se movió detrás de mí, me agarró la mano y la colocó sobre el lugar donde había aparecido la última marca.

—Siéntelo aquí. ¿Lo notas?

¿Sentir el cordón? Hecho. También me gustó el hecho de que ahora él estuviera bloqueando lo peor del viento.

—Bien. Imagina el cordón desenrollándose, siente cómo cobra vida.

Tenía la sensación de que Seth estaba disfrutando demasiado, teniendo en cuenta lo apretado a mí que estaba.

—¿Alex?

—Sí. Siento el cordón. —Lo sentí abrirse, deslizarse por mis venas.

—Bien. El cordón no somos solo nosotros —dijo en voz baja—. Es *akasha*, el quinto y último elemento. Ahora deberías de sentir el *akasha*. Conéctate a él. Imagina lo que quieres en tu mente.

Quería un taco, pero dudaba que el *akasha* pudiera servirme un Taco Bell. Dioses, haría lo que fuese por un Taco Bell ahora mismo.

—Alex, ¿estás prestando atención?

—Por supuesto. —Sonreí.

—Entonces, hazlo. Haz explotar la roca.

Seth lo decía como si fuese fácil. Como si un niño pequeño pudiera hacer esto. Quería darle un codazo en el estómago, pero me imaginé la roca y luego imaginé el cordón saliendo disparado de mi mano. Lo hice una y otra vez.

No ocurrió nada.

Abrí los ojos.

—Lo siento, esto no funciona.

Seth se apartó, peinándose hacia atrás los mechones de pelo más cortos que se le salían de la coleta. Se puso las manos en las caderas y me miró fijamente.

—¿Qué? —Otra ráfaga de viento cortante me hizo arrastrar los pies para mantenerme en calor—. No sé qué quieres que haga. Tengo frío. Tengo hambre. Y he visto que están echando *Las vacaciones europeas de una chiflada familia americana* por algún motivo y debo verla, ya que cuando la echaron en la tele en Navidad ocupabas todo mi tiempo.

Levantó las cejas.

—¿Ver qué?

—¡Oh, cielos! ¿No conoces las adversidades de la familia Griswold?

—¿Eh?

—Vaya. Eso es un poco triste, Seth.

Hizo un gesto con la mano.

—Da igual. Tiene que haber algo que desencadene tu capacidad de acceder al *akasha*. Si tan solo… —Una mirada pensativa se dibujó en su expresión y luego juntó las manos—. La primera vez que lo hiciste, estabas cabreada. Y luego, cuando te pusiste en plan ninja loca con las furias, estabas enfadada y asustada. Hay que *presionarte*.

—Oh no, no, no. —Empecé a retroceder—. Sé a dónde quieres llegar con esto y no voy a hacerlo contigo. Lo digo en serio, Seth. No…

Seth levantó la mano y el aire me golpeó en el pecho, haciéndome caer de espaldas. Luchar contra el uso de los elementos era algo en lo que había mejorado un poco. Aproveché el poder y sentí que el cordón se tensaba y se rompía. Me retorcí, abriéndome paso a través de lo que parecían vientos huracanados. Al levantar la cabeza, se me alborotó el pelo.

Iba a dejar a Seth lisiado.

Luego se me echó encima, utilizando su peso para obligarme a retroceder hacia la hierba áspera y seca. Los guijarros se me clavaron en la espalda mientras me retorcía debajo de él.

—¡Quítate, Seth!

—Oblígame —dijo, acercando su cara a la mía.

Incliné las caderas, le rodeó la cintura con las piernas y rodé. Por un segundo, tuve ventaja y quise rodearle el cuello con mis dedos congelados y estrangularlo. No me gustaba que me inmovilizaran ni la posterior sensación de impotencia. Y Seth lo sabía.

—Así, no —gruñó Seth. Me agarró por los hombros y me puso boca arriba—. Usa *akasha*.

Forcejeamos, rodando entre los pequeños arbustos. Él se sentía más frustrado cada vez que me devolvía el golpe, y yo me sentía letal. La rabia, dulce y embriagadora, se apoderó de mí, retorciéndose alrededor del cordón. La sentía crecer. Me hormigueaba la piel. Las marcas del Apollyon ardían y palpitaban.

Los labios de Seth se curvaron.

—Eso es. Hazlo.

Grité.

Y entonces Leon apareció por encima de nosotros, agarró a Seth por el pescuezo y lo lanzó varios metros hacia atrás. Se retorció en el aire como un gato y aterrizó en cuclillas. Las marcas del Apollyon salieron todas a la vez, desdibujándose sobre su piel a una velocidad de vértigo. Se fijó en Leon. Había algo mortal en sus ojos, era la misma mirada que le había dirigido al Maestro después de golpearme. Pensé en Jackson.

Me levanté de un salto y me abalancé sobre Seth.

—¡No! ¡No, Seth!

—No deberías haber hecho eso. —Seth avanzó con claras intenciones.

Leon arqueó una ceja.

—¿Quieres intentarlo, chico?

—¿Quieres morir?

—Basta —siseé, poniéndome entre ellos. Miré a Leon por encima del hombro. El Centinela sangre pura ni siquiera parecía preocupado. Estaba loco—. Leon, estábamos entrenando.

—Eso no es lo que me ha parecido.

Por encima del ancho hombro de Seth, vi a varios Guardias y a Aiden dirigiéndose hacia nosotros. Esperaba que aceleraran el paso y llegaran antes de que uno de estos idiotas hiciera alguna estupidez.

Volví a intentarlo.

—Leon, no me estaba haciendo daño.

—¿Qué te crees que vas a hacerme? —exigió Seth—. ¿A mí?

Miró fijamente a Seth.

—De verdad crees que puedes conmigo, ¿no?

—No lo creo. —*Akasha*, brillante y hermoso, le rodeó la mano derecha. El aire crepitó alrededor de la bola—. Lo sé.

Esto era una locura. Agarré a Seth del brazo y una oleada de ira me golpeó. Quería atacar a Leon, necesitaba demostrarle que se estaba metiendo con la persona equivocada, que *yo* era mejor que él. No se atrevería a tocarme de nuevo. Iba a demostrárselo.

—Venga —dijo Leon, su voz baja.

—¡Eh! —gritó Aiden—. ¡Ya basta!

Seth y Leon se movieron a la vez y ambos me golpearon. La combinación de sus brazos extendiéndose y golpeándome hizo que saliera volando hacia atrás. Me golpeé contra la roca que había intentado volar y caí por encima. Me revolví para no darme de bruces contra el pantano embarrado y caí sobre mis manos y mis rodillas. El barro helado me empapó los vaqueros y me salpicó la cara.

Atónita, más por la rabia que por otra cosa, levanté la cabeza y miré a través de mi pelo. ¿Qué demonios acababa de ocurrir? Lo de empujarme había sido un accidente, pero la violencia que había sentido no había sido mía.

Había sido de Seth. No era como aquellas veces que había tenido esos sofocos. Esto había sido diferente. *Sentí* lo que él sentía, *quise* lo que él quería. ¿Había pasado antes? Me parecía que no. Me temblaban las manos.

Los Guardias alcanzaron a Leon. No estaba segura de si intentaban proteger a Leon o a Seth. Sin embargo, Aiden fue tras el Apollyon, como debería haber sabido que haría en cuanto lo vi merodeando entre la arena levantada por el viento.

Estaba convencida de que Aiden sabía que lo que había pasado no era más que un accidente, pero parecía que quería darles una paliza a los dos. Por el tono de las discusiones y los empujones, Leon culpaba a Seth. Seth culpaba a todos menos a sí mismo. Los Guardias parecían cada vez más preocupados.

Salí tambaleándome del pantano y me dirigí hacia ellos justo cuando Seth intentaba esquivar a Aiden.

Con los ojos brillantes, Aiden lo agarró por el cuello de la camisa y lo empujó varios metros hacia atrás. Fue como si ni siquiera viera el elemento más fuerte y mortífero conocido por los dioses a centímetros de su cuerpo, o como si no le importase.

—Ya basta —dijo Aiden, empujando a Seth cuando lo soltó—. Aléjate.

—¿De verdad quieres meterte en esto? —preguntó Seth—. ¿Ahora?

—Más de lo que te imaginas.

El *Akasha* se desvaneció y Seth empujó a Aiden.

—Oh, me da la impresión de que puedo imaginármelo. ¿Y sabes qué? Es algo en lo que pienso... *todo el tiempo*. ¿Entiendes a lo que me refiero?

—¿Eso es lo mejor que tienes, Seth? —Aiden fue mano a mano contra el Apollyon. Y de repente supe que no se trataba únicamente de lo que acababa de pasar. Esto iba más allá—. Porque creo que tú y yo sabemos la verdad sobre *eso*.

Oh, dioses, esto se estaba convirtiendo en una pelea de chicos.

Seth se movió tan rápido que fue difícil verlo. Echó un brazo hacia atrás y apuntó directamente a la mandíbula de Aiden. Aiden reaccionó con la misma rapidez, agarró el brazo de Seth y volvió a lanzarlo hacia atrás.

—Inténtalo de nuevo y no me detendré —le advirtió Aiden.

Un segundo después, estaban estrellándose el uno contra el otro. Ambos cayeron al suelo, rodando y lanzándose puñetazos; eran como un borrón de ropa negra mientras ganaban y perdían la ventaja. Empecé a avanzar, pero me detuve en seco. Ni siquiera luchaban como Centinelas. No había nada de gracia en sus golpes o bloqueos. Peleaban como dos idiotas drogados hasta arriba de testosterona, y me entraron unas ganas terribles de acercarme y darles una patada en la cabeza a cada uno.

Levanté las manos.

—Me estáis vacilando.

Los Guardias y Leon salieron disparados hacia delante, sujetándolos. Fueron necesarios varios intentos para apartar a Aiden de Seth. Un corte le marcaba la mejilla derecha. La sangre manaba. Seth tenía un corte en el labio.

—¿Habéis terminado? —exigió Leon, haciendo retroceder a Aiden unos pasos—. Aiden, tienes que *parar*.

Aiden se pasó el dorso de la mano por la mejilla mientras se encogía de hombros.

—Sí, he terminado.

Los Guardias le decían lo mismo a Seth, pero, cuando lo soltaron, Seth salió disparado, rodeándolos.

—¿Creéis que tengo miedo de que me castiguen por pelearme? ¿Que os tengo miedo a cualquiera de vosotros? ¡No pueden tocarme! Soy el pu...

—¡Basta! —grité—. ¡Para! —Seth se quedó paralizado, y varios pares de ojos se centraron en mí—. ¡Madre mía! Estábamos entrenando. No hay razón alguna para que nos matemos. —Miré a Aiden—. No hay razón para hacer nada de esto. Dejadlo ya, joder.

La tensión todavía impregnaba el aire, pero Seth se apartó y escupió una bocanada de sangre. Mientras se recolocaba la camiseta, las marcas empezaron a desvanecerse.

—Como ya dije, aunque al parecer todos vosotros sois demasiado estúpidos para entenderlo, estábamos...

—Cállate, Seth. —Apreté los puños.

Alzó las cejas.

Aiden aún parecía furioso. Sus ojos parecían estanques de plata devorándole toda la cara.

—Ya está, ¿vale? —le dije, sobre todo a él—. Estoy bien. Nadie ha muerto. Y si vosotros tres podéis arreglároslas para no intentar mataros unos a otros, voy a darme una ducha, porque ahora mismo huelo a culo de mono.

Leon movió los labios como si quisiera sonreír, pero, después de la mirada que le lancé, su expresión volvió a ser la estoica que yo conocía.

Los esquivé, temblorosa. Se me estaban formando ca-
rámbanos de hielo en los vaqueros.

Seth se dio la vuelta.

—Alex…

—No. —Me detuve. De ninguna manera iba a volver
conmigo. Necesitaba estar lejos de él, poner distancia entre
su ira y yo antes de empezar a lanzar puñetazos. Necesitaba
averiguar qué había pasado allí, por qué había sentido lo
que Seth quería con tanta fuerza.

—¡Alex! —gritó Seth—. Venga.

—Déjame en paz ahora mismo. —Empecé a caminar de
nuevo—. Se acabó por hoy. Lo digo en serio. *Se acabó.*

CAPÍTULO 10

Seth sabía que no debía buscar mi compañía el sábado por la noche. Se lo agradecí porque no tenía ganas de verle la cara. Sin embargo, el domingo por la noche, cuando llamó a la puerta, abrí. Así supe que se estaba disculpando. Seth nunca llamaba.

Tenía las manos metidas en los bolsillos de su traje oscuro y el lado derecho del labio hinchado.

—Hola —dijo, mirando por encima de mi cabeza.

—Hola.

Cambiaba su peso de un pie al otro.

—Alex, siento lo de ayer. Yo no...

—Para —lo corté—. Sé que solo intentabas que usara *akasha* y que no era tu intención derribarme, pero os pusisteis como locos. Y no en el buen sentido, Seth.

Una mirada avergonzada apareció en su rostro.

—Lo sé, pero Aiden me cabreó...

—Seth.

—Vale. Tienes razón. Se acabó. Y no quiero discutir contigo. Estoy preparándome para irme. —Entonces me miró—. Pensé que estaría bien que me acompañaras al puente.

—Deja que me ponga algo. —Necesitaba hablar con él. Después de agarrar una sudadera con capucha, salimos de la residencia en silencio. El campus estaba oscuro; las únicas sombras que se movían eran las de los Guardias que patrullaban. Cuando dejé escapar el aliento, se formaron pequeñas bocanadas en el aire—. Ayer sentí tu ira.

—Estoy seguro de que cualquiera en un radio de quince kilómetros sintió mi ira ayer.

—No me refería a eso. —Seguimos el sendero de mármol alrededor de las residencias, en dirección al puente junto al edificio principal del Covenant—. La sentí de verdad. Quería darle una paliza a Leon. Era como... como si fuera mi ira.

Seth no respondió mientras miraba al frente, con los ojos entrecerrados.

—Desapareció en cuanto dejé de tocarte, pero fue bastante raro. —Dejé de caminar cuando el puente apareció a la vista. Estaban cargando un Hummer negro con el equipaje. El tubo de escape contaminaba el aire y varios Guardias del Consejo estaban en posición—. ¿No tienes nada que decir al respecto?

Me miró.

—Estuviste muy cerca de acceder al *akasha*, Alex. Si Leon no hubiera interferido, habría ocurrido.

Como si eso fuera lo más importante que había pasado.

—Seth, ¿has escuchado algo de lo que he dicho?

—Lo he hecho, y no sé por qué sentiste mi enfado con tanta claridad. —Sacó las manos de los bolsillos y se cruzó de brazos—. Tal vez fue porque estabas conectando con el *akasha*. Te hacía estar más en sintonía con lo que yo sentía.

A Seth no pareció molestarlo ni sorprenderlo. Pero para mí, era algo muy importante.

—Cuando Despierte, sentiré y querré lo que tú quieres. ¿No entiendes lo que digo? Ya *quería* lo que *tú* querías.

—Alex. —Dejó caer las manos sobre mis hombros y me atrajo hacia su pecho—. No estás Despertando. Deja de preocuparte.

Fruncí el ceño y me aparté. Me soltó.

—Pero está empezando a suceder de verdad, ¿no? ¿Las marcas y ahora esto? Y apenas falta un mes.

—No es para…

—Alexandria, me alegro mucho de que hayas venido a despedir a Seth —dijo Lucian. Me giré e inmediatamente me envolvió un débil abrazo. El olor a incienso y clavo me ahogó—. Ojalá fuera seguro llevarte conmigo. Me tranquilizaría tenerte al lado de Seth.

Saqué los brazos de los costados con torpeza. Odiaba que Lucian hiciera eso.

Me dio una palmadita en la espalda y se alejó, dirigiéndose a Seth.

—¿Cuántos Guardias crees que deberíamos llevar?

¿Lucian le estaba pidiendo a Seth su opinión? Qué. Cojones. Me volví hacia Seth con incredulidad.

Seth se puso más recto.

—Al menos cinco, lo que dejaría a cuatro aquí para ayudar a vigilar en caso de que ocurra algo.

—Bien. Tienes visión para el liderazgo, Seth. —Lucian le palmeó el hombro—. Si tuviéramos más Centinelas como tú, no tendríamos un problema tan grave con los daimons. —Hizo una pausa, sonriendo—. Si tuviéramos más hombres como tú en el Consejo, nuestro mundo sería mucho mejor.

Me entraron ganas de vomitar. Era imposible que Seth se tragara esas lamidas de culo de niveles épicos. Era obvio por la forma en que Lucian sonreía y arrullaba. Era evidente, pero por los dioses, parecía que a Seth le hubieran dado un millón de dólares y le hubieran dicho que podía gastárselo todo en chicas y alcohol.

—Estoy de acuerdo. —La sonrisa de suficiencia de Seth se extendió.

Quería sacudir a Seth. Lo estaba considerando muy en serio.

Lucian me miró.

—Tú, querida, tienes más suerte que la mayoría de los mestizos. Siendo bendecida como Apollyon y teniendo a este buen joven como tu otra mitad.

Arrugué la cara.

A mi lado, Seth se quedó quieto.

—Os dejo para que os despidáis. Nos iremos en breve, Seth.

Me quedé mirando la figura de Lucian alejándose. La túnica blanca fluía sin llegar a tocar el suelo. Pensé en cómo se había quedado mirando el trono del Ministro Telly mientras yo daba mi testimonio en Catskills. Nadie amaba el poder más que Lucian.

—Sabes —dijo Seth arrastrando las palabras—, no tienes que parecer tan sorprendida por lo que ha dicho Lucian. Podría ser peor.

Me reí.

—¿Hablas en serio?

Seth frunció el ceño.

—Resulta que me considero un buen partido.

—Resulta que te consideras lo más grande que jamás haya existido, pero no es de eso de lo que te estaba hablando. Te estaba chupando el culo, Seth. Está tramando algo.

—No me estaba chupando el culo. —Volvió a cruzarse de brazos—. Resulta que Lucian cree que sé de lo que hablo. También resulta que aprecia lo que tenga que decir.

—Tienes que estar de broma. —Intenté no poner los ojos en blanco.

—¿Por qué te cuesta tanto creerlo? —Su voz y su postura irradiaban desagrado—. Déjame hacerte una pregunta,

Alex. Si ese fuera Lucian o tu tío diciendo cosas buenas de Aiden, ¿te resultaría tan difícil de asimilar?

—¿Qué demonios se supone que significa eso? —¿Y de dónde lo había sacado?—. Aiden es un Centinela. Su capacidad para tomar decisiones o liderar es...

—¿Qué crees que soy yo? —Seth inclinó la cabeza hacia delante, con el ceño fruncido—. ¿Una broma disfrazada de Centinela?

Joder. Vi mi error.

—No me refería a eso. Eres un Centinela. Uno muy bueno, pero por favor, dime que no confías en él. —Le agarré el antebrazo y se lo apreté—. Eso es lo único que quería decir.

—Yo confío en Lucian, y tú también deberías. De todos los que te rodean, él es el único que intenta que nuestro mundo sea diferente.

—¿Qué?

—¿Seth? —lo llamó Lucian—. Es la hora.

—Espera. —Me agarré a su brazo—. ¿Qué quieres decir?

La agitación se apoderó de él mientras me miraba fijamente.

—Tengo que irme. Por favor, ten cuidado y recuerda lo que te dije la otra noche. Ni se te ocurra intentar llegar a Nueva York.

Lo fulminé con la mirada.

Se le escapó una pequeña sonrisa. Empezó a darse la vuelta, pero se detuvo.

—¿Alex?

—¿Qué?

Abrió la boca mientras se pasaba la mano por la cabeza.

—Ten cuidado, ¿vale? —Cuando asentí se metió la mano en el bolsillo y sacó algo pequeño y delgado—. Casi lo olvido. Lo compré para que pudiéramos hablar mientras yo no estaba.

Acepté el móvil. No era uno de los baratos, y esperaba que tuviera un montón de juegos descargados.

—Gracias.

Seth asintió.

—Mi número está guardado. Yo tengo el tuyo.

No dijo nada más. Cuando Seth llegó al Hummer, Lucian le dio una palmada en la espalda *otra vez*.

De repente, Leon apareció a mi lado y me di cuenta de que iba a ser mi acompañante hasta la residencia.

Seth subió al Hummer para dirigirse a un avión privado en el aeropuerto del continente. Volvió a mirarme cuando el vehículo se puso en marcha.

Me obligué a sonreír antes de que Leon me guiara lejos del puente, pero bajo las lámparas del techo vi la breve expresión de decepción en el rostro de Seth. Y la sonrisa de satisfacción que había en el de Lucian.

Era extraño que Seth no estuviera. El cordón que había en mi interior se tranquilizó, y estaba bastante segura de que, si un dios hubiera aparecido delante de mí, Seth no habría sentido ni un atisbo de sorpresa. Había pasado un día desde que se había ido, pero ya me sentía... *normal*. Como si me hubiera quitado un peso de encima.

Y eso era extraño, porque mi mochila pesaba un montón con el libro de Mitos y Leyendas dentro. Lo llevaba a todas partes, con la esperanza de acorralar a Aiden con él cuando hiciera de canguro. Ahora mismo, Leon me seguía a una distancia no muy discreta.

Me detuve en medio del camino junto al jardín y me di la vuelta.

—¿No tienes frío?

Leon se miró la camiseta de manga corta que llevaba puesta.

—No. ¿Por qué?

JENNIFER L. ARMENTROUT • 141

—Porque hace mucho frío. —Y así era. Llevaba una camiseta de tirantes, una térmica de manga larga y un jersey, y seguía sintiéndolo.

Leon se detuvo a mi lado.

—¿Y por qué estás fuera si tienes tanto frío?

—Por desgracia, salir fuera es la única forma de desplazarse a otras partes del campus, a menos que tú sepas algo que yo no.

—Podrías hacernos un favor a todos y quedarte en tu residencia —sugirió.

Temblando, me abracé los codos.

—¿Sabes lo agradable que es poder hacer algo que no sea entrenar o quedarme en mi habitación?

—¿O pasar tiempo con Seth?

Lo miré con atención, intentando no sonreír.

—¿Eso fue una broma? Dios mío. Sí, lo fue.

Permaneció inexpresivo.

—No hay nada en ese chico que sea objeto de broma.

—De acuerdo. —Me di la vuelta y empecé a caminar. Esta vez Leon caminaba a mi lado—. No te gusta Seth, ¿verdad?

—¿Tan obvio es?

Lo miré de reojo.

—No. Para nada.

—¿Y a ti? —preguntó mientras doblábamos la esquina del centro de entrenamiento. El viento del océano era brutal, de una forma antinatural—. He oído rumores… de que dos Apollyons comparten un poderoso vínculo. Debe ser difícil saber lo que realmente sientes por alguien si ese es el caso.

Esto era incómodo. De todas las personas posibles, de ninguna manera iba a hablar de mis problemas sentimentales con Leon.

Suspiró profundamente mientras contemplaba la estatua de Apolo y Dafne con una mirada distante.

—Las emociones que son forzadas siempre terminan en tragedia.

Eso fue profundo. Otra ráfaga de viento helado me atravesó. La mirada de Dafne era trágica.

—¿Crees que Dafne sabía que la única forma que tenía de escapar de Apolo era muriendo?

No contestó de inmediato, pero cuando lo hizo, su voz fue gruesa.

—Dafne no murió, Alex. Sigue siendo como era el día en que... se perdió. Un laurel.

—Hombre, eso es una mierda. Apolo era un monstruo.

—Apolo fue atravesado por una flecha de amor y Dafne por una de plomo. —Miró hacia abajo mientras señalaba la estatua—. Como dije, el amor cuya naturaleza no es natural es peligroso y trágico.

Echándome el pelo hacia atrás, volví a mirar la estatua.

—Bueno, espero no tener que convertirme en un árbol.

Leon bufó.

—Entonces presta atención a lo que es necesidad y a lo que es deseo.

—¿Qué? —Lo miré fijamente, entrecerrando los ojos. El sol había empezado a ponerse, proyectando un inquietante halo dorado sobre él—. ¿Qué acabas de decir?

Se encogió de hombros.

—Tu otra niñera está aquí.

Distraída, me di la vuelta. Aiden estaba subiendo por la pasarela. Mataría por volver a verlo en vaqueros. Me estremecí. Vale, quizá no *mataría*, pero casi. Volví a girarme. Leon ya no estaba.

—Maldita sea —murmuré, escudriñando las crecientes sombras que se deslizaban por la playa y el jardín.

—¿Qué? —preguntó Aiden.

Se me agitó el pecho cuando lo miré, como siempre. Tenía un pequeño moratón en la mandíbula por su pelea con Seth.

—Estaba hablando con Leon y desapareció de repente.

Aiden sonrió.

—Tiene la costumbre de hacer eso.

—Es que ha dicho algo… —Sacudí la cabeza—. No tiene importancia. ¿Ahora tú vas a ser mi niñera?

—Hasta que decidas quedarte dentro por la noche —respondió—. ¿A dónde vas?

—Iba al centro recreativo, pero hay algo que quiero enseñarte. —Golpeé el fondo de mi bolso—. ¿Te apuntas?

Levantó las cejas.

—¿Debería preocuparme por lo que llevas en la bolsa?

Sonreí.

—Tal vez.

—Bueno, ¿qué es la vida sin riesgos? ¿Necesitamos intimidad?

—Es probable.

—Conozco el lugar adecuado. —Se metió las manos en los bolsillos del cargo—. Sígueme.

Me aferré a la correa del bolso y me ordené a mí misma recomponerme. No estaba hablando con él para poder mirarle o flirtear. O hacer algo que se suponía que no debía hacer. Tenía un propósito, así que no había razón para que mi corazón se acelerara tanto.

Ninguna razón en absoluto.

Aiden me dio un codazo después de caminar durante un rato en silencio.

—Estás diferente.

—¿Sí?

—Sí, pareces más… —Se quedó callado. Cuando volvió a hablar, el océano era de un rojo dorado mientras el sol desaparecía por el horizonte—. Te ves más tranquila.

—Bueno, tengo algo de tiempo para mí. Eso es tranquilizador. —Me pregunté si me veía diferente. No me lo había parecido al despertarme por la mañana. Lo único que noté diferente fue que las marcas no habían ardido ni hormigueado ni una sola vez desde que Seth se había ido.

—Oh, casi lo olvido. Enviaron tu carta a Nueva York, antes del grupo que acaba de irse. Laadan debería de haberla recibido ayer u hoy.

—¿En serio? Espero que mi padre... no sea uno de los desaparecidos.

—¿Cómo lo sabes? —Sus ojos se entrecerraron—. No importa. ¿Seth?

Asentí.

—Me dijo que faltaban algunos de los mestizos sirvientes y que el elixir no funcionaba.

Una mirada preocupada oscureció sus ojos.

—¿Cuánto te ha contado?

—No mucho.

Aiden asintió con dureza.

—Por supuesto que no. Algunos de los mestizos no responden al elixir. Ha habido disturbios entre los sirvientes; rechazan las órdenes de los Maestros y desaparecen. El Consejo teme que se produzca una rebelión, y el Covenant de Nueva York se ha visto debilitado desde el ataque. Y nadie sabe exactamente cómo o por qué el elixir ha dejado de funcionar.

Pensé en mi padre. ¿Era uno de los que habían desaparecido o estaba defendiéndose? Sabía que tenía que ser uno de esos en los que el elixir había dejado de funcionar.

—Debería estar allí.

—Deberías estar en cualquier sitio menos allí.

—Ahora hablas como Seth.

Entrecerró los ojos.

—Por una vez, estoy de acuerdo con él.

—Es impresionante. —Mi mirada se posó en el edificio principal de la academia, y de inmediato supe a dónde íbamos—. Me llevas a la biblioteca.

Volvió a sonreír.

—Es un sitio privado. Nunca hay nadie ahí a esta hora, y si alguien nos ve, estás estudiando.

Entonces me reí.

—¿Y alguien se va a creer eso?

—Cosas más raras se han visto —contestó mientras subíamos los escalones.

Pasamos junto a dos Guardias que estaban apostados en la entrada. Desde el ataque que se había cobrado la vida de Caleb y el que tuvo lugar después en Catskills, la seguridad se había multiplicado. Antes me habría quejado porque dificultaba mucho las operaciones furtivas. Pero ahora, después de todo lo que había pasado, me aliviaba ver el aumento de efectivos.

Al entrar nos recibió un aire cálido. En silencio, seguí a Aiden por el pasillo hasta llegar a la biblioteca. Varios Instructores seguían en sus despachos y nos cruzamos con algunos estudiantes que se marchaban.

Aiden se adelantó y me abrió la puerta de la biblioteca, siempre tan caballero. Sonriendo para darle las gracias, entré y me detuve de golpe.

Luke y Deacon salían de detrás una de las altas estanterías, hombro con hombro. Cuando nos vieron, juraría que se separaron al menos un metro.

—¿Deacon? —Aiden parecía sorprendido—. ¿Estás en la biblioteca?

—Sí. —Deacon se apartó los rizos de la frente—. Estábamos estudiando trigonometría.

Ninguno de los dos tenía un solo libro entre las manos. Miré a Luke expectante. Desvió la mirada, pero sus labios se movieron.

Los ojos de Aiden se abrieron de par en par.

—Vaya. Estoy orgulloso de ti. ¿Estudiando?

Cerré la boca.

—Pasando página y esas cosas. —Deacon se acercó a su hermano mayor—. Tomándome mi educación en serio.

Me ardía la lengua en deseos de decir algo.

Aiden inclinó la cabeza hacia Luke.

—Mantenlo alejado de los problemas, Luke.

Oh, cielos. Por la forma en que Deacon se movía de un lado a otro y el tamaño de la sonrisa de Luke, supuse que Aiden no tenía ni idea del tipo de «problema» en el que se estaban metiendo esos dos. En nuestro mundo, las relaciones entre personas del mismo sexo ni siquiera figuraban en la lista de cosas tabú. Pero estaba el hecho de que Deacon era un puro y Luke un mestizo.

Y de entre todos los mestizos del mundo, yo sabía lo estúpido y peligroso que era lo que estaban haciendo. Miré a Aiden. Me miró a los ojos y sonrió. Se me revolvió el estómago. Estúpido y peligroso, pero eso no cambiaba lo que sentía.

CAPÍTULO 11

Todavía estaba esforzándome por mantener la boca cerrada cuando Aiden encontró una sala de estudio vacía en la parte de atrás de la biblioteca, cerca de la sección de «Libros que nunca he leído» y «Libros de los que nunca he oído hablar». Dejó la puerta abierta, lo cual me alivió y me decepcionó al mismo tiempo.

Me senté y dejé caer el bolso sobre la mesa.

—Es genial que Deacon esté estudiando y todo eso.

Aiden tomó asiento a mi lado y se giró para que su rodilla quedase pegada a la mía. Me miró a los ojos.

—¿Puedo hacerte una pregunta?

—Claro. —Saqué el enorme libro y lo coloqué entre nosotros.

—¿Te parezco estúpido?

Mi mano se congeló sobre el borde del libro.

—¿Es una pregunta trampa?

Arqueó una ceja.

—No. No me pareces estúpido.

—No me lo parecía. —Se acercó y me quitó el libro. Su mano rozó la mía, provocándome escalofríos—. Estaban estudiando lo mismo que nosotros.

No estaba segura de cómo actuar. Así que no dije nada.

Aiden se quedó mirando el libro con el ceño fruncido.

—Sé lo que está haciendo mi hermano, Alex. ¿Y sabes qué? Me cabrea.

—¿En serio?

—Sí. —Levantó la vista y se encontró con mi mirada—. No puedo creerme que piense que me importaría si le gustan los chicos o lo que sea. Siempre he sabido que él era así.

—No lo sabía.

—Deacon es bueno ocultándolo. ¿Qué estoy buscando? —preguntó. Me acerqué y abrí el libro por la sección sobre la Orden de Tánatos. Empezó a leer. Pasó un par de páginas antes de volver al principio de la sección—. Siempre ha fingido estar interesado en las chicas, y puede que también lo esté. Pero nunca consiguió engañarme.

—A mí me engañó. —Observé cómo un mechón de pelo ondulado caía sobre la frente de Aiden. Me entraron unas ganas locas de echárselo hacia atrás—. ¿Así que nunca te ha dicho nada al respecto?

Aiden resopló.

—No. Creo que piensa que me molestaría o algo así. Y créeme, quise decirle que no me importa, pero creo que le incomoda. Hablar de ello, ya sabes. Así que simplemente hago como que no lo veo. Supongo que acabará hablándome del tema.

—Lo hará. —Me mordí el labio—. Pero... es Luke.

Se le tensó un músculo de la mandíbula.

—No me gusta el hecho de que pueda estar... teniendo algo con un mestizo, pero confío en que no hará nada... —Se interrumpió, riéndose—. Ya, bueno, yo no soy la persona indicada para dar sermones sobre todo el tema de los puros y los mestizos.

Me ruboricé. Aiden levantó la vista y nuestros ojos se encontraron. Abrió la boca, pero la cerró enseguida. Volvió al libro y se aclaró la garganta.

—Así que ¿la Orden de Tánatos? No es que sea un material de lectura muy divertido.

Al encontrar terreno seguro, asentí.

—Telly tenía este símbolo tatuado en el brazo. —Señalé la antorcha, con cuidado de no tocarlo—. Y también Romvi que, por cierto, sigue odiándome a muerte por si te lo preguntas. Y recordé que en la sección que hablaba del Apollyon mencionaba que Tánatos mató a Solaris y al Primero. Tal vez la Orden siga en marcha y tenga algo que ver con lo que ocurrió en Catskills.

La mano junto al libro se cerró en un puño, pero Aiden no levantó la vista.

—Que yo sepa la Orden ya no existe, pero nunca se sabe.

—¿Quizá esto pueda decirnos algo? Pero no puedo leerlo.

Esbozó una sonrisa breve.

—Dame unos minutos. Leer esto no es fácil.

—Vale. —Más allá de la rendija de la puerta, la biblioteca estaba oscura y en silencio. De ninguna manera iba a salir ahí fuera. Saqué un cuaderno y un bolígrafo—. Yo… fingiré que estudio o algo así.

Aiden se rio entre dientes.

—Hazlo.

Sonreí mientras empezaba a garabatear en una hoja en blanco del cuaderno. Era difícil, porque su rodilla seguía pegada a la mía, y puede que fuera mi imaginación, pero parecía que nos estábamos acercando. Toda la parte inferior de su pierna estaba tocando la mía.

Mientras Aiden leía, yo dibujaba una versión muy mala de la estatua de Apolo y Dafne. Aiden me echó varias miradas y me hizo comentarios sobre el dibujo. En un momento dado, se ofreció a pagarme unas clases. Le di un puñetazo en el brazo.

Renunciando a mi obra maestra, comprobé en qué página estaba. Mientras miraba el símbolo de cada página, sentí un nudo en la garganta. En lugar de pensar en Telly o Romvi, pensé en el puro al que había matado en Catskills. Me eché hacia atrás en la silla y me froté los muslos con las manos. La sensación de clavar una daga a un puro era muy distinta a la de clavársela a un daimon, incluso a un daimon mestizo.

Siempre había opciones y, una vez más, había tomado la decisión incorrecta. En realidad, había tomado una serie de malas decisiones en un período de tiempo muy corto, pero esa se llevaba la palma. Podría haber desarmado al Guardia sangre pura. Podría haber hecho algo distinto. Lo había matado y ni siquiera sabía su nombre.

—Eh —dijo Aiden con suavidad—, ¿estás bien?

—Sí. —Levanté la cabeza, obligándome a sonreír—. ¿Has averiguado algo ya?

Me observaba con atención. Podía sentirlo, incluso después de volver a mirarme las manos.

—Solo por qué se creó la Orden —dijo—. Parece que fue creada por nosotros, los sangre pura, como una organización para mantener vivas las viejas costumbres y proteger a los dioses. Y parece que incluso algunos mestizos elegidos ingresaron en la Orden.

—Genial. —Extendí las manos sobre la mesa—. ¿Los dioses necesitan protección?

—No parece que sea en el sentido en que piensas, sino más bien para proteger su existencia de los mortales y de aquellos que podrían ser una amenaza. —Aiden volvió al libro, hojeando varios capítulos más adelante—. Dice que los miembros son marcados, lo que explicaría el tatuaje si pertenecen a la Orden. Pero hay algo más.

—¿Qué? —Lo miré—. ¿Qué es?

Respiró hondo y deslizó el libro hacia mí.

—Todos lo hemos interpretado mal. Es comprensible, puesto que así es como está redactado. Mira esto.

Aiden señalaba la sección sobre el Apollyon.

—«La reacción de los dioses, en particular de la Orden de Tánatos, fue rápida y justa. Ambos Apollyons fueron ejecutados sin juicio».

Volví a sentarme y comprendí.

—No fue Tánatos quien los mató, sino la Orden de Tánatos.

Aiden asintió mientras volvía a la sección sobre la Orden.

—Eso parece.

—Pero, ¿cómo? Tanto Solaris como el Primero habían Despertado. Según Seth, una vez eso ocurre nos volvemos indestructibles.

Sacudió la cabeza.

—La Orden es muy mística, o al menos eso es lo que dice esta sección. —Dio unos golpecitos con el dedo en algo que me parecieron arañazos de gallina—. Se dice que la Orden es «los ojos y la mano de Tánatos». Hay algo aquí sobre que la Orden está dotada de «dagas bañadas en la sangre de los Titanes».

—¿Dagas bañadas en la sangre de los Titanes? ¿Literalmente? ¿Acaso el Apollyon es alérgico a la sangre de los Titanes? —Sacudí la cabeza—. Lo que no entiendo es, si los dioses y el Apollyon pueden usar *akasha*, entonces, ¿por qué los dioses y Tánatos necesitarían a alguien más para matar al Apollyon? Podrían usar *akasha*.

—No lo sé —dijo mirándome. Sus ojos eran de un gris plomo—. Y me cuesta creer que Seth tampoco lo supiera. ¿No te dijo que, una vez que Despiertes, el conocimiento de los Apollyons anteriores pasará a ti?

—Sí, lo hizo. Seth debería saberlo. —Una sensación incómoda arañó mi atención cuando apoyé la barbilla sobre la palma de mi mano. Si Seth sabía todo lo que los Apollyons anteriores sabían, entonces, ¿no se habría dado cuenta alguno de ellos, en todos estos años, de que eran producto de una unión entre un puro y un mestizo? ¿No debería haberlo sabido alguno de los Apollyons lo de la Orden, sobre todo si las vidas de Solaris y el Primero habían pasado a Seth durante su Despertar?

—¿Qué pasa? —preguntó Aiden en voz baja.

La ira se removió, agitando el cordón.

—No creo que Seth esté siendo del todo sincero conmigo.

Aiden no respondió.

Respiré hondo.

—No entiendo por qué iba a mentir sobre esto. Tal vez… nunca sumó dos más dos. —Eso sonó patético incluso para mí, pero a mi cerebro le costaba aceptar que Seth pudiera estar ocultando algo así. ¿Por qué lo haría?

Pasó un rato antes de que Aiden hablase.

—Alex, la Orden existe a día de hoy, entonces podrían estar detrás de los ataques en Catskills. Y si son los ojos y la mano de Tánatos, te han señalado como una amenaza.

Pensé en lo que la furia había dicho antes de intentar arrancarme la cabeza: que yo era una amenaza… y que no era nada personal. Pero intentar matarme era algo muy personal.

—¿Crees que las furias estaban allí por el ataque daimon, o por… mí?

—No reaccionaron hasta el ataque daimon.

Frotándome las sienes, cerré los ojos. Todo esto me estaba provocando dolor de cabeza.

—Hay muchas cosas que no encajan: la Orden, las furias, Seth. ¿Por qué fueron a por mí en vez de a por él?

Aiden cerró el libro.

—Tengo que contárselo a Marcus. Si la Orden sigue vivita y coleando, entonces esto es serio. Y si Telly es miembro, entonces tenemos que tener cuidado.

Asentí, abriendo los ojos. Volví a sentir su mirada clavada en mí.

—De acuerdo.

—Y no quiero que vayas más a la clase de Romvi —continuó—. Hablaré con Marcus y estoy seguro de que estará de acuerdo con eso.

—Eso no debería ser un problema. Mañana es el último día de clases antes de las vacaciones, así que faltaré. —Me estremecí—. ¿Crees que la parte de los «ojos de Tánatos» es algo literal? ¿Y las dagas bañadas en sangre de Titán son de verdad?

—Conociendo a los dioses, yo diría que sí. —Hubo una pausa y Aiden se acercó, tomando mi barbilla con la punta de sus dedos. Despacio, me giró la cabeza hacia él—. ¿Qué es lo que no me estás contando, Alex?

Me recorrió un escalofrío.

—Nada —susurré, e intenté voltear la cabeza, pero él me mantuvo inmóvil.

—Sabes que puedes contarme cualquier cosa, ¿verdad? Y sé que me estás ocultando algo.

La advertencia de Seth de mantener en secreto las marcas de Apollyon se vio abrumada por el deseo de contarle a alguien lo que estaba pasando. ¿Y a quién mejor que a Aiden? Él era la única persona en este mundo en la que yo confiaba, sobre todo teniendo en cuenta lo mucho que había arriesgado para mantenerme a salvo. Seth no estaría contento si se lo contaba, pero, una vez más, yo no estaba lo que se dice muy contenta con Seth ahora mismo.

—Está pasando —dije al final.

Los ojos de Aiden buscaron los míos.

—¿Qué está pasando?

—Esto… está cosa rara. —Levanté las manos, con las palmas hacia arriba. Bajó la mirada sin soltarme la barbilla y, cuando sus ojos volvieron a encontrarse con los míos, se mostraron interrogantes—. Las marcas del Apollyon han empezado a aparecer. No se ven, pero las tengo en las palmas de las manos. Y tengo una en el estómago.

Parecía sorprendido. Me soltó la barbilla, pero no se apartó.

—¿Cuándo empezó a pasar esto?

Desvié la mirada

—La primera vez fue en Catskills. Seth y yo estábamos entrenando un día y me enfadé. De alguna manera, hice estallar una roca y lo siguiente que supe fue que había un cordón que salía de Seth y obtuve una runa.

—¿Por qué no me lo dijiste?

—Bueno, no nos llevábamos muy bien por aquel entonces y tú estabas ocupado. Y Seth me pidió que no dijera nada hasta que supiéramos qué estaba pasando. —Suspiré y le hablé de las otras veces y de cómo había visto mi propio cordón. El disgusto se apoderó de Aiden cuando terminé de contárselo—. A veces pasa cuando nos… tocamos. Seth cree que, si me sale la cuarta marca en la nuca, entonces Despertaré. Quizá antes de lo previsto, y está encantado con esa perspectiva.

—Alex —respiró con dificultad.

—Sí, lo sé. Soy un bicho raro hasta para los estándares del Apollyon. —Me reí—. No quiero la cuarta marca. Me gustaría pasar el resto de mis diecisiete años sin ser un Apollyon. Pero Seth está en plan «esto sería lo mejor».

—¿Lo mejor para quién? —preguntó en voz baja—. ¿Para ti o para Seth?

Volví a soltar una carcajada, pero mi extraño humor se disipó cuando recordé que sospechaba que Seth hacía lo de las runas a propósito.

—¿Alex?

—Seth dice que sería lo mejor para mí porque sería más fuerte, pero creo que… creo que está deseando un aumento de poder. Me recuerda a las setas de *Super Mario Bros.* o algo así, porque puedo sentirlo, *akasha*, pasando de mí a… —Me quedé con la boca abierta—. Hijo de puta.

—¿Qué? —Aiden frunció el ceño.

Se me revolvió el estómago.

—Cuando apareció la segunda marca, estuve agotada varios días. —Me senté más erguida, mirando fijamente a Aiden mientras todo encajaba a la perfección—. ¿Recuerdas la noche que nos reunimos todos en el despacho de Marcus? Justo antes, había aparecido otra runa, y aquella vez fue diferente a todas las demás. —Sentí que el calor me recorría las mejillas al recordar lo mucho que me había disgustado todo aquello mientras sucedía—. De todos modos, yo estaba muy cansada y después de eso estuve decaída durante días.

Aiden asintió.

—Lo recuerdo. Estabas de muy mal humor.

Mi malhumor me había llevado a la sala de privación sensorial… y al susurro lleno de miedo de Aiden.

—Bueno, tú no lo pasaste tan mal como Seth. Le tiré un bocadillo.

Estaba tratando de evitar sonreír, pero sus ojos se iluminaron.

—Seguramente se lo merecía.

—Se lo merecía, pero joder, ¿es eso lo que va a pasar cuando Despierte? —El pavor me recorrió la piel con sus dedos helados—. Va a drenarme. Ni siquiera creo que sea consciente de ello.

La ira apareció en sus ojos, disipando la suavidad que se había acumulado en ellos. Cerró las manos en puños.

—Sea lo que sea que… estéis haciendo para que aparezcan esas runas, tenéis que parar.

Lo miré con suavidad.

—Ya lo había decidido, pero eso no va a impedir que ocurra con el tiempo. ¿Y sabes qué es lo más grave? Mi madre me advirtió que el Primero me drenaría. Solo que pensé que era una daimon loca.

Aiden salvó la poca distancia que había podido poner entre nosotros.

—No voy a dejar que te pase nada, Alex. Eso también va por Seth.

Guau. Ahí, mi corazón se volvió loco. Y de verdad sonaba como si creyese que era capaz.

—Aiden, no puedes parar esto. Nadie puede.

—No podemos evitar que Despiertes, pero la transferencia de poder solo ocurrirá si lo tocas después de cumplir los dieciocho, ¿verdad? Entonces no puedes tocarlo.

No podía imaginarme que Seth estuviera de acuerdo con lo de «no tocar», pero lo entendería cuando supiera lo que podría hacer.

—Lo entenderá —dije—. Hablaré con él cuando vuelva. Probablemente sea mejor hablarlo cara a cara.

Aiden no parecía convencido.

—Esto no me gusta.

—A ti no te gusta *él* —resalté con delicadeza.

—Tienes razón. No me gusta Seth, pero esto es algo más.

—¿No hay siempre algo más? —Me moví un poco y sentí su aliento sobre mis labios. Si me movía un centímetro, nuestros labios se tocarían. De repente, Aiden me estaba mirando la boca.

—Hablaré con Marcus —dijo Aiden, con la voz ronca.

—Eso ya lo has dicho.

—¿Lo he dicho? —Inclinó la cabeza despacio—. Deberíamos volver.

Tragué saliva. Aiden no se movió y cada músculo de mi cuerpo exigía que recorriera ese pequeño espacio que nos separaba. Pero empujé la silla hacia atrás, provocando un horrible ruido, como un arañazo. Me puse de pie. No parecía haber suficiente aire en la salita de paredes descoloridas y color verde guisante. Me dirigí hacia la puerta, pero me detuve al darme cuenta de que había dejado la bolsa sobre la mesa. Me di la vuelta.

Aiden estaba de pie frente a mí. No lo había oído levantarse ni moverse hacia mí. Tenía mi bolsa en la mano, el libro ya estaba metido dentro. Y estaba tan cerca que las puntas de sus zapatos rozaban los míos. El corazón se me aceleró y sentí como si un montón de mariposas me hubieran estallado en el estómago. Tenía miedo de respirar, de sentir lo que sabía que no me estaba permitido.

Me colocó la correa de la bolsa sobre el hombro y me puso el pelo detrás de la oreja. Pensé que tal vez iba a abrazarme... o a zarandearme, porque siempre cabía esa posibilidad. Pero entonces deslizó una mano por mi mejilla y me pasó el pulgar por el labio inferior, con cuidado por la débil cicatriz que tenía en el centro, aunque hacía tiempo que había dejado de dolerme.

Inspiré hondo. Sus ojos eran plata líquida. El pulso me latía con fuerza. Sabía que quería besarme, tal vez hacer otras cosas. Me hormigueaba la piel por la excitación, la expectación y las ganas. Y creo que él sentía lo mismo. No necesitaba que un estúpido cordón me lo dijera.

Pero Aiden no iba a actuar en consecuencia. Tenía el tipo de autocontrol que rivalizaba con el de las sacerdotisas vírgenes que habían servido en los templos de Artemisa. Y había otras razones por las que él no debía... Por las que yo no debía...

Aiden cerró los ojos y exhaló con fuerza. Cuando volvió a abrir los ojos, dejó caer la mano y me lanzó una sonrisa rápida.

—¿Preparada? —me preguntó.

Como ya echaba de menos su tacto, lo único que pude hacer fue asentir. Volvimos a mi residencia en silencio. No dejaba de mirarlo y no parecía enfadado, parecía ensimismado en sus propios pensamientos y quizá un poco triste.

Aiden me acompañó directamente a la puerta como si algún miembro chiflado de la Orden o una furia fuese a asaltarme desde un armario de suministros. El pasillo estaba casi vacío, ya que compartía la primera planta con un montón de puros. Sus padres los habían librado de las clases el lunes, para empezar antes las vacaciones de invierno. Inclinó la cabeza y esperó a que cerrara la puerta.

Dejé la bolsa junto al sofá, me senté y saqué el móvil que me había dado Seth. En la agenda solo había un contacto: Conejito Mimoso.

No pude evitar reírme. Siempre parecía haber dos caras de Seth. Una, la divertida y encantadora, la que podía ser paciente y amable. Y luego había un lado totalmente distinto, el Seth que en realidad no conocía, el que parecía decir medias verdades y era la viva imagen de todo lo que yo temía.

Respiré hondo, pulsé el nombre y oí que el teléfono sonaba una vez, dos, y luego saltó el contestador.

Seth no contestó. Tampoco me devolvió la llamada en toda la noche.

CAPÍTULO 12

No tenía ni idea de qué podía estar haciendo Seth para no devolverme la llamada. No era que estuviera preocupada por su seguridad. Seth podía cuidarse solo. Pero me preguntaba si todavía estaba molesto conmigo. Lo gracioso era que, si no lo estaba, iba a estarlo cuando terminara de hablar con él. Quitarme a Seth de la cabeza fue sorprendentemente fácil cuando entré en Verdades y Leyendas Técnicas.

Deacon levantó la vista y sonrió cuando me senté a su lado. Me sorprendió verlo el último día de clase. Supuse que él, más que nadie, se habría escaqueado de la clase.

—¿Qué tal la visita a la biblioteca? ¿Estudiaste?

Miré hacia el frente del aula. Luke estaba hablando con Elena, pero nos miraba (miraba a Deacon) por el rabillo del ojo.

—¿*Mi* visita a la biblioteca? —Me concentré en Deacon—. ¿Qué tal la tuya?

—Bien. Estudié mucho. —Deacon estuvo impecable.

—Vaya. —Bajé la voz—. Increíble, teniendo en cuenta que ninguno de los dos llevaba libros con los que estudiar.

Deacon abrió la boca, pero la cerró.

Le guiñé un ojo.

Se le pusieron rojas hasta las orejas. Golpeó con los dedos el pupitre.

—Bueno, vale.

Una parte de mí quería decirle a Deacon que Aiden lo sabía y que no tenía de qué preocuparse, pero no me correspondía. Pero, tal vez, podría darle un suave empujón en la dirección correcta.

—No es para tanto —susurré—. Honestamente, aquí a nadie, puro o mestizo, le importa.

—No es así —me susurró de vuelta.

Arqueé una ceja.

—¿No lo es?

—No. —Deacon suspiró—. También me gustan las chicas, pero... —Encontró a Luke con la mirada—. Él es diferente.

Deacon esbozó una sonrisa.

—No es lo que piensas. No hemos... hecho nada.

—Lo que tú digas. —Sonreí.

Se inclinó sobre el hueco entre nuestros pupitres.

—Es un mestizo, Alex. De todas las personas posibles, creo que tú sabes lo peligroso que es eso.

Me eché hacia atrás y lo miré fijamente.

Deacon me guiñó un ojo con una sonrisa socarrona.

—Pero la pregunta es: ¿merece la pena romper la regla número uno?

Antes de que pudiera abrir la boca para responder a eso —y sinceramente, no tenía ni idea de qué decir—, dos Guardias del Consejo entraron en la clase, haciendo callar a toda la sala. Me eché hacia atrás en el asiento mientras mi malestar crecía, casi deseando poder deslizarme bajo la mesa.

El que tenía el pelo castaño rapado recorrió la sala con los labios fruncidos en una línea firme. Su mirada se posó en mí. Se me heló la sangre de las venas. Lucian no estaba aquí y no reconocí a los dos Guardias.

—¿Señorita Andros? —Tenía una voz suave, pero llena de autoridad—. Tiene que venir con nosotros.

Todos los alumnos se giraron y se quedaron mirándome. Agarré mi bolsa y miré a Deacon con los ojos muy abiertos. Me dirigí hacia el frente de la clase, forzando una sonrisa de «me da igual», pero me temblaban las rodillas.

Que los Guardias del Consejo sacaran a alguien de clase nunca era bueno.

Se oyó un murmullo en voz baja desde donde estaban sentados Cody y Jackson. Los ignoré y seguí a los Guardias. Nadie habló mientras caminábamos por los pasillos y subíamos el irrisorio número de escalones. El pavor seguía abriéndose paso a través de mí. Marcus no habría enviado Guardias del Consejo a buscarme. Habría enviado a Linard o a Leon, o incluso a Aiden.

Los Guardias del Covenant abrieron la puerta del despacho de Marcus y me hicieron pasar. Recorrí la estancia con la mirada, buscando con rapidez a su ocupante.

Vacilé.

El Ministro Jefe Telly estaba de pie frente al escritorio de Marcus, con las manos entrelazadas a la espalda. Esos ojos pálidos se agudizaron en cuanto nuestras miradas se cruzaron. Las canas parecían haberse extendido por sus sienes desde la última vez que lo había visto, y ahora le salpicaban el pelo. En lugar de la suntuosa túnica que se había puesto durante el Consejo, llevaba una sencilla túnica blanca y unos pantalones de lino.

La puerta se cerró con un suave chasquido detrás de mí. Me di la vuelta. No había Guardias, tampoco estaba Marcus. Estaba totalmente a solas con el Ministro Jefe Imbécil. Estupendo.

—¿Quieres sentarte, señorita Andros?

Me di la vuelta despacio, obligándome a respirar hondo.

—Prefiero estar de pie.

—Pero yo prefiero que te sientes —replicó uniforme—. Toma asiento.

Una orden directa del Ministro Jefe era algo que no podía declinar. Pero eso no significaba que fuera a doblegarme ante él. Me acerqué a la silla lo más despacio posible, sonriendo para mis adentros cuando vi que el músculo de su mandíbula comenzaba a moverse.

—¿Qué puedo hacer por usted, Ministro Jefe? —le pregunté después de hacer ademán de dejar la bolsa a mis pies, alisarme el jersey y ponerme cómoda.

El asco inundó su mirada.

—Tengo que hacerte unas preguntas sobre la noche en que abandonaste el Consejo.

El ácido se abría paso en mi estómago.

—¿No debería estar aquí Marcus? ¿Y no tienes que esperar hasta que mi tutor legal esté presente? Lucian está en Nueva York, donde deberías estar tú.

—No veo razón para incluirlos en este… indecoroso asunto. —Volvió su atención al acuario, observando a los peces durante unos instantes mientras yo me sentía cada vez más incómoda—. Después de todo, ambos sabemos la verdad.

¿Que era un imbécil de primera? Todo el mundo lo sabía, pero dudaba de que se refiriese a eso.

—¿Qué verdad?

Telly se rio al darse la vuelta.

—Quiero charlar contigo sobre la noche en que los daimons y las furias atacaron el Consejo. Sobre la verdadera razón por la que huiste.

Se me paró el corazón, pero mantuve el rostro inexpresivo.

—Creía que lo sabías. Los daimons me perseguían. Las furias también. Verás, al final de la noche era una chica muy popular.

—Eso es lo que tú dices. —Se apoyó en el escritorio y levantó una pequeña estatua de Zeus—. Sin embargo, se encontró a un Guardia sangre pura muerto. ¿Tienes algo que añadir a eso?

Un sabor amargo se formó en la parte posterior de mi boca.

—Bueno… había muchos puros y mestizos muertos. Y un montón de sirvientes muertos que a nadie le importaban una mierda. Se habrían salvado si alguien los hubiera ayudado.

Arqueó una ceja.

—La pérdida de un mestizo no es asunto mío.

La ira tenía un sabor diferente en mi boca. Sabía a sangre.

—Murieron muchos.

—Como he dicho, ¿por qué iba a importarme?

Me estaba provocando. Lo sabía. Y aun así quería darle un puñetazo.

—Pero estoy aquí por la muerte de uno de mis Guardias —continuó—. Quiero saber cómo murió.

Fingí que me aburría.

—Yo diría que es probable que tuviera que ver con los daimons que pululaban por el edificio. Suelen matar a la gente. Y las furias estaban haciendo estragos.

La sonrisa de su cara se desvaneció.

—Fue asesinado con una daga del Covenant.

—De acuerdo. —Volví a sentarme en la silla y ladeé la cabeza—. ¿Sabías que ahora los mestizos pueden convertirse?

Los ojos del Ministro Jefe se entrecerraron.

Ralenticé mi discurso.

—Bueno, algunos de esos mestizos fueron entrenados como Centinelas y Guardias. Llevan dagas. Y creo que también saben usarlas. —Con los ojos muy abiertos, asentí—. Probablemente fue uno de ellos.

Sorprendentemente, Telly se rio. No fue una risa agradable, sino más bien la típica risa del Dr. Maligno.

—Menuda boquita tienes. Dime, ¿es porque te crees muy a salvo? ¿Que ser el Apollyon te hace intocable? ¿O es pura estupidez de ciega?

Fingí pensarlo.

—A veces hago cosas muy estúpidas. Esta podría ser una de ellas.

Sonrió con fuerza.

—¿Crees que soy estúpido?

Qué raro. Era la segunda vez que me hacían una versión de esa pregunta en las últimas veinticuatro horas. Di la misma respuesta.

—¿Es una pregunta trampa?

—Alexandria, ¿por qué crees que he esperado hasta ahora para preguntarte? Verás, sé lo de tu pequeño vínculo con el Primero. Y sé que este tipo de distancia anula ese vínculo. —Su sonrisa se hizo real mientras mis manos apretaban los brazos de la silla—. Así que, ahora mismo, no eres más que una mestiza. ¿Me entiendes?

—¿Crees que necesito a Seth para defenderme?

Los huecos de sus mejillas empezaron a teñirse de rosa.

—Cuéntame qué pasó aquella noche, Alexandria.

—Hubo un ataque daimon enorme del que intenté advertiros, pero me ignorasteis. Dijisteis que era ridículo que los daimons pudieran hacer algo así. —Hice una pausa para dejar que el golpe calara hondo—. Luché. Maté a algunos daimons y derribé a una o dos furias.

—Ah, sí. Por lo que he oído, luchaste de maravilla. —Hizo una pausa y se dio un golpecito la barbilla—. Y entonces se descubrió un plan. Los daimons iban tras el Apollyon.

—Exacto.

—Me parece extraño —respondió—. Teniendo en cuenta que estaban tratando de matarte a la vista de Guardias y Centinelas. Que, por cierto, son leales al Consejo.

Bostecé sonoramente, haciendo todo lo posible por demostrar que no tenía miedo mientras temblaba por dentro. Si se daba cuenta, sabría que había descubierto algo.

—No tengo ni idea de lo que ocurre dentro de la mente de un daimon. Eso no puedo explicarlo.

Telly se alejó del escritorio y se paró frente a mí.

—Sé que mataste al Guardia sangre pura, Alexandria. Y también sé que otro sangre pura lo encubrió.

Mi cerebro se quedó en blanco mientras lo miraba fijamente. El terror, tan potente y tan fuerte, me dejó sin aire en los pulmones. ¿Cómo lo había sabido? ¿La compulsión de Aiden había desaparecido? No. Porque estaría delante del Consejo, esposada, y Aiden... oh, cielos, Aiden estaría muerto.

—¿No tienes nada que decir a eso? —preguntó Telly, claramente disfrutando de este momento.

Contrólate. Contrólate.

—Lo siento. Estoy un poco conmocionada.

—¿Y por qué ibas a estar conmocionada?

—Porque probablemente sea lo más estúpido que he oído en mucho tiempo. ¿Y tú has visto a la gente que conozco? Eso ya es mucho decir.

Frunció los labios.

—Estás mintiendo. Y no sabes mentir muy bien.

Se me aceleró el pulso.

—En realidad, soy una gran mentirosa.

Estaba perdiendo la paciencia con rapidez.

—Dime la verdad, Alexandria.

—Te estoy diciendo la verdad. —Obligué a mis dedos a relajarse alrededor de los brazos de la silla—. Sé que no debo atacar a un puro, y mucho menos matarlo.

—Atacaste a un Maestro en el Consejo.

Mierda.

—En realidad, no lo ataqué: impedí que atacara a otra persona. Y bueno, después de eso, aprendí la lección.

—No estoy de acuerdo. ¿Quién te ayudó a encubrirlo?

Me incliné hacia delante en la silla.

—No sé de qué me está hablando.

—Estás poniendo a prueba mi paciencia —dijo—. No quieres ver lo que pasará cuando la pierda.

—Parece que *ya* la has perdido. —Miré alrededor de la habitación, obligando a mi corazón a volver a la normalidad—. No tengo ni idea de por qué me haces estas preguntas. Y me estoy perdiendo el último día de clases antes de las vacaciones de invierno. ¿Me vas a dar un justificante o algo?

—¿Te crees muy lista?

Sonreí burlona.

La mano de Telly se alzó tan rápido que ni siquiera tuve la oportunidad de esquivar el golpe. El dorso de su mano conectó con mi mejilla con la fuerza suficiente como para hacerme girar la cabeza hacia un lado. La incredulidad y la rabia se mezclaron, atravesándome. Me negaba rotundamente a aceptar el hecho de que se hubiera atrevido a pegarme. Y mi cuerpo ya me pedía que le devolviera el golpe, que lo tumbara sobre su espalda. Sentí un deseo irrefrenable de golpearlo en la mandíbula.

Me agarré a los bordes de la silla, mirándolo. Eso era lo que Telly quería. Quería que le devolviera el golpe. Entonces me serviría en bandeja de oro.

Telly sonrió.

Le devolví el gesto, ignorando el escozor en la mejilla.

—Gracias.

La ira apareció en el fondo de sus ojos.

—Te crees muy dura, ¿verdad?

Me encogí de hombros.

—Podría decirse que sí.

—Hay formas de doblegarte, querida niña. —Su sonrisa aumentó, pero nunca llegó a sus ojos—. Sé que mataste a un sangre pura. Y sé que alguien, otro puro o el Primero, te encubrió.

Un escalofrío me recorrió la espalda, como los dedos helados del pánico y el terror. Lo reprimí, con la seguridad de que volvería sobre ello más tarde... si es que había un más tarde. Arqueé una ceja.

—No tengo ni idea de qué estás diciendo. Ya te he dicho lo que pasó.

—¡Y lo que me has dicho es mentira! —Salió disparado hacia delante, agarrando los brazos de la silla. Tenía los dedos a centímetros de los míos, los labios apretados, la cara roja de furia—. Ahora dime la verdad o te juro que...

Me negué a apartarme, tal y como quería.

—Ya te lo he dicho.

Se le saltó una vena de la sien.

—Estás pisando terreno pantanoso, querida.

—No tienes ninguna prueba —dije en voz baja, encontrándome con su mirada enfurecida—. Si la tuvieses, ya estaría muerta. Por otra parte, si fuese una mestiza cualquiera no necesitarías muchas pruebas. Pero para eliminarme necesitas el permiso del Consejo. Ya sabes, siendo la *preciada Apollyon* y todo eso.

Telly se apartó de la silla, dándome la espalda.

Sabía que tenía que callarme. Burlarse de él era lo más estúpido que podía hacer, pero no podía parar. La ira y el miedo nunca habían sido una buena mezcla en mi caso.

—Lo que no entiendo es cómo estás tan seguro de que maté a un sangre pura. Es evidente que no hubo testigos de su muerte. Nadie me señala con el dedo. —Hice una pausa, disfrutando de cómo se tensaban los músculos de su espalda bajo la fina túnica—. ¿Por qué ibas a...?

Se dio la vuelta, con el rostro impresionantemente inexpresivo.

—¿Por qué iba a qué, Alexandria?

Se me revolvió el estómago al darme cuenta. Mis sospechas eran ciertas. Me quedé mirándole las elegantes manos.

—¿Cómo puedes estar tan seguro a menos que ordenaras a alguien, un Guardia, que me atacase? Entonces supongo que estarías bastante seguro si ese Guardia apareciera muerto, pero no lo habrías hecho. Porque estoy segura de que el Consejo se enfadaría mucho. Incluso podrías perder tu cargo.

Estaba tan ocupada regodeándome que ni siquiera lo vi moverse.

Su mano golpeó la misma mejilla. La ráfaga de dolor al rojo vivo me aturdió. No era un golpe tonto. La silla se levantó sobre dos patas antes de volver a apoyarse. Se me llenaron los ojos de lágrimas.

—Tú... no puedes hacer esto —dije, con la voz ronca.

Telly me agarró de la muñeca.

—Puedo hacer lo que me dé la gana. —Telly me levantó de un tirón y sus dedos me magullaron los brazos mientras me arrastraba por el despacho de mi tío. Me empujó hacia la ventana que daba al patio—. Dime, ¿qué ves ahí fuera?

Parpadeé, reprimiendo la furia que amenazaba con desbordarse. Estatuas y arena, y más allá, el océano agitándose con olas embravecidas. Había gente dispersa por el campus.

—¿Qué ves, Alexandra? —Su agarre se tensó.

Me estremecí, detestando mi momento de debilidad.

—No lo sé. Veo gente y la maldita arena. Y el océano. Veo mucha agua.

—¿Ves a los sirvientes? —Señaló hacia el atrio, donde un grupo de ellos esperaba órdenes de su Maestro—. Son míos. Me pertenecen todos.

Los músculos de mi cuerpo se bloquearon. No podía apartar la mirada de ellos.

Telly se inclinó hacia mí, y su aliento me llegó caliente al oído.

—Déjame contarte un pequeño secreto sobre el verdadero motivo del viaje de tu otra mitad a Catskills. Lo han llamado para que se encargue de cualquier sirviente que no tome el elixir y se niegue a rendirse. ¿Lo sabías?

—¿Encargarse de ellos?

—Saca algo de esa astucia que tienes y aplícala. Estoy seguro de que puedes resolverlo.

Podía resolverlo, pero no podía creerlo. Había una diferencia entre esas dos cosas. Porque entendí que Telly estaba afirmando que Seth acabaría con cualquier mestizo que causara problemas, pero Seth no estaría de acuerdo con algo así. Y también sabía que Telly me estaba diciendo eso para ponerme nerviosa.

Y estaba funcionando.

—Hay algo más que quiero contarte —dijo Telly—. Verás, tengo un favorito entre los sirvientes. Uno que pedí personalmente hace muchos años. ¿Sabías que conocí a tu madre y a tu padre?

Cerré los ojos.

—¿Qué, Alexandria? ¿Alguien ha soltado ya a ese pajarito de la jaula? —Me soltó la muñeca, riéndose—. Pensar que tu hermosa madre se había manchado de esa manera, para mezclarse con un mestizo. ¿De verdad creían que se saldrían con la suya? ¿Y de verdad crees que Lucian ha olvidado la desgracia que ella puso sobre su cabeza?

Papá. Papi. Padre. Todos títulos que no habían significado nada hasta que leí la carta de Laadan. Pero ahora lo significaban todo.

—Sé que no debe significar nada —continuó Telly—. Nunca lo has conocido, pero sé que quien encubrió lo que hiciste debe significar mucho para ti. ¿Y qué es lo que dicen? ¿De tal palo, tal astilla?

La desesperación borró el alivio que sentía. Telly no iba a usar a mi padre contra mí. Iba a utilizar a Aiden.

Telly me dejó junto a la ventana y volvió al centro de la habitación.

—Esta es tu última oportunidad. Me iré pasado mañana, antes del amanecer, y si para entonces no te has entregado, no habrá más oportunidades. Esto podría acabar muy fácilmente.

Ya ni siquiera sentía la palpitación en la cara.

Telly sonrió, deleitándose con mi silencio.

—Admite haber matado al Guardia y no insistiré en… —curvó el labio— quién lo encubrió. Y créeme, lo averiguaré. Me he dado cuenta de que solo unos pocos se han interesado por ti, aparte del Primero. ¿Qué? —Se rio—. ¿Creías que no había estado prestado atención?

El aire salió de mis pulmones tan deprisa que me mareé.

—Veamos. —Telly se dio un golpecito en la barbilla—. Está tu tío, que creo que se preocupa por ti mucho más de lo que parece. Estaba en Nueva York. Luego está ese Centinela, el que te encontró aquella noche en el laberinto. ¿Leon? Luego está el que se ofreció amablemente a entrenarte. Creo que ese sería St. Delphi. Y luego está Laadan. Todos ellos son sospechosos, y me aseguraré de que todos ellos lo sufran. Como Ministro Jefe, puedo revocar la posición de Marcus. Incluso puedo destituir a Lucian. Puedo presentar cargos contra el resto. Con todos los disturbios e incidentes que ha habido últimamente, sería demasiado fácil.

Un nudo de horror y frustración se formó en mi garganta. Se me llenaban los ojos de lágrimas a la vez que quería romperle la cabeza a Telly.

—Irás a la servidumbre y tomarás el elixir. Si te niegas, las cosas acabarán mal.

Cerré las manos en puños.

—Eres… repugnante.

Telly empezó a acercarse a mí y echo el brazo hacia atrás para golpearme de nuevo.

Le agarré la muñeca, mis ojos se encontraron con los suyos y le sostuve la mirada.

—Ya me has golpeado bastante, gracias.

Un ruido en el pasillo llamó la atención de Telly y se apartó de mí. La voz de Marcus sonó con fuerza, exigiendo la entrada a su despacho. Telly enarcó una ceja.

—Tienes hasta el viernes al amanecer.

Sentí que las paredes se cerraban.

Telly sonrió satisfecho mientras las exigencias de Marcus se hacían más fuertes. Ninguno de los dos habló durante esos segundos.

—¿Por qué me odias tanto? —pregunté al final.

—No te odio, Alexandria. Odio lo que *eres*.

CAPÍTULO 13

A eso se reducía todo: porque era un Apollyon, porque convertiría a Seth en el Asesino de Dioses. Y entonces supe, sin lugar a dudas, que Telly era miembro de la Orden. En su cabeza, solo estaba protegiendo a los dioses de una amenaza, y no veía nada malo en lo que hacía.

Las puertas se abrieron de golpe cuando me volví hacia la ventana, tratando de controlarme.

—¿Qué está pasando aquí? —preguntó Marcus.

—Tenía algunas... preguntas sin respuesta sobre la noche en que Alexandria abandonó el Consejo —respondió Telly—. Al principio no se mostró muy cooperativa en cuanto a las preguntas, pero creo que lo solucionamos. Después de eso, fue sorprendentemente servicial.

Sí, lo solucionó con mi cara.

Me preguntaba cuán rápido podría arrancar una de esas dagas de la pared de Marcus y clavársela en el ojo a Telly antes de que sus Guardias pudieran reaccionar. La tensión aumentó en la sala y se extendió en todas direcciones.

—¿Y por qué no se me involucró en este interrogatorio? O mejor aún, ¿por qué no podía esperar hasta el regreso de Lucian? —Marcus lo dijo con calma, pero reconocí el tono cortante de su voz. Los dioses sabían que yo había sido víctima de ese tono muchas veces—. Es su tutor y debería haber estado presente.

Telly habló en voz baja.

—No se trataba de un interrogatorio formal ni autorizado por el Consejo. Tenía algunas dudas que aclarar. Por lo tanto, no era necesaria la presencia de Lucian, ni la tuya. Eso, además del hecho de que soy el Ministro Jefe y no necesito tu permiso.

Había puesto a Marcus en su lugar.

—Alexandria —dijo Telly—. Por favor, no olvides lo que hemos hablado.

No respondí, porque aún estaba sopesando si podía apuñalarlo o no antes de que los Guardias me derribaran.

Entonces, el Ministro Jefe Telly se excusó y se despidió con tanta calma que casi me costó creer que acababa de tirar todo mi mundo por la borda.

—¿Alexandria? —La voz de Marcus rompió el silencio—. ¿De qué quería hablar contigo?

—Tenía preguntas sobre lo que pasó en el Consejo. —Hablé con una voz poco natural—. Eso es todo.

—¿Alex? —dijo Aiden, y se me cayó el corazón a los pies. Claro que estaba aquí—. ¿Qué ha pasado?

Me enfrenté a ellos, me protegí la mejilla con el pelo y mantuve la mirada clavada en la alfombra.

—Al parecer, tengo una mala actitud. Tuvimos que solucionarlo.

De repente, tenía a Aiden delante, inclinándome la barbilla hacia atrás. El pelo me resbaló por la mejilla. Su rabia se tragó el aire como si fuese un agujero negro de furia.

—¿Ha sido él? —Habló tan bajo que apenas lo oí.

Incapaz de responder, aparté la mirada.

—Esto es inaceptable. —Aiden se giró hacia Marcus—. No puede hacerle esto. Es una chica.

A veces Aiden olvidaba que también era una mestiza, lo que anulaba todo eso de «no pegar a las chicas». Como con Jackson. Como con la mayoría de los sangre pura. Nuestra sociedad, nuestras reglas y cómo nos trataban... apestaba. No había palabras para describirlo.

Y de repente, miles de preguntas surgieron, pero una sobresalió. ¿Cómo podía seguir siendo parte de este mundo? Ser Centinela, en cierto modo, era apoyar la estructura social, básicamente diciendo que estaba de acuerdo con esto, y yo no lo estaba. Lo odiaba.

Sacudí la cabeza y aparté esos pensamientos de mi mente por el momento.

—Él es el Imbécil Jefe. Puede hacer lo que quiera, ¿no?

Marcus parecía estupefacto mientras seguía mirándome. ¿De verdad estaba tan sorprendido por la violencia de Telly? Si era así, acababa de perder algunos puntos relativos a la inteligencia. Se volvió hacia Leon.

—Se suponía que no iba a ninguna parte por sí misma. ¿Por qué Telly pudo llegar hasta ella?

—Estaba en clase —respondió Leon—. Linard la estaba esperando para salir. Y nadie esperaba que Telly estuviera aquí. No con todo lo que está pasando en Nueva York.

Marcus lanzó una mirada amenazadora a Linard.

—Si tienes que sentarte en clase con ella, hazlo.

—No es culpa suya —dije—. Nadie puede vigilarme cada segundo del día.

Aiden maldijo.

—¿Eso es todo lo que vas a hacer? Es tu sobrina, Marcus. ¿Pega a tu *sobrina* y esa es tu respuesta?

Los ojos de Marcus se volvieron de un verde brillante.

—Soy muy consciente de que es mi sobrina, Aiden. Y no pienses ni por un segundo que todo esto me parece —extendió su mano hacia mí— aceptable. Me pondré en contacto con el Consejo de inmediato. No me importa que sea una mestiza. Telly no tiene derecho.

Cambié de postura.

—¿Al Consejo le va a importar? ¿En serio? Vosotros dais palizas a los sirvientes todo el tiempo. ¿Por qué iba a ser diferente conmigo?

—No eres una sirvienta —dijo Marcus, dirigiéndose a su escritorio.

—¿Por eso está bien? —grité, cerrando los puños—. ¿Está bien pegar a los sirvientes por su sangre? Y no está bien porque yo soy medio... —Me interrumpí antes de revelar demasiado. Todos los ojos estaban puestos en mí.

Detrás de su escritorio, Marcus respiró hondo y cerró los ojos unos instantes.

—¿Estás bien, Alexandria?

—De maravilla.

Aiden me agarró el brazo.

—La llevaré a la clínica.

Tiré de mi brazo.

—Me pondré bien.

—Te ha *pegado* —espetó Aiden, con los ojos brillantes.

—Y solo será un moratón, ¿vale? Eso no es problema. —Necesitaba estar fuera de esta habitación, lejos de todos ellos. Necesitaba pensar—. Quiero volver a mi habitación.

Marcus se quedó paralizado con el teléfono a medio camino de la oreja.

—Aiden, asegúrate de que regrese a su habitación. Y quiero que se quede allí hasta que averigüemos qué trama Telly o hasta que se vaya. Me pondré en contacto con Lucian y el resto del Consejo —dijo Marcus, y su mirada volvió a encontrarse con la de Aiden—. Lo digo en serio. Que no salga de la habitación.

Estaba demasiado ocupada repasando todo lo que había pasado como para preocuparme de que Marcus me enviara a mi habitación. Y si Lucian se enteraba de lo que había pasado, eso significaba que Seth también se enteraría. Al menos había un resquicio de esperanza en esta nube de mierda. Si Seth hubiera estado aquí, probablemente habría matado a Telly.

Marcus me detuvo en la puerta.

—¿Alexandria?

Me di la vuelta, esperando que lo hiciera rápido. Que me echara la bronca por enemistarme con Telly, me dijera que no volviera a hacerlo y me advirtiera de mi mal comportamiento.

Me miró fijamente.

—Lamento no haber estado aquí para detenerlo. No volverá a ocurrir.

Mi tío tenía algo de alienígena. Parpadeé despacio. Antes de que pudiera decir nada, volvió a su llamada telefónica. Algo aturdida, dejé que Aiden me guiara hacia la salida del despacho y por el pasillo.

Una vez que la puerta de la escalera se cerró tras nosotros, Aiden me cerró el paso.

—Quiero saber qué ha pasado.

—Lo único que quiero es volver a mi habitación.

—No te lo estoy preguntando, Alex.

No contesté, y al final Aiden se dio la vuelta y bajó las escaleras. Lo seguí despacio. Todavía había clases, así que las escaleras y el vestíbulo del primer piso estaban prácticamente vacíos, salvo por algunos Guardias e Instructores. Volvimos a mi residencia en silencio, pero sabía que no iba a dejarlo pasar. Aiden estaba esperando el momento oportuno, así que no me sorprendió del todo que me siguiera hasta mi habitación y cerrara la puerta tras él.

Dejé caer la bolsa y me pasé las manos por el pelo.

—Aiden.

Me agarró la barbilla como había hecho en el despacho de Marcus, inclinando mi cabeza hacia un lado. Apretó la mandíbula.

—¿Cómo ha ocurrido?

¿Tan mal se veía?

—Supongo que no respondí correctamente después de la primera vez.

—¿Te pegó dos veces?

Avergonzada, me aparté y me senté en el sofá. Estaba entrenada para luchar y defenderme. Había salido de batallas daimon con algunos arañazos. Toda esta situación me hacía sentir débil e indefensa.

—No deberías estar aquí —dije—. Sé que Marcus dijo que te aseguraras de que me quedara en mi habitación, pero no deberías ser tú.

Aiden estaba de pie frente a la pequeña mesa de té, con las manos en las caderas. Su postura me recordaba a nuestras sesiones de entrenamiento, la que adoptaba cuando sabía que yo iba a oponerme a algo. Estaba decidido a seguir adelante.

—¿Por qué?

Me reí y luego hice una mueca de dolor.

—No deberías estar cerca de mí. Creo que Telly tiene a alguien vigilando.

No había ni una pizca de pánico en esos ojos plateados.

—Tienes que contarme lo que ha pasado, Alex. Ni se te ocurra mentirme. Lo sabré.

Cerré los ojos y negué con la cabeza.

—No sé si puedo.

Escuché a Aiden moverse alrededor de la mesa y sentarse en un extremo frente a mí. Apoyó la mano en mi otra mejilla.

—Puedes contarme cualquier cosa. Ya lo sabes. Siempre te ayudaré. ¿Cómo puedes dudar de eso?

—No lo dudo. —Abrí los ojos, avergonzada al notarlos húmedos.

La confusión apareció en su rostro.

—Entonces, ¿por qué no puedes decírmelo?

—Porque… no quiero que te preocupes.

Aiden frunció el ceño.

—Siempre estás pensando en otra persona cuando deberías estar más preocupada por ti misma.

Resoplé.

—Eso no es verdad. Últimamente he sido muy egocéntrica.

Se rio con suavidad, pero cuando el rico sonido se desvaneció, también lo hizo su breve sonrisa.

—Alex, habla conmigo.

El terror y el pánico regresaron. No sé si se habían ido de verdad. Las palabras salieron solas.

—Telly lo sabe.

La única reacción que tuvo fue entrecerrar un poco los ojos.

—¿Cuánto sabe?

—Sabe que maté a un sangre pura —susurré—. Y sabe que Seth o un puro lo encubrió.

Aiden no dijo nada.

Empecé a asustarme de verdad.

—Sin duda, es parte de la Orden, y creo que es el que envió al Guardia a matarme. Es la única forma de que lo supiera, a menos que la compulsión…

—La compulsión no ha desaparecido. —Aiden se pasó la mano por la cabeza. Las ondas oscuras pasaron entre sus dedos—. Lo sabríamos. Ya me habrían arrestado.

—Entonces, la única forma de que lo supiera es que enviara al Guardia a matarme.

Aiden se puso las manos en la nuca.

—¿Estás segura de que lo sabe?

Me reí con dureza mientras me señalaba la mejilla.

—Me hizo esto cuando no quise admitirlo.

La plata de sus ojos ardió.

—Quiero matarlo.

—Yo también, pero eso no va a ser de mucha ayuda.

Me dedicó una sonrisa salvaje.

—Pero nos haría sentir mejor.

—Maldita sea, te has vuelto oscuro. Divertido, pero oscuro.

Aiden sacudió la cabeza.

—¿Qué dijo exactamente?

Le conté las preguntas que Telly me había hecho.

—Lo único bueno de todo esto es que no creía que utilizar a mi padre tuviera influencia sobre mí, ¿sabes? Pero dijo que, si me entregaba, no presionaría para encontrar al puro que me encubrió. Si no se lo decía, iría a por todos los puros que parecen tolerarme: tú, Laadan, Leon, incluso Marcus. Supongo que no cree que pueda ir a por Seth o le tiene miedo.

—Alex…

—No sé qué hacer. —Me levanté del sofá, esquivándolo. Recorrí el salón diminuto, me sentía enjaulada. Me detuve de espaldas a Aiden—. Estoy jodida, lo sabes, ¿verdad?

—Alex, ya se nos ocurrirá algo. —Sentí que se acercaba por detrás—. Esto no es el final. Siempre hay opciones.

—¿Opciones? —Me crucé de brazos—. Había opciones cuando el Guardia intentó matarme, y elegí la incorrecta. Cometí un gran error, Aiden. No puedo arreglarlo. ¿Y sabes qué? Ni siquiera creo que ese Guardia le importe.

—Lo sé —respondió con suavidad—. Creo que envió a ese Guardia sabiendo que serías capaz de defenderte, que probablemente incluso lo matarías. Tiene sentido.

Me di la vuelta.

—¿Tiene sentido?

Asintió con los ojos entrecerrados.

—Es el montaje perfecto, Alex. Telly envía al Guardia a matarte, sabiendo que había una buena posibilidad de que te defendieses y lo matases en defensa propia.

—Y la defensa propia no significa nada en este mundo.

—Exacto. Entonces Telly te tendría. Nadie podría evitar que te mataran o por lo menos que te condenaran a la servidumbre. Te da el elixir y no Despiertas. Problema resuelto, salvo que Telly no esperaba que un puro usara la compulsión y te encubriera.

Asentí.

—Pero ahora sabe que alguien lo hizo.

—No importa —dijo Aiden—. Puede que lo sepa, pero no tiene pruebas sin incriminarse a sí mismo. Telly puede ser el Ministro Jefe, pero no ejerce el tipo de poder que le permite perseguir a los sangre pura sin miramientos. Puede acusarnos todo lo que quiera, pero no puede hacer nada sin pruebas.

Una pequeña semilla de esperanza echó raíces en mi pecho.

—Tiene mucho poder, Aiden. También tiene a la Orden, y solo los dioses saben cuánta gente pertenece a ella.

—Eso no importa, Alex. —Aiden puso unas manos suaves y fuertes sobre mis hombros—. Todo lo que tiene ahora es el miedo. Cree que puede asustarte para que admitas la verdad. Está usando ese miedo contra ti.

—Pero ¿y si va a por todos? ¿Qué hay de ti?

Aiden sonrió.

—Puede hacerlo, pero no va a conseguir nada con ello. Y cuando no admitas nada, entonces volverá a Nueva York. Y estaremos preparados si vuelve a intentar algo. Esto no es el final.

Volví a asentir.

Aiden me miró a los ojos.

—Quiero que me prometas que no harás ninguna estupidez, Alex. Prométeme que no te entregarás.

—¿Por qué siempre pensáis que voy a hacer alguna estupidez?

Su mirada decía que lo sabía mejor que nadie.

—Un acto reflejo, Alex. Creo que eso ya lo teníamos claro.

Suspiré.

—No haré nada imprudente, Aiden.

Aiden me miró durante un instante y luego asintió. En lugar de relajarse como pensé que haría, pareció ponerse más tenso. Exhaló con fuerza y volvió a asentir. Fuera lo que fuese en lo que estuviera pensando, sabía que no era bueno.

Y cuando su mirada férrea se cruzó con la mía, supe que era muy probable que no creyera ninguna de las promesas que le había hecho.

CAPÍTULO 14

Esa noche, más tarde, tenía el teléfono a sesenta centímetros de la cabeza y aun así seguía pareciéndome que Seth me gritaba en la oreja.

—¡Voy a matarlo!

—No eres el primero que dice eso. —Me levanté del sofá, frunciendo el ceño hacia la puerta. No necesitaba comprobarlo para saber que Leon estaba justo al otro lado. Menos mal que la mayoría de los chicos se habían ido, porque tener un Centinela como escolta me convertiría en un bicho raro todavía más grande—. Y es bastante triste que yo sea la voz de la razón.

—¿Qué otra cosa sugieres? —preguntó—. Es el Ministro Jefe, Alex. Es obvio que él le ordenó a ese Guardia que te atacara.

—Sí. —Me dirigí a mi cuarto de baño y giré la cabeza hacia un costado. Tenía el lado izquierdo de la mejilla enrojecido y ligeramente inflamado. Un poco de azul me bordeaba la mandíbula. Jackson me había hecho más daño. Telly pegaba como una niña. Empecé a sonreír—. Pero Aiden dijo que él no...

—Aiden es idiota.

Puse los ojos en blanco.

—Lo que tú digas, ¿por qué no respondiste el teléfono anoche?

—¿Estás celosa?

—¿Qué? No. Es que fue raro.

Seth se rio.

—Estaba ocupado, y cuando pude llamarte ya era demasiado tarde. ¿Me echabas de menos o qué?

En realidad, no. Me aparté del espejo y entré en el dormitorio.

—Seth, ¿qué estás haciendo allí?

—Ya te lo dije. —La señal estática inundó la línea durante unos segundos—. De todos modos, ¿acaso importa ahora? Deberías de preocuparte por Telly.

Me senté en el borde de la cama.

—Telly me dijo que estabas allí para tratar con los mestizos que estaban causando problemas y no respondían al elixir. ¿Es cierto?

Silencio.

Se me hizo un nudo en el estómago.

—Seth.

Suspiró al teléfono.

—Alex, ese no es el problema ahora. El problema es Telly.

—Lo sé, pero necesito saber qué estás haciendo allí. —Tiré de un hilo suelto de la colcha—. Mi padre... Sé que él no respondía al...

—Ni siquiera he visto a tu padre, Alex. De hecho, no sé cómo es y Laadan no me lo dice. Podría estar aquí. Podría haberse ido.

La ira y la frustración afloraron a la superficie.

—¿Qué estás haciéndoles a los mestizos que no responden al elixir?

Un sonido de exasperación viajó a través del teléfono.

—Lo que me ha ordenado hacer el Consejo, Alex. Ocuparme de ellos.

Se me heló la sangre en las venas.

—¿Qué quieres decir con «ocuparme de ellos»?

—Alex, eso no importa. Solo son mestizos...

—¿Qué demonios crees que somos nosotros? —Me puse de pie y empecé a deambular. Otra vez—. Nosotros también somos mestizos, Seth.

—No —contestó—. Somos Apollyons.

—Dioses, ojalá te tuviese delante.

—Sabía que me echabas de menos —dijo Seth. Podía percibir su sonrisa.

—No. Si te tuviera delante, te daría una patada en los huevos, Seth. ¡No puedes estar de acuerdo con... *ocuparte* de esos mestizos! La palabra «mal» ni siquiera resume eso. Es repugnante, asqueroso.

—No estoy *matando* a nadie, Alex. Joder, ¿qué piensas de mí?

—Oh. —Me detuve, notando que me sonrojaba.

Hubo un par de segundos de silencio. Sonaba como si Seth estuviera caminando rápido hacia algún lugar.

—Me gustaría estar en tu cabeza durante una hora. —Se echó a reír—. No. Olvídalo. No quiero. Acabarías con mi autoestima.

—Seth...

—Centrémonos en lo importante, es decir, en Telly. No me creo que no tenga nada. No sostendría esa amenaza de ir a por el puro responsable de la compulsión sin tener algo.

El miedo se acentuó.

—¿En serio crees que tiene algo?

—Telly es muchas cosas, pero no es estúpido. Esperó hasta saber que ni Lucian ni yo estábamos cerca de ti antes de actuar. No me sorprendería que Telly hubiera saboteado el elixir hace semanas como plan alternativo. Necesitaba una distracción, y la consiguió. Y Aiden tampoco es tonto

—dijo—. Te está diciendo lo que necesitas oír para evitar que hagas algo estúpido.

Me sentí mareada y volví a sentarme.

—Mierda.

—Escúchame, Alex. Ninguno de ellos importa, ni tu tío ni Aiden. Aléjate de Telly. Deja que cumpla con su amenaza, tenga pruebas o no.

—¿Qué? —Me quedé mirando el teléfono como si de alguna manera pudiera verme, lo cual era un poco estúpido—. Ellos son importantes para mí, Seth.

—No. Aiden es importante para ti. En realidad, el resto te importa un bledo —corrigió.

—¡Eso no es verdad!

Seth se rio, pero no había humor en su risa.

—Alex, mientes de pena.

¿Qué demonios? ¿Acaso todo el mundo pensaba que era propensa a cometer estupideces y que mentía fatal? Pero no estaba mintiendo. Laadan y Marcus eran importantes para mí. Incluso Leon, aunque era un poco raro.

Respiré hondo.

—Entonces, ¿crees que Telly tiene algo?

—No creo que Telly haga amenazas en vano y espere que caigas en ellas. Mira todo lo que ha hecho hasta ahora.

Dejé caer la cabeza sobre mi palma abierta.

—Seth, no puedo dejar que vaya tras ellos.

—Puedes y lo harás. Ellos. No. Son. Importantes. Tú, sí. Nosotros lo somos.

—Odio cuando dices cosas así —me quejé.

—Pero es la verdad, Alex. ¿Por qué? Porque una vez Despiertes, podremos cambiar las cosas. —Seth hizo una pausa y luego bajó el tono de voz—. No tienes idea de lo que la mayoría del Consejo quiere hacerles a los mestizos que hay aquí. Por suerte, mi presencia parece mantener a raya a la mayoría, pero quieren matarlos, Alex. Ven a los mestizos como un problema para el que no tienen el tiempo o los recursos. Sobre todo, ahora que los daimons no tienen reparos en atacar los Covenants.

—Creía que no te importaban los mestizos. —Levanté la cabeza y me quedé mirando la pared en blanco frente a la cama.

—No perder el sueño por sus vidas de mierda y estar de acuerdo con exterminarlos son dos cosas diferentes, Alex.

—Dioses, Seth. —Sacudí la cabeza—. A veces no te conozco.

—Nunca lo has intentado —dijo, sin reproches—. Y la verdad es que ahora mismo eso no importa. Lo único que importa es que estés a salvo. Mira, tengo que irme. Quédate en tu habitación, al menos hasta que Telly se vaya. Sé que tiene que volver aquí el viernes porque tienen una sesión.

—De acuerdo —dije—. ¿Seth?

—¿Qué?

Me mordí el labio, sin tener ni idea de lo que quería decirle. Había muchas cosas, y ninguna de ellas era algo en lo que estuviera dispuesta a meterme ahora mismo.

—Nada. Ya… ya hablaremos más adelante.

Seth colgó, sin hacerme prometer que no me metería en líos. Sabía que mi palabra valía lo mismo que la suya.

Las siguientes veinticuatro horas transcurrieron con dolorosa lentitud. No podía salir de mi habitación. La comida me la traía una de mis niñeras. Aparte de ellos, no tenía visitas. Me aburría como una ostra, limpié el cuarto de baño y empecé a ordenar el armario, que acabó con la ropa esparcida por el suelo.

Hubo un momento en que el pánico me atravesó el pecho. ¿Había tomado la decisión correcta al no entregarme?

Intenté llamar a Seth varias veces, pero fue un fracaso absoluto. Al final me devolvió la llamada cuando ya me había cambiado para irme a la cama. No hablamos mucho tiempo ni de nada importante. Creo que se sorprendió de que siguiera en mi habitación y de que aún no hubiera hecho ninguna tontería.

Estuve dando vueltas en la cama durante horas hasta que conseguí dormirme. Pero no dormí mucho tiempo. Me desperté cuando aún estaba oscuro, con el edredón enrollado en las piernas.

Observé cómo las rendijas de luz se deslizaban por el techo y desaparecían cuando la luna se ocultaba tras una nube al otro lado de la ventana. El cerebro se me activó de inmediato, reproduciendo todo lo que había pasado con Telly y luego con Aiden y Seth. ¿Y si Seth tenía razón y Telly había descubierto que era Aiden? O incluso si no lo había hecho, ¿y si había ido tras él? Y Aiden no era lo único que me preocupaba. ¿Qué diría de mí dejar que otros sufrieran daños para pasar desapercibida hasta que llegase la próxima vez? Porque habría una próxima vez, lo sabía. Y, entonces, ¿quién arriesgaría su futuro y su vida?

No era justo.

Me incorporé, saqué las piernas de la cama y me puse de pie. El aire frío me puso la piel de gallina. Agarré un jersey grande y grueso de la esquina de la cama y me lo puse por encima de la camiseta de tirantes. Me acerqué a la ventana, descorrí las persianas y miré hacia fuera. No veía nada en la oscuridad, y ni siquiera estaba segura de lo que buscaba.

—¿Qué estoy haciendo? —me pregunté.

—Nada en absoluto si puedo hacer algo para evitarlo.

Chillé, bajé las persianas y me di la vuelta. Con el corazón latiéndome con fuerza, entrecerré los ojos ante la silueta alta que ocupaba toda la puerta de mi habitación. Reconocer quién era no sirvió de nada para tranquilizar. mi corazón acelerado.

—¡Por todos los bebés daimons! Casi haces que me dé un infarto.

Aiden se acercó con los brazos cruzados.

—Lo siento.

Me apreté más el jersey, mirándolo fijamente.

—¿Qué haces en mi habitación?

—¿Ahora tienes un problema con que haya chicos en tu habitación?

—Ja, ja. —Me acerqué corriendo a la mesilla de noche y encendí la lámpara. Un suave resplandor llenó la habitación—. En realidad, nunca he invitado a Seth. Se presentaba como si esta fuese su casa.

La sombra de una sonrisa apareció en su cara. Como siempre, iba vestido de Centinela. Entonces me di cuenta. Me quedé con la boca abierta.

—Estás trabajando, ¿verdad? —le pregunté.

—Bueno, había muchas posibilidades de que intentaras escabullirte y entregarte antes de que Telly pudiera salir por la mañana. Tomamos precauciones por si acaso.

—¿Nosotros? —espeté—. ¿Hay alguien más aquí?

—No, pero Leon estaba aquí justo cuando te quedaste dormida. Linard está patrullando el exterior. —Hizo una pausa—. Acabo de hacer el cambio de turno con Leon. Perdona si te he despertado.

Me quedé mirándolo, estupefacta.

—¿Habéis estado intercambiándoos aquí mientras yo dormía? ¿Anoche también?

Asintió.

—Menos mal que Marcus sugirió la idea. Si no, tengo la sensación de que Linard te habría perseguido por el patio y te habría frenado antes de que salieras corriendo.

—No soy estúpida. —Me enrosqué los dedos alrededor de los bordes del jersey—. ¿De verdad crees que me levantaría e iría a entregarme a Telly en mitad de la noche?

Ladeó la cabeza.

—Lo dice la chica que una vez se escapó del Covenant para buscar a un daimon.

Touché.

—Lo que tú digas. No pretendía hacer nada así otra vez.

—¿No?

Negué con la cabeza. Una parte de mí se lo había planteado.

—No podía dormir. Tengo muchas cosas en la cabeza.

—Es comprensible. —Me miró y se detuvo en mi mejilla—. ¿Cómo va?

Incliné la cabeza, protegiéndome la cara.

—Bien.

Apartó la vista un momento y volvió a mirarme.

—Has pasado por cosas peores, lo sé, pero, aun así, nunca deberías haber tenido que lidiar con lo que hiciste... o con Jackson. En realidad, con nada de esto.

—¿Qué quieres decir?

—Nada, estoy divagando. —Aiden relajó los hombros mientras echaba un vistazo a la habitación—. Hacía mucho tiempo que no estaba aquí.

Seguí su mirada, que se había posado en la cama. Un cálido rubor me recorrió desde el pelo hasta los dedos de los pies. Ante mis ojos bailaron algunas imágenes vívidas, todas ellas de lo más erróneas teniendo en cuenta todo lo que estaba pasando.

—Era tu primer día aquí —dijo, y se le escapó una pequeña sonrisa—. También había ropa en el suelo.

Sorprendida, me centré en él: el verdadero Aiden, el que estaba completamente vestido. Claro que había estado en mi sala de estar, pero tenía razón. No se había aventurado más allá del sofá.

—¿Te acuerdas de eso?

Asintió con la cabeza.

—Sí, te estaba echando la bronca.

—Después de tirar a Lea de la silla agarrándola de los pelos.

Aiden se rio y el sonido me calentó.

—Por fin lo admites.

—En cierto modo, en ese momento se lo merecía. —Me mordí el labio cuando levantó la vista y su mirada se encontró con la mía. ¿En qué estaba pensando? Me senté en el borde de la cama—. No voy a hacer nada, aunque debería. No tienes por qué quedarte aquí.

Aiden guardó silencio un rato, luego se dirigió hacia donde yo estaba sentada y se sentó a mi lado. De repente, el aire de la habitación se volvió más pesado, la cama más pequeña. La última vez que habíamos estado en una cama —y yo había estado a punto de quedarme desnuda—, había sido la noche en su cabaña. El recuerdo me acaloró y me puso nerviosa, mucho más si era posible. Debería haberme quedado durmiendo.

—¿Por qué crees que tienes que entregarte, Alex?

Me eché hacia atrás y crucé las piernas. La distancia me ayudó un poco.

—Seth dice que hay muchas posibilidades de que Telly pueda demostrar que fuiste tú o que haga algo contra todos los que sospecha.

Se giró, mirándome.

—Da igual si es así, Alex. Acudir a Telly significa tu fin. ¿No lo entiendes?

—No entregarme a Telly podría significar tu fin y el de cualquiera del que sospeche que me ha ayudado.

—Eso no importa.

—Hablas como Seth, como si la vida de nadie más fuera importante que la mía. Eso es una sandez. —Me puse de rodillas y respiré hondo—. ¿Y si Telly te hace algo? ¿O a Laadan, a Leon o a Marcus? ¿Esperas que esté de acuerdo con eso? ¿Que viva con eso?

Los ojos de Aiden se oscurecieron.

—Sí, espero que vivas con eso.

—Eso es una locura. —Me levanté de la cama, sintiendo el picante torrente de la ira—. ¡Estás loco!

Me observó con calma.

—Es lo que hay.

—No puedes decir que mi vida es más importante que la tuya. Eso no está bien.

—Pero tu vida *es* más importante para mí.

—¿Tú te estás oyendo? —Me detuve frente a él, con las manos temblorosas—. ¿Cómo puedes tomar esa decisión por otras personas, por Laadan y Marcus?

—Mira —dijo Aiden, levantando las manos en el aire—. Enfádate conmigo. Pégame. Eso no cambiará nada.

Me acerqué a él para empujarlo, pero no para pegarle.

—No puedes…

Aiden me agarró las dos muñecas y me arrastró hacia su regazo, atrapándome las dos muñecas con una mano. Suspiró.

—No me refería a que me pegaras *de verdad*.

Demasiado aturdida para responder, me quedé mirándolo. Nuestras cabezas estaban a escasos centímetros. Mis piernas se enredaron en las suyas y él levantó la mano que tenía libre para apartarme el pelo de la cara. Se me cortó la respiración y el corazón se me aceleró. Nuestras miradas se cruzaron y sus ojos se volvieron plata centelleante.

Me acarició la nuca. Oí su respiración agitada. Luego me soltó las muñecas y me agarró de las caderas. Antes de que pudiera parpadear, estaba boca arriba y Aiden se cernía sobre mí. Usando un brazo para apoyarse, bajó la cabeza y rozó con sus labios mi mejilla hinchada.

—¿Cómo es que siempre acabamos así? —preguntó con voz ronca mientras alejaba la mirada de mi cara y descendía por mi cuerpo.

—Yo no he sido. —Muy despacio, levanté las manos y las puse sobre su pecho. Su corazón se aceleró bajo la palma de mi mano.

—No. He sido yo. —La mitad inferior de su cuerpo se desplazó hacia abajo. Nuestras piernas estaban en contacto. Sus ojos buscaron los míos—. Cada vez es más difícil.

Levanté las cejas y reprimí una risilla.

—¿El qué?

Aiden sonrió y se le iluminaron los ojos.

—Parar antes de que sea demasiado tarde.

En un segundo, todo —la brecha que se había abierto entre nosotros el día que le había dado aquella estúpida púa, lo que había visto en Catskills, el lío en el que estábamos metidos e incluso Seth— se desvaneció. Las palabras me salieron de golpe.

—Pues no pares.

Capítulo 15

Parecía que los ojos de Aiden brillaban desde dentro. Igual que en la biblioteca, supe que quería besarme. Su determinación se quebraba y la mano que tenía sobre mi mejilla temblaba.

Deslicé las manos por su estómago tenso, deteniéndome sobre la cinturilla de sus pantalones. Lo que más deseaba era perderme en él, olvidarme de todo. Quería que él se perdiera *en mí*.

Aspiró y entreabrió los labios.

—Tal vez sería conveniente que Leon u otra persona te vigilara durante la noche.

—Tal vez.

Inclinó los labios en una sonrisa torcida mientras su mano se alejaba de mi mejilla, recorriéndome el cuello y colándose bajo el cuello del jersey. Di un pequeño respingo cuando me rozó el hombro.

—La gente dice que en retrospectiva todo se ve más claro —dijo.

Me daba igual lo que viese la gente. Lo único que me importaba era su mano sobre mi piel, deslizándome el jersey por el hombro.

—¿Cuándo…? ¿Cuándo llega la próxima niñera?

—Hasta la mañana, nada.

Las mariposas de mi estómago se volvieron locas. Faltaban muchas horas hasta que llegase la mañana. En esas horas podían pasar muchas cosas.

—Oh.

Aiden no respondió. En su lugar, me rozó las marcas del brazo con los dedos y entonces cerró los ojos. Un escalofrío le recorrió todo el cuerpo, haciendo que me estremeciese. Luego bajó la cabeza y ondas oscuras de pelo cayeron hacia delante, pero no lo bastante rápido como para ocultar el hambre de su mirada.

Me puse tensa y se me contrajo el pecho. Su aliento era cálido y tentador sobre mi rostro, y, entonces, sus labios rozaron los míos con mucha suavidad. Aquel simple gesto me robó el aliento, el corazón. Pero incluso cuando se apartó, me di cuenta de que no podía robarme algo que ya tenía.

Aiden se puso de lado y me arrastró con él. Pasó un brazo por debajo de mí, acunándome contra su pecho con tanta fuerza que podía sentir su corazón latiendo a toda velocidad. Había algo bajo su camiseta que me presionaba la mejilla. Me di cuenta de que era el colgante.

—¿Aiden?

Bajó la barbilla hasta mi coronilla e inspiró hondo.

—Duérmete, Alex.

Abrí los ojos de golpe. Intenté levantar la cabeza, pero no podía moverme ni un centímetro.

—No creo que ahora pueda dormir.

—Bueno, será mejor que lo intentes.

Intenté zafarme de él, pero movió la pierna y aprisionó una de las mías entre las suyas. Enrosqué los dedos en su camiseta térmica.

—*Aiden.*

—Alex.

Frustrada, le empujé el pecho. La risa de Aiden retumbó en mi interior, y aunque quería darle una bofetada, empecé a sonreír.

—¿Por qué? ¿Por qué me has besado? Quiero decir, acabas de besarme, ¿verdad?

—Sí. No. Más o menos. —Aiden suspiró—. Quería hacerlo.

Mi sonrisa empezó a volverse torpe. Era como si hubiera una parte de mí que no percibía el mundo exterior ni todas las consecuencias: una parte que estaba completamente controlada por mi corazón.

—Vale. Entonces, ¿por qué has parado?

—¿Podemos hablar de otra cosa que no sea eso? ¿Por favor?

—¿Por qué?

Su mano subió por mi espalda, adentrándose en mi pelo y provocándome escalofríos.

—¿Porque te lo he pedido amablemente?

Estar tan cerca de él no ayudaba. Cada vez que respiraba, el aire se llenaba de su *aftershave* y del aroma a sal marina. Si me movía, nos acercábamos aún más. De ninguna manera iba a poder conciliar el sueño pronto.

—Esto está muy mal.

—Eso es lo más cierto que has dicho esta noche.

Puse los ojos en blanco.

—Y todo esto es culpa tuya.

—No voy a discutírtelo. —Aiden se puso boca arriba y yo acabé pegada a su costado. Traté de incorporarme, pero él me sujetó con los brazos. Terminé con la cabeza pegada a su hombro y el brazo atrapado junto a su estómago—. Cuéntame algo —me dijo cuando dejé de forcejear.

—No creo que quieras que te cuente algo ahora mismo.

—Verdad. —Se rio—. ¿Dónde quieres que te destinen cuando te gradúes?

—¿Qué? —Fruncí el ceño. Aiden repitió la pregunta—. Sí, te he oído, pero es una pregunta muy aleatoria.

—¿Y? Respóndela.

Renunciando a liberarme y saltar sobre él, decidí sacar lo mejor de esta situación extraña y me acurruqué más cerca. Probablemente, más tarde, cuando entrara en razón y me apartase, me arrepentiría. Los brazos de Aiden se tensaron en respuesta.

—No lo sé.

—¿No lo has pensado?

—La verdad es que no. Cuando regresé por primera vez al Covenant, ni siquiera pensé que me permitirían volver, y luego me enteré de todo lo del Apollyon. —Hice una pausa, porque no estaba segura de por qué no había pensado mucho en ello—. Supongo que dejé de pensar en que incluso fuese una opción.

Aiden separó las manos y empezó a trazar un círculo vago sobre la parte superior de mi brazo. Era muy relajante, de una forma ridícula.

—Sigue siendo una opción, Alex. Despertar no significa que tu vida se acabe. ¿A dónde irías?

Deseosa de haber tenido la precaución de apagar la luz antes de nuestro improvisado festival de abrazos, cerré los ojos.

—No lo sé. Supongo que elegiría algún lugar en el que nunca haya estado, como Nueva Orleans.

—¿Nunca has estado allí? —La sorpresa tiñó su voz.

—No. ¿Y tú?

—He estado un par de veces.

—¿Durante el Mardi Gras?

Aiden alzó la mano que tenía sobre el estómago y entrelazó sus dedos con los míos. Me tembló el pecho.

—Una o dos veces —respondió.

Sonreí, imaginándome a Aiden llevando abalorios.

—Sí, puede que en algún sitio así.

—¿O Irlanda?

—Te acuerdas de las cosas más raras que digo.

Cerró los dedos sobre los míos.

—Recuerdo todo lo que dices.

El calor me invadió y lo saboreé. Me había dicho lo mismo el día del zoo, pero, sin saber cómo, lo había olvidado en medio de todo lo que había pasado después.

—Eso es un poco vergonzoso. Digo muchas estupideces.

Aiden se rio.

—Sí que dices cosas muy raras.

No podía discutirlo. Nos quedamos tumbados juntos en un silencio agradable durante un rato. Escuché el sonido uniforme de su respiración.

—¿Aiden?

Inclinó la cabeza hacia mí.

—¿Sí?

Por fin le puse voz a algo que llevaba tiempo rondándome la cabeza.

—¿Y si ya no quiero ser Centinela?

Aiden no contestó de inmediato.

—¿Qué quieres decir?

—No es que no entienda el propósito de ser Centinela, y creo que todavía quiero serlo, pero a veces siento que ser Centinela es estar de acuerdo con cómo son las cosas. —Respiré hondo. Decir esto en voz alta era casi una herejía—. Es como si ser Centinela significase que estoy de acuerdo con cómo tratan a los mestizos, y yo no estoy de acuerdo con eso.

—Yo tampoco —dijo en voz baja.

—Me siento… fatal por pensar esto, pero es que no lo sé. —Cerré los ojos, un poco avergonzada—. Pero después de ver a esos sirvientes muertos en Catskills… simplemente no puedo ser parte de eso.

Hubo una pausa.

—Entiendo lo que dices.

—Hay un pero, ¿no?

—No. No lo hay. —Aiden me apretó la mano—. Sé que convertirte en el Apollyon no es algo que quieres, pero estarás en posición de cambiar las cosas, Alex. Hay puros que te escucharán. Y hay algunos que quieren que las cosas cambien. Si esto es algo que te preocupa, deberías hacer lo que esté en tu mano.

—¿No significa que estaría eludiendo mis deberes como Centinela? —Mi voz sonó diminuta—. Porque el mundo necesita Centinelas y Guardias, y los daimons matan sin contemplaciones. No puedo...

—Puedes hacer lo que quieras. —La sinceridad brillaba en su voz, y yo quería creerle, pero no fue así. Incluso como Apollyon, seguía siendo una mestiza, y no podía hacer lo que quisiera—. Y eso no es eludir tu deber —dijo—. Cambiar la vida de cientos de mestizos hará más que cazar daimons.

—¿Eso crees?

—Lo sé.

La presión se alivió un poco y bostecé.

—¿Y si alguien nos ve?

—No te preocupes por eso. —Me echó el pelo hacia atrás por encima del hombro—. Marcus sabe que estoy aquí.

Dudaba que Marcus supiera que Aiden estaba en mi cama. Decidí que tal vez todo esto fuera un sueño, pero mis labios todavía hormigueaban por el beso fugaz. Quería preguntarle por qué estaba aquí, de esta forma. No tenía sentido, pero no quería destruir el calor que había entre nosotros con preguntas basadas en la lógica. A veces, la lógica estaba sobrevalorada.

Abrí los ojos despacio y parpadeé. Los oscuros rayos del sol de las primeras horas de la mañana se filtraban a través de las persianas. Pequeños puntos de polvo flotaban bajo la luz. Un brazo pesado yacía sobre mi estómago y una pierna estaba tendida sobre la mía, como si Aiden hubiera querido asegurarse de que no pudiera escapar mientras él dormía.

Ni siquiera un dios podría obligarme a moverme de esta cama o de sus brazos.

Me deleitaba sentirlo apretado contra mi costado, la forma en que su aliento me movía el vello de la sien. Lo de anoche no había sido un sueño extraño. Y si lo había sido, no estaba segura de querer despertarme. Quizá no había temido que escapase mientras dormía. Quizá anhelaba mi cercanía, tanto como yo la suya.

Se me aceleró el pulso a pesar de que no me había movido. Aquí tumbada, mirando las diminutas partículas de polvo, me pregunté cuántas veces había soñado que me quedaba dormida y me despertaba en los brazos de Aiden. ¿Cien? ¿Más? Sin duda, más. Se me hizo un nudo en la garganta. No me parecía bien que me tomaran el pelo de esta forma, que me dieran una muestra de lo que podría ser un futuro con Aiden, algo que nunca podría tener.

Un dolor me invadió el pecho. Estar así en sus brazos dolía, pero no sentía ni un ápice de arrepentimiento. En el silencio de la primera hora de la mañana, admití que no podía olvidar a Aiden. No importaba lo que sucediera de aquí en adelante, mi corazón seguiría siendo suyo. Él podría casarse con una pura y yo podría irme de esta isla para siempre y daría igual. Contra viento y marea y contra el sentido común, Aiden se me había colado bajo la piel, se había enredado en mi corazón y se había instalado en mis huesos. Él era parte de mí y…

Toda yo, mi corazón y mi alma, siempre le pertenecerían.

Y yo era tonta por creer lo contrario, por plantearme siquiera un escenario diferente. Entonces pensé en Seth, y ese dolor en el pecho se extendió, se dirigió hacia mi interior y me quemó como un daimon. Fuera lo que fuese lo que tenía con Seth, no era justo para él. Si de verdad le importaba, él esperaría tener algún tipo de control sobre mi corazón y mis sentimientos.

Con cuidado de no despertar a Aiden, me acerqué a la mano que descansaba sobre mi cadera y extendí mi mano sobre la suya. Recordaría esta mañana para siempre, por corta o larga que fuese.

—¿Alex? —El sueño rasgó la voz de Aiden.

—Hola. —Sonreí de forma acuosa.

Aiden se movió a mi lado, incorporándose sobre un brazo. No habló mientras le daba la vuelta a su mano y la mía. Su mirada plateada recorrió mi rostro y me sonrió, pero la sonrisa no le llegó a los ojos.

—Todo irá bien —dijo—. Te lo prometo.

Eso esperaba. Telly ya se habría marchado sin mí. Apostaría a que estaba enfadado. No había manera de saber lo que haría a partir de ahora. Y si le pasaba algo a alguno de ellos, sería mi culpa. Rodé sobre mi costado, pero la posición era un poco incómoda, ya que Aiden seguía aferrado a mi mano.

—Odias esto… No hacer nada cuando te sientes responsable de lo que ha pasado.

Suspiré.

—Soy responsable de esto.

—Alex, lo hiciste para salvar tu vida. Esto no es culpa tuya —dijo—. Lo entiendes, ¿verdad?

—¿Sabes si Telly se ha ido? —pregunté en lugar de responder.

—No lo sé, pero supongo que sí. Anoche, antes de venir aquí, Linard me dijo que no había salido de la isla principal desde que había estado en el Covenant.

—¿Vosotros también lo estabais vigilando?

—Teníamos que asegurarnos de que no tramaba nada. Los Guardias de Lucian que se quedaron atrás han sido una ventaja. Han vigilado a Telly tan de cerca que sé que anoche cenó langosta al vapor.

Fruncí el ceño. Anoche yo había cenado un bocadillo frío.

—Deberíais montar vuestro propio negocio de espías.

Aiden se rio entre dientes.

—Quizá en otra vida, y si me dieran artilugios chulos.

Esbocé una sonrisa.

—¿Artilugios como los de 007?

—Tiene una BMW R1200 C en *El mañana nunca muere* —dijo, sonando melancólico—. Esa moto era una pasada.

—Nunca la he visto. La película.

—¿Cómo? Eso es triste. Tenemos que encontrarle solución.

Me di la vuelta. La sonrisa que tenía Aiden ahora llegaba a sus ojos, tiñéndolos de un suave gris jaspeado.

—No tengo ganas de ver una película de James Bond.

Entrecerró los ojos.

—¿Qué?

—No. Esas películas me parecen aburridas. Igual que las películas de Clint Eastwood. Me dan sueño.

—No creo que podamos seguir siendo amigos.

Me reí y su sonrisa se extendió. Aparecieron los hoyuelos y, oh, colega, hacía mucho tiempo que no los veía. Me parecía que una eternidad.

—No sonríes lo suficiente.

Aiden arqueó una ceja.

—Y tú no te ríes lo suficiente.

Últimamente no había mucho de lo que reírse, pero no quería centrarme en eso. Aiden se iría pronto y todo esto parecía una fantasía. Una que no estaba dispuesta a dejar ir todavía. Nos quedamos así un rato, hablando y tomados de la mano. Cuando llegó el momento de enfrentar la realidad, Aiden se levantó de la cama y se fue al baño. Yo me quedé tumbada con una sonrisa de oreja a oreja.

La mañana había estado llena de opuestos: tristeza y felicidad, desesperación y esperanza. Todas esas emociones tan dispares deberían haberme dejado exhausta, pero me sentía lista para salir a correr o algo por el estilo.

Y nunca estaba preparada para salir a correr.

Unos golpes en la puerta me sacaron de mis pensamientos.

—Seguramente ese sea Leon —dijo Aiden desde detrás de la puerta del baño. El resto de lo que dijo fue ahogado por el chorro de agua del lavabo.

Refunfuñando, me levanté de la cama y me abrigué con el jersey. El reloj del salón marcaba las siete y media. Puse los ojos en blanco. Era el segundo día de vacaciones de invierno y estaba en pie antes de las ocho de la mañana. Había algo cósmicamente malo en eso.

—¡Ya voy! —grité cuando volvieron a llamar a la puerta. La abrí—. Buenos días, cariño.

Era Linard, que estaba de pie en el pasillo, con las manos entrelazadas tras la espalda. Sus ojos se desviaron sobre mi cabeza, escaneando la habitación.

—¿Dónde está Aiden?

—En el baño. —Me hice a un lado, dejándolo entrar—. ¿Telly se ha ido?

—Sí. Se fue justo al alba. —Linard se volvió hacia mí, sonriendo—. Esperó, como había ofrecido, pero tú no viniste.

—Apuesto a que estaba cabreado.

—No. Creo que estaba más... decepcionado que otra cosa.

—Qué pena. Qué lástima. —Esperaba que Aiden se diera prisa, porque de verdad necesitaba lavarme los dientes.

—Sí —dijo Linard—. Es una pena. Las cosas podrían haber acabado con facilidad.

—Sí... —Fruncí el ceño—. Espera. Qu...

Linard se movió rápido, tal y como se entrenaba a todos los Guardias. Hubo un instante en el que me di cuenta que había estado en esta misma situación antes, excepto que esa vez la adrenalina me corría por las venas. Entonces, me estalló un dolor al rojo vivo justo debajo de las costillas, cerca de la runa de poder, y dejé de pensar. Era el tipo de dolor agudo y repentino que te roba el último aliento antes de que te des cuenta de que ya lo has tomado.

Tropecé hacia atrás y miré hacia abajo mientras intentaba respirar y entender el dolor que me recorría. Tenía una daga negra clavada hasta la empuñadura, incrustada en lo más profundo de mi cuerpo. En un rincón remoto de mi mente, supe que aquella hoja no era una daga corriente. Estaba bañada en algo, y lo más probable era que fuera sangre de Titán.

Quise preguntar por qué, pero cuando abrí la boca, la sangre burbujeó y se escurrió.

—Lo siento. —Linard tiró de la hoja. Me desplomé, incapaz de emitir sonido alguno—. Al menos te dio una oportunidad de vivir —susurró.

—Eh, esperaba a Leon... —Aiden se detuvo a pocos metros de nosotros, y entonces se abalanzó sobre Linard. Un sonido inhumano y animal salió de Aiden mientras rodeaba la garganta de Linard con un brazo.

Mi espalda chocó contra la pared junto a la barra y las piernas me fallaron. Me deslicé hacia abajo mientras me agarraba el estómago, intentando contener el flujo. Una sangre caliente y pegajosa brotó entre mis dedos. Se escuchó un alarido, y luego un crujido nauseabundo que señaló el final de Linard.

Aiden gritó pidiendo ayuda mientras se dejaba caer a mi lado, apartando mis temblorosas manos y presionando las suyas contra la herida. El rostro afligido de Aiden se cernía sobre el mío, con los ojos muy abiertos por el miedo.

—¡Alex! Alex, háblame. Háblame, ¡maldita sea!

Parpadeé y su rostro volvió a dibujarse, pero estaba borroso. Intenté decir su nombre, pero una tos ronca y húmeda me sacudió el cuerpo.

—¡No! No. No. —Miró hacia la puerta por encima del hombro. Los Guardias se habían congregado, atraídos por la conmoción—. ¡Pedid ayuda! ¡Ya! ¡Vamos!

Sentí espasmos en las manos y luego un entumecimiento se instaló en lo más profundo de mis huesos. No me dolía nada excepto el pecho, pero me dolía por otro motivo: la forma en que me miró cuando se volvió y sus ojos se clavaron en mi estómago. Apretó con más fuerza. Su mirada reflejaba frenesí, conmoción y terror.

Quería decirle que aún lo amaba, que siempre lo había amado, y quería pedirle que se asegurase de que Seth no se perdiera. Moví la boca, pero no me salieron las palabras.

—No pasa nada. Todo va a salir bien. —Aiden forzó una sonrisa, con los ojos brillantes. ¿Estaba llorando? Aiden nunca lloraba—. Aguanta. Nos van a ayudar. Aguanta por mí. Por favor, *agapi mou*. Aguanta por mí. Te prometo…

Se oyó un chasquido, seguido de un destello de luz, brillante y cegador. Y entonces no hubo nada más que oscuridad y caí, dando vueltas, y todo terminó.

CAPÍTULO 16

El suelo bajo mi mejilla estaba mojado y frío: un olor húmedo y almizclado llenaba el aire, y me recordaba a estar en las
profundidades de una caverna llena de musgo. Pensándolo
bien, ¿no debería tener frío? Era un lugar oscuro y húmedo,
y la única luz que había provenía de unas antorchas altas
que sobresalían del suelo, pero me sentía bien. Me incorporé
y me aparté el pelo de la cara mientras me levantaba sobre
las piernas temblorosas.

—Oh… Oh, diablos, no…

Estaba en la orilla de un río, y frente a mí había cientos,
si no miles, de personas —*personas desnudas*—, que temblaban mientras se amontonaban. El río de color ónice que nos
separaba se movía y la masa de gente avanzaba, extendiendo los brazos y aullando.

Me estremecí y quise taparme los oídos.

La gente que estaba en mi lado del banco se amontonó;
algunos iban vestidos de Centinela y otros llevaban ropa in-
formal. Sus condiciones variaban. Los que esperaban en la
orilla del río parecían los más felices. Otros parecían des-
orientados, con los rostros pálidos y la ropa salpicada de
sangre y vísceras.

Unos hombres vestidos con túnicas de cuero montaban caballos negros y agrupaban a los más desafortunados. Supuse que eran algún tipo de guardias y, por la forma en que algunos de ellos me observaban, tuve la clara impresión de que se suponía que no debía estar aquí, dondequiera que me encontrase.

Un momento. Me volví hacia el río, tratando de ignorar a las pobres... *almas... en el otro...* Oh, dioses, joder. Era el río Estigia, donde Caronte transportaba las almas al Inframundo.

Estaba muerta.

No. No. No. No podía estar muerta. Ni siquiera me había lavado los dientes, por el amor de Dios. Era imposible. Y si estuviera muerta, ¿qué iba a hacer Seth? Se iba a volver loco cuando se enterase, si no se había dado cuenta ya. Nuestro vínculo disminuía con la distancia, pero ¿podría haber sentido mi pérdida? Tal vez no estaba muerta.

Me abrí el jersey, miré hacia abajo y maldije.

Toda la parte delantera de mi camiseta de tirantes estaba empapada de sangre, de *mi* sangre. Entonces recordé todo: la noche anterior y la mañana con Aiden, que parecía tan perfecta. Aiden, oh, cielos, me había suplicado que aguantara y yo me había ido.

La ira se apoderó de mí.

—No puedo estar muerta.

Una risa suave y femenina me llegó desde atrás.

—Cariño, si estás aquí, estás muerta. Como los demás.

Me di la vuelta, lista para pegarle a alguien en la cara.

Una chica a la que nunca había visto gritó con fuerza.

—¡Lo sabía! Estás muerta.

Me negaba a creerlo. Esto tenía que ser una extraña pesadilla inducida por el dolor. Y en serio, ¿por qué la chica estaba tan feliz de que yo estuviera muerta?

—No estoy muerta.

La joven tenía unos veinte años, llevaba puestos unos vaqueros de aspecto caro y unas sandalias. Tenía algo en la mano. La consideré una sangre pura, pero su mirada amplia y compasiva me decía que tenía que estar equivocada.

—¿Cómo has muerto? —preguntó.

Me abracé a mi jersey.

—No he muerto.

Su sonrisa no vaciló.

—Yo estaba de compras con mis Guardias por la noche. ¿Te gustan estos zapatos? —Levantó el pie y lo inclinó para que los viese bien—. ¿No son divinos?

—Sí. Los zapatos son geniales.

Suspiró.

—Lo sé. Morí por ellos. Literalmente. Verás, decidí que quería usarlos, aunque se estaba haciendo tarde y mis Guardias se estaban poniendo nerviosos. Pero en serio, ¿por qué iba a haber un montón de daimons en Melrose Avenue? —Puso los ojos en blanco—. Me dejaron seca y aquí estoy, a la espera del Paraíso. En fin, pareces un poco confusa.

—Estoy bien —susurré, mirando a mi alrededor. Esto no podía ser real. No podía estar atrapada en el Inframundo con Buffy—. ¿Por qué no te pareces a ellos?

Siguió mi mirada e hizo una mueca de dolor.

—Aún no les han dado esto. —Una brillante moneda de oro yacía en su palma abierta—. No pueden cruzar hasta que tengan el pasaje. Una vez que se les coloque en el cuerpo tendrán un aspecto fresco y nuevo. Y podrán subir al próximo tren.

—¿Y si no obtienen una moneda?

—Esperarán hasta obtenerla.

Se refería a las almas que estaban al otro lado del río. Me estremecí, les di la espalda y me di cuenta de que... no tenía una moneda.

—¿Qué pasa si no tienes una moneda?

—No pasa nada. Algunos acaban de llegar. —Me pasó un brazo por los hombros—. Tardan un par de días en la mayoría de los casos. A la gente le gusta celebrar funerales y esas cosas, lo que es una mierda para nosotros porque tenemos que esperar aquí lo que nos parece una eternidad. —Hizo una pausa y se rio—. Ni siquiera te he dicho mi nombre. Me llamo Kari.

—Alex.

Frunció el ceño.

Puse los ojos en blanco. Incluso los muertos necesitaban una explicación.

—Es el diminutivo de Alexandria.

—No. Sé cómo te llamas. —Antes de que pudiera preguntarle cómo sabía mi nombre, Kari me alejó de un grupo de Guardias que parecían enfadados y examinaban mi ropa destrozada—. Al final, aquí acabas aburriéndote.

—¿Por qué eres tan amable conmigo? Eres una sangre pura.

Kari se rio.

—Aquí abajo todos somos iguales, cariño.

Mi madre había dicho eso una vez. Qué curioso. Había estado en lo cierto. Dioses, no quería creerlo.

—Y, además, cuando estaba viva… no odiaba a nadie —continuó, sonriendo con suavidad—. Tal vez porque fui un oráculo.

Me quedé boquiabierta.

—Espera… ¿tú eres el oráculo?

—Es cosa de familia.

Me acerqué más, inspeccionando el tono profundo de su piel y esos ojos oscuros que de repente me resultaron demasiado familiares.

—No serás pariente de la abuela Piperi, ¿verdad?

Kari soltó una carcajada.

—Piperi es mi apellido.

—Santo…

—Sí, raro, ¿verdad? —Se encogió de hombros y dejó caer el brazo—. Yo tenía un gran propósito en la vida, pero mi amor por los zapatos acabó con todo. Lleva el término zapatos «para morirse» a un nuevo nivel, ¿verdad?

—Sí —dije, flipando—. Así que, ¿eres el oráculo que llegó a… lo que sea cuando la abuela Piperi falleció?

Tras unos segundos, suspiró.

—Sí, así fue. Por desgracia. Nunca me gustaron mucho el destino y el azar, ¿sabes? Y las visiones… bueno, la mayoría de las veces son una mierda. —Kari me miró, sus ojos de obsidiana se entrecerraron—. Se supone que tienes que estar aquí.

—¿Yo? —grité—. Oh, cielos…

Asintió.

—Sí, tú. Esto… lo he visto. Sabía que iba a conocerte, pero no tenía ni idea de que sería aquí. Verás, los oráculos no saben cuándo acabará su vida, lo cual es una putada. —Volvió a reírse—. Dioses, yo sé lo que va a pasar.

Eso sí que me llamó la atención.

—¿Lo sabes?

Su sonrisa se volvió reservada.

Hundí los dedos en mi jersey.

—¿Y vas a decírmelo?

Kari se quedó callada, y ¿acaso ahora importaba que tuviera poco sentido lo que decía? Era un oráculo y yo estaba muerta. No podía hacer nada al respecto, ¿verdad? Sacudí la cabeza y observé el entorno. No podía ver hacia dónde conducía el río; desembocaba donde no había nada más que un agujero negro y profundo. A nuestra derecha había una pequeña abertura, y un extraño resplandor azulado emanaba de lo que fuese que hubiera más allá de este lugar.

—¿A dónde conduce eso? —pregunté, señalando la luz.

Kari suspiró.

—A arriba, pero no es lo mismo. Eres una sombra si vas por allí, y eso si puedes pasar a los guardias.

—¿Los tipos de los caballos?

—Sí. Al bajar o al subir, a Hades no le gusta perder almas. Deberías haber estado aquí cuando alguien intentó huir. —Se estremeció con delicadeza—. Asqueroso.

Un alboroto junto al río hizo que nos diéramos la vuelta. Kari aplaudió.

—Benditos dioses, ¡por fin! —Kari se dirigió hacia la multitud cada vez mayor de personas junto al río.

—¿Qué? —Me apresuré a seguirla. Los guardias a caballo obligaban a la gente a formar filas a ambos lados del río—. ¿Qué está pasando?

Me miró por encima del hombro, sonriendo.

—Es Caronte. Ya está aquí. ¡Hora de ir al Paraíso, nena!

—Pero ¿cómo sabes a dónde vas? —Me esforcé por seguirle el ritmo, pero cuando alcancé la periferia del grupo, me quedé paralizada. *Mierda*.

—Simplemente lo sabes —dijo Kari, empujando a los que yo suponía que no tenían moneda para el pasaje—. Ha sido un placer conocerte, Alexandria. Y estoy un 99 % segura de que volveremos a vernos. —Entonces desapareció entre la multitud.

Demasiado sumida en la escena que se desarrollaba ante mí, no presté atención a lo que dijo. El barco era más grande de lo que se mostraba en los cuadros. Era *enorme*, como del tamaño de un yate, y mucho más bonito que aquella imagen de una canoa vieja y destartalada con la que estaba familiarizada. Estaba pintado de un color blanco brillante y adornado con ribetes dorados. Al timón estaba Caronte. Tenía el aspecto que me esperaba.

La delgada figura de Caronte estaba envuelta en una capa negra que le cubría todo el cuerpo. En una mano huesuda sostenía un farol. La cabeza cubierta por la capa se volvió hacia mí y, aunque no podía verle los ojos, supe que me había visto.

En cuestión de segundos, el barco estaba abarrotado y se deslizaba por el río, desapareciendo por el oscuro túnel. No sabía cuánto tiempo había permanecido allí, pero al final me di la vuelta y me apresuré a atravesar la multitud. Mirara donde mirara, había caras. Jóvenes y viejas. Expresiones aburridas o atónitas. Había muertos deambulando por todas partes y yo estaba sola, completamente sola. Intenté hacerme lo más pequeña que pude, pero me choqué con un hombro aquí, con un brazo allá.

—Disculpa —dijo una anciana. Un llamativo camisón rosa empequeñecía su frágil figura—. ¿Sabes lo que ha pasado? Me fui a dormir y… me desperté aquí.

—Uh. —Empecé a retroceder—. Lo siento. Estoy tan perdida como tú.

Parecía perpleja.

—¿Tú también te fuiste a dormir?

—No. —Suspiré, apartándome—. Me apuñalaron.

Apenas pronuncié esas palabras quise retirarlas, porque habían hecho que todo fuese real.

Me detuve junto a la multitud y me miré los pies descalzos. Quería pegarme a mí misma. Estaba muerta, de verdad.

Al levantar la cabeza, mis ojos encontraron la extraña luz azul. Si lo que había dicho Kari era cierto, entonces esa era la salida de esta… zona de espera. ¿Y entonces, qué? ¿Sería una sombra toda la eternidad? Pero ¿y si en realidad no estaba muerta?

—Estás muerta —murmuré para mis adentros. Pero comencé a acercarme a la luz azul. Cuanto más me acercaba a ella más atraída me sentía. Parecía ofrecerlo todo: luz, calor, *vida*.

—¡No vayas hacia la luz! —gritó una voz, seguida de una risa traviesa y entrañable—. Mienten sobre la luz. Nunca vayas hacia la luz.

Me quedé helada y, si mi corazón aún hubiera latido, cosa de la que no estaba segura, se habría parado en ese mismo instante. Como si me moviera entre el cemento, me giré despacio. No podía creer, no *quería* creer, lo que estaba viendo. Porque si esto no era real…

Estaba de pie a pocos metros, vestido con una camisa y unos pantalones de lino blanco. Llevaba el pelo rubio hasta los hombros y sonreía, sonreía de verdad. Y esos ojos, del color del cielo en verano, brillaban y estaban vivos. No como la última vez que los había visto.

—¿Alex? —dijo Caleb—. Parece que hubieras visto un fantasma.

Todos mis músculos se pusieron en marcha a la vez. Me lancé hacia él y di un salto.

Riéndose, Caleb me agarró por la cintura y me hizo girar. Fue como abrir una presa. En menos de un segundo me convertí en un bebé regordete y llorón. Me temblaba todo el cuerpo; no podía evitarlo. Era Caleb. *Mi* Caleb, *mi* mejor amigo. *Caleb*.

—Alex, vamos. —Me puso en pie, pero siguió abrazándome—. No llores. Ya sabes cómo me pongo cuando lloras.

—Lo… siento. —Por nada del mundo iba a dejar de aferrarme a él como si fuese un koala—. Dios mío, no puedo creer… que estés aquí.

Me alisó el pelo.

—Me echabas de menos, ¿eh?

Levanté la cabeza.

—No es lo mismo sin ti. Nada es lo mismo sin ti. —Alcé las manos, posándolas en sus mejillas y después en su pelo.

Era de carne y hueso. Real. No había sombras bajo sus ojos y su mirada no tenía ese aspecto cansado que tenía tras Gatlinburg. Las marcas habían desaparecido—. Oh, cielos, estás aquí de verdad.

—Soy yo, Alex.

Apoyé la mejilla en su pecho y empecé a llorar de nuevo. Ni en un millón de años hubiera pensado que volvería a verle. Había tantas cosas que quería decirle…

—No lo entiendo —murmuré contra su pecho—. ¿Por qué estás aquí? No habrás estado esperando todo este tiempo, ¿verdad?

—No. Perséfone me debía una. Estábamos jugando al *Mario Kart* en la Wii y la dejé ganar. Me cobré el favor.

Me eché hacia atrás, secándome las lágrimas con el dorso de la mano.

—¿Tenéis la Wii aquí abajo?

—¿Qué? —Sonrió, y joder, pensé que nunca volvería a ver esa sonrisa—. Nos aburrimos. Sobre todo Perséfone, cuando está aquí abajo durante estos meses. Normalmente Hades no juega, gracias a los dioses. Es un maldito tramposo.

—Espera. ¿Juegas *Mario Kart* con Hades y Perséfone?

—Por aquí soy una especie de celebridad, gracias a ti. Cuando llegué, me llevaron directo a Hades. Quería saberlo todo sobre ti. Supongo que le caí bien. —Caleb se encogió de hombros y me abrazó de nuevo—. Dioses, Alex, quería volver a verte. Solo que no pensé que sería así.

—Dímelo a mí —dije con sequedad—. ¿Cómo… Cómo es?

—No está mal, Alex. No está nada mal —dijo con suavidad—. Hay cosas que echo de menos, pero es como estar vivo, aunque no lo esté.

Entonces me di cuenta.

—Caleb, ¿mi madre está… aquí?

—Sí, está aquí. Y es muy simpática. —Hizo una pausa, frunciendo los labios—. Es muy amable, teniendo en cuenta que esta vez no ha intentado matarme.

Sentí náuseas, lo cual era extraño, ya que se suponía que estaba muerta.

—¿Has hablado con ella?

—Sí. La primera vez que la vi fue muy raro, pero lo que era cuando nos retuvo no es lo que es ahora. Es tu madre, Alex. La madre que recuerdas.

—Suenas como si la hubieras perdonado.

—Lo he hecho. —Me secó las lágrimas frescas que se acumulaban en mis mejillas—. En vida no lo habría hecho, ¿sabes? No de verdad. Pero una vez que aceptas por fin todo eso de morir, te iluminas un poco. Y la obligaron a convertirse en daimon. Aquí no te echan eso en cara.

—¿No? —Oh, dioses, iba a empezar a llorar otra vez.

—En absoluto, Alex.

Algunos guardias se estaban acercando a nosotros. Me centré en Caleb, con la esperanza de que no nos separaran.

—¡Tengo que verla! ¿Puedes llevarme…?

—No, Alex. No puedes verla. Ella ni siquiera sabe que estás aquí, y probablemente ahora mismo eso sea lo mejor.

La decepción me inundó.

—Pero…

—Alex, ¿cómo crees que se sentiría tu madre si supiera que estás aquí? Solo hay un motivo por el que estarías aquí. Le disgustaría.

Maldición, tenía razón. Pero yo estaba aquí, lo que significaba que estaba muerta. ¿No iba a verla pronto de todos modos? Así que esa lógica no funcionaba conmigo.

—Te he echado de menos —dijo otra vez, y me atrajo hacia él una vez más.

Apreté la parte delantera de su camisa, y las palabras que quería decir brotaron.

—Caleb, lo siento mucho… por todo. Lo que pasó en Gatlinburg y… No presté mucha atención a lo que pasaste después. Estaba tan metida en mí misma.

—Alex…

—No. Lo siento. Entonces te pasó lo que te pasó. No fue justo. Nada de aquello lo fue. Y lo siento mucho.

Caleb bajó la frente hasta tocar la mía y juré que le brillaban los ojos.

—No fue culpa tuya, Alex. ¿Vale? Nunca pienses eso.

—Es que te echo mucho de menos. No sabía qué hacer después de que… te fueras. Te odié por morir. —Me atraganté—. Y solo quería que volvieras.

—Lo sé.

—Pero no te odio. Te quiero.

—Lo sé —dijo otra vez—. Pero tienes que saber que nada de aquello fue culpa tuya, Alex. Esto estaba destinado a pasar. Ahora lo entiendo.

Solté una carcajada.

—Dioses, suenas tan sabio. ¿Qué pasa, Caleb?

—Supongo que la muerte me ha vuelto listo. —Me miró a la cara—. No pareces diferente. Parece que… Ha pasado tanto tiempo desde la última vez que te vi.

—Tienes mejor aspecto. —Pasé los dedos por su cara y apreté los labios. Caleb me parecía maravilloso. No había ni rastro de todo lo que había sufrido. Parecía en paz, realizado de una forma en la que no lo había estado cuando estaba vivo—. Te echo tanto de menos.

Caleb me apretó más fuerte y se rio.

—Lo sé, pero tenemos que dejar esta tontería de los lazos de amistad, Alex. Primero nos torturan los daimons a los dos y ahora nos apuñalan a los dos. Eso es llevar el «lo hacemos todo juntos» a un nuevo nivel.

Se me saltaron las lágrimas, pero volví a reírme. Me pareció tan íntimo y real. Tan vivo.

—Cielos, estoy muerta.

—Sí, más o menos.

Resoplé.

—¿Cómo voy a estar más o menos muerta?

Caleb se echó hacia atrás e inclinó la barbilla hacia abajo. Una sonrisa traviesa se dibujó en sus labios.

—Bueno, hay un dios muy grande y rubio que está armando una buena con Hades ahora mismo. Por lo visto sigues en el limbo o algo así. Tu alma sigue en juego.

Se me hizo un nudo en el estómago y parpadeé.

—¿Qué?

Asintió con la cabeza.

—No vas a estar muerta mucho tiempo.

Me limpié las ojeras.

—Llevo horas aquí. Estoy muerta.

—Las horas aquí son apenas segundos allí —me explicó—. Cuando llegué aquí me preocupaba que fuera demasiado tarde, que Hades ya te hubiera liberado.

—¿No voy... a morir?

—No. —Caleb sonrió—. Pero tenía que verte. Necesitaba decirte una cosa.

—Vale. —Una punzada de dolor en el estómago me sobresaltó. Me sacudí contra él—. ¿Caleb?

—No pasa nada. —Sus brazos larguiruchos me mantuvieron quieta—. No tenemos mucho tiempo, Alex. Necesito que me escuches. A veces escuchamos cosas aquí abajo... sobre lo que está pasando allá arriba. Se trata de Seth.

Un ardor se encendió en lo más profundo de mi ser.

—¿Qué... Qué pasa con Seth?

—En realidad no lo sabe, Alex. Cree que tiene el control, pero no es así. No... No creas todo lo que oyes. Todavía hay esperanza.

Intenté reírme, pero el ardor se estaba convirtiendo en fuego.

—Sigues siendo… un fanático de Seth.

Caleb hizo una mueca.

—Va en serio, Alex.

—Vale. —jadeé, agarrándome el estómago—. Caleb, algo… va mal.

—No pasa nada, Alex. Recuerda lo que te he dicho. A veces a la gente le cuesta recordar todo después de este tipo de cosas. Alex, ¿puedes hacerme un favor?

—Sí.

—Dile a Olivia que habría elegido Los Ángeles. —Caleb apoyó sus labios en mi frente—. Ella lo entenderá, ¿vale?

Asentí, aunque no entendía por qué, mientras me aferraba a su camisa con todas mis fuerzas.

—Se… se lo diré. Te lo prometo.

—Te quiero, Alex —dijo Caleb—. Eres como la hermana que nunca quise, ¿sabes?

Mi risa se vio interrumpida por el fuego que me desgarraba las entrañas.

—Yo también te quiero.

—Nunca cambies quien eres, Alex. Es tu pasión, tu fe imprudente, lo que te salvará, lo que os salvará a los dos. —Me abrazó con más fuerza—. Prométeme que no lo olvidarás.

Mientras el dolor crecía y mi visión se nublaba, me aferré a Caleb.

—Te lo prometo. Te lo prometo. *Te lo prometo. Te lo prom…*

Me arrancaron de él, o al menos eso fue lo que sentí. Daba vueltas y vueltas, separándome y volviéndome a unir. El dolor lo era todo. Me inundaba los sentidos, avivando el terror. Me ardían los pulmones.

—Respira, Alexandria. *Respira.*

Tragué aire al abrir los párpados. Dos ojos completamente blancos, sin pupila ni iris, me miraban. Los ojos de un dios.

—Oh, *dioses* —susurré, y entonces perdí el conocimiento.

Capítulo 17

La gente se movía a mi alrededor. No podía verlos, pero podía oír sus pies sobre las baldosas, sus voces silenciosas. Alguien rondaba cerca de la cama. Su respiración era uniforme y constante, arrulladora. Percibí el aroma a hojas quemadas y sal marina.

Se abrió una puerta, y la persona que estaba junto a mi cama se movió.

Después de eso, me desmayé y volví a sumergirme en la agradable neblina. Cuando por fin abrí los ojos, parecía que me los habían cosido y me costó varios intentos recuperar la vista. Me rodeaban unas paredes blancas, lisas y aburridas. Reconocí la sala de cuidados intensivos. No había ventanas, así que no sabía si era de día o de noche. Me vinieron recuerdos vagos de Linard y del dolor, luego un destello de luz y la sensación de estar cayendo. Después de eso, las cosas se volvían confusas. Recordaba el olor a humedad y había algo más, pero parecía que estaba al margen de mis pensamientos.

Sentía la boca seca como un trapo y las extremidades como si fueran de madera. Un dolor sordo me palpitaba en el esternón. Respiré hondo y me estremecí.

—¿Alex? —Hubo movimiento al otro lado de la cama y entonces apareció Aiden. Debajo de sus ojos se veían sombras oscuras. Tenía el pelo revuelto, cayéndole en todas direcciones. Se sentó en la cama, con cuidado de no moverme—. Dioses, Alex, yo… pensaba que nunca…

Fruncí el ceño y me acerqué para tomarlo de la mano, pero el movimiento me provocó un tirón en el estómago. La piel sensible se estiró, provocándome una punzada intensa. Jadeé.

—Alex, no te muevas mucho. —Aiden puso su mano sobre la mía—. Te han curado, pero tienes que tomártelo con calma.

Miré fijamente a Aiden, y cuando hablé, sentí la garganta en carne viva.

—Linard me apuñaló, ¿verdad? ¿Con maldita sangre de Titán?

Los ojos de Aiden se tornaron de un gris oscuro y estruendoso. Asintió con la cabeza.

—Rata asquerosa —grazné.

Movió el labio al oír lo que había dicho.

—Alex, lo… Lo siento mucho. Esto no debería haber ocurrido. Yo estaba allí para asegurarme de que estabas a salvo y…

—Para. Esto no ha sido culpa tuya. Y es obvio que estoy bien, en general. No me lo esperaba de Linard… De Romvi, sí. ¿Pero Linard? —Empecé a moverme, pero Aiden fue más rápido y me empujó con suavidad los hombros hacia abajo—. ¿Qué? Puedo sentarme.

—Alex, tienes que quedarte acostada. —Exasperado, sacudió la cabeza—. Toma, bébete esto. —Me puso una taza delante de la cara.

Agarré la pajita y lo miré por encima del borde de la taza. El agua con sabor a menta me sentó de maravilla y me alivió el dolor de garganta.

Aiden me devolvió la mirada, observándome como si nunca hubiese esperado volver a verme. Me vino a la mente una imagen suya inclinado sobre mí, afligido y suplicante. Ahora, en su rostro podía verse un abanico de emociones: diversión y cansancio, pero, sobre todo, alivio.

Me apartó la taza.

—Despacio.

Aparté las sábanas y me sorprendí al ver que llevaba una camiseta limpia y la sudadera gris que solía regalar el Covenant. Ignoré la punzada de dolor y me levanté el dobladillo de la camisa.

—Oh, mierda.

—No está tan mal…

Me temblaban las manos.

—¿En serio? Porque creo que esto haría que tu James Bond se sintiera orgulloso. —La furiosa línea roja medía cinco centímetros de largo y al menos dos de ancho. La piel alrededor de la marca era de color rosa y estaba tirante—. Linard intentó destriparme.

Aiden me agarró las manos y las apartó de la camiseta. Luego tiró de ella hacia abajo y arregló las mantas a mi alrededor con cuidado. Nunca dejaba de sorprenderme lo… cuidadoso y gentil que era Aiden conmigo, a pesar de que sabía que yo era dura hasta la médula. Me hacía sentir femenina, pequeña y querida. Protegida. Cuidada.

Tratándose de alguien como yo, que había nacido y se había entrenado para luchar, su delicadeza me desconcertaba.

Un músculo se tensó en su mandíbula.

—Lo hizo.

Me quedé mirando a Aiden, algo asombrada.

—Soy como un gato. Te juro que tengo nueve vidas.

—Alex. —Levantó la vista y me miró a los ojos—. Has usado todas esas vidas y alguna más.

—Bueno… —El olor a humedad volvió a mí.

Aiden me acarició la mejilla y sentí calor. Su pulgar me rozó la mandíbula.

—Alex… moriste. Moriste en mis brazos.

Abrí la boca, pero la cerré. La luz brillante y la sensación de caer no habían sido un sueño extraño. Y había más. Lo sabía.

Le temblaba la mano sobre mi mejilla.

—Te desangraste muy rápido. No tuvimos tiempo.

—Yo… no lo entiendo. Si morí, ¿cómo es que estoy aquí?

Aiden miró hacia la puerta cerrada y exhaló despacio.

—Bueno, ahí es donde las cosas se vuelven un poco extrañas, Alex.

Tragué saliva.

—¿Cómo de extrañas?

Esbozó una pequeña sonrisa.

—Hubo un destello de luz…

—Me acuerdo de eso.

—¿Recuerdas algo después de eso?

—Caer, recuerdo caer y… —Arrugué la cara—. No me acuerdo.

—No pasa nada. Tal vez deberías descansar un poco. Podemos hablar de esto más tarde.

—No. Quiero saberlo ahora. —Me encontré con su mirada—. Vamos, que parece que esto va a ser interesante.

Aiden se rio, dejando caer su mano.

—La verdad, no lo habría creído si no lo hubiese visto.

Empecé a ponerme de lado, pero recordé lo de que no debía moverme. Quedarse quieta iba a ser un reto.

—La expectación me está matando.

Se acercó más, rozándome el muslo con la cadera.

—Después del destello de luz, Leon se agachó sobre nosotros. Al principio, pensé que acababa de llegar a la habitación, pero él… no tenía buen aspecto. Te tocó y pensé que iba a tomarte el pulso, pero en vez de eso te puso la mano en el pecho.

Levanté las cejas.

—¿Dejaste que Leon me sobara?

Aiden parecía querer reírse otra vez, pero negó con la cabeza.

—No, Alex. Dijo que tu alma seguía en tu cuerpo.

—Oh.

—Sí —respondió—. Luego me dijo que tenía que llevarte a la enfermería y asegurarme que los médicos te atendían para detener la hemorragia, que no llegáramos demasiado tarde. No lo entendí, porque estabas muerta, pero entonces vi sus ojos.

—Unos ojos totalmente blancos —susurré, recordando haberlos visto por un instante.

—Leon es un dios.

Me quedé mirando a Aiden, incapaz de responder a eso. Se me apagó por completo el cerebro tras recibir esa información.

—Lo sé. —Se inclinó sobre mí, alisándome el pelo hacia atrás con una mano—. Todo el mundo tenía más o menos la misma expresión cuando te traje aquí. Entonces Marcus ya había llegado... y los médicos intentaban que me fuera. Algunos estaban cerrando la herida. Otros simplemente estaban ahí parados. Era un caos. Estuviste... muerta un par de minutos, el tiempo que tardé en llevarte de tu habitación a la enfermería, y el maldito Leon apareció en el quirófano. Todo el mundo se quedó helado. Se acercó a ti, volvió a ponerte la mano encima y te dijo que respiraras.

Respira, Alexandria. Respira.

—Y respiraste —dijo Aiden, con la voz ronca mientras me acunaba la mejilla—. Abriste los ojos y susurraste algo antes de quedarte inconsciente.

Me había quedado en la parte del dios.

—¿Leon es un... dios?

Asintió.

—Vale —dije despacio—. Por todos los daimons...

Aiden se rio; se rio de verdad. Era una risa profunda y sincera, llena de alivio.

—Tú... no tienes ni idea... —Apartó la mirada y se pasó una mano por el pelo—. No importa.

—¿Qué?

Con la mandíbula tensa, negó con la cabeza.

Levanté la mano y, en cuanto toqué la suya, la entrelazó con la mía y me miró.

—Estoy bien —susurré.

Aiden me miró fijamente durante lo que me pareció una eternidad.

—Pensé que te habías ido... Te habías ido, Alex. Habías *muerto*, y yo... te estaba abrazando y no podía hacer nada. Nunca había sentido un dolor así. —Se le cortó la respiración—. No desde que perdí a mis padres, Alex. No quiero volver a sentir eso, no contigo.

Se me llenaron los ojos de lágrimas. No sabía qué decir. Seguía dándole vueltas a todo lo que había sucedido, tenía el cerebro saturado. Y él me estaba sosteniendo la mano, lo cual no era lo más impactante del día ni mucho menos, pero me afectó de todos modos. Había muerto. Y un dios, que al parecer era un Centinela aquí, me había traído de vuelta y todo eso. Pero era la forma en que Aiden me miraba, como si nunca hubicra esperado volver a hablar conmigo, ver mi sonrisa o escuchar mi voz. Parecía un hombre que había estado al borde de la desesperación y al que habían apartado del precipicio en el último segundo, pero que seguía sintiendo todas aquellas emociones tan espantosas, que seguía sin creerse del todo que no había perdido algo, que yo seguía aquí.

Entonces me di cuenta de algo muy importante, muy poderoso.

Aiden podía decirme que no sentía lo mismo que yo. Podía luchar contra lo que había entre nosotros día y noche. Podía mentirme. Pero daba igual.

Siempre, *siempre* sabría que no era así.

Aunque nos separara el espacio o nos impusieran innumerables reglas para mantenernos alejados y nunca pudiéramos estar juntos, yo siempre lo sabría.

Y dioses, lo amaba, lo amaba tanto. Eso nunca cambiaría. Había muchas cosas de las que no estaba segura, sobre todo ahora, pero eso sí lo sabía. Antes de que pudiera detenerla, una sola lágrima escapó, recorriéndome la mejilla. Apreté los ojos.

Volvió a respirar, mucho más fuerte y descompuesto. La cama se hundió cuando se movió y su mano se deslizó hasta mi pelo, donde sus dedos se enroscaron alrededor de los mechones. Sus labios, cálidos y suaves, me besaron la mejilla y me borraron la lágrima.

Me quedé muy quieta, temiendo que cualquier movimiento lo alejara. Era como una especie de criatura salvaje a punto de quebrarse.

Cuando habló, su aliento bailó sobre mis labios, provocándome escalofríos.

—No puedo volver a sentirme así. No puedo.

Estaba cerca, aún me sostenía la mano con fuerza mientras deslizaba la otra por mi pelo y trazaba una línea invisible por mi rostro.

—¿Vale? —dijo—. Porque no puedo perder... —Se detuvo, mirando hacia la puerta. El sonido de unos pasos se acercaba. Apretó los labios y se volvió hacia mí. Me soltó la mano y se incorporó—. Hablaremos más, después.

Me quedé muda, con el corazón palpitándome a toda velocidad, y dije lo más elocuente que me fue posible.

—Vale.

La puerta se abrió y Marcus entró. Llevaba la camisa a medio meter y los pantalones, que solían ir planchados, estaban arrugados. Al igual que Aiden, parecía un desastre, pero estaba aliviado. Se detuvo junto a mi cama, respirando con fuerza.

Me aclaré la garganta.

—Estás hecho un desastre.

—Estás viva.

Aiden se puso de pie.

—Lo está. La estaba poniendo al corriente de todo.

—Bien. Eso es bueno. —Marcus me miró a los ojos—. ¿Cómo te sientes, Alexandria?

—Bien, supongo, después de haber muerto y esas cosas. —Me moví, incómoda por la atención—. Entonces, respecto a lo de Leon, no conozco a ningún dios que se llame así. ¿Es como una especie de dios bastardo al que nadie reclama?

Aiden se retiró a un rincón de la habitación, una distancia mucho más apropiada para un sangre pura. De inmediato, eché de menos su cercanía, pero no me quitaba los ojos de encima. Era como si temiera que desapareciera.

—Eso es porque Leon no es su verdadero nombre —dijo.

—¿No lo es?

Marcus se sentó en el lugar de Aiden. Extendió la mano, pero se detuvo y la bajó a su regazo.

—¿Quieres un poco de agua?

—Eh, claro. —Un poco extrañada, vi cómo rellenaba el vaso y me lo tendía para que bebiera. Evidentemente, el alienígena que había en mi tío había tomado el control absoluto. Pronto se abriría camino a través de su estómago y bailaría claqué en mi cama.

Aiden se apoyó en la pared.

—Leon es Apolo.

Me atraganté con el agua. Jadeando, me agarré el estómago con una mano y agité la otra frente a mi cara.

—Alexandria, ¿estás bien? —Marcus dejó el vaso en el suelo y miró por encima del hombro a Aiden, que ya estaba al lado de la cama—. Ve a buscar a uno de los médicos.

—¡No! —Con los ojos llorosos, aspiré aire—. Estoy bien. El agua se me ha ido por el otro lado.

—¿Estás segura? —preguntó Aiden. Parecía dividido entre querer arrastrar a un médico hasta aquí y creerme.

Asentí con la cabeza.

—Sí, es solo que me ha sorprendido. Es decir, vaya. ¿Estáis seguros? ¿Apolo?

Marcus me observó con atención.

—Sí. Es Apolo, sin lugar a dudas.

—Joder... —No había suficientes palabras en el mundo para hacerle justicia—. ¿Os explicó algo?

—No. —Marcus volvió a arroparme con la manta que tenía encima—. Después de traerte de vuelta, dijo que tenía que irse y que volvería.

—De repente, desapareció de la habitación. —Aiden se frotó los ojos—. No lo hemos visto desde entonces.

—Y eso fue ayer —añadió Marcus.

—¿Así que he estado durmiendo un día entero? —Mi mirada bailó de uno al otro—. ¿Alguno ha dormido durante el tiempo que ha pasado?

Aiden apartó la mirada, pero fue Marcus quien contestó.

—Han pasado muchas cosas, Alex.

—Pero vosotros...

—No te preocupes por nosotros —me interrumpió Marcus—. Estaremos bien.

No preocuparse por ellos era algo más fácil de decir que de hacer. Ambos estaban hechos un asco.

—Está... Linard está muerto.

—Sí —dijo Marcus—. Estaba cooperando con esa... Orden.

Miré a Aiden, acordándome de aquel crujido repugnante que había oído. Si esperaba que hubiera remordimiento en su mirada, no lo encontré. En realidad, la expresión de su cara decía que lo volvería a hacer.

—¿Qué hay de Telly?

—Nunca aterrizó en Nueva York. Ahora mismo, no tenemos ni idea de dónde está. El Instructor Romvi también ha desaparecido. —Marcus volvió a dejar caer las manos sobre su regazo—. He hecho algunas llamadas y tengo algunos Centinelas de confianza buscando a Telly ahora mismo.

—¿De confianza como Linard? —En cuanto esas palabras salieron de mi boca, deseé no haberlas dicho. Me ardieron las mejillas—. Lo... siento. Eso no ha estado bien. No lo sabías.

Los ojos verdes de Marcus brillaron.

—Tienes razón. No lo sabía. Había muchas cosas de las que no era consciente. Como la verdadera razón por la que te fuiste de Nueva York y el hecho de que ya hayas ido recibiendo las marcas del Apollyon.

Oh, no. No me atreví a mirar a Aiden.

—Hasta hace unas noches no fui consciente de que la Orden de Tánatos podía estar implicada —continuó Marcus, con los hombros rígidos—. Si hubiera sabido la verdad, esto podría haberse evitado.

Me encogí todo lo que pude.

—Lo sé, pero si te hubiéramos involucrado en lo que pasó en Nueva York, entonces estarías en peligro.

—Eso no importa. Necesito estar al tanto de este tipo de cosas. Soy tu tío, Alexandria, y cuando se mata a un sangre pura...

—Lo hizo en defensa propia —dijo Aiden.

—Y tú usaste la compulsión en dos sangre pura para protegerla. —Marcus miró a Aiden por encima del hombro—. Lo entiendo, pero eso no cambia el hecho de que necesitaba saberlo. Todo esto creó la tormenta perfecta para que pasara algo así.

—¿No estás… enfadado con Aiden? ¿No vas a entregarlo?

—A veces dudo de su capacidad crítica, pero entiendo por qué lo hizo. —Marcus suspiró—. La ley exige que lo haga, Alexandria. Incluso exige que te entregue a ti, y al no hacerlo, me enfrentaré a cargos de traición. Igual que Aiden se enfrentará a cargos de traición si alguien descubre lo que hizo.

La traición equivalía a la muerte para ellos. Tragué saliva.

—Lo siento. Siento haberos arrastrado a esto.

Aiden se ablandó.

—Alex, no te disculpes. Esto no es culpa tuya.

—No lo es. No puedes evitar… ser lo que eres. Y todo esto es por lo que eres. —Los labios de Marcus se curvaron en una media sonrisa—. No estoy de acuerdo con muchas de las decisiones que habéis tomado o con el hecho de que me hayáis ocultado cosas tan importantes, pero no puedo culpar a Aiden por hacer lo mismo que yo habría hecho en esa situación. Soy tu tío, Alexandria, y seré duro contigo, pero eso no significa que no me importes.

Me quedé atónita y lo miré. ¿Puede que hubiese malinterpretado todo lo relacionado con este hombre? Porque, en serio, habría apostado mi vida a que no me soportaba. Pero ¿había sido solo su versión de… amor estricto? Parpadeé y, de repente, quise abrazarlo.

La mirada de Marcus me dijo que probablemente no se sentiría cómodo con aquello.

De acuerdo. Todavía no habíamos llegado al nivel de los abrazos, pero esto… era bueno. Me aclaré la garganta.

—Así que… Guau. Leon es Apolo.

Aiden sonrió.

Le devolví la sonrisa, pero de repente sentí pánico y tardé un segundo en darme cuenta de por qué.

—Dioses. —Empecé a incorporarme, pero Marcus me detuvo—. Tengo que llamar a Seth. Si sospecha algo, se volverá loco. No podéis haceros una idea.

La sonrisa de Aiden se desvaneció.

—Si lo hubiera sabido o sentido a través de vuestro vínculo, ya se habría vuelto loco. No lo sabe.

Tenía razón, pero aun así necesitaba hablar con él.

—Creemos que es mejor que no lo sepa, no hasta que esté aquí contigo —dijo Marcus—. Ahora mismo, no podemos permitirnos que pierda los papeles. Y te llamó anoche. Aiden le dijo que estabas durmiendo.

Aiden rodó los ojos.

—Después de quejarse de que respondiera *yo* al teléfono que *él* te había dado a ti, me colgó. Si sintió algo, no sabe por qué.

Sonaba propio de Seth. Aliviada, volví a recostarme.

—Aun así, ¿alguien puede traer mi teléfono? Si no tiene noticias mías, sospechará algo y volará a alguien.

—Eso se puede arreglar.

—Voy a buscarlo —dijo Aiden, suspirando.

—Bien. Y mientras vas a buscarlo, ¿por qué no te das una ducha y descansas un poco? No has dormido desde ayer por la mañana —dijo Marcus—. Los Guardias de Lucian están en la puerta. Nadie podrá pasar por encima de ellos.

La única razón por la que confiaba en los Guardias de Lucian era porque solo había una persona que quería que Despertara más que Seth: Lucian.

—¿Lucian sabe lo que ha pasado?

Marcus se puso de pie.

—Sí, pero está de acuerdo con que sería prudente mantener a Seth al margen por un tiempo.

—¿Y confías en Lucian?

—Confío en que entienda que no podemos permitirnos ningún acto de represalia por parte de Seth. Por lo demás, no mucho, pero necesitaba saber lo de Telly. Tiene a algunos de los suyos buscando al Ministro Jefe. —Hizo una pausa, pasándose una mano por un lado de la cara—. No te preocupes por esas cosas ahora. Descansa un poco. Volveré más tarde.

Aún quedaban muchas preguntas. ¿Quiénes eran los Centinelas en los que confiaba Marcus? ¿Y cómo diablos podíamos ocultarle un secreto así a Seth? Pero yo estaba cansada, y me di cuenta de que ellos también lo estaban.

Aiden se quedó después de que Marcus se fuera. Se acercó a mi cama y su mirada plateada se posó en mí.

—No has salido de esta habitación, ¿verdad? —le pregunté.

En lugar de responder, se inclinó y posó sus labios sobre mi frente.

—Volveré enseguida —prometió—. Intenta descansar y no salgas de la cama hasta que alguien esté contigo.

—Pero no estoy cansada, no mucho.

Aiden rio con suavidad mientras se retiraba.

—Alex, puede que te encuentres bien, pero has perdido mucha sangre y te acaban de operar.

Y había muerto, pero pensé que no tenía sentido añadir eso. No quería que Aiden estuviera más preocupado de lo que ya estaba, sobre todo cuando parecía tan agotado.

—Vale.

Se apartó de la cama y se detuvo en la puerta. Volvió a mirarme y sonrió.

—No tardaré mucho tiempo.

Me puse de lado con cuidado.

—No voy a irme a ninguna parte.

—Lo sé. Yo tampoco.

CAPÍTULO 18

Dormí más de lo que había planeado. Cuando me desperté, la habitación estaba vacía y me habían dejado el móvil en la mesita auxiliar. Esperaba que Aiden estuviera descansando, y que Marcus también. Me incorporé y me estremecí cuando el movimiento me tiró de la piel que rodeaba los puntos.

Curiosa, volví a inspeccionar la cicatriz irregular. Los mestizos se curaban muy rápido y las hojas del Covenant estaban diseñadas para cortar con precisión, pero debía de haber causado algún daño interno. ¿Acaso Apolo me había curado de alguna manera? Porque dudaba de que los médicos hubieran podido revertir tanto destrozo. Aparte de la sensación de letargo, me sentía… bien.

Pero mientras miraba alrededor de la habitación, algo asomó en el fondo de mis recuerdos. Me estaba olvidando de algo, de algo muy importante. Lo tenía en la punta de la lengua, como cuando había estado bajo una compulsión. Pero esto era diferente. Era como despertarse y no poder recordar un sueño.

Suspiré, me estiré y agarré el móvil. Solo tenía una llamada perdida de Conejito Mimoso. Me incorporé y le devolví la llamada.

Seth contestó al segundo tono.

—Así que, ¿estás viva?

Me dio un fuerte vuelco al corazón.

—Sí, ¿por qué no iba a estarlo?

—Bueno, hace como dos días que no hablamos. —Hizo una pausa—. ¿Qué has estado haciendo?

—He estado durmiendo, poco más.

—¿Durmiendo dos días seguidos?

Me pellizqué la cicatriz e hice una mueca de dolor.

—Sí, nada más.

—Interesante... —Se oyó un sonido apagado, como si hubieran tirado de algo sobre el teléfono—. Has estado durmiendo, ¿pero Aiden tenía tu teléfono?

Mierda.

—Me ha estado haciendo de niñera. No sé por qué contestó al teléfono cuando llamaste.

Se escuchó otro sonido amortiguado y luego Seth gruñó.

—¿Qué estás haciendo?

—Poniéndome los pantalones, y es difícil cuando se tiene un teléfono en la mano.

—Eh, ¿quieres que te llame luego? ¿Cuando no estés desnudo?

Seth se rio.

—Ahora no estoy desnudo. De todos modos, tal vez tenemos alguna extraña enfermedad Apollyon. Llevo dos días agotado, pero ahora me encuentro bien.

Así que había sentido algo. Me mordí el labio.

—¿Puedo preguntarte algo?

—Dispara.

—Dijiste que, cuando Despierte, sabría lo que los Apollyons del pasado sabían, ¿verdad?

Hubo una pausa.

—Sí, eso dije.

La inquietud se me retorció por dentro.

—Entonces, ¿cómo es que no sabías nada de la Orden de Tánatos, y que mataron a Solaris y al Primero? ¿No habrías visto lo mismo que ellos?

—¿Por qué lo preguntas? —preguntó Seth.

Respiré hondo.

—Porque no tiene sentido, Seth. Deberías haberlo sabido. ¿Y cómo no sabías que un mestizo y un puro engendraban un Apollyon? ¿Ninguno de los Apollyons del pasado lo descubrió?

—¿Por qué preguntas por esto...? —Una risita distintiva, muy femenina, interrumpió sus palabras. Cuando Seth volvió a hablar, parecía lejos y sonaba muy parecido a la palabra «compórtate».

Me incorporé, inspiré aire con fuerza mientras el estómago me gritaba en señal de protesta.

—¿Con quién estás, Seth?

—¿Por qué? ¿Estás celosa?

—Seth.

—Espera un segundo —respondió, y entonces se oyó el sonido de una puerta cerrándose—. Maldita sea, aquí fuera hace frío.

—Ten cuidado. No querrás que nada se te congele y se te caiga.

Se rio.

—Oh, eso ha sido de zorra. Creo que estás celosa.

¿Estaba celosa de que estuviera con una chica y de que estuviera desnudo? ¿No debería estarlo? Pero no estaba celosa, sino más bien molesta. Molesta porque me habían apuñalado y había muerto mientras Seth estaba tonteando por ahí. ¿Y cómo iba a estar enfadada? Yo era la que estaba enamorada de otro chico. En verdad, no era nadie para hablar. Pero no me había desnudado con ese chico, no desde hacía varios y largos meses. No desde que había decidido ver qué podía pasar con Seth.

Cielos, estaba tan confusa que no tenía ni idea de qué estaba pasando y por qué ahora.

—No estoy haciendo nada malo —dijo Seth después de un rato de silencio.

—No he dicho que lo estuvieras haciendo. Espera. Estás con Tetas, ¿verdad?

—¿De verdad quieres saberlo, Alex?

No cuando lo decía así. Me mordí el labio, insegura de qué decir. De repente oí la voz de Caleb en mi cabeza. *Todavía hay esperanza*. Qué raro.

—Nunca dijimos que tuviéramos una relación, y, además, da igual. Tú estás ahí. Yo estoy aquí. Y en una semana o así, estaré de vuelta. Y ni siquiera tendrá importancia.

Parpadeé.

—¿En serio, «da igual»?

Seth suspiró.

—Sé que en cuanto me fui, tardó un minuto en estar a tu lado, con su actitud melancólica, intentando encontrar la forma de estar contigo. ¿Y contesta tu teléfono mientras duermes? Sí, «da igual».

Me quedé con la boca abierta.

—No es eso lo que está pasando aquí.

—Mira, no importa. Me tengo que ir. Hablamos luego. —Después me colgó.

Me quedé mirando el teléfono durante varios minutos, sorprendida y un poco afectada. ¿Me acababa de dar permiso para tener algo con Aiden porque «daba igual» y él estaba teniendo algo con Tetas porque «daba igual»? Joder, ¿había muerto y vuelto a un universo alternativo?

Entonces se abrió la puerta y entró Aiden. Dejé el teléfono a un lado y me alegré al ver que parecía mucho más fresco. El pelo húmedo se le rizaba alrededor de las sienes y las sombras bajo los ojos habían disminuido.

—Hola, estás despierta. —Se sentó a mi lado y la cama nos acercó más—. ¿Cómo estás?

Me aparté de él.

—Asquerosa.

Aiden frunció el ceño.

—¿Asquerosa?

—Llevo días sin lavarme los dientes o la cara. No te acerques a mí.

Se rio.

—Venga ya, Alex.

—En serio, estoy asquerosa. —Me puse la mano sobre la boca.

Haciendo caso omiso de mis protestas, se inclinó y me echó el pelo hacia atrás.

—Estás tan guapa como siempre, Alex.

Me quedé mirándolo. No debía de salir mucho.

Aiden arqueó una ceja.

—¿Has llamado a Seth?

Sin querer bajar la mano, asentí.

Sus ojos bailaron.

—¿Parecía sospechar?

—No —dije tras mi mano—. De hecho, estaba con Tetas.

Parecía confuso.

—¿Tetas?

—Es una chica de Nueva York —le expliqué.

—Oh. —Aiden se echó hacia atrás—. ¿Qué quieres decir con que estaba con esa chica?

—¿Tú qué crees? —Bajé la mano.

—Oh, Alex, lo siento.

Hice una mueca.

—¿Por qué lo sientes? Si lo nuestro «da igual». Seth y yo no tenemos una relación. —Pero se había comportado desde que regresó al Covenant conmigo. Quitándome eso de la cabeza, me centré en algo más importante—. Necesito salir de esta cama.

Algo centelleó en el rostro de Aiden y luego negó con la cabeza.

—Alex, de verdad que no deberías.

—Lo necesito, en serio.

Me miró fijamente y luego pareció entenderlo.

—Vale, déjame ayudarte.

La idea de que se acercara a mí cuando me sentía así de asquerosa no me atraía, pero no podía discutir con él. Aiden me ayudó a salir de la cama e insistió en acompañarme al pequeño cuarto de baño. Casi esperaba que me siguiera dentro.

Cerré la puerta tras de mí, hice mis cosas y miré la ducha con anhelo. A Aiden le daría un ataque si la encendía. Miré a la puerta, debatiéndome entre si se atrevería o no a irrumpir aquí. Aiden era un santurrón.

Decidí poner a prueba esa teoría.

Un segundo después de que el agua empezase a correr, gritó:

—Alex, ¿qué estás haciendo?

—Nada. —Me quité la ropa, deseando tener algo limpio que ponerme.

—Alex. —Una desconcertante frustración tiñó su voz.

Sonreí.

—Me estoy dando una ducha rápida. Estoy hecha un asco. Necesito una ducha.

—No deberías hacer eso. —La manilla de la puerta tintineó. No estaba cerrada—. ¡Alex!

—Estoy desnuda —advertí.

Silencio, y luego:

—¿Se supone que eso hará que no quiera entrar ahí?

Un cálido rubor me recorrió el cuerpo mientras miraba la puerta.

Se oyó un suspiro.

—Que sea rápido, Alex, porque si no terminas en menos de cinco minutos, entraré.

Me di la ducha más rápida de mi vida. Me sequé y me vestí enseguida, disfrutando de la sensación de estar limpia de nuevo, pero la ducha me quitó toda la energía que me quedaba. Me senté frente al lavabo, porque me parecía que el váter estaba demasiado lejos, y empecé a cepillarme los dientes. Ya no sentía la boca como la de un mamut, pero al mirar el lavabo y darme cuenta de que tenía que volver a levantarme, deseé haberme quedado en la cama.

Sé que en cuanto me fui, tardó un minuto en estar a tu lado, con su actitud melancólica, intentando encontrar la forma de estar contigo.

Cerré los ojos, agarré el cepillo de dientes de plástico y estiré las piernas.

Tú estás ahí. Yo estoy aquí. Y en una semana o así, estaré de vuelta. Y ni siquiera tendrá importancia.

La pasta de dientes espumosa me resbalaba por la barbilla. ¿No tendría importancia porque Seth estaba allí? ¿O no tendría importancia porque en cinco semanas Despertaría? ¿Era eso lo que Seth estaba tratando de decir mientras hacía lo que fuera que estaba haciendo con Tetas?

—¿Alex? —Aiden llamó a la puerta del baño—. ¿Estás bien ahí dentro?

Incliné la cabeza hacia la puerta cerrada. Más pasta de dientes me chorreó de la boca.

—Estoy cansada.

La puerta se abrió. Aiden bajó la mirada y levantó las cejas. Una lenta sonrisa apareció en su rostro, dulcificando la mirada dura que tenía desde que me había despertado. Se rio.

Algo se agitó en mi pecho.

—Reírse de una chica muerta no está bien.

—Te dije que deberías haberte quedado en la cama. —La luz de sus ojos no se desvaneció mientras se arrodillaba. Se acercó y me limpió la pasta de dientes de la barbilla con el pulgar—. Pero nunca haces caso. Quédate ahí.

No era como si fuera a ir a alguna parte, así que lo observé echar un vistazo al lavabo y después ponerse de pie. Aiden desapareció de nuevo en la habitación. Pocos segundos después, regresó con dos pequeños vasos de plástico y algunas servilletas de papel.

Me quitó el cepillo de dientes de las manos y lo dejó en el lavabo después de llenar el vaso.

—Aquí tienes.

Con las mejillas encendidas, acepté el vaso y me llevé el agua a la boca.

Aiden me dio otro vaso vacío.

—Enjuaga y repite.

Lo fulminé con la mirada, pero en secreto hice un baile feliz en mi cabeza cuando volvió a reírse. Cuando dejó de caerme pasta de dientes de la boca y tuve las manos vacías, Aiden se inclinó y deslizó con cuidado un brazo a mi alrededor.

—Puedo ponerme de pie sin ayuda —refunfuñé.

—Claro que puedes. —El pelo de Aiden me hizo cosquillas en las mejillas—. Por eso estás sentada en el suelo del baño. Vamos, vuelve a la cama.

La puerta de la habitación principal se abrió.

—¿Qué está pasando? —La voz de Marcus recorrió la habitación—. ¿Alexandria está bien?

El carmesí me tiñó el rostro.

—Está bien. —Aiden me levantó con facilidad. La piel sensible me tiró un poco, pero mantuve el rostro inexpresivo. No quería que le diera un infarto—. Se ha cansado —continuó, sonriendo mientras me soltaba—. ¿Estás bien para volver a la cama?

Asentí.

—No es culpa mía. Leon, Apolo, sea quien sea, no me arregló bien. Poderes divinos mis…

—Te dejé bien, pero estabas muerta. Dame algo de crédito —dijo Apolo.

Di un respingo y me llevé la mano al pecho. Apolo se sentó en el borde del inodoro, con una pierna cruzada sobre la otra.

A mi lado, Aiden se inclinó, tenso.

—Mi señor.

—Por todos los dioses —dije—. En serio. ¿Intentas matarme otra vez provocándome un infarto?

Apolo inclinó la cabeza hacia Aiden.

—Ya te lo he dicho. No hace falta que hagas lo de «señor» y te inclines conmigo. —Pequeñas chispas de electricidad bordearon aquellos ojos completamente blancos—. ¿Por qué estás fuera de la cama? ¿Acaso que te apuñalen no justifica algo de tiempo de descanso? —Le sonrió a Aiden, que ahora estaba de pie—. Es difícil cuidar de ella, ¿verdad?

Aiden parecía un poco pálido.

—Si…

—Yo… Me sentía asquerosa.

Apolo desapareció del baño y apareció detrás de Aiden. Marcus dio un paso atrás, con los ojos muy abiertos. Él también se inclinó, y por un momento pensé que Marcus iba a ponerse de rodillas.

—Dioses —dijo Aiden en voz baja mientras me sacaba del baño.

Me quedé mirando al dios corpulento de la esquina de la habitación mientras me metía de nuevo en la cama.

—¿Alguien sabía algo sobre esto?

Apolo se deslizó hasta la cama. Era extraño mirarlo y ver algunos rastros de Leon. La cara era básicamente la misma, pero más refinada, más afilada. El pelo, que parecía hecho de oro, sustituía el corte militar de Leon y le caía justo por debajo de sus anchos hombros. Y parecía más alto, si es que eso era posible. Era dolorosamente guapo, sin los rasgos más ásperos, pero sus ojos… me daban miedo. No había pupilas ni iris, solo unos orbes blancos que parecían llenos de electricidad.

El dios del sol.

Estaba mirando al maldito dios del sol… y, aun así, era como mirar a Leon. Era extraño que un dios estuviera en la Tierra, pero que estuviera tan cómodo como parecía estar Apolo era irreal.

Apolo arqueó una ceja mientras giraba la cabeza despacio hacia Marcus.

—Sé que esto es un poco… chocante, pero lo que estaba haciendo requería que disimulara quién era.

Marcus parpadeó, como si estuviera despertando de un aturdimiento.

—¿Hay más como tú por aquí?

Apolo sonrió.

—Siempre estamos por aquí.

—¿Por qué? —preguntó Aiden, pasándose los dedos por el pelo. También parecía un poco fuera de sí.

—Las cosas son complicadas —dijo Apolo.

—¿Leon era una persona de verdad? ¿Te apoderaste de su cuerpo o algo así? —Doblé las piernas bajo la manta—. ¿O has sido Leon todo este tiempo?

Las comisuras de los labios de Apolo se crisparon.

—Somos la misma persona.

Despacio, me acerqué y le toqué el brazo. Parecía carne de verdad, caliente y dura. Decepcionada, volví a tocarlo. Esperaba que, al hacerlo, ocurriera algo increíble, celestial. Pero lo único que obtuve fueron miradas extrañas de todos los presentes, incluido Apolo.

—Por favor, deja de tocarme —dijo Apolo.

Volví a pincharle en el brazo.

—Lo siento. Es que eres real. Quiero decir, pensaba que no estabais aquí de verdad.

—Alex. —Aiden se sentó en el borde de la cama—. Deberías dejar de tocarlo.

—Como quieras. —Dejé caer la mano sobre mi regazo. Sin embargo, seguía queriendo tocarlo, lo que era muy extraño. Como que quería frotarme contra él como un gato o algo parecido... y eso era más que raro, y un poco incómodo.

—Por lo general, no lo estamos —dijo Apolo, frunciendo el ceño hacia mí—. Cuando estamos en la Tierra nuestros poderes son limitados. Todo lo relacionado con este lugar nos agota. Tendemos a mantenernos alejados y, si lo visitamos, es por poco tiempo.

—¿El suficiente para enrollarse con algunas mortales?

—Alexandria —espetó Marcus.

Apolo me miró.

—No. Hace siglos que no engendramos semidioses.

Me estremecí cuando mi mirada se cruzó con la suya.

—Tus ojos son jodidamente espeluznantes.

Parpadeó y, en un nanosegundo, sus ojos adquirieron un brillante e intenso color cobalto.

—¿Mejor?

La verdad era que no. No cuando me miraba así.

—Sí, claro.

Marcus se aclaró la garganta.

—La verdad es que no sé qué decir.

Apolo hizo un gesto despectivo con la mano.

—Hemos trabajado juntos durante meses. No ha cambiado nada.

—No sabíamos que eras Apolo. —Aiden se cruzó de brazos—. Eso cambia las cosas.

—¿Por qué? —Apolo sonrió—. Aunque ahora no espero que estés tan dispuesto a ser mi contrincante cuando entrenemos.

La piel alrededor de los ojos de Aiden se arrugó mientras sonreía.

—Sí, puedes estar seguro de eso. Es que... ¿Cómo es que no lo supimos?

—Fácil. No quería que ninguno de vosotros lo supiera. Hacía las cosas más fáciles... pasar desapercibido.

—Lo siento —interrumpí. Apolo arqueó una ceja, esperando. Sentí que me sonrojaba—. Esto es muy incómodo.

—Dímelo a mí —murmuró Apolo.

—Quiero decir, te he insultado de todas las formas posibles a la cara. Muchas veces. Como cuando te acusé de perseguir a chicos y chicas y de que hayan tenido que convertirse en árboles para escapar...

—Como te dije, algunas de esas cosas no son ciertas.

—¿Así que Dafne no se convirtió en un árbol para huir de ti?

—Cielos —murmuró Aiden, frotándose la barbilla con una mano.

A Apolo se le desencajó un músculo de la mandíbula.

—No fue todo culpa mía. Eros me disparó con una maldita flecha de amor. Créeme, cuando te alcanzan con una de esas cosas, no puedes evitar lo que haces.

—Pero le cortaste parte de la corteza. —Me estremecí de nuevo—. Y la llevaste como corona. Eso es como un asesino en serie coleccionando los objetos personales de su víctima... o los dedos.

—Estaba enamorado —respondió, como si estar enamorado explicase el hecho de que la chica se convirtiera en un árbol para alejarse de él.

—De acuerdo. ¿Y qué hay de Jacinto? El pobre no tenía ni idea...

—Alexandria —suspiró Marcus, apopléjico.

—Lo siento. Es que no entiendo por qué no me pegó o algo así.

—Aún queda mucho día por delante —dijo Apolo, y sonrió cuando abrí los ojos de par en par.

Marcus me miró.

—Estás aquí por ella.

Apolo asintió.

—Alexandria es muy importante.

Para mí, eso era raro.

—Pensaba que los dioses no eran muy fanáticos de los Apollyons.

—Zeus creó al primer Apollyon hace miles de años, Alexandria, para asegurarse de que ningún sangre pura se volviera demasiado poderoso y amenazara a los mortales, o a nosotros —explicó—. Fueron creados como un sistema de control y equilibrio. No somos ni admiradores ni enemigos de los Apollyons, sino que los vemos como una herramienta que algún día será necesaria. Y ese día ha llegado.

Capítulo 19

—¿Por qué no? —pregunté cuando nadie más habló. Creo que los puros estaban un poco asombrados. Apolo era una auténtica estrella para ellos, pero incluso con esa belleza de otro mundo, para mí no era más que Leon.

—La amenaza nunca ha sido mayor —respondió Apolo. Al ver mi confusión, suspiró—. Tal vez deba explicar algunas cosas.

—Tal vez —murmuré.

Apolo se acercó a la mesita auxiliar y levantó la jarra de agua. La olió y volvió a dejarla en su sitio.

—Mi padre siempre ha sido… un paranoico. Con todo ese poder, lo único que Zeus teme es que sus hijos hagan lo mismo que él hizo con sus padres. Derrocarlo, conquistar Olimpia, matarlo mientras duerme… ya sabéis, el mismo drama familiar de siempre.

Miré a Aiden de reojo, pero estaba absorto en Apolo.

—En fin, Zeus decidió que debía mantener a sus enemigos cerca. Por eso llamó a todos los semidioses al Olimpo y destruyó a los que no acudieron a su llamada, pero se olvidó de sus hijos. —Apolo sonrió—. Todo ese poder, y a veces me pregunto si Zeus se cayó de la cuna cuando era un bebé. Se olvidó de los Hematoi, los hijos de los semidioses.

Me reí, pero Marcus llevó la vista al techo, como si esperara que Zeus fulminara a Apolo con un rayo.

—Los Hematoi —Apolo miró a Marcus y a Aiden—, son versiones atenuadas de los semidioses, pero, a su manera, son muy poderosos. Francamente, su número supera al de los dioses por miles. Si alguna vez intentaran derrocarnos, podrían conseguirlo. Y los mortales no tendrían ninguna oportunidad contra ellos.

—Pensaba que vosotros erais, digamos, omniscientes. ¿No sabríais si estuviesen a punto de derrocaros?

Apolo se rio.

—Es difícil separar las leyendas de la verdad, Alexandria. Hay cosas que sabemos, pero el futuro nunca está escrito en piedra. Y cuando se trata de cualquier criatura que habite este planeta, no podemos interferir en su vida. Tenemos... herramientas para vigilar las cosas.

—Por eso el oráculo vivía aquí —dijo Aiden.

De nuevo, sentí un cosquilleo en la nuca. Algo sobre el oráculo hurgó en mis recuerdos borrosos. Pero no podía alcanzarlo.

—Sí. El oráculo responde a mí, y solo a mí.

—Porque eres el dios de la profecía... entre otras quinientas cosas —añadí, retomando la conversación.

—Sí. —Volvió a la cama, inclinando la cabeza hacia un lado—. Cuando Zeus se dio cuenta de que se había olvidado de los Hematoi, supo que tenía que crear algo que fuera lo bastante poderoso como para controlar a los Hematoi, pero que no pudiera reproducirse como ellos.

Marcus se sentó en la única silla libre de la sala.

—¿Y así se creó al Apollyon?

Apolo se sentó junto a Aiden, que ocupaba casi toda la cama.

—Un Apollyon solo puede nacer cuando la madre es una Hematoi y el padre es mestizo. Es el éter de una hembra pura combinado con el de un mestizo lo que crea a un Apollyon. Es similar a la forma en que se crea un minotauro. Los Apollyons no son más que monstruos en el orden de las cosas.

Fruncí el ceño a su espalda.

—Vaya. Gracias.

—Se prohibió la mezcla de las dos razas para asegurar que no hubiera muchos y se ordenó a los Hematoi que mataran a cualquier descendiente de un puro y un mestizo.

Me quedé sin palabras.

—Eso es horrible.

—Puede que lo sea, pero no podíamos tener por ahí sueltos a un montón de Apollyons. —Me miró por encima del hombro—. Dos ya es lo bastante grave. ¿Te imaginas si hubiera doce? No. No es posible. Y, además, en cada generación se nos cuela uno, como estaba previsto. Aunque cometemos errores de vez en cuando.

Apolo empezaba a caerme fatal.

—¿Así que soy un monstruo y un error?

Me guiñó un ojo.

—El error perfecto.

Me aparté un poco de él.

La sonrisa le alcanzó los ojos radiantes.

—Mientras el Apollyon se comporte, se lo deja en paz para que cumpla con su deber. Pero cuando hay un segundo en la combinación, aumenta el poder del primero. Esto era algo que no habíamos previsto. Zeus cree que es una especie de broma del Universo.

Marcus se inclinó hacia adelante.

—¿Pero por qué permitís siquiera que el segundo viva si uno ya es una amenaza de por sí?

Me estremecí.

Apolo volvió a ponerse en pie, al parecer afectado por un trastorno de hiperactividad.

—Ah, verás, no podemos tocar a los Apollyons. Las marcas son… protecciones contra nosotros. La Orden de Tánatos es la única que puede atacar con éxito al Apollyon y, por supuesto, un Apollyon puede matar a otro Apollyon.

Empezaba a dolerme la cabeza.

—Y Seth lo sabe, ¿verdad?

—Seth debería saber todo esto.

Exhalé con fuerza.

—Es posible que lo mate.

Apolo arqueó una ceja.

—La humanidad y los Hematoi tienen algo más grande que temer que el asunto de los daimons. Y, por cierto, todo el problema de los daimons es culpa de Dionisio. Él fue el primero en descubrir que el éter podía ser adictivo y tuvo que enseñárselo a alguien. Una vez, Dionisio se drogó tanto que se le apareció a un rey de Inglaterra. ¿Sabes cuántos problemas causó?

Era oficial. Los dioses eran como niños grandes.

—Genial saber eso, pero ¿podemos volver a lo del gran temor?

—El oráculo tenía una profecía sobre tu nacimiento, que uno traería la muerte y el otro sería nuestro salvador.

—Cielos —murmuré—. La abuela Piperi ataca de nuevo.

Apolo ignoró eso.

—Sin embargo, ella no sabía cuál era cuál. Y me picó la curiosidad. Cuando llegó Solaris, no hubo tal profecía. ¿Qué hacía que esta vez fuera tan diferente? Así que os observé a ambos a lo largo de vuestras vidas. No había nada particularmente notable en ninguno de vosotros.

—Estás haciendo maravillas con mi autoestima.

Se encogió de hombros.

—Es solo la verdad, Alexandria.

—¿No le contaste al resto de los dioses lo de Seth y Alexandria? —preguntó Marcus.

—No. Debería haberlo hecho, y mi decisión de no hacerlo no me ha hecho ganar muchos admiradores. —Se cruzó de brazos—. Pero hace tres años, el oráculo predijo tu muerte si te quedabas en el Covenant, lo que llevó a tu madre a marcharse para protegerte, aunque su profecía se cumplió.

Entonces me di cuenta.

—Porque volví al Covenant...

—Y moriste —terminó Aiden, con las manos cerradas en puños—. Dioses.

—El oráculo nunca se equivoca —dijo Apolo—. Te seguí hasta la noche anterior al ataque daimon en Miami. Una vez, creí que me habías sentido. Volvías de la playa y te detuviste justo delante de tu puerta.

Abrí los ojos de par en par.

—Recuerdo haber sentido algo raro, pero... no me di cuenta.

—Si al menos me hubiera quedado por aquí... —Negó con la cabeza—. Cuando supe que el Covenant te buscaba sin descanso, me disfracé de Leon para ver qué estaba pasando. No tenía ni idea de que Lucian conocía tu verdadera identidad.

—Yo nunca se lo conté —dijo Marcus—. Lo supe porque mi hermana me lo confió antes de marcharse. Para entonces, Lucian ya lo sabía.

—Interesante —murmuró Apolo—. Creo que no soy el único dios que anda por aquí.

—¿No lo sabrías si hubiera otros dioses por aquí? —preguntó Aiden.

—No si ellos no quisieran que lo supiese —respondió—. Y podríamos estar entrando y saliendo en momentos distintos. Aunque no sé qué ganaría ningún dios asegurándose de que los dos Apollyons se reunieran.

—¿Alguno de vosotros quiere vengarse? —pregunté.

Apolo se rio.

—¿Cuándo no queremos vengarnos unos de otros? Nos enfadamos constantemente por aburrimiento. No hace falta mucha imaginación para tomárselo demasiado en serio.

—Pero ¿cuál es ese miedo, Apolo? —preguntó Marcus—. ¿Por qué la Orden trataría de eliminar a Alexandria cuando ella no ha hecho nada?

—No es a Alexandria a quien intentan estabilizar.

—Es a Seth —susurré.

Aiden se puso tenso. Sus ojos se volvieron grises como las nubes de tormenta.

—Siempre se trata de Seth.

—Pero él no ha hecho nada —protesté.

—Todavía —replicó Apolo.

—¿Has, no sé, previsto que haga algo?

—No.

—¿Entonces todo esto se basa en una locura de la abuela Piperi? —Me eché el pelo hacia atrás—. ¿Y ya está?

Marcus entrecerró los ojos.

—Suena bastante extremista.

Los ojos de Apolo centellearon.

—No puedes decirme que Seth no está predispuesto al desastre. Ya tiene el ego de un dios, y créeme, lo sé. El tipo de poder que un Asesino de Dioses puede reunir es astronómico e inestable. Ya está sintiendo sus efectos.

—¿Qué quieres decir? —preguntó Aiden.

—¿Alex? —dijo Apolo en voz baja.

Negué con la cabeza. Había momentos en los que cuestionaba la cordura de Seth, e incluso sus intenciones. Luego estaba Jackson. No podía demostrar que había sido él, pero... Sacudí la cabeza.

—No. Él nunca haría algo tan estúpido.

—Qué tierno. —Un segundo después, Apolo estaba frente a mí y a la altura de mis ojos—. Que lo defiendas, aunque sé que no confías del todo en él. Quizá en algún momento lo hiciste, pero ya no.

Abrí la boca, pero la cerré. Bajé la mirada hacia las palmas de mis manos y me mordí el labio. Una vez más, algo hurgó en mi memoria. Tragué saliva.

—Tengo que irme —dijo Apolo en voz baja.

Alcé la vista y lo miré. Apolo me ponía los pelos de punta y me hacía cuestionarme lo genial que era, pero en cierto modo me caía bien.

—¿Volverás?

—Sí, pero ya no puedo ser Leon. Mi tapadera ha saltado por los aires y debo responder por no informar a Zeus de lo que he estado haciendo. Es probable que me castiguen. —Se rio de su propia broma. Me quedé mirándolo—. Soy Apolo, Alexandria. Zeus puede irse a la mierda.

Marcus volvió a poner cara de querer esconderse debajo de la cama.

—Vendré cuando pueda. —Se volvió hacia Marcus—. También veré si puedo localizar a Telly. Ah, intenta hacer que trasladen a Solos Manolis desde Nashville. Es un mestizo de confianza.

—He oído hablar de él —dijo Aiden—. Es bastante... franco.

Apolo sonrió y luego, sin decir ni una palabra más, desapareció de la habitación.

—Bueno, está claro que sabe cómo hacer una salida. —Aiden se levantó mientras sacudía la cabeza.

Marcus y Aiden hicieron planes para ponerse en contacto con ese tal Solos, pero yo escuchaba a medias. Me acurruqué sobre mi costado y pensé en lo que Apolo había dicho sobre Seth. Una parte de mí se negaba en redondo a creer que Seth pudiera ser peligroso, pero si era sincera conmigo misma, no estaba tan segura de ello. Había momentos en los que había demostrado que no sabía qué pasaba por su cabeza o qué esperar de él. Ni siquiera podía entender por qué confiaba tanto en Lucian, el hombre más falso que había conocido.

Ni siquiera me había dado cuenta de que Marcus se había ido hasta que Aiden se sentó y me puso la mano en la mejilla. Me pregunté si notaba lo mucho que me había estado tocando últimamente. Era casi como un movimiento inconsciente. Quizá lo hacía para recordarse a sí mismo que estaba viva…

De repente, la niebla en torno a mis recuerdos se disipó. Me incorporé tan rápido que solté un grito ahogado.

—¿Alex? ¿Estás bien? —Aiden abrió mucho los ojos—. ¿Alex?

Tardé varios segundos en decirlo.

—Recuerdo… Recuerdo lo que pasó cuando morí.

La expresión de su cara me reveló que no esperaba que dijera eso. Deslizó la mano por mi cuello.

—¿Qué quieres decir?

Las lágrimas se atascaron en mi garganta.

—Estaba en el Inframundo, Aiden. Allí había mucha gente esperando para pasar y guardias a caballo. Incluso vi a Caronte y su barca, y su barca es mucho, mucho más grande y bonita. Había una chica llamada Kari que había sido asesinada por unos daimons mientras compraba zapatos y…

—¿Y qué? —preguntó, secándome suavemente una lágrima.

—Dijo que era un oráculo. Que sabía que nos encontraríamos, pero no así. Y vi a Caleb. Pude hablar con él, Aiden. Dioses, parecía tan… feliz. Y juega a la Wii con Perséfone. —Me reí y me limpié la cara—. Sé que parece una locura, pero lo vi. Y me dijo que mi madre estaba allí y que era feliz. Me dijo que un gran dios rubio estaba discutiendo con Hades por mi alma. Debía de referirse a Apolo. Fue real, Aiden. Te lo juro.

—Te creo, Alex. —Me acunó contra su pecho—. Cuéntame lo que pasó. Todo.

Apoyé la mejilla en su hombro y cerré los ojos con fuerza. Le conté todo lo que Caleb me había contado, incluso lo que había dicho sobre Seth. Cuando le pedí a Aiden que me diera el número de Olivia para que pudiera transmitirle su mensaje, negó con la cabeza, con expresión de dolor.

—Sé que quieres decírselo —dijo—, y lo harás, pero ahora mismo, no queremos que mucha gente sepa lo que pasó. No sabemos en quién podemos confiar.

En otras palabras, no era por Olivia por quien debíamos preocuparnos, pero no podíamos correr el riesgo de que las cosas volvieran a repetirse. Odiaba la idea de no decírselo ya, porque era importante, pero ¿cómo podía decírselo sin desvelar lo sucedido? No podía.

—Lo siento, Alex. —Me acarició la espalda—. Pero tiene que esperar.

Asentí.

Una parte de mí dolía más después de darme cuenta de que había estado con Caleb, porque su pérdida volvía a estar fresca. Pero cuando Aiden me abrazó mucho después de que me hubiera calmado, a pesar de todo, las lágrimas que brotaron fueron de alegría. El dolor por la pérdida de Caleb seguía ahí, pero se había atenuado al saber que estaba en paz de verdad, y mi madre también. Y ahora mismo, eso era lo único que importaba.

Capítulo 20

Tenía el corazón acelerado, bombeando sangre a través de mi cuerpo demasiado rápido para alguien que había muerto. Intenté y fracasé en no mirar a Aiden mientras un Guardia llevaba mis maletas a casa de sus padres. Estábamos en mitad de la noche y debería haber tenido frío, pero me sentía acalorada de una forma ridícula. Sobre todo, después de que Deacon nos recibiera en el vestíbulo con una pequeña sonrisa burlona en la cara.

—Este es, probablemente, el lugar más seguro para esconderte hasta que encontremos a Telly y seamos capaces de determinar si aquí hay alguien más vinculado con la Orden. —Marcus dejó caer su brazo sobre mis hombros—. Cuando regrese de Nashville, te quedarás conmigo, o con Lucian, cuando vuelva de Nueva York.

—Hay que mantenerla lo más lejos posible de la casa de Lucian —dijo Apolo, apareciendo de la nada. Varios Guardias retrocedieron, con los ojos muy abiertos y la cara pálida. Apolo les sonrió—. Sugiero que Alexandria no esté en ningún sitio donde esté Seth.

—Tenemos que ponerle una campana —murmuró Aiden.

Apreté los labios para no reírme.

—En realidad —dijo Apolo despacio—. Es probable que aquí sea donde más segura esté.

Deacon sonó como si se atragantara.

Marcus se recuperó más rápido que la última vez.

—¿Has encontrado algo?

—No. —Apolo miró a Deacon con curiosidad antes de que su mirada se posara en Marcus—. Quería hablar contigo en privado.

—Por supuesto. —Marcus se volvió hacia mí—. Volveré dentro de unos días. Por favor, haz caso a lo que te diga Aiden, y… procura no meterte en líos.

—Lo sé. No se me permite salir de su casa a menos que Apolo me lo diga. —Esas fueron las palabras exactas de Marcus. Nadie más podía sacarme de esta casa aparte de Apolo, Aiden o Marcus. Ni siquiera los Guardias de Lucian. Si alguien más lo intentaba, me habían dado permiso para partir caras.

Marcus asintió y se dio la vuelta para marcharse. Cuando pasó por nuestro lado, Apolo se despidió con dos dedos, lo que me pareció extraño viniendo de él. En los últimos dos días, me había acostumbrado a sus apariciones aleatorias. Parecía que disfrutaba asustando a todo el mundo cuando lo hacía.

—¿Estás lista? —preguntó Aiden.

Deacon arqueó una ceja.

—Cállate —dije mientras pasaba junto a él.

—No he dicho nada. —Se dio la vuelta y me siguió—. Vamos a pasarlo genial. Será como una fiesta de pijamas.

¿Una fiesta de pijamas en casa de Aiden? Oh, dioses, las imágenes que se me pasaron por la cabeza hicieron que me sonrojara.

Aiden cerró la puerta tras los demás cuando salieron y fulminó a su hermano con la mirada.

Deacon se balanceó sobre los talones con una sonrisa.

—Para que lo sepas, me aburro muy fácilmente y tú tendrás que ser mi fuente de entretenimiento. Serás como mi bufón personal.

Le di la espalda.

—Bueno, eso no ha tenido ninguna gracia.

Aiden pasó rozándome.

—Lo siento. Seguramente vas a desear haberte quedado en la enfermería.

—Apuesto a que no. —Deacon respondió a mi mirada con una sonrisa pícara—. De todos modos, ¿celebrabas San Valentín cuando vivías con los mortales?

Parpadeé.

—La verdad es que no. ¿Por qué?

Aiden resopló y desapareció en una de las habitaciones.

—Sígueme —dijo Deacon—. Esto te va a encantar. Lo sé.

Lo seguí por un pasillo poco iluminado y con escasa decoración. Pasamos por delante de varias puertas cerradas y por una escalera de caracol. Deacon atravesó un arco y se detuvo, extendiendo la mano a lo largo de la pared. La luz inundó la habitación. Era la típica terraza acristalada, con ventanas que iban del suelo al techo, muebles de mimbre y plantas de colores.

Deacon se detuvo junto a una pequeña maceta situada sobre una mesa baja de cerámica. Parecía un pino en miniatura al que le faltaban varias ramas. La mitad de las hojas estaban esparcidas por la maceta. Una bola roja de Navidad colgaba de la rama más alta, haciendo que el árbol se inclinara hacia la derecha.

—¿Qué te parece? —preguntó Deacon.

—Eh… bueno, es un árbol de Navidad muy diferente, pero no estoy segura de qué tiene que ver esto con el día de San Valentín.

—Es lamentable —dijo Aiden, entrando en la habitación—. A decir verdad, da vergüenza mirarlo. ¿Qué tipo de árbol es, Deacon?

Sonrió.

—Es el Árbol de Navidad de Charlie Brown.

Aiden puso los ojos en blanco.

—Deacon saca esa cosa todos los años. El pino ni siquiera es de verdad. Y lo deja desde Acción de Gracias hasta San Valentín. Que gracias a los dioses es pasado mañana. Eso significa que lo quitará.

Pasé los dedos por las hojas de plástico.

—He visto los dibujos animados.

Deacon roció algo de una lata de aerosol.

—Es mi árbol AFM.

—¿Árbol AFM? —pregunté.

—Árbol de las Festividades Mortales —explicó Deacon, y sonreí—. Cubre las tres festividades principales. En Acción de Gracias se pone una bola marrón, en Navidad una verde y en San Valentín una roja.

—¿Qué pasa con la víspera de Año Nuevo?

Bajó la barbilla.

—¿Eso es una festividad de verdad?

—Los mortales creen que sí. —Me crucé de brazos.

—Pero se equivocan. Año Nuevo es durante el solsticio de verano —dijo Deacon—. Sus cálculos son completamente erróneos, como la mayoría de sus costumbres. Por ejemplo, ¿sabías que el Día de San Valentín en realidad no trataba sobre el amor hasta que Geoffrey Chaucer inventó todo eso del amor cortés en la Edad Media?

—Sois muy raros. —Sonreí a los hermanos.

—Así somos —respondió Aiden—. Vamos, te enseñaré tu habitación.

—Eh, Alex —me llamó Deacon—. Mañana vamos a hacer galletas, ya que es la víspera de San Valentín.

¿Hacer galletas en la víspera de San Valentín? Ni siquiera sabía si existía la víspera de San Valentín. Me reí mientras seguía a Aiden fuera de la habitación.

—Vosotros dos sois polos opuestos.

—¡Yo soy más guay! —gritó Deacon desde la habitación del Árbol de las Festividades Mortales.

Aiden subió por las escaleras.

—A veces pienso que a uno de los dos nos cambiaron al nacer. Ni siquiera nos parecemos.

—Eso no es verdad. —Acaricié con los dedos la guirnalda decorativa que cubría la barandilla de mármol—. Vuestros ojos son iguales.

Sonrió por encima del hombro.

—Casi nunca me quedo aquí. Deacon lo hace de vez en cuando, y a veces se quedan miembros del Consejo cuando vienen de visita. La casa suele estar vacía.

Recordé lo que Deacon había dicho sobre la casa. Quería decir algo, pero no sabía qué, por lo que lo seguí en silencio. En los dos últimos días, Aiden había permanecido a mi lado todo el rato. Igual que antes del incidente de la puñalada, habíamos hablado de cosas estúpidas e insignificantes. Y él no había sido capaz de conseguirme el número de Olivia. Solo tenía acceso al de su madre.

—Deacon se queda en uno de los dormitorios de la planta baja. Yo me quedaré aquí. —Señaló la primera habitación, atrayendo mi atención.

No pude resistir la tentación de ver su habitación. Me asomé al interior. Como en la de la cabaña, solo tenía lo esencial. La ropa estaba perfectamente doblada en una silla junto a la cama de matrimonio. No había ni cuadros ni efectos personales.

—¿Era esta tu habitación cuando eras más pequeño?

—No. —Aiden se apoyó en la pared del pasillo y me miró con los parpados caídos—. Mi habitación era la que ocupa Deacon. Está equipada con todo lo que necesita. Esta era una de las habitaciones de invitados. —Se apartó de la pared—. La tuya está al final del pasillo. Es más bonita.

Me alejé de su habitación. Pasamos por delante de varias puertas cerradas. Una de ellas era doble y tenía una cerradura ornamentada con incrustaciones de titanio. Tuve la sospecha de que esa era la habitación de sus padres.

Aiden abrió una puerta al final del pasillo enmoquetado y encendió la luz. Al pasar junto a él me quedé con la boca abierta. La habitación era enorme y preciosa. Una alfombra de felpa cubría el suelo, unas cortinas gruesas cubrían el ventanal y las maletas con mis cosas estaban apiladas junto a una cómoda. De la pared colgaba un televisor de pantalla plana y la cama era lo bastante grande como para que cupieran cuatro personas. Vi un cuarto de baño con una bañera enorme y se me encogió el corazón.

Al ver mi expresión maravillada, Aiden se echó a reír.

—Me imaginé que te gustaría esta habitación.

Miré dentro del baño y suspiré.

—Quiero casarme con esa bañera. —Me di la vuelta, sonriendo a Aiden—. Esto es como ir a uno de esos hoteles carísimos, pero con la diferencia de que es gratis.

Se encogió de hombros.

—No sé si es así.

—Quizá para ti y para tu riqueza infinita no sea así. —Me acerqué a la ventana y descorrí las cortinas. Tenía vistas al mar. Qué bonito. La luna se reflejaba en las tranquilas aguas de color ónice.

—Ese dinero no es mío. Es de mis padres.

Lo cual hacía que fuese suyo y de Deacon, pero no insistí.

—La casa es muy bonita.

—Algunos días es más bonita que otros.

Sentí cómo las mejillas se me sonrojaban. Apoyé la frente contra la fría ventana.

—¿De quién fue la idea que me quedara aquí?

—Fue idea de todos. Después de… lo que pasó, no podías quedarte en la residencia.

—No puedo quedarme aquí para siempre —dije en voz baja—. Cuando vuelvan a retomar las clases, tendré que estar en la otra isla.

—Ya se nos ocurrirá algo cuando llegue ese momento —dijo—. No te preocupes por eso ahora. Es más de medianoche. Debes de estar cansada.

Dejé caer las cortinas y lo miré. Estaba de pie junto a la puerta, con las manos cerradas en puños.

—No estoy cansada. He estado atrapada en esa habitación de hospital y en esa cama durante una eternidad.

Ladeó la cabeza.

—¿Cómo te encuentras?

—Bien. —Me di unas palmaditas en el estómago—. No estoy rota, ¿sabes?

Aiden se quedó callado un rato y luego sonrió un poco.

—¿Quieres tomar algo?

—¿Estás intentando emborracharme, Aiden? Estoy impactada.

Arqueó una ceja.

—Más bien estaba pensando en chocolate caliente para ti.

Sonreí.

—¿Y para ti?

Se dio la vuelta y salió del dormitorio.

—Algo que ya tengo edad para beber.

Puse los ojos en blanco, pero lo seguí y salí de la habitación. Aiden me preparó chocolate caliente, con pequeños malvaviscos, y él no bebió otra cosa que una botella de agua. Luego me hizo un recorrido rápido por la casa. Era parecida a la de Lucian: suntuosa y grandiosa, con más habitaciones de las que alguien podría necesitar en toda su existencia y bienes personales que seguramente valían más que mi vida. La habitación de Deacon estaba junto a la cocina, y se accedía a ella a través de una puerta de titanio que había bajo las escaleras.

Mientras bebía a sorbos, me reí cuando Aiden intentó enderezar la bola del árbol AFM de Deacon. Recorrí la estancia a la deriva, buscando algún objeto personal. No había ni una sola foto de la familia St. Delphi. Nada que demostrara siquiera que habían existido.

Aiden se detuvo frente a una puerta cerrada, una habitación que no me había enseñado en el minitour.

—¿Qué tal el chocolate?

Sonreí.

—Está perfecto.

Dejó el agua sobre la mesita y se cruzó de brazos.

—He estado pensando mucho en lo que dijo Apolo.

—¿En qué parte de esta locura? —Lo miré por encima del borde de la taza, adorando la forma en que sonreía en respuesta a las estupideces que salían de mi boca. Decidí que aquello tenía que ser amor verdadero.

—No deberías quedarte en casa de Lucian cuando vuelva.

Bajé la taza.

—¿Por qué?

—Apolo tiene razón sobre Seth. Estás en peligro por su culpa. Cuanto más lejos estés de él, más segura estarás.

—Aiden...

—Sé que te preocupas por él, pero sospechas que Seth no ha sido sincero contigo. —Aiden avanzó y se dejó caer en una silla. Bajó la mirada y unas pesadas pestañas le abanicaron las mejillas—. No deberías estar cerca de él, no cuando puede entrar y salir de la casa de Lucian.

Aiden tenía razón. Se lo reconocía, pero dudaba seriamente de que esa fuera la única razón.

—¿Y te sientes así por lo que dijo Apolo?

—No. Es más que eso.

—¿No te gusta Seth? —pregunté de forma inocente, dejando mi taza en la mesa.

Mostró los dientes.

—Aparte de eso no ha sido sincero en muchas cosas, Alex. Mintió sobre cómo se creaba un Apollyon, sobre la Orden, y es muy probable que... haya hecho que esas marcas aparezcan a propósito.

—Vale, ¿aparte de todas esas razones...?

Levantó la vista para mirarme.

—Bueno, no me gusta que te conformes con él.

Puse los ojos en blanco.

—Odio cuando dices eso.

—Es la verdad —dijo sin más.

La irritación empezó a arderme bajo la piel.

—No es verdad. No me conformo con Seth.

—Entonces, deja que te haga una pregunta. —Aiden se inclinó hacia delante—. Si pudieras tener... a quien quisieras, ¿estarías con Seth?

Me quedé mirándolo, algo sorprendida de que me hiciera esa pregunta. Y la verdad era que no era una pregunta justa. ¿Qué podía responder?

—Exacto. —Se sentó, sonriendo con suficiencia.

Una emoción feroz me invadió.

—¿Por qué no puedes admitirlo?

—¿Admitir el qué?

—Que tienes celos de Seth. —Era una de esas veces que necesitaba callarme, pero no podía. Estaba enfadada y emocionada, todo a la vez—. Estás celoso del hecho de que puedo estar con Seth si quiero.

Aiden sonrió burlón.

—Ahí lo tienes. Tú misma acabas de decirlo. Estarías con Seth si quisieras. Es obvio que no quieres, así que ¿por qué estás con él? Te estás conformando.

—¡Uf! —Cerré los puños y me entraron ganas de ponerme a pisotear—. Eres la persona más irritante que conozco. Vale. Lo que tú digas. No tienes celos de Seth o del hecho de que haya estado durmiendo en mi cama durante los últimos dos meses, porque por supuesto que no has deseado ser tú, para nada.

Algo peligroso se encendió en sus ojos plateados.

Con las mejillas encendidas, me dieron ganas de abofetearme. ¿Por qué había dicho eso? ¿Para cabrearlo o para quedar como una bruja total? Había conseguido un poco de ambas cosas.

—Alex —dijo, con una voz baja y en apariencia suave.

—Olvídalo. —Fui a pasar por su lado, pero levantó la mano tan rápido como una serpiente. Un segundo estaba caminando y al siguiente estaba en su regazo, a horcajadas sobre él. Con los ojos muy abiertos y el corazón a mil por hora, lo miré fijamente.

—Vale —dijo agarrándome por los brazos—. Tienes razón. Estoy celoso de ese gamberro. ¿Contenta?

En lugar de disfrutar de la gloria de que admitiera que tenía razón, puse las manos sobre sus hombros y disfruté de algo muy diferente.

—Yo… siempre olvido lo rápido que puedes moverte cuando quieres.

Una sonrisa, pequeña y extraña, se dibujó en sus labios.

—Aún no has visto nada, Alex.

Mi pulso entró en parada cardiaca. Había terminado de discutir, de hablar en general. Tenía otras cosas en la cabeza. Y sabía que él estaba pensando en lo mismo. Bajó las manos por mis brazos hasta llegar a mis caderas. Tiró de mí hacia él y la parte más suave de mi cuerpo se apretó contra su dureza.

Nuestras bocas no se tocaban, pero el resto de nuestros cuerpos sí. Ninguno de los dos se movió. Había algo primitivo en la mirada de Aiden, algo totalmente posesivo. Me estremecí, en el buen sentido del término. Solo podía pensar en lo bien que me sentía con su cuerpo apretado contra el mío.

Le acaricié el rostro y luego le pasé los dedos por el pelo, asombrada de que la intensidad de lo que sentía fuera más fuerte que cualquier vínculo con Seth. Me invadieron sensaciones deliciosas cuando sus manos me apretaron las caderas y, cuando se balanceó contra mí, el temblor de sus manos y la fuerza con que su cuerpo se retorcía me deshicieron.

—Hay algo que tengo que decirte —susurró, y sus ojos buscaron los míos—. Que debería haberte dicho...

—Ahora no. —Las palabras arruinaban las cosas. Traían la lógica y la realidad al juego. Bajé mi boca hasta la suya.

Fuera de la habitación se encendió una luz en el pasillo.

Salté lejos de Aiden como si se hubiera prendido fuego. A varios metros de distancia, luché por recuperar la compostura mientras mis ojos se fijaban en los de Aiden. Se levantó del sillón, con el pecho subiendo y bajando con violencia. Hubo un segundo en el que pensé que iba a decir que al diablo con todo y tiraría de mí hacia sus brazos otra vez, pero el sonido de unos pasos que se acercaban lo hizo entrar en razón. Cerró los ojos, inclinó la cabeza hacia atrás y exhaló con fuerza.

Sin decir una palabra, me di la vuelta y salí de la habitación. En el pasillo, me crucé con un Deacon somnoliento y confuso.

—Tengo sed —dijo frotándose los ojos.

Murmurando algo parecido a «buenas noches», hui escaleras arriba. Una vez dentro de la habitación me desplomé sobre la cama y me quedé mirando el techo abovedado.

Las cosas entre nosotros no estaban destinadas a pasar. ¿Cuántas veces nos habían interrumpido? No importaba lo fuerte que fuera nuestra conexión, nuestra atracción. Algo siempre se interponía en el camino.

Completamente vestida, me acosté de lado y me hice un ovillo. Quería darles una patada a todos los que pensaban que quedarme con Aiden era una buena idea. Ya teníamos, *tenía*, suficientes problemas en este momento sin lanzarme a sus brazos.

No era que me hubiese lanzado a sus brazos esta vez... o la anterior. *Oh, mierda...*

Me metí la mano bajo la camiseta y palpé la cicatriz que tenía bajo la caja torácica. El acto sirvió como un doloroso recordatorio de que mis problemas amorosos (o la falta de ellos) no eran mi mayor preocupación.

CAPÍTULO 21

Lo primero que hice cuando me desperté fue bañarme en la bañera de lujo. Me quedé dentro hasta que se me empezó a arrugar la piel, e incluso entonces me costó salir de ella.

Este baño era el paraíso.

Después, bajé las escaleras y encontré a Deacon tirado en el sofá de la sala de recreo. Le aparté las piernas y me senté. Estaba viendo capítulos repetidos de *Sobrenatural*.

—Buena elección —comenté—. Son dos hermanos que me gustaría conocer en la vida real.

—Verdad. —Deacon se apartó los rizos salvajes de los ojos—. Es lo que veo cuando no estoy en clase o finjo estar en clase.

Sonreí.

—Aiden te mataría si supiera que te saltas las clases.

Levantó las piernas y las dejó caer sobre mi regazo.

—Lo sé. He dejado de saltarme tantas clases.

También había dejado de beber. Lo miré. Tal vez Luke era una buena influencia para él.

—¿Vas a hacer algo especial por San Valentín? —le pregunté.

Frunció los labios.

—¿Por qué me preguntas eso, Alex? No celebramos el Día de San Valentín.

—Pero tú sí. No tendrías ese... árbol si no lo hicieras.

—¿Sí? —preguntó y sus ojos grises bailaron—. Juraría que vi a Aiden en una joyería...

—¡Cállate! —Lo golpeé en el estómago con un cojín—. Deja de decir esas cosas. No hay nada.

Deacon sonrió y vimos el resto de los programas que había grabado. No fue hasta por la tarde que me atreví a preguntar dónde estaba Aiden.

—La última vez que lo comprobé estaba afuera con los Guardias.

—Oh.

Una parte de mí se alegró de que Aiden estuviera haciendo de canguro fuera. Me ardieron las mejillas solo de pensar en nosotros en la silla la noche anterior.

—Así que estuvisteis despiertos hasta muy tarde —dijo Deacon.

Me mantuve impasible.

—Me estaba enseñando la casa.

—¿Eso era lo único que te estaba enseñando?

Sorprendida, me reí y me giré hacia él.

—¡Sí! Deacon, por favor.

—¿Qué? —Se sentó y apartó las piernas de mi regazo—. Solo era una pregunta inocente.

—Lo que tú digas. —Lo vi levantarse—. ¿A dónde vas?

—A las residencias. Luke todavía está allí. Eres más que bienvenida a venir, pero dudo que Aiden te deje salir de esta casa.

Los puros y los mestizos podían ser amigos de vez en cuando, sobre todo cuando iban juntos a la escuela, y muchos de ellos lo eran, aunque no tanto desde los ataques de los daimons a principios de curso. Últimamente, Zarak no había organizado ninguna de sus fiestas multitudinarias. Pero que un mestizo estuviese en casa de un puro suscitaría preguntas.

—¿Qué vais a hacer? —pregunté.

Deacon me guiñó un ojo mientras salía de la habitación.

—Oh, estoy seguro que lo mismo que tú y mi hermano estabais haciendo anoche. Ya sabes, me va a enseñar la residencia.

Al cabo de unas horas, Deacon regresó y Aiden por fin volvió adentro. Evitó mi mirada y se fue arriba directamente. Deacon se encogió de hombros y me engatusó para que hiciera galletas con él.

Cuando Aiden bajó por fin, se quedó en la cocina mientras Deacon y yo hacíamos galletas. Iba vestido con vaqueros y una camiseta de manga larga; me quedé embobada mirándolo hasta el punto de que Deacon me dio un codazo en el costado. Cuando Aiden se soltó, bromeó con su hermano. De vez en cuando nuestras miradas se cruzaban y la electricidad bailaba sobre mi piel.

Después de comernos nuestro peso en masa de galletas cruda, acabamos en el salón, hundiéndonos en sofás más grandes que las camas de la mayoría de la gente. Deacon se pasó cuatro horas seguidas con el mando de la televisión antes de irse a la cama y Aiden salió a ver a los Guardias; no tenía ni idea de por qué. Vagué por la casa. ¿De qué había querido hablar Aiden antes de que le dijera que dejara de hablar? ¿Estaba dispuesto a hablar, como había insinuado cuando yo aún estaba en la enfermería? Inquieta, me encontré en la sala del árbol AFM.

Le di un golpecito a la bola y sonreí mientras se balanceaba de un lado a otro. Deacon era estrambótico. ¿Quién tenía un Árbol de las Festividades Mortales? Qué cosa más rara.

Era tarde y debería haber estado en la cama, pero la idea de irme a dormir no me atraía. Me sentía inquieta y di vueltas por el lugar hasta que me detuve frente a la habitación a la que no habíamos entrado mientras Aiden me mostraba la casa. Con curiosidad, y sin nada mejor que hacer, intenté girar el picaporte y vi que estaba abierta. Mirando por encima del hombro, empujé la puerta y entré con sigilo en el interior de la habitación poco iluminada. Enseguida me di cuenta de por qué Aiden no había incluido esta habitación en el tour.

La habitación circular estaba repleta de objetos personales. Fotografías de Aiden en las paredes que relataban su infancia. Había fotografías de Deacon cuando era un niño precoz, con la cabeza llena de rizos rubios y mejillas regordetas que dejaban entrever rasgos delicados.

Me detuve frente a una de Aiden y sentí que se me oprimía el pecho. Debía de tener seis o siete años. Los rizos oscuros le caían sobre la cara en lugar de las ondas más deshechas que tenía ahora. Era adorable, todo ojos grises y labios. Había una foto suya con Deacon. Aiden tendría unos diez años y tenía un brazo larguirucho sobre los hombros de su hermano pequeño. La cámara había captado a los dos riéndose.

Me desplacé alrededor de un sofá mullido y levanté despacio el marco de titanio que había sobre la repisa de la chimenea. Me quedé sin aliento.

Era su padre; su madre y su padre.

Estaban detrás de Deacon y Aiden, con las manos sobre los hombros de los chicos. Detrás de ellos el cielo era de un azul brillante. Era fácil saber qué hijo se parecía a qué padre. Su madre tenía el pelo del color de la barba de maíz, que le caía sobre los hombros en rizos flexibles. Era hermosa, como todas las puras, con rasgos delicados y unos ojos azules risueños. Sin embargo, era impresionante lo mucho que Aiden se parecía a su padre. Desde el pelo casi negro a los penetrantes ojos plateados, era una réplica exacta.

No era justo que se hubiesen llevado a sus padres tan jóvenes, privándolos de ver crecer a sus hijos. Aiden y Deacon habían perdido mucho.

Pasé el pulgar por el borde del marco. ¿Por qué Aiden había encerrado todos esos recuerdos? ¿Alguna vez había entrado aquí? Eché un vistazo a la habitación y vi una guitarra junto a una pila de libros y cómics. Me di cuenta de que esta era su habitación. Un lugar en el que pensaba que estaba bien recordar a sus padres y, tal vez, simplemente evadirse.

Volví a prestar atención a la foto e intenté imaginarme a mi madre y a mi padre. Si a los puros y a los mestizos se les hubiera permitido estar juntos, ¿habríamos tenido momentos como estos? Cerré los ojos e intenté imaginarnos a los tres. No era difícil recordar a mi madre. Pude verla antes de que se transformara, pero mi padre tenía la marca de la esclavitud en la frente; hiciera lo que hiciera, no desaparecía.

—No deberías estar aquí.

Me sobresalté y me di la vuelta, sujetando el marco contra mi pecho. Aiden estaba en la puerta, con los brazos extendidos a los lados. Cruzó la habitación y se detuvo frente a mí. Las sombras ocultaban su expresión.

—¿Qué haces? —me preguntó.

—Solo tenía curiosidad. La puerta no estaba cerrada. —Tragué saliva, nerviosa—. No llevo aquí mucho rato.

Bajó la mirada y se puso tenso. Me quitó la fotografía de las manos y la volvió a dejar sobre la repisa. Sin hablar, se inclinó y puso las manos sobre la leña. El fuego prendió y creció de inmediato. Agarró un atizador.

Avergonzada y dolida por su repentina frialdad, retrocedí.

—Lo siento —susurré.

Se acercó al fuego, con la columna rígida.

—Me iré. —Me giré, y de repente lo tuve delante. El corazón me dio un vuelco.

Me agarró del brazo.

—No te vayas.

Busqué sus ojos con interés, pero no pude deducir nada en ellos.

—Vale.

Aiden respiró hondo y me soltó el brazo.

—¿Quieres beber algo?

Abrazándome los codos, asentí. Esta habitación era su santuario, un monumento silencioso a la familia que había perdido, y yo lo había invadido. Dudaba que Deacon se atreviera a entrar aquí. Y yo había irrumpido sin permiso.

Detrás de la barra, Aiden sacó dos copas de vino y las apoyó. Llenó las copas y me miró.

—¿Vino está bien?

—Sí. —Tenía la garganta seca y cerrada—. De verdad que lo siento, Aiden. No debería haber entrado aquí.

—Deja de disculparte. —Rodeó la barra y me tendió una copa.

La acepté, con la esperanza de que no se diera cuenta de cómo me temblaban los dedos. El vino era dulce y suave, pero no me sentaba bien en el estómago.

—No pretendía hablarte así —dijo, acercándose al fuego—. Es que me ha sorprendido verte aquí.

—Es… una habitación bonita. —Me sentí como una idiota al decir eso.

Sus labios se inclinaron en las comisuras.

—Aiden…

Me miró fijamente durante tanto tiempo que pensé que nunca iba a hablar, y cuando lo hizo no fue como yo esperaba.

—Después de lo que te pasó en Gatlinburg, me recordó cómo había sido para mí... después de lo que les pasó a mis padres. Tuve pesadillas. Pude oír... sus gritos una y otra vez durante lo que me parecieron años. Nunca te lo conté. Tal vez debería haberlo hecho. Podría haberte ayudado.

Me senté en el borde del sofá, aferrándome al frágil tallo de la copa.

Aiden miró hacia el fuego y tomó un sorbo de vino.

—¿Recuerdas el día en el gimnasio cuando me hablaste de tus pesadillas? Se me quedó grabado: el miedo que le tenías a Eric y a su regreso —continuó—. Lo único en lo que pensaba era en: ¿y si uno de los daimons hubiera escapado del ataque a mis padres? ¿Cómo habría seguido adelante?

Eric era el único daimon que había escapado de Gatlinburg. No había dejado de pensar en él, pero oír su nombre me formó un nudo en el estómago. La mitad de las marcas que tenía en el cuerpo eran gracias a él.

—Pensé que sacarte de allí, llevarte al zoo, te ayudaría a despejar la mente, pero tenía... Tenía que hacer algo más. Contacté con algunos de los Centinelas de por aquí. Sabía que Eric no habría ido muy lejos, no después de descubrir lo que eras y haber probado tu éter —dijo—. Basándome en Caleb y en tu descripción, no fue difícil encontrarlo. Estaba a las afueras de Raleigh.

—¿Qué? —El nudo aumentó—. Raleigh está a menos de 160 kilómetros de aquí.

Asintió con la cabeza.

—En cuanto me confirmaron que era él, me marché. Leon, Apolo, vino conmigo.

Al principio no podía imaginarme cuándo pudo haber hecho aquello, pero luego recordé aquellas semanas después de que le dijera que lo amaba y él terminara con nuestras sesiones de entrenamiento. Aiden había tenido tiempo de hacer algo así sin que yo lo supiera.

—¿Qué pasó?

—Lo encontramos. —Sonrió sin humor antes de volverse hacia el fuego—. No lo maté en el acto. No sé qué dice eso de mí. Al final, creo que se arrepintió de saber de tu existencia.

No sabía qué decir. Una parte de mí estaba intimidada por el hecho de que hubiera hecho tanto por mí. La otra parte estaba un poco horrorizada. Debajo de la personalidad tranquila y controlada que Aiden llevaba como una segunda piel había algo oscuro, un lado de él que yo apenas había vislumbrado. Me quedé mirando su perfil, y de repente fui consciente de que no había sido justa con Aiden. Lo había colocado en un pedestal altísimo en el que, en mi cabeza, era perfecto.

Aiden no era perfecto.

Bebí un sorbo de vino.

—¿Por qué no me lo dijiste?

—Entonces no nos hablábamos, ¿cómo iba a decírtelo? —Se rio con amargura—. No fue como una caza daimon normal. No fue una matanza precisa y humana como las que nos enseñan.

Básicamente, el Covenant nos enseñaba a no jugar con la muerte, por así decirlo. Que, aunque el daimon ya no tenía salvación, una vez fue un sangre pura... o un mestizo. Aun así, por muy perturbador que fuera saber que Aiden seguramente había torturado a Eric, no me disgustó.

Los dioses sabrían lo que eso decía de mí.

—Gracias —dije al final.

Inclinó la cabeza hacia mí de golpe.

—No me des las gracias por algo así. No lo hice solo...

—No lo hiciste solo por mí. Lo hiciste por lo que le pasó a tu familia. —Y supe que estaba en lo cierto. No era tanto por lo que había hecho por mí. Era su forma de vengarse. No estaba bien, pero lo entendía. Y en su lugar, seguramente yo habría hecho lo mismo, e incluso más.

Aiden se quedó quieto. Las llamas proyectaban un cálido resplandor sobre su perfil mientras miraba su vaso.

—Estábamos visitando a unos amigos de mi padre en Nashville. No los conocía muy bien, pero tenían una hija más o menos de mi edad. Creía que estábamos de vacaciones antes de empezar el colegio, pero en cuanto llegamos, mi madre prácticamente me empujó en su dirección. Era pequeñita, con el pelo rubio claro y los ojos verdes. —Respiró hondo y apretó con fuerza el frágil tallo del vaso—. Se llamaba Helen. Echando la vista atrás, sé por qué mis padres dispusieron que pasara tanto tiempo con ella, pero por alguna razón, no lo entendí.

Tragué saliva.

—¿Era la persona que habían elegido para ti?

Esbozó una sonrisa de pesar.

—La verdad es que no quería tener nada que ver con ella. Pasé la mayor parte del tiempo siguiendo a los Guardias mestizos mientras entrenaban. Mi madre estaba muy enfadada conmigo, pero recuerdo a mi padre riéndose de ello. Diciéndole que me diera tiempo y que dejara que la naturaleza siguiera su curso. Que seguía siendo un niño y que los hombres que luchaban me interesaban más que las chicas guapas.

Se me formó un nudo en el pecho. Me senté y olvidé la copa de vino.

—Era de noche cuando aparecieron. —Sus pestañas gruesas le abanicaban las mejillas mientras bajaba la mirada—. Oí la pelea fuera. Me levanté y miré por la ventana.

No se veía nada, pero lo supe. Hubo un estruendo abajo y desperté a Deacon. No entendía lo que pasaba ni por qué lo obligué a esconderse en el armario y cubrirse con ropa.

—Después de eso, todo pasó muy deprisa. —Bebió un buen trago de vino y dejó la copa en la repisa—. Solo eran dos daimons, pero controlaban el fuego. Acabaron con tres de los Guardias, quemándolos vivos.

Quería que parara, porque sabía lo que iba a pasar, pero él tenía que sacar aquello de su interior. Dudaba que alguna vez hubiera puesto esa noche en palabras, y yo necesitaba lidiar con ello.

—Mi padre les estaba devolviendo el elemento, o al menos lo intentaba. Los Guardias caían a diestro y siniestro. Helen se despertó por la conmoción y yo intenté que se quedara arriba, pero vio cómo uno de los daimons atacaba a su padre y lo degollaba delante de ella. Gritó… Jamás olvidaré ese sonido. —Una mirada distante se dibujó en su rostro mientras continuaba, casi como si estuviera allí—. Mi padre se aseguró de que mi madre subiera las escaleras, pero entonces ya no pude verlo. Lo oí gritar y yo —sacudió la cabeza— me quedé allí de pie. Aterrorizado.

—Aiden, no eras más que un niño.

Asintió, ausente.

—Mi madre me gritó que buscara a Deacon y lo sacara de la casa con Helen. No quería dejarla, así que empecé a bajar las escaleras. El daimon apareció de la nada y la agarró por el cuello. Me estaba mirando cuando se lo rompió. Sus ojos… brillaban. Y Helen… Helen no paraba de gritar. No paraba. Sabía que iba a matarla a ella también. Empecé a correr escaleras arriba y la agarré de la mano. Era presa del pánico y luchaba contra mí. Nos retrasó. El daimon nos alcanzó y agarró primero a Helen. Ardió en llamas. Así de simple.

Jadeé. Las lágrimas me quemaron los ojos. Esto era más horrible de lo que había imaginado, y me recordó al niño que el daimon había calcinado en Atlanta.

Aiden se volvió hacia el fuego.

—Después, el daimon fue a por mí. No sé por qué no me sometió al fuego y me tiró al suelo, pero sabía que iba a drenarme el éter. Entonces, apareció un Guardia que había ardido en el piso de abajo. De alguna manera, a pesar de lo que tuvo que ser la peor clase de dolor, subió las escaleras y mató al daimon.

Me miró y no había dolor en su expresión. Tal vez pena y arrepentimiento, también había algo de asombro.

—Era un mestizo. Uno de los que había estado siguiendo. Seguramente tenía la edad que tengo ahora, y a pesar de todo ese horrible dolor, cumplió con su deber. Nos salvó la vida a Deacon y a mí. Unos días después, supe que había fallecido por las quemaduras. Nunca pude darle las gracias.

Su tolerancia hacia los mestizos tenía sentido. Las acciones de un Guardia habían cambiado siglos de creencias en un niño pequeño, convirtiendo el prejuicio en admiración. No era de extrañar que Aiden nunca viera la diferencia entre mestizos y puros.

Aiden se acercó a mí y se sentó. Me miró fijamente.

—Por eso elegí convertirme en Centinela. No tanto por lo que les pasó a mis padres, sino por ese mestizo que murió para salvar mi vida y la de mi hermano.

No sabía qué decir ni si podía hacer algo. Así que le puse la mano en el brazo mientras parpadeaba para contener las lágrimas.

Él colocó su mano sobre la mía y apartó la mirada. Un músculo se tensó en su mandíbula.

—Dioses, creo que nunca he hablado con nadie de esa noche.

—¿Ni siquiera con Deacon?

Aiden negó con la cabeza.

—Me siento... halagada de que compartas esto conmigo. Sé que es mucho. —Le apreté el brazo—. Es solo que desearía que nunca hubieras tenido que pasar por eso. No fue justo para ninguno de vosotros.

Pasaron varios segundos antes de que contestara.

—Hice justicia por lo que esos daimons me hicieron. Sé que es diferente a lo que tú sufriste, pero quería darte esa justicia. Ojalá te lo hubiera dicho antes.

—Entonces estaban pasando muchas cosas —dije—. No habíamos hablado, y luego murió Caleb. Mi corazón no se estremeció tanto como solía hacer al nombrarlo—. Entiendo lo que pasó con Eric.

Sonrió un poco.

—Fue un acto reflejo.

—Sí. —Busqué algo para distraernos de todo. Ambos lo necesitábamos. Mi mirada se posó en la guitarra acústica apoyada contra la pared—. Toca algo para mí.

Se levantó y agarró la guitarra con reverencia. Volvió al sofá y se sentó en el suelo frente a mí. Inclinó la cabeza hacia abajo y le cayeron mechones de pelo mientras toqueteaba los botones del clavijero. Sus dedos largos arrancaron una púa de las cuerdas tensadas.

Levantó la cabeza y esbozó una media sonrisa.

—Traicionera —murmuró—. Sabías que no te lo negaría.

Me tumbé de lado. Rara vez me dolía el estómago, pero me había acostumbrado a ser cuidadosa.

—Ya lo sabes.

Aiden se rio mientras pulsaba las cuerdas suavemente con los dedos. Tras ajustar el tono durante unos segundos más, empezó a tocar. La canción era tan inquietante como suave, con un tono agudo durante unos cuantos versos, y luego sus dedos se deslizaron por los acordes. Mis sospechas se confirmaron. Aiden sabía tocar. No hubo ni un desliz ni un titubeo.

Me fascinó.

Apoyé la cabeza en el cojín, me acurruqué y cerré los ojos, dejando que la melodía que llenaba la habitación me invadiera. Lo que fuera que estuviera tocando con la guitarra era relajante, como la nana perfecta. Sonreí. Me lo imaginaba sentado frente a un bar abarrotado, tocando melodías que hechizaban a todos los presentes.

Cuando terminó la canción, abrí los ojos. Me miraba fijamente, con unos ojos tan suaves y profundos que no quise apartar la mirada.

—Ha sido precioso.

Aiden se encogió de hombros y colocó con delicadeza la guitarra a su lado. Levantó la mano y me quitó con cuidado la copa de vino que apenas había tocado. Sus ojos me observaron mientras bebía un sorbo y luego también dejó la copa a un lado. Podrían haber pasado minutos mientras nos mirábamos, ninguno de los dos habló.

No sabía qué me pasaba, pero estiré la mano y se la puse en el pecho, junto al corazón. Bajo mi mano derecha, había algo duro y con forma de lágrima metido debajo de su camisa. Había palpado el collar antes y nunca le había prestado mucha atención, pero ahora había algo... familiar en él.

Lancé un fuerte grito ahogado cuando la comprensión se disparó a través de mí. Aiden me devolvió la mirada, tenía los ojos increíblemente brillantes. Un escalofrío me recorrió la espina dorsal, extendiéndose por mi piel a una velocidad vertiginosa. Estiré la mano y deslicé los dedos bajo la fina cadena.

—Alex —ordenó Aiden. En realidad, era una súplica. Tenía la voz grave, ronca—. Alex, por favor...

Dudé un instante, pero tenía que comprobarlo. Tenía que hacerlo. Con cuidado, tiré de la cadena. Me quedé sin aliento cuando levanté la cadena hasta sacarla por completo de debajo de su camiseta.

De la cadena de plata colgaba la púa de guitarra negra que le había regalado por su cumpleaños. El día que se la di, me dijo que no me quería. Pero esto... *esto* tenía que significar algo, y se me hinchó el corazón, corriendo el riesgo de estallar.

Sin palabras, pasé el pulgar por la piedra pulida. Había un pequeño agujero en la parte superior, por donde pasaba la cadena.

Aiden puso su mano sobre la mía y me apretó los dedos alrededor de la púa de guitarra.

—Alex...

Cuando mis ojos se encontraron con los suyos, hubo un nivel brutal de vulnerabilidad en su mirada, una sensación de impotencia que yo compartía. Me entraron ganas de llorar.

—*Lo sé* —Y lo supe. Aunque nunca dijera esas palabras, aunque se negara a pronunciarlas, yo seguiría sabiéndolo.

Separó los labios.

—Supongo que no podía seguir engañándote durante más tiempo.

Cerré los ojos con fuerza, pero se me escapó una lágrima, que se deslizó por mi mejilla.

—No llores. —Atrapó la lágrima con el dedo mientras apretaba su frente contra la mía—. Por favor. Odio que llores por mi culpa.

—Lo siento. No quería ser una llorona. —Me limpié las mejillas, sintiéndome una tonta—. Es que... nunca me di cuenta.

Aiden me agarró la cara y me dio un suave beso en la frente.

—Quería tener una parte de ti conmigo, siempre. Pasase lo que pasase.

Me estremecí.

—Pero yo no… No tengo nada de ti.

—Sí que lo tienes. —Aiden me rozó la mejilla húmeda con los labios. Una suave sonrisa llenó su voz—. Tendrás una parte de mi corazón, todo, en realidad. Para siempre. Aunque tu corazón pertenezca a otra persona.

Mi corazón dio un vuelco, pero me calmé.

—¿Qué quieres decir?

Dejó caer las manos y se echó hacia atrás.

—Sé que él te importa.

Seth me importaba. Pero él no era mi corazón. Cuando Aiden estaba allí, delante de mí, la conexión entre nosotros era apenas más que una profecía. Mi verdadero destino era algo real, y no una ilusión. Las profecías eran meros sueños; Aiden era mi realidad.

—No es lo mismo —susurré—. Nunca lo ha sido. Tú tienes mi corazón… y yo solo quiero compartir mi corazón contigo.

Los ojos de Aiden volvieron a ser de plata líquida. Lo vi antes de que bajara la mirada. Pasaron unos minutos antes de que sus ojos parpadearan, encontrándose con los míos. Parecía estar librando algún tipo de batalla interna. Cuando habló, no estaba segura de si había ganado o perdido.

—Deberíamos irnos a la cama.

Una descarga eléctrica me recorrió, enrojeciéndome la piel. Pero, *un momento*, ¿estaba sugiriendo que nos fuéramos a la cama juntos o que nos fuéramos a la cama por separado? La verdad era que no tenía ni idea, estaba demasiado asustada para tener esperanzas, y por extraño que resultase, me atemorizaba la idea. Era como si me estuvieran ofreciendo lo que había esperado tanto tiempo y de repente no tuviese ni idea de qué hacer con ello.

O de cómo hacerlo.

Frunció los labios y se levantó. Me agarró las manos indefensas y me puso en pie.

Sentía las piernas débiles.

—Vete a la cama —me dijo.

—¿Tú también vienes?

Aiden asintió.

—Subiré en un rato.

No podía respirar.

—Ve —me instó.

Y fui.

Capítulo 22

Estaba segura de que iba a darme un infarto. Rara vez nos asolaban enfermedades mortales, pero como ya estaba resfriada, pensé que nada era imposible.

Seguía sin poder respirar.

Me lavé los dientes y me desenredé el pelo. Me quedé mirando la cama obscenamente grande en medio de la habitación. No sabía qué ponerme. ¿O no debía ponerme nada? Dios mío, ¿en qué estaba pensando? No era como si hubiera dicho que iba a subir para acostarse conmigo. Y si no era así y me veía desnuda en la cama, sería muy incómodo. Tal vez lo único que quería era pasar más tiempo conmigo. Dejando a un lado el tema de Seth, aún quedaba la cuestión de que no podíamos estar juntos.

Pero tenía la púa. Había tenido la púa sobre el corazón todo este tiempo.

Me puse una camiseta de tirantes y unos pantalones cortos de dormir y me dirigí a la cama. Luego me miré los brazos. A la luz de la luna que entraba por la ventana, aún podía ver la piel irregular y desigual. No quería que Aiden viese aquello. Así que me cambié deprisa y me puse una camiseta fina de manga larga. No me quité los pantalones. Luego me metí en la cama, me subí las mantas hasta la barbilla y esperé.

Unos minutos después, llamaron a la puerta.

—Pasa. —Me estremecí al oír mi voz entrecortada.

Aiden entró y cerró la puerta tras él. También se había cambiado, llevaba un par de pantalones de dormir oscuros y una camiseta de tirantes gris que mostraba unos brazos musculosos. Tragué saliva, nerviosa, y le pedí a mi corazón que se calmara antes de perder el control.

Me miró y se quedó de pie. La habitación estaba demasiado ensombrecida para que pudiera ver su expresión, y ojalá hubiera podido, porque entonces habría intentado averiguar qué era lo que pasaba por su cabeza. Sin mediar palabra, se acercó a las ventanas y bajó las persianas. La habitación quedó a oscuras y mis dedos se hundieron en el edredón. Lo oí caminar por la habitación y entonces apareció un suave resplandor. Aiden acercó una vela a la cama y la dejó sobre una mesita. Me miró, con una expresión suavizada por la luz de la vela. Sonrió.

Empecé a relajarme y la colcha se desprendió de mis dedos.

Con cuidado, apartó las colchas de un lado y se metió en la cama, sin dejar de mirarme a los ojos.

—¿Alex?

—¿Sí?

Seguía sonriendo.

—Relájate. Solo quiero estar aquí contigo… si te parece bien.

—Me parece bien —susurré.

—Bien, porque la verdad es que no quiero estar en ningún otro sitio.

El calor que me inundó el pecho podría haberme hecho flotar hasta las estrellas. Lo vi tumbarse a mi lado. Miré hacia la puerta cerrada, aunque sabía que Deacon no estaba cerca. Y no era como si él no sospechara ya algo. O como si le importara. Me mordí el labio y me atreví a mirar a Aiden.

Tenía la barbilla erguida y los ojos plateados, brillantes e intensos. No podía apartar la mirada.

Aiden respiró con dificultad y levantó el brazo que tenía más cerca de mí.

—¿Vienes?

Con el corazón a mil por hora, me acerqué hasta que mi pierna rozó la suya. Subió el brazo y me rodeó la cintura. Me guio hasta que quedé acurrucada contra él, con la mejilla apoyada en su pecho.

Podía sentir su corazón latiendo tan rápido como el mío. Permanecimos un rato en silencio y, en esos minutos, fue como estar en el paraíso. El simple placer de estar a su lado era tan agradable que no podía estar mal.

Aiden me pasó el otro brazo por encima y me acarició la mejilla con la mano. Su pulgar se deslizó por mi mandíbula.

—Siento lo de aquel día en el gimnasio. Por cómo te hablé, por cuánto daño te hice. Pensaba que estaba haciendo lo correcto.

—Lo entiendo, Aiden. No pasa nada.

—Sí que pasa. Te hice daño. Sé que te lo hice. Quiero que sepas por qué —dijo—. Cuando me dijiste lo que sentías, en el zoo… aquello… acabó con mi autocontrol. —*No lo parecía*, pensé mientras continuaba—. Sabía que ya no podía estar cerca de ti, porque sabía que te tocaría y no pararía.

Me levanté, lo miré fijamente y abrí la boca para decir algo que probablemente habría arruinado el momento, pero ni siquiera tuve la oportunidad. La mano de Aiden encontró mi nuca y tiró de mí hacia abajo. Sus labios se encontraron con los míos y, como todas las otras veces, nos recorrió una chispa indescriptible. Emitió un sonido contra mis labios y me besó cada vez con más pasión.

Se apartó lo suficiente como para que sus labios rozaran los míos cuando habló.

—No puedo seguir fingiendo que no quiero esto, que no te deseo. No puedo. No después de lo que te pasó. Pensé... Pensé que te había perdido, Alex, para siempre. Y lo habría perdido todo. Tú *eres* todo para mí.

Me invadieron muchas emociones a la vez: asombro, esperanza y amor. Tanto amor que todo lo ajeno a nosotros se desvaneció en ese momento.

—Esto... Esto es lo que has estado intentando decirme.

—Es lo que siempre he querido decirte, Alex. —Se incorporó, llevándome con él—. Siempre quise esto contigo.

Deslicé mis manos hasta sus mejillas, encontrándome con su mirada ardiente.

—Siempre te he querido.

Aiden emitió un sonido estrangulado y sus labios volvieron a estar sobre los míos. Me enterró la mano en el pelo, manteniéndome quieta.

—No era mi intención... venir aquí.

—Lo sé. —Mis labios rozaron los suyos mientras hablaba—. Lo sé.

Volvió a besarme y se tumbó de espaldas. El corazón me martilleó contra las costillas cuando sus dedos abandonaron mi cara y viajaron hacia abajo. Se levantó lo suficiente para que pudiera quitarle la camisa y tirarla a un lado. Mis manos se deslizaron por cada una de sus duras ondulaciones y empecé a bajar dándole besos hasta que su pecho se estremeció bajo mis labios y susurró mi nombre de un modo suplicante. Me agarró de los brazos y volvió a acercarme a sus labios.

Me zafé de su agarre y levanté los brazos sin hablar. Obedeció la orden silenciosa y tiró mi camiseta a un lado. Sin previo aviso, estaba de espaldas, mirándole fijamente. Sus manos se deslizaron por mi piel desnuda mientras sus labios bajaban por mi garganta hasta la curva del hombro. Besó con ternura cada cicatriz, y cuando llegó a la que había dejado la hoja de Linard, se estremeció.

Le acaricié el pelo con los dedos mientras lo estrechaba contra mí. Sus besos me estaban haciendo cosas alocadas, desconocidas y maravillosas. Susurraba su nombre una y otra vez como una especie de plegaria desesperada. Luego me moví contra él, guiada por un instinto primario que me decía lo que tenía que hacer. El resto de nuestra ropa acabó amontonada en el suelo. En el momento en que nuestros cuerpos estuvieron uno al lado del otro, me invadió una sensación salvaje.

Nuestros besos se hicieron más profundos, su lengua se deslizó sobre la mía y yo me mecí contra él. Todo aquello era maravilloso, exquisitamente placentero. Aiden me besaba por toda la piel enrojecida. Me perdí en las embriagadoras sensaciones, sin haberme preparado para ello. Puede que esto no hubiera sido lo que pretendíamos, pero estaba… ocurriendo.

Aiden levantó la cabeza.

—¿Estás segura?

—Sí —respiré—. Nunca he estado más segura.

Su mano tembló contra mi cara sonrojada.

—¿Te has…?

Me estaba preguntando si me había puesto la inyección, el anticonceptivo obligatorio del Covenant para todas las mestizas. Asentí.

Sus ojos plateados resplandecieron. La mano que tenía sobre mi mejilla volvió a temblar, y cuando la alzó, sus ojos me recorrieron. Mi reciente coraje desapareció bajo su mirada hirviente. De alguna manera, percibió mis nervios y me besó con suavidad y dulzura. Fue paciente y perfecto, aplacando mi timidez hasta que me envolví en él.

Había en él un filo casi perverso, impulsado por la certeza de que esta vez no habría marcha atrás, no pararíamos. Con un beso apasionado que me hizo estremecer, su mano se deslizó con un detalle exquisito. Sus besos siguieron el mismo patrón y, cuando hizo una pausa, sus ojos me pidieron permiso. Ese instante tan simple, ese pequeño acto, me hizo llorar.

No podía, ni quería, negarle nada.

Aiden estaba por todas partes, en cada caricia, en cada suave gemido. Cuando pensé que no podría aguantar más, que seguramente me rompería, él estaba ahí para demostrarme que podía. Cuando sus labios descendieron sobre los míos otra vez, lo hicieron con un ritmo febril.

—Te quiero —susurró—. Te quiero desde aquella noche en Atlanta. Siempre te querré.

Jadeé contra su piel.

—Te quiero.

Se rompió. El control que había ejercido sobre sí mismo se desvaneció. Me deleité en esa sensación, en la pura sencillez de estar entre sus brazos y saber que él sentía la misma locura que yo. Apoyándose en el antebrazo mientras sus besos adquirían la misma sensación de urgencia que los míos, levantó la boca para susurrarme algo en un hermoso idioma que no entendía. Estaba casi al límite, precipitándome hacia un final glorioso.

Estábamos rodeados del amor que sentíamos el uno por el otro. Se convirtió en algo tangible, electrizando el aire que nos rodeaba hasta que estuve segura de que ambos nos encenderíamos bajo su poder. Entonces, en un momento de pura belleza sin sentido, no éramos una mestiza y un sangre pura, éramos simplemente dos personas loca y profundamente enamoradas.

Éramos uno.

Me desperté al cabo de un rato, arropada por Aiden. La vela aún parpadeaba junto a la cama. La colcha se había enredado entre nuestras piernas y el edredón estaba tirado en el suelo. Me di cuenta de que lo había estado utilizando más o menos como almohada. Levanté la cabeza y me lo comí con la mirada. Nunca me cansaría de mirarlo.

Su pecho se levantaba de manera uniforme bajo mis manos. Lucía joven y relajado mientras dormía. Mechones de ondas oscuras le caían sobre la frente y tenía los labios entreabiertos. Me incliné y le di un suave beso en esos labios.

De inmediato, sus brazos se tensaron, delatando que no estaba tan profundamente dormido como yo había pensado en un principio. Sonreí al verme cazada.

—Hola.

Aiden abrió los ojos.

—¿Cuánto tiempo llevas mirándome?

—No mucho.

—Conociéndote —dijo perezoso—, llevas mirándome desde que me quedé dormido.

—Eso no es verdad. —Solté una risita.

—Ajá, ven aquí. —Tiró de mí hacia abajo. Mi nariz rozó la suya—. No estás lo bastante cerca.

Me acerqué más. Mi pierna rodeó la suya.

—¿Estoy lo bastante cerca?

—Déjame ver. Sus manos se deslizaron por mi espalda y se posaron sobre la curva de mi cintura con una ligera presión—. Ah, así está mejor.

Me sonrojé.

—Sí... lo está.

Aiden esbozó una sonrisa lobuna y un brillo malvado llenó sus ojos plateados. En ese momento, debería haber sabido que tramaba algo, pero no conocía ese lado de Aiden, el lado juguetón y sensual. Su mano se deslizó hacia abajo, arrancándome un grito de sorpresa. Se incorporó con un movimiento rápido y preciso, y de repente me vi en su regazo.

No tuve tiempo de pensar mucho. Aiden me besó, disipando cualquier pensamiento o respuesta. La sábana se deslizó y me derretí contra él. Bastante tiempo después, cuando el sol estaba a punto de salir y la vela hacía tiempo que se había apagado, Aiden me despertó con delicadeza.

—Alex. —Me rozó la frente con los labios.

Abrí los ojos, sonriendo.

—Sigues aquí.

Me acarició la mejilla con la mano.

—¿Dónde iba a estar, si no? —Luego me besó y se me curvaron los dedos de los pies—. ¿Creías que me iría sin más?

Me maravillé al ver que podía pasar mi mano por su brazo sin que se apartara.

—No. En realidad, no lo sé.

Frunció el ceño mientras trazaba la forma de mi pómulo.

—¿Qué quieres decir?

Me acurruqué más contra él.

—¿Y ahora qué?

Su mirada se volvió comprensiva.

—No lo sé, Alex. Tenemos que tener cuidado. No va a ser fácil, pero… ya se nos ocurrirá algo.

Me dio un vuelco al corazón.

Una relación iba a ser casi imposible en cualquier lugar al que fuéramos, pero no podía evitar que la esperanza se apoderara de mí ni que se me llenaran los ojos de lágrimas. ¿Estaba mal desear un milagro? Porque eso es lo que necesitaríamos para que esto funcionase.

—Oh, Alex. —Me abrazó y me estrechó contra él. Escondí mi cara en el espacio entre su cuello y el hombro, inhalando hondo—. Lo que hemos hecho… ha sido lo mejor que he hecho en mi vida, y no ha sido una simple aventura.

—Lo sé —murmuré.

—Y no voy a dejarte marchar, no porque una estúpida ley diga que no podemos estar juntos.

Eran palabras peligrosas, pero me derretí al escucharlas, las atesoré. Lo abracé, intentando mantener a raya los viejos miedos y las preocupaciones. Aiden estaba corriendo un gran riesgo al estar conmigo, yo también, y no podía negar nuestros sentimientos por lo que les había ocurrido a Héctor y Kelia. Ese miedo no era justo ni para Aiden ni para mí.

Aiden rodó sobre su espalda, acomodándome a su lado.

—Y no voy a perderte por Seth.

El aire se me atascó en los pulmones. De alguna manera, al estar tan perdida en Aiden, había olvidado por completo lo que no podía olvidar: el hecho de que Despertaría en dos semanas, y todas las consecuencias que eso conllevaba. El miedo me supo a sangre en el fondo de la garganta. ¿Y si eso cambiaba lo que sentía por Aiden?

Mierda. ¿Y si el vínculo retorcía esos sentimientos hacia Seth?

Y, para empezar, ¿cómo diablos me había olvidado de Seth? El «si no lo veo, no existe» no era excusa. El caso era que Seth me importaba, y mucho. Una parte de mí incluso lo quería, aunque la mayor parte del tiempo quería hacerle daño. Pero el amor que sentía por Seth no se parecía en nada al que sentía por Aiden. No me consumía, no me hacía querer hacer locuras, ser temeraria y, al mismo tiempo, más prudente y cautelosa. Mi corazón y mi cuerpo no respondían de la misma manera.

La mano de Aiden me rozó el brazo.

—Sé en lo que estás pensando, *agapi mou, zoi mou*.

Respiré hondo.

—¿Qué significa?

—Significa «mi amor, mi vida».

Apreté los ojos contra el torrente de lágrimas al recordar la primera vez que me había dicho «agapi mou». Dios mío, Aiden no había mentido. Me había amado desde el principio. Saberlo me llenó de una determinación férrea. Me levanté y lo miré a los ojos.

Sonrió y el corazón me dio un vuelco. Levantó la mano y me colocó el pelo detrás de la oreja. Dejó la mano inmóvil.

—¿En qué estás pensando ahora?

—Podemos hacerlo. —Me incliné y lo besé—. Lo haremos, joder.

Me rodeó la cintura con el brazo.

—Lo sé.

—Dioses, sé que esto suena muy cutre, así que por favor no te rías de mí. —Sonreí—. Pero estaba... aterrorizada por el Despertar, por perderme a mí misma. Pero... ya no lo estoy. No me perderé, porque... bueno, lo que siento por ti nunca dejaría que olvidase quién soy.

—Yo nunca te dejaría olvidar quién eres.

Ensanché la sonrisa.

—Dioses, estamos locos. Lo sabes, ¿verdad?

Aiden se rio.

—Sin embargo, yo creo que esto de la locura se nos da bastante bien.

Nos quedamos abrazados más tiempo del debido. Me resistía a que se fuera, y creo que él también. Me puse de lado y vi cómo se ponía la ropa. Sonrió cuando me sorprendió. Moví las cejas.

—¿Qué? Es una buena vista.

—Mala —dijo, sentándose a mi lado. Su mano rozó mi cadera. Había algo feroz en su mirada—. Lo haremos.

Me acurruqué más contra él, deseando que no tuviera que irse.

—Lo sé. Lo creo.

Aiden me besó una vez más y susurró:

—*Agapi mou*.

CAPÍTULO 23

Después de tener sexo, cambió todo y nada. No me veía distinta. Bueno, tenía una sonrisa tontorrona en la cara de la que no podía deshacerme. Aparte de eso, tenía el mismo aspecto. Pero me sentía diferente. Me dolían cosas que no tenía ni idea de que pudieran dolerme. El corazón me daba un vuelco cada vez que pensaba en su nombre, cosa que era muy de nenas y que me encantaba.

Dejar que fuera mi corazón y no mis hormonas quien decidiera cuándo hacerlo hizo que lo que Aiden y yo habíamos hecho fuera especial. Y cuando nos cruzábamos a lo largo del día, las miradas que nos robábamos adquirían un nuevo significado. Todo significaba más, porque ambos lo estábamos arriesgando todo y ninguno de los dos se arrepentía de ello.

Pasé la mayor parte de la tarde y la noche jugando al Scrabble con Deacon. Creo que se arrepintió de pedirme que jugara, porque yo era uno de *esos* jugadores de Scrabble, los que juegan con palabras de tres letras cada vez que pueden.

Una parte de mí esperaba que los dioses nos mataran a uno de los dos por romper las reglas. Así que cuando Apolo apareció en nuestra cuarta ronda de Scrabble, casi me dio un infarto.

—¡Cielos! —Me agarré el pecho—. ¿Puedes dejar de hacer eso?

Apolo me miró extrañado.

—¿Dónde está Aiden?

Levantándose despacio, Deacon se aclaró la garganta e hizo una reverencia.

—Eh, creo que está fuera. Iré a por él.

Miré a Deacon mientras se alejaba. A solas con Apolo, no sabía qué hacer. ¿Debería levantarme y hacer una reverencia? ¿Acaso se consideraba de mala educación quedarse sentado en presencia de un dios? Pero entonces Apolo se sentó a mi lado, con las piernas cruzadas, y empezó a jugar con las letras del tablero.

Supongo que no.

—Sé lo que ha pasado —dijo Apolo al cabo de unos segundos.

Arrugué las cejas.

—¿De qué estás hablando?

Señaló la tabla con la cabeza.

Bajé la mirada hacia el juego y estuve a punto de desmayarme. Había deletreado SEXO y AIDEN con esos estúpidos cuadraditos. Horrorizada, me arrodillé y barrí las letras del tablero.

—No... No tengo ni idea de lo que estás hablando.

Apolo echó la cabeza hacia atrás y se echó a reír a carcajadas.

Dios o no, creo que lo odiaba.

—Siempre lo he sabido. —Se recostó en el sofá, cruzándose de brazos. Sus ojos azules ardían de forma poco natural, iluminados desde el interior—. Me sorprende que hayáis llegado tan lejos.

Me quedé boquiabierta.

—Espera. ¿La noche que Kain regresó? Tú... sabías que estaba en la cabaña de Aiden, ¿verdad?

Asintió con la cabeza.

—Pero… ¿cómo lo sabes ahora? —Se me revolvió el estómago—. Oh, por todos los dioses, ¿has estado haciendo de dios rarito mirón o algo así? ¿Nos viste?

Apolo entrecerró los ojos e inclinó la cabeza hacia mí.

—No. Tengo cosas mejores que *hacer*.

—¿Como qué?

Le empezaron a arder las pupilas en blanco.

—Oh, no lo sé. Tal vez localizar a Telly, vigilar a Seth y, con suerte, traerte de vuelta de entre los muertos. Ah, y se me olvidaba hacer algunas apariciones en el Olimpo, para no tener a todos mis hermanos curioseando sobre lo que estoy haciendo.

—Oh. Lo siento. —Me acomodé, con la sensación de que me habían regañado—. Estás muy ocupado.

—De todas formas, puedo oler a Aiden en ti.

La cara me ardió.

—¿Qué? ¿Qué quieres decir con que puedes *olerlo*? Colega, que me he duchado.

Apolo se inclinó, y su mirada se encontró con la mía.

—Cada persona tiene un olor propio. Si mezclas el tuyo lo suficiente con el de la otra persona, cuesta mucho quitarte su olor de encima. La próxima vez prueba con jabón Dial en vez de esos jabones para chicas.

Me cubrí la cara encendida.

—Esto está muy mal.

—Pero a mí me divierte mucho.

—¿Tú… no vas a hacer nada al respecto? —susurré, levantando la cabeza.

Puso los ojos en blanco.

—Creo que ese es el menor de nuestros problemas ahora mismo. Además, Aiden es un buen chico. Siempre te pondrá en primer lugar, por encima de todo. Pero estoy bastante seguro de que se pondrá sobreprotector en algún momento. —Apolo se encogió de hombros mientras yo lo miraba, boquiabierta—. Tendrás que dejarle las cosas claras.

¿Apolo me estaba dando consejos sobre relaciones? Este era oficialmente el momento más raro de mi vida, y eso ya era mucho decir. Menos mal que Aiden y Deacon volvieron en ese momento y me salvaron de morir de humillación.

Deacon se metió las manos en los bolsillos.

—Voy a ir a hacer… algo. Sí. —Dio media vuelta y cerró la puerta al salir.

Había algo realmente extraño en la reacción de Deacon hacia Apolo. Por su bien, esperaba que no hubiera hecho nada con Apolo. Podría acabar convertido en una flor o en un tronco de árbol.

Aiden entró en el salón e hizo una reverencia.

—¿Hay noticias? —preguntó al enderezarse.

—Sabe lo nuestro —dije.

Un segundo después, Aiden me puso en pie y me empujó detrás de él. En ambas manos tenía dagas del Covenant.

Apolo arqueó una ceja dorada.

—¿Y qué te dije sobre lo de la sobreprotección?

Bueno, sí que lo había dicho. Con las mejillas encendidas, agarré a Aiden del brazo.

—Al parecer, no le importa.

Los músculos de Aiden se tensaron bajo mi mano.

—¿Y por qué debería creerme eso? Es un dios.

Tragué saliva.

—Bueno, quizá porque ya podría haberme matado si tuviese problemas con ello.

—Eso es verdad. —Apolo estiró las piernas, cruzándolas por el tobillo—. Aiden, no puedes estar sorprendido de que lo sepa. ¿Tengo que recordarte nuestra cacería especial en Raleigh? ¿Por qué iba un hombre a cazar a alguien así si no era por amor? Y créeme, sé hasta dónde puede llegar la gente por amor.

Las mejillas de Aiden se sonrojaron y se relajó un poco.

—Siento… haberte puesto en esa situación, pero…

—Lo entiendo. —Hizo un gesto evasivo con la mano—. Siéntate, ponte en cuclillas, lo que sea. Tenemos que hablar, y no tengo mucho tiempo.

Tomé aire y me senté donde antes. Aiden se apoyó en el brazo del sofá detrás de mí, quedándose cerca.

—¿Qué está pasando? —pregunté.

—Acabo de estar con Marcus —respondió Apolo—. Ha conseguido que Solos suba a bordo.

—¿A bordo de qué? —Miré a Aiden. Apartó la mirada. Con curiosidad y rabia a partes iguales, porque sabía que eso significaba que me estaba ocultando algo, le di un codazo en la pierna—. ¿A bordo de qué, Aiden?

—No se lo has dicho, ¿verdad? —Apolo se apartó un poco más—. No me pegues.

—¿Qué? Yo no le pego a la gente así como así. —Ambos me miraron con complicidad. Me crucé de brazos para evitar pegarles—. Bueno. Lo que vosotros digáis. ¿Qué pasa?

Apolo suspiró.

—Solos es un Centinela mestizo.

—Esa parte ya me la imaginaba. —Aiden me dio un empujoncito por la espalda con la rodilla. Le lancé una mirada asesina—. ¿Qué tiene que ver él con todo esto?

—Bueno, estoy intentando contártelo. —Apolo se puso en pie con fluidez—. El padre de Solos es Ministro en Nashville. En realidad, es el único hijo del Ministro; ha sido mimado y criado con muchos conocimientos de la política del Consejo.

—Vale —dije despacio. Los puros que se preocupaban por sus hijos mestizos no eran algo inaudito. Raro, sí, pero yo era un ejemplo de ello.

—No todos en el Consejo apoyan a Telly, Alex. A algunos incluso les gustaría verlo destituido de su cargo —explicó Aiden.

—Y si no recuerdo mal, lo superaron en votos a la hora de someterte a la servidumbre. —Apolo se acercó a la ventana—. La noticia de en qué está metido no sentará bien a esos miembros del Consejo, incluido al padre de Solos, que, por cierto, es un blando cuando se trata de tratar a los mestizos. Tenerlos de nuestro lado solo puede ayudar.

—¿Qué quieres decir con que su padre es un blando? Apolo me miró.

—Es de los que no creen que los mestizos deban ser sometidos a la servidumbre si no encajan en el molde de un Centinela o un Guardia.

—Bueno, no tienes a nadie a quien culpar por esa regla más que a ti mismo. —La ira chispeó en mi interior—. Tú eres responsable de la forma en que hemos sido tratados.

Apolo frunció el ceño.

—No hemos tenido nada que ver con eso.

—¿Qué? —La sorpresa coloreó la voz de Aiden.

—No somos responsables de la sumisión de los mestizos —dijo Apolo—. Eso fue cosa de los sangre pura. Ellos decretaron la separación de las dos razas en castas hace siglos. Lo único que pedimos fue que los puros y los mestizos no se mezclaran.

Aquellas palabras pusieron mi mundo patas arriba. Todo lo que me habían enseñado a creer había dejado de ser cierto. Desde que era pequeña, me habían dicho que los dioses nos veían como inferiores y que nuestra sociedad actuaba según esa creencia.

—Entonces, ¿por qué... no habéis hecho nada?

—No era nuestro problema —respondió Apolo sin más.

La rabia me atravesó como una bala al rojo vivo y me puse en pie de un salto.

—¿No era vuestro problema? ¡Los sangre pura son hijos vuestros! Como nosotros. Podríais haber hecho algo hace mucho tiempo.

Aiden me agarró del brazo.

—Alex.

—¿Qué esperabas que hiciéramos, Alexandria? —dijo Apolo—. Las vidas de los mestizos están literalmente un paso, un paso muy pequeño, por encima de las de los mortales. No podemos interferir en cosas tan triviales.

¿La esclavitud de miles y miles de mestizos era algo trivial?

Zafándome del agarre de Aiden, arremetí contra Apolo. En retrospectiva, no fue una buena idea, pero estaba furiosa, escandalizada de que los dioses se hubieran mantenido al margen desde el principio y hubieran *permitido* que los puros nos trataran como animales que podían manejar. Una pequeña parte racional de mi cerebro sabía que no debía tomármelo como algo personal, porque así eran los dioses. Si no les afectaba directamente, no les importaba. Así de simple. La parte enfurecida venció a la parte racional.

—¡Alex! —gritó Aiden, acercándose a mí.

Cuando quería, yo era mucho más rápida. No podía detenerme. Llegué a medio metro delante de Apolo antes de que levantara la mano. Choqué contra una pared invisible. La fuerza me echó el pelo hacia atrás.

Apolo sonrió.

—Me gusta tu carácter peleón.

Le di una patada al escudo. Me dolió el pie. Retrocedí cojeando.

—¡Ay! Maldita sea, ¡eso duele!

Aiden me agarró con firmeza.

—Alex, tienes que tranquilizarte.

—¡Estoy tranquila!

—Alex —me reprendió Aiden, intentando no reírse.

Apolo bajó la mano, aparentando arrepentimiento.

—Yo… entiendo tu enfado, Alexandria. Los mestizos no fueron tratados de forma justa.

Respiré hondo varias veces para calmarme.

—Por cierto —dijo Apolo—, la próxima vez que acuses a un dios, y no sea yo, te destruirán. Si no es ese dios, entonces serán las furias. Tienes suerte de que las furias y yo no nos llevemos bien. Les encantaría ver mis entrañas colgadas de las vigas…

—Vale. Ya me hago una idea. —Bajé el pie dolorido—. Pero no creo que lo entendáis de verdad. Ese es el problema con vosotros, los dioses. Creasteis todo esto y luego lo abandonasteis. Sin asumir ninguna responsabilidad por lo que pasaba. Lleváis el egocentrismo a un nivel épico. Y todos nuestros problemas, los daimons e incluso toda esa mierda del Apollyon, son culpa de los dioses. ¡Tú mismo lo dijiste! En mi opinión, sois unos malditos inútiles el 99 % del tiempo.

Aiden me puso la mano en la parte baja de la espalda. Esperaba que me dijera que me callara, porque le estaba gritando a un dios, pero no fue eso lo que hizo.

—Alex tiene razón, Apolo. Ni siquiera sabía… la verdad. Incluso a nosotros nos enseñan que los dioses decretaron la separación de las dos razas.

—No sé qué decir — dijo Apolo.

Me alisé el pelo.

—Por favor, no digas que lo sientes, porque sé que no sería verdad.

Apolo asintió.

—Vale. Ahora que ya nos hemos desahogado, volvamos al motivo de esta visita. —Aiden tiró de mí hacia el sofá, obligándome a sentarme—. Y en serio, Alex, nada de pegar.

Puse los ojos en blanco.

—¿O qué? ¿Me vas a castigar?

La sonrisa de Aiden era audaz, como si estuviera preparado para el desafío e incluso pudiera disfrutarlo.

—Solos y su padre se asegurarán de que Telly sea destituido del cargo de Ministro Jefe y que se lleve a cabo una investigación exhaustiva para determinar cuántos miembros de la Orden puede haber ahí fuera. Y antes de que me preguntes por qué, como dios, no puedo ver eso, debo recordarte que no somos omniscientes.

—¿Por qué estabais preocupados por cómo reaccionaría a esto? —pregunté, confundida—. Suena a algo bueno.

—Eso no es todo. —Aiden respiró hondo—. El padre de Solos posee extensas propiedades a lo largo de los estados, lugares donde podemos esconderte hasta que se descubra a todos los miembros de la Orden.

—No solo eso —añadió Apolo—. Podemos mantenerte a salvo hasta que sepamos cómo lidiar con Seth y tu Despertar.

Parpadeé, segura de no haberlos oído bien.

—¿Qué?

—Lo peor que puede pasar ahora es que Seth asuma tu poder y se convierta en Asesino de Dioses. —Apolo se cruzó de brazos—. Por lo tanto, tenemos que asegurarnos de que estés lo bastante lejos como para que, cuando Despiertes, el vínculo se rompa por la distancia y no puedas conectar con él. No se puede confiar en él.

—¿Por qué? ¿Por qué no se puede confiar en él? ¿Qué ha hecho?

—Te ha mentido en muchas cosas —señaló Aiden.

Sacudí la cabeza.

—Además de mentir sobre lo del Apollyon, ¿qué ha hecho?

—No es lo que ha hecho, Alexandria, sino lo que hará. El oráculo lo ha visto.

—¿Te refieres a toda esa mierda de «uno os salvará y el otro os destruirá»? ¿Por qué? ¿Por qué iba a ser así con Seth y conmigo, si no somos el primer par de Apollyons? —Me eché el pelo hacia atrás, frustrada y con la imperiosa necesidad de proteger a Seth. No es que tuviese buena reputación, pero vamos.

De repente, Apolo se arrodilló frente a mí y se puso a la altura de mis ojos. Aiden se puso rígido a mi lado.

—No he perdido el tiempo tratando de mantenerte a salvo y discutiendo con Hades por tu alma, solo para que la eches a perder basándote en una confianza tonta e ingenua.

Apreté las manos hasta convertirlas en puños.

—¿Por qué te importa, Apolo?

Lo único que dijo fue:

—Es complicado.

—Si lo único que puedes decir es que «es complicado», entonces puedes olvidarte de ello. ¿Y la escuela?

—Marcus nos aseguró que te graduarías a tiempo —dijo Aiden.

—¿Lo sabías?

Asintió.

—Alex, creo que es lo más inteligente.

—¿Huir es lo más inteligente? ¿Desde cuándo crees eso? Porque recuerdo que me dijiste que huir no era la solución.

Aiden frunció los labios.

—Eso fue antes de que te asesinaran, Alex. Antes de que yo... —Se interrumpió a sí mismo, sacudiendo la cabeza—. Eso fue antes.

Sabía lo que quería decir, y me dolía por eso. Me dolía, que él tuviese que preocuparse por mí, pero eso no apagó del todo mi rabia.

—Deberíais haberme dicho que esto era lo que estabais planeando. Es igual que cuando Seth y Lucian planeaban llevarme a algún país remoto. Deberíais incluirme en esos planes.

—Alexandria...

—No —Interrumpí a Apolo y me puse en pie antes de que Aiden pudiera detenerme—. No voy a esconderme porque exista la posibilidad de que Seth haga algo.

—Entonces olvídate de Seth. —Aiden se levantó con los brazos cruzados—. Tienes que estar a salvo de la Orden.

—No podemos olvidarnos de Seth. —Empecé a pasearme, con ganas de arrancarme el pelo—. Si me levanto y desaparezco, ¿qué crees que hará Seth? Sobre todo si no se lo decimos, que sé que es lo que estáis planeando.

Apolo se puso de pie e inclinó la cabeza hacia atrás.

—Esto sería mucho más fácil si tuvieras una personalidad más afable.

—Lo siento, colega. —Me detuve, encontrándome con los ojos fieros de Aiden—. Pero no puedo seguir con esto. Y si de verdad creéis que la Orden va a intentar algo otra vez, necesitamos la ayuda de Seth.

Aiden se dio la vuelta y sus anchos hombros se tensaron mientras gruñía en voz baja. Lo normal sería que me molestara el exhibicionismo de testosterona, pero bueno, lo cierto es que me resultó excitante.

El Dios del Sol suspiró.

—Por ahora, tú ganas, pero si pienso que esto puede acabar mal...

—¿Cómo pueden acabar mal las cosas? —pregunté.

—¿Aparte de lo obvio? —Apolo frunció el ceño—. Si Seth hace lo que se teme que haga, los dioses desatarán su cólera sobre todos los puros y mestizos. Y como iba diciendo, si se llega a ese punto, no tendrás elección.

—Entonces, ¿por qué no dejas que la Orden me mate? Eso resolvería todos tus problemas, ¿no? —No es que quisiera morir, pero tenía sentido. Incluso yo podía verlo—. Seth no se convertiría en el Asesino de Dioses.

—Como he dicho, es complicado. —Después, Apolo simplemente desapareció.

—Odio que haga eso. —Miré a Aiden. Me devolvió la mirada, con el ceño fruncido y la mandíbula apretada. Suspiré—. No me mires como si hubiera dejado en la calle a un bebé de pegaso.

Aiden exhaló despacio.

—Alex, no estoy de acuerdo con esto. Tienes que saber que solo queremos lo mejor para ti.

Estuviese bueno o no, ahí se acabó mi endeble autocontrol.

—No necesito que te preocupes por lo que es lo mejor para mí, Aiden. ¡No soy una niña!

Entrecerró los ojos.

—Yo más que nadie sé que no eres una niña, Alex. Y te aseguro que anoche no te traté como tal.

Me sonrojé con una mezcla de vergüenza y algo muy, muy diferente.

—Entonces no tomes decisiones por mí.

—Estamos intentando ayudarte. ¿Por qué no te das cuenta? —Sus ojos se volvieron de un gris tumultuoso—. No volveré a perderte.

—No me has perdido, Aiden. Te lo prometo. —Parte de la ira que sentía desapareció. Detrás de su furia, se escondía el miedo. Podía entenderlo. Era lo que impulsaba mis rabietas con regularidad—. No lo has hecho, y no lo harás.

—Esa no es una promesa que puedas hacer. No cuando hay tantas cosas que pueden salir mal.

No sabía qué decir a eso.

Aiden cruzó la habitación y me abrazó con fuerza. No dijimos nada durante un rato, tan solo se escuchó el brusco subir y bajar de su pecho.

—Sé que estás enfadada —empezó a decir—, y que odias la idea de que alguien intente controlarte u obligarte a hacer algo.

—No estoy enfadada.

Se echó hacia atrás, arqueando una ceja.

—Vale. Estoy enfadada, pero entiendo por qué crees que debería esconderme.

Me llevó de vuelta al sofá.

—Pero no vas a ceder en esto.

—No.

Aiden me atrajo hacia su regazo, rodeándome con sus brazos. El corazón me dio un vuelco y tardé unos segundos en acostumbrarme a este Aiden abiertamente cariñoso que no se apartaba y mantenía las distancias.

—Eres la persona más frustrante que conozco —me dijo.

Apoyé la cabeza en su hombro con una sonrisa.

—Ninguno de vosotros le está dando una oportunidad a Seth. No ha hecho nada y no tengo motivos para temerle.

—Te ha mentido, Alex.

—¿Quién no me ha mentido? —señalé—. Mira, sé que no es una buena excusa, y tienes razón, me ha mentido. Lo sé, pero no ha hecho nada que me justifique salir corriendo y esconderme. Tenemos que darle una oportunidad.

—¿Y si nos arriesgamos y te equivocas, Alex? ¿Entonces qué?

Esperaba que no fuera el caso.

—Entonces me las arreglaré.

El hombro se le tensó bajo mi mejilla.

—No estoy de acuerdo con eso. Ya te he fallado una vez y...

—No digas eso. —Me retorcí en su abrazo, lo miré y le acaricié las mejillas—. No sabías que Linard trabajaba para la Orden. No tienes la culpa de nada.

Apretó la frente contra la mía.

—Debería haber sido capaz de protegerte.

—No quiero que me protejas, Aiden. Quiero que hagas lo que estás haciendo ahora.

—¿Abrazarte? —Sus labios se crisparon—. Eso puedo hacerlo.

Lo besé y se me oprimió el pecho. Ni en un millón de años me acostumbraría a poder besarlo.

—Sí, eso, aunque lo único que necesito es... tu amor y tu confianza. Sé que puedes luchar por mí, pero no hace falta que lo hagas. Estos problemas... son míos, no tuyos, Aiden.

Sus brazos me rodeaban con tanta fuerza que me costaba respirar.

—Te quiero y, por eso, compartimos los problemas del otro. Cuando luchamos, luchamos juntos. Voy a estar a tu lado pase lo que pase, te guste o no. Eso es el amor, Alex. Nunca más tendrás que enfrentarte a nada sola. Y entiendo lo que dices. No estoy de acuerdo, pero te apoyaré en todo lo que pueda.

Me quedé en silencio. La verdad era que no sabía qué decir. No era muy buena con las palabras, no con ese tipo, al menos. Así que me envolví a su alrededor como un pulpo supersimpático. Cuando se echó hacia atrás, me acomodé sobre él, sin importarme que aún llevara puesto su uniforme de Centinela, con dagas y todo. Pasó bastante tiempo antes de que alguno de los dos hablara.

—En realidad, Seth no es un mal tipo —dije—. Puede ser propenso a momentos de gran estupidez, pero él no haría algo como acabar con el Consejo.

Los dedos de Aiden se deslizaron por mi mejilla.

—Yo no pondría la mano en el fuego por Seth.

Decidí no responder a eso. Tras la llamada telefónica después del ataque de Linard, ni siquiera había tenido noticias de Seth. Y ahora que me había calmado un poco, empezaba a pensar de forma lógica en lo que Apolo había dicho.

—Todos temen a Seth, los dioses, los puros y la Orden, porque se convertirá en el Asesino de Dioses, ¿verdad?

—Así es —murmuró. Su mano se posó en mi hombro y me echó el pelo hacia atrás.

—¿Y si no se convierte en el Asesino de Dioses?

Se detuvo.

—¿Quieres decir si detenemos la transferencia de poder? Eso es lo que estamos tratando de hacer manteniéndote alejada de él.

—Dudo mucho que ese sea el único propósito para mantenerme lejos de Seth.

—Ahí me has pillado —dijo, y pude intuir la sonrisa en su voz.

Levanté la cabeza y decidí que ya era hora de aclarar las cosas. Primero con Aiden... y luego con Seth, porque lo último que quería era que alguien saliera herido por culpa de esto.

—Me preocupo por Seth, sí. Él es importante para mí, pero no es lo mismo. Sabes que no tienes nada de lo que preocuparte, ¿verdad? Lo que Seth y yo teníamos... Bueno, ni siquiera sé lo que teníamos. No era una relación, no de verdad. Me pidió que lo intentáramos a ver qué pasaba. Y esto es lo que pasó.

Aiden atrapó un mechón de mi pelo entre sus dedos.

—Lo sé. Confío en ti, Alex. Pero eso no significa que confíe en él.

No se podía ganar contra eso.

—De todos modos, puedo hablar con Seth y hacerle saber lo que está pasando con la Orden y lo que la gente teme.

—¿Y crees que estará de acuerdo con eso?

—Sí, lo creo. Seth no me obligará a nada usando la... conexión en nuestra contra. —Me contoneé en el pecho de Aiden y le besé la barbilla—. En una ocasión, Seth me dijo que si alguna vez las cosas se volvían... demasiado, se iría. Así que hay una alternativa.

—¿De verdad dijo eso? —Sus ojos ardían en plata—. A lo mejor no es tan malo.

—No lo es.

—No me gusta esto, pero como te he dicho, te apoyaré en todo lo que pueda.

—Gracias. —Volví a besarle la mejilla.

Un suspiro lo estremeció.

—¿Alex?

—¿Qué?

Se echó hacia atrás y me miró a través de las pestañas.

—¿Os comisteis toda la masa de galletas de anoche o hicisteis galletas de verdad?

Me reí ante el giro que había dado la conversación.

—Hicimos unas cuantas. Creo que quedan algunas.

—Bien. —Puso las manos en mis caderas y me empujó hacia él, apretando nuestros cuerpos—. ¿Qué es San Valentín sin galletas?

—Me parece que los mortales le dan mucha importancia al chocolate en esta época del año. —Puse las manos sobre sus hombros, y el asunto de los dioses enfadados, los miembros de la Orden, Seth y todo lo demás pasó a un segundo plano—. Pero las galletas dan el pego.

Una mano se deslizó por la curva de mi espalda, deslizándose bajo la maraña de pelo enredado y provocándome un leve escalofrío en la piel.

—¿Así que no hay ningún árbol de Navidad cutre de por medio?

—No existe nada como el Árbol de las Festividades Mortales. —Se me cortó la respiración cuando guio mi boca hacia la suya, deteniéndose justo cuando nuestros labios se rozaron—. Pero... estoy segura de que los mortales apreciarían un árbol así.

—¿Tú crees? —Acercó su boca a una de mis comisuras y luego a la otra. Cerré los ojos y hundí los dedos en su camiseta. Cuando me besó despacio, concentrando en ese acto toda su pasión no verbal, su poderoso cuerpo se tensó bajo el mío.

No podía recordar de qué estábamos hablando. Solo había una embriagadora y salvaje oleada de sentimientos que se apoderó de mí. Era Aiden, el hombre al que había amado desde siempre, en mis brazos, debajo de mí, pegado a mí y tocándome.

—Feliz San Valentín —murmuró.

Aiden me abrazó y se quedó quieto, y en esos segundos me demostró, más que con palabras, cómo de juntos estábamos en esto.

Capítulo 24

Había fantaseado muchas veces con cómo sería tener una relación con Aiden. Había habido días, no hacía tanto tiempo, en los que me habría sacado ese sueño de la cabeza porque me parecía imposible. Pero durante una semana viví esa fantasía al máximo.

Robábamos todos los momentos a solas que podíamos, llenándolos de besos profundos y risas tranquilas. Y planes, hicimos planes.

O al menos lo intentamos.

Mi espalda se arqueó y se me escapó una risita.

—Oh, ¿así que tienes cosquillas? —murmuró Aiden contra la piel sonrojada de mi cuello—. Esto es un descubrimiento de lo más interesante.

Parecía que, cuando estábamos juntos, nunca podíamos quitarnos las manos de encima por mucho tiempo. Aiden tenía que estar tocando alguna parte de mí. Ya fuera un leve contacto superficial, que su mano envolviera la mía o que nuestros cuerpos estuvieran en contacto con las piernas enredadas de forma perezosa, *siempre* nos estábamos tocando.

Puede que fuera porque había luchado contra ello durante tanto tiempo o puede que ambos estuviéramos locos, embriagados por el simple hecho de estar tumbados juntos, y fuéramos adictos a ello. Teníamos las piernas juntas y la cabeza apoyada en el brazo del sofá de la habitación donde estaban los retratos de la familia. Era un lugar seguro, ya que nadie se atrevía a entrar. Lo que antes había sido el santuario de Aiden se había convertido en el nuestro.

Hoy no era distinto.

Pero no todo era diversión. A medida que los días pasaban y sabía que el regreso de Seth se acercaba, una energía ansiosa se acumulaba en mi interior. También había una culpa punzante que me calaba hondo. A veces, cuando pensaba en él, recordaba aquellos atisbos de vulnerabilidad que había mostrado tras nuestro baño de medianoche en Catskills y el día después de que me dieran la infusión. Seth era muchas cosas, casi un completo enigma a veces, pero bajo todo eso era un chico que... se preocupaba, y se preocupaba por mí. Tal vez más de lo que yo me preocupaba por él. O tal vez no, pero no quería hacerle daño.

Me revolví en el sofá junto a Aiden, intentando sacudirme la repentina nube oscura que se había posado sobre mí. Hablar con Seth no iba a ser fácil. Por otra parte, no tenía ni idea de cómo iba a responder. Había estado con Tetas... así que quizá no sería tan difícil.

—Así que dime —continuó Aiden distraído, devolviéndome al presente, a él—. ¿Dónde estaba ese punto? ¿Era aquí? —Me pasó los dedos por el estómago.

—No. —Cerré los ojos mientras se me aceleraba el corazón y me recorrían pequeños escalofríos.

—¿Aquí? —Sus dedos bailaron sobre mis costillas.

Sin poder decir nada, negué con la cabeza.

—¿Dónde estaba ese punto?

Sus ágiles dedos me recorrieron el estómago y el costado. Cerré la boca, pero mi cuerpo temblaba mientras intentaba contener mi reacción natural.

—¡Ajá! ¿Es aquí? —Aumentó un poco la presión.

Me retorcí, pero fue implacable. Se rio cuando me di un golpe, y me habría caído al suelo si no hubiese sido por su rápido movimiento.

—Para —jadeé entre carcajadas—: no puedo más.

—Está bien, tal vez debería ser bueno. —Aiden tiró de mi cuerpo hacia él y se inclinó sobre mí. Me agarró un mechón de pelo y se lo enroscó en dos dedos—. En fin, volviendo a la pregunta de hoy. ¿A qué otro lugar que no sea Nueva Orleans?

Le pasé la mano por el brazo y me encantó cómo sus músculos parecían contraerse al tacto.

—¿Qué te parece Nevada? No hay Covenants cerca. Lo que más cerca está es la Universidad.

Se inclinó y me rozó la mejilla con los labios.

—¿Estás sugiriendo Las Vegas?

Puse una mirada inocente.

—Bueno, habría un montón de daimons, ya que a los puros os gusta ir de fiesta allí, pero ningún establecimiento Hematoi real de ningún tipo.

—¿Primero Nueva Orleans y ahora Las Vegas? —Me rozó con los labios mientras me inclinaba la cabeza hacia atrás—. Empiezo a ver un patrón.

—No lo sé. —Me quedé sin aliento cuando presionó—. Tal vez no puedas con Las Vegas.

Aiden sonrió.

—Me encantan los retos.

Solté una risita, pero el humor desapareció en cuanto sus labios volvieron a tocar los míos. Podría seguir besándole para siempre. Al principio fueron besos tiernos, suaves e inquisitivos. Mis dedos se hundieron en su pelo, y los besos se hicieron más profundos. Me moví y lo rodeé con los brazos, deseando poder pulsar un botón para parar el tiempo. Podría haberme quedado ahí para siempre, sintiendo cómo su cuerpo se amoldaba al mío, fundiéndonos. Me quedé paralizada junto a él.

La sensación que me recorrió la espalda fue inconfundible. Las tres runas que habían estado dormidas desde que Seth se fue se despertaron con fuerza, quemándome y provocándome un hormigueo. El cordón cobró vida, respondiendo a su otra mitad.

Sus labios bajaron por mi cuello, por encima de la clavícula.

—¿Qué pasa?

No existía un botón para parar el tiempo. Joder.

—Seth está aquí, está justo fuera.

Aiden levantó la cabeza.

—¿En serio?

Asentí con un gesto tenso.

Maldijo en voz baja y se levantó de un salto. Empecé a levantarme, pero me tendió la mano.

—Déjame echar un vistazo a mí primero, Alex.

—Aiden...

Se agachó, me agarró por los hombros y me besó hasta que casi me olvidé de cómo se estaba desenredando el cordón en la boca de mi estómago.

—Deja que lo compruebe, ¿vale? —susurró.

Asentí y lo vi merodear hacia la puerta. Con una rápida sonrisa tranquilizadora, salió de la habitación. Probablemente era bueno que saliera a recibir a Seth. Necesitaba unos segundos para recomponerme después de ese último beso.

La energía nerviosa se apoderó de mí y el cordón vibró feliz. Inquieta, me puse en pie al cabo de un minuto y crucé la estancia. Seth estaba cerca. Lo sabía en lo más hondo de mis huesos. Me detuve frente a la puerta entreabierta y contuve la respiración.

Estaban en el pasillo, solos. Y, por supuesto, ya estaban discutiendo. Puse los ojos en blanco.

—¿Crees que no lo sé? —Oí decir a Seth de forma petulante y cómplice—. ¿Que no lo he sabido durante todo este tiempo que he estado fuera?

—¿Saber el qué? —Aiden parecía sorprendentemente tranquilo.

Seth se rio por lo bajo.

—Ahora puede que esté aquí contigo, pero es solo un momento en el gran esquema de las cosas. Y todos los momentos terminan, Aiden. El tuyo también lo hará.

Quería abrir la puerta de golpe y decirle a Seth que se callara.

—Suena como algo que aparece en el reverso de una tarjeta retorcida de la marca Hallmark —replicó Aiden—. Pero tal vez tu momento ya haya terminado.

Hubo un instante de silencio y pude imaginarme a los dos. Aiden estaría mirando fríamente a Seth, que sonreía con arrogancia y disfrutaba en secreto de la confrontación. A veces me daban ganas de darles una bofetada a cada uno.

—En realidad, no importa—dijo Seth—. Eso es lo que no entiendes. Ella puede amarte y, aun así, no importa. Nos pertenecemos. Está predestinado. Disfruta de tu momento, Aiden, porque al final, no importará una mierda.

Se acabó. Abrí la puerta de golpe y salí furiosa al pasillo. Ninguno de ellos siquiera se volvió y supe que me habían oído salir volando de la habitación. Más allá de ellos podía ver las sombras de los Guardias a través de las pequeñas ventanas cuadradas a cada lado de la puerta.

—¿De verdad piensas eso? —Aiden ladeó la cabeza—. Si es así, entonces eres un necio.

Seth sonrió.

—Aquí el necio no soy yo, sangre pura. Ella no te pertenece.

—No le pertenece a nadie —gruñó Aiden mientras sus manos se flexionaban junto a sus caderas, donde solían colgar sus dagas.

—Discutible —dijo Seth, tan bajo que ni siquiera estaba segura de haberlo oído bien.

Me metí entre los dos idiotas antes de que uno de ellos causara algún daño.

—No te pertenezco, Seth.

Por fin, Seth me miró. Sus ojos eran de un ámbar frío.

—Tenemos que hablar.

Y así era. Miré al furioso sangre pura que tenía a mi lado. Esto no iba a ser bonito.

—En privado —añadió Seth.

—¿Qué es lo que tienes que decirle que no puedas decir delante de mí? —preguntó Aiden.

—Aiden —gruñí—. Lo prometiste, ¿te acuerdas? —No tuve que decir nada más. Aiden lo sabía—. Tengo que hablar con él.

—No le pasará nada. No cuando está conmigo.

Me di la vuelta.

—Deja que vaya a por la sudadera. Intentad no mataros.

—No prometo nada —sonrió Seth.

Agarré la sudadera del respaldo del sofá, me la puse rápido y salí al pasillo. Los dioses sabían que un segundo juntos era demasiado para esos dos. Le dirigí una mirada significativa a Aiden mientras seguía a Seth hasta la puerta principal. Parecía muy contrariado, pero asintió.

Las temperaturas glaciales me dejaron sin aliento cuando salí. Era incapaz de recordar la última vez que había hecho tanto frío en Carolina del Norte. Seth solo llevaba una camiseta térmica negra y un pantalón cargo. Nada más. Me pregunté si, una vez Despertara, tendría protección contra el clima incorporada.

Los Guardias se apartaron de inmediato, dejando al descubierto el fuerte sol invernal que brillaba sobre las aguas tranquilas. Al principio me sorprendí, pero luego recordé de quién eran los Guardias: de Lucian.

Aiden se movió, inquieto. Abría y cerraba las manos a los lados.

Seth fingió compasión.

—No pareces muy contento con esto, Aiden.

Le di una patada a Seth en la espinilla.

—Ay —siseó, fulminándome con la mirada—. Dar patadas no está bien.

—Buscar guerra no está bien —le respondí.

Aiden suspiró.

—Veinte minutos. Luego iremos a buscaros.

Al bajar los escalones, Seth se inclinó ante Aiden y luego giró sobre sí mismo. El viento atrapó y sacudió su cabello. A veces olvidaba lo... guapo que era Seth. Podía hacerle la competencia a Apolo. Ambos tenían ese tipo de belleza fría que parecía irreal, porque era impecable tanto de lejos como de cerca.

Me puse a su lado y metí las manos en el bolsillo del centro de la sudadera.

—No esperaba que volvieras tan pronto.

Seth arqueó una ceja dorada.

—¿En serio? No me sorprende.

Me sonrojé. Era imposible que supiera lo que había pasado entre Aiden y yo. El vínculo no funcionaba a tantos kilómetros de distancia. Respiré hondo y me armé de valor.

—Seth, tengo que...

—Ya lo sé, Alex.

—¿Qué? —Me detuve, apartándome el pelo de la cara—. ¿Que sabes qué?

Me encaró y se inclinó hacia mí, colocando su cara a escasos centímetros de la mía. El cordón en mi interior se volvió loco, pero era soportable... mientras no me tocara. Oh, dioses, esto no iba a ser fácil.

—Lo sé todo.

«Todo» podían ser muchas cosas. Encorvé los hombros y entrecerré los ojos ante su dura mirada.

—¿Qué sabes exactamente?

Esbozó una pequeña sonrisa.

—Bueno, veamos. Sé *eso* —dijo, e hizo un gesto en dirección a la casa de los St. Delphi—, lo que pasó ahí. Sabía que iba a ocurrir.

Sentí calor y frío a la vez.

—Seth, lo siento mucho. No quiero hacerte daño.

Se me quedó mirando un segundo y luego se rio.

—¿Hacerme daño? Alex, siempre he sabido lo que sientes por él.

Vale. Debía de estar drogada cuando pensé que había visto vulnerabilidad en Seth otras veces. Tonta de mí, era el chico sin sentimientos o algo parecido. Pero incluso para la versión engreída y molesta de Seth, se lo estaba tomando muy bien, demasiado bien. Mis sospechas se dispararon.

—¿Por qué te lo tomas tan bien?

—¿Se supone que debo estar molesto? ¿Eso es lo que quieres? —Inclinó la cabeza hacia un lado, con las cejas arqueadas—. ¿Quieres que me ponga celoso? ¿Se trata de eso?

—¡No! —Sentí que volvía a sonrojarme—. Es que no esperaba que te lo tomases tan... bien.

—Bueno, yo no diría que me parece bien. Pero es lo que hay.

Lo miré fijamente y entonces me asaltó un pensamiento.

—No vas a denunciarlo, ¿verdad?

Seth negó despacio con la cabeza.

—¿En qué me beneficiaría eso? Estarías sometida a la servidumbre y al elixir.

Y no Despertaría, a eso parecía que se reducía todo, y yo era lo suficientemente madura como para admitir que dolía. Me preguntaba qué le molestaba más a Seth: que mi vida estuviera prácticamente acabada o que mi Despertar no se produjera. Aparté la mirada, mordiéndome el labio.

—Seth, he descubierto algunas cosas mientras no estabas.

—Yo también —respondió con calma.

Eso era enigmático.

—Tuviste que saber lo de la Orden y cómo se crea un Apollyon.

Su expresión no cambió.

—¿Por qué?

La frustración estalló.

—En una ocasión dijiste que, cuando Despiertas, lo sabes todo de los Apollyons anteriores. Uno de ellos tuvo que saber lo de la Orden y cómo nació. ¿Por qué no me lo dijiste?

Seth suspiró.

—Alex, no te lo dije porque no le vi el sentido.

—¿Cómo no le veías sentido después de todo lo que me pasó en Nueva York? Si me hubieras dicho lo de la Orden, habría estado mejor preparada.

Apartó la mirada y frunció los labios.

—Y te pregunté mientras estábamos allí si sabías lo que significaba ese símbolo —dije. La rabia y la decepción me inundaron. Ni siquiera intenté ocultarle mis emociones—. Dijiste que no lo sabías. Cuando te pregunté si sabías de una mezcla entre un puro y un mestizo, dijiste que suponías que tu padre tenía que ser un mestizo. Sabías la verdad. Lo que no entiendo es por qué no me lo dijiste.

—Me dijeron que no lo hiciera.

—¿Qué? —Seth echó a andar y yo me apresuré a alcanzarlo—. ¿Quién te dijo que no me lo dijeras?

Miró fijamente hacia la playa.

—¿Acaso importa?

—¡Sí! —exclamé prácticamente a gritos—. Sí que importa. ¿Cómo podemos tener algo si no confío en ti?

Alzó las cejas.

—¿Qué *tenemos* exactamente, Alex? Recuerdo haberte dicho que podías elegir. No te pedí etiquetas ni expectativas.

Yo también lo recordaba. La noche en la piscina parecía que había sido hacía una eternidad. Una parte de mí echaba de menos a aquel Seth juguetón.

—Y elegiste —continuó Seth en voz baja—. Elegiste incluso cuando dijiste que me elegías a mí.

También recordé aquella fugaz mirada de satisfacción cuando le dije que lo elegía a él. Sacudí la cabeza y busqué algo que decir.

—Seth, yo...

—No quiero hablar de esto. —Se detuvo allí donde la arena se desvanecía en el pavimento, se agachó y me rozó la mejilla con los nudillos. Me sobresalté por el contacto y la descarga eléctrica que le siguió. Seth bajó la mano y miró las puertas traseras de las pequeñas tiendas que bordeaban la calle principal—. ¿Hay algo más de lo que quieras hablar?

No había respondido a ninguna maldita pregunta, pero tenía una más.

—¿Viste a mi padre, Seth?

—No. —Me miró a los ojos.

—¿Lo buscaste siquiera?

—Sí. Alex, no pude encontrarlo. Eso no significa que no estuviese allí. —Se apartó los mechones más cortos que se le habían soltado—. Da igual, te he traído un regalo.

No estaba segura de haberlo oído bien, pero entonces lo repitió, y mi corazón se hundió.

—Seth, no deberías haberme traído nada.

—Cambiarás de opinión cuando lo veas. —Una sonrisa malvada se dibujó en sus labios—. Confía en mí, este es un regalo de los que solo se hacen una vez en la vida.

Genial. Eso me hacía sentir mejor. Si me entregaba el Diamante de la Esperanza, vomitaría. Nunca habíamos tenido una relación, pero la culpa seguía revolviéndome las entrañas. Cuando lo miraba, veía a Aiden. Y cuando Seth me tocaba, sentía a Aiden. Lo peor de todo era que Seth lo sabía.

—Venga, Alex.

—Vale. —Respiré hondo y apreté los labios. El viento que soplaba desde el océano era increíblemente frío, y me acurruqué en mi sudadera con capucha—. ¿Por qué hace tanto frío? Aquí nunca hace tanto frío.

—Los dioses están cabreados —dijo Seth, y luego se echó a reír.

Fruncí el ceño.

Seth se encogió de hombros.

—Están concentrados en esta pequeña parte del mundo. Es por nosotros. Los dioses saben que se avecinan cambios.

—A veces me asustas de verdad.

Se rio.

Hice una mueca. Después caminamos en silencio. Seguía esperando que se volviera hacia la isla controlada por el Covenant y, cuando no lo hicimos, pensé que nos dirigiríamos hacia la casa de Lucian, pero me guio directamente a través de la ciudad y hacia el palacio de justicia, lugar que utilizaban los miembros del Consejo.

—¿Mi regalo está en el palacio de la justicia?

—Sí.

Sinceramente, nunca sabía qué esperar de Seth. Incluso con el vínculo, no tenía ni idea de lo que pasaba por su cabeza la mitad del tiempo.

El número normal de Guardias del Consejo estaba justo dentro del Palacio de Justicia, escondido de los turistas mortales. Detrás de ellos, tres Guardias de Lucian bloqueaban una puerta. Se hicieron a un lado, abriéndonos paso.

Me detuve, sabiendo hacia dónde conducían la puerta y las escaleras.

—¿Por qué bajamos a las celdas, Seth?

—Porque te voy a encerrar y me pondré en plan flipado.

Puse los ojos en blanco.

Sujetándome por el codo, tiró de mí hacia delante. Bajamos. Mis ojos se adaptaron a la oscuridad de la escalera. Los viejos tablones crujían bajo nuestros pies. Las celdas no eran subterráneas. En realidad, estaban en el primer piso. La entrada principal daba al segundo piso, pero, aun así, parecía que estábamos bajando a un lugar húmedo y oscuro.

Una luz tenue iluminaba el pasillo. Por encima del hombro de Seth, pude distinguir varias celdas a lo largo del estrecho pasillo. Me estremecí al imaginarme atrapada en una de ellas. Dioses, ¿cuántas veces había estado cerca de aquello?

Delante de nosotros, dos Guardias se pararon frente a la última celda. Seth se acercó a ellos y chasqueó los dedos.

—Dejadnos.

Me quedé pasmada cuando los dos Guardias se marcharon.

—¿Acaso tienes algún poder especial de Apollyon que ocurra al chasquear los dedos?

Inclinó la cabeza hacia mí.

—Tengo muchos poderes especiales de Apollyon en los dedos.

Lo empujé.

—¿Dónde está mi regalo, pervertido?

Seth retrocedió, sonriendo. Se detuvo frente a la puerta de barrotes y extendió los brazos.

—Ven a verlo.

Vale. Tenía curiosidad. Avancé, me detuve frente a la puerta y miré a través de los barrotes. Me quedé con la boca abierta y el estómago se me cerró.

Acurrucado en medio de la celda, con las manos atadas a los tobillos, el Ministro Jefe Telly nos miraba con ojos inexpresivos. Tenía la cara destrozada, apenas se lo reconocía, y la ropa rota y sucia, hecha jirones.

—Por todos los dioses, Seth.

Capítulo 25

Aturdida, me aparté de la puerta de la celda. Todo aquello sobre lo que Apolo me había advertido se precipitó hacia mí a la vez. Todos habían temido que algo así sucediera, todos menos yo, y aun así me costaba creer que esto estuviera sucediendo de verdad.

—¿Qué has hecho? —le pregunté.

—¿Qué? Te he traído un regalo: Telly.

Me volví hacia él, sorprendida de tener que explicarle lo mal que estaba esto.

—Seth, la mayoría de los chicos traen rosas o cachorritos a las chicas. No personas, Seth. No al Ministro Jefe del Consejo.

—Sé lo que hizo, Alex. —Puso una mano sobre la cicatriz que Linard había dejado—. Sé que él ordenó esto.

Pude sentir la mano de Seth a través del grueso material.

—Seth, yo…

—Sentí algo cuando sucedió… como si nuestro vínculo hubiera desaparecido por completo —dijo en voz baja y deprisa—. No podía sentir tus emociones, pero sabía que estabas ahí… y luego dejaste de estar durante unos minutos. Lo supe. Entonces Lucian me lo dijo. Mi primera reacción fue traerte solo la cabeza, pero hice la siguiente mejor opción.

Me sentí físicamente enferma mientras miraba a Seth. Y cuando miré a Telly en la celda, vi el maltrecho rostro de Jackson. Debería de haberlo sabido. Dioses, debería de haber sabido que lo sabría... y que haría algo así.

—No me costó mucho encontrarlo —continuó, despreocupado—. Y sé que había gente buscándolo. Leon —se burló Seth—, ¿o debería llamarlo Apolo? Sí, le gané la partida en esto. ¿Esos dos días en los que no me llamaste? Eso fue lo único que necesité para encontrarlo.

El aire salió volando de mis pulmones. El hielo me inundó las venas.

Frunció el ceño.

—Ordenó tu muerte, Alex. Supuse que te alegraría saber que lo tenemos y que ya no será un problema.

Me giré hacia la celda.

—Dioses, ¿cómo es que las furias no han reaccionado a esto?

—No soy estúpido, Alex. —Se puso a mi lado, hombro con hombro—. Lucian ordenó esto e hizo que sus Guardias lo llevaran a cabo. Yo solo... lo acompañé. Soy inteligente, ¿o no?

—¿Inteligente? —Jadeé, alejándome de la celda, de Seth—. ¿Así que esto fue idea de Lucian?

—¿Acaso importa? —Se cruzó de brazos—. Telly intentó matarte, te mató. Por eso, tiene que ser castigado.

—¡Eso no hace que esto esté bien! Míralo. —Señalé la celda, sintiéndome mal—. ¿Qué le pasa?

—Está bajo una fuerte compulsión que no le permite hablar. —Seth se dio unos golpecitos en la barbilla, pensativo—. Ni siquiera estoy seguro de que piense. La verdad es que creo que está algo así como frito.

—Por todos los dioses, Seth. ¿Nadie te ha dicho nunca que dos errores no hacen un acierto?

Seth resopló.

—En mi libro, dos errores siempre hacen un acierto.

—¡No tiene gracia, Seth! —Intenté calmarme—. ¿Quién va a matarlo? ¿El Consejo de los sangre pura?

—No. Lo hará el nuevo Consejo.

—¿El nuevo Consejo? ¿Qué demonios es eso? La frustración brilló en sus ojos ámbar.

—Tienes que entender por qué está pasando esto. Este hombre sirve a los dioses que nos quieren muertos. Hay que eliminarlo.

Me pasé las manos por la cabeza, con ganas de arrancarme el pelo.

—Seth, ¿fue idea de Lucian o no?

—¿Y eso qué más da? ¿Y qué si fue así? Él solo quiere mantenernos a salvo. Quiere un cambio y...

—¡Y quiere el trono de Telly, Seth! ¿Cómo es que no lo ves? —La frialdad se apoderó de mis entrañas mientras lo miraba fijamente. Lucian quería el poder y eliminar a Telly era una forma de conseguirlo, pero eso no significaba que pudiera hacerse con el control total del Consejo... ¿o sí? Sacudí la cabeza—. Es imposible que los dioses permitan esto. No quieren lo que hacía Telly.

—¡Los dioses son el enemigo, Alex! No hablan con el Consejo, pero sí con la Orden.

—¡Apolo me salvó la vida, Seth! ¡No Lucian!

—Solo porque tienen planes para ti —dijo, dando un paso adelante—. Tú no sabes lo que yo sé.

Cerré los puños.

—¡Entonces dime lo que sabes!

—No lo entenderías. —Se volvió hacia el cuerpo inmóvil de la celda—. Todavía no. Ni siquiera te culpo por ello. Eres demasiado pura, ahora más que nunca.

Me estremecí.

—Eso no ha sido... No ha sido justo.

Cerró los ojos y se pasó la palma de la mano por la frente.

—Tienes razón. Eso no ha sido justo.

Aproveché el momento de claridad.

—No puedes retenerlo aquí, Seth. Tienes razón. Tiene que ser castigado por lo que hizo, pero debe tener un juicio. Mantenerlo así, bajo una compulsión en una celda, está mal.

Dioses, menudo día más desastroso si *yo* era la voz de la razón.

Seth se volvió hacia mí. Abrió la boca, pero la cerró.

—Ya he invertido demasiado en esto.

El miedo me recorrió la espalda. Me acerqué a él, pero me detuve. Crucé los brazos sobre el pecho.

—¿Qué quieres decir?

Extendió la mano hacia mí, pero la aparté de un tirón. Confundido, bajó la mano.

—¿Cómo puedes querer que viva?

—Porque no nos corresponde a nosotros decidir quién vive o muere.

Frunció el ceño.

—¿Y si fuese así?

Negué con la cabeza.

—Entonces no quiero formar parte de eso. Y sé que tú tampoco.

Seth suspiró.

—Alex, te estás entrenando para ser Centinela. Tomarás decisiones de vida o muerte todo el tiempo.

—Eso es diferente.

—¿Lo es? —Inclinó la cabeza hacia mí, con una sonrisa de suficiencia que disipaba cualquier duda.

—¡Sí! Como Centinela, mataré daimons. No es lo mismo que ser jurado y verdugo.

—¿Cómo no ves que hago lo que hay que hacer, aunque seas demasiado débil como para hacerlo tú misma?

¿Quién demonios era esta persona que tenía a mi lado? Era como razonar con un lunático... Ahora sabía cómo se sentía la gente cuando intentaba razonar conmigo. La ironía era un enemigo cruel, muy cruel.

—Seth, ¿dónde están las llaves de la celda?

Entrecerró los ojos.

—No voy a dejar que se vaya.

—Seth. —Di un paso tentativo hacia él—. No puedes hacer esto. Lucian tampoco.

—¡Puedo hacer lo que me dé la gana!

Lo empujé para alcanzar la manilla de la puerta y me encontré contra la pared opuesta, con Seth delante de mi cara. El miedo floreció en mi estómago mientras el cordón zumbaba como loco.

—Seth —susurré.

—Se queda ahí. —Sus ojos destellaron en un ocre peligroso—. Hay planes para él, Alex.

Me tragué el repentino sabor de la bilis.

—¿Qué planes?

Su mirada se posó en mis labios, y un miedo totalmente nuevo echó raíces.

—Pronto lo verás. No tienes que preocuparte, Alex. Yo me ocuparé de todo.

Le puse las manos en el pecho y lo empujé varios metros hacia atrás. La sorpresa y luego la ira cruzaron por su rostro.

—Estás como una cabra, Seth. No sigas por ese camino.

Se dio la vuelta, volvió a la celda y señaló a Telly.

—Así que, ¿prefieres ver a esta cosa libre? ¿Libre para esclavizar mestizos, para ordenar que los maten? ¿Libre para continuar sus intentos de asesinato contra ti? ¿Y luego tendremos que esperar un juicio, un juicio amañado para proteger a los sangre pura? Solo le darían una palmadita en la mano. Joder, ¡incluso podrían ordenarte que te disculparas por fastidiar sus planes para matarte!

La rabia me inundó. Di un paso adelante, cara a cara con Seth.

—¡No te importa lo que les pase a los mestizos! No tiene nada que ver con lo que estás planeando. Y tú lo sabes. Lo que estás haciendo, lo que estás aceptando, está mal. Y yo no...

—Vete —me interrumpió, hablando en un tono grave y lleno de furia.

Me mantuve firme.

—No voy a dejar que hagas esto, Seth. No sé lo que ha dicho Lucian para convencerte...

—He dicho *que te vayas.* —Seth me empujó, y lo hizo *con fuerza.* Apenas pude contenerme—. Tal vez la próxima vez te traiga rosas o perritos.

Eso me puso los pelos de punta, al igual que la sonrisa que me dedicó. Necesité todo mi autocontrol para darme la vuelta y marcharme. Subí las escaleras a toda prisa. Como otras mil veces en mi vida, no pensaba escuchar lo que me habían dicho que hiciera. Pero, por primera vez, quizá fuese lo correcto. Aiden y Marcus tenían que saber qué tramaban Seth y Lucian. Tal vez podrían detener esto antes de que Seth participase en el asesinato del Ministro Jefe y sellase el destino de ambos.

Todavía tenía que haber esperanza para Seth. Claro que lo que estaba haciendo era una locura, pero no una locura de proporciones *épicas.* Técnicamente, Seth aún no había hecho nada. Como había dicho Caleb, aún había esperanza. Lo que fuese que Lucian tuviera sobre Seth, fuera como fuese que estuviera moviendo sus hilos, tenía que acabar antes de que la historia se repitiera.

Abrí de un empujón las puertas del palacio de justicia y me encontré cara a cara con la raíz de todos mis problemas.

Lucian estaba flanqueado por varios Guardias del Consejo, todos vestidos con esas ridículas túnicas blancas. La sonrisa que se dibujó en su rostro nunca llegó a los ojos.

—Pensé que te encontraría aquí, Alexandria.

Antes de que supiese qué estaba pasando, sus Guardias me rodearon. Lo raro era que los Guardias eran todos sangre pura. Un movimiento inteligente, tenía que reconocérselo.

—¿Qué está pasando, Lucian?

—¿Cuándo me llamarás «padre»? —Subió el último escalón y se detuvo frente a mí. El viento agitaba su túnica, dándole la apariencia de estar flotando.

—¿Qué tal si nunca?

Mantuvo su agradable sonrisa.

—Algún día eso cambiará. Los tres seremos una gran familia feliz.

Eso sí que era inquietante.

—¿Te refieres a Seth? Forma parte de ti tanto como yo.

Lucian chasqueó la lengua.

—Volverás a mi casa, Alexandria. No hace falta que te quedes más tiempo en la residencia de los St. Delphi.

Abrí la boca para discutir, pero la cerré. No había forma de saber si Lucian era consciente de mis sentimientos por Aiden o si Seth le había dicho algo. Luchar solo despertaría sus sospechas. No podía hacer nada para impedirlo. Lucian era mi tutor legal. Tragándome la rabia y el disgusto, di un paso adelante.

—Tengo que ir a por mis cosas.

Lucian se hizo a un lado, indicándome que le siguiera.

—No será necesario. Seth recogerá tus pertenencias.

Maldición. Me puse rígida cuando Seth salió por la puerta. No me dedicó ni una mirada mientras pasaba a mi lado.

Lucian le dio una palmadita en el hombro a Seth.

—Nos vemos en casa.

Seth asintió y bajó los escalones. En la acera, levantó la vista y me dedicó una sonrisa burlona antes de dirigirse a uno de los Hummers aparcados en la acera.

—Ahora, querida, vendrás conmigo —dijo Lucian.

Furiosa, pero incapaz de hacer nada al respecto, seguí a Lucian hasta el otro Hummer. Que los dioses no permitieran que Lucian fuese andando hasta su casa. Una vez que subió al asiento trasero conmigo, no pude evitar las ganas de salir del coche.

Lucian sonrió.

—¿Por qué te sientes tan incómoda a mi alrededor?

Me aparté de la ventanilla.

—Tienes algo.

Arqueó una ceja.

—¿Y qué es?

—Bueno, eres como una serpiente, además de un falso.

Se recostó en el asiento mientras el Hummer se movía.

—Qué mona.

Sonreí con fuerza.

—Dejémonos de tonterías, Lucian. Sé lo de Telly. ¿Por qué harías algo que incluso a mí me parece imprudente y estúpido?

—Ha llegado la hora de un cambio. Nuestro mundo necesita un liderazgo mejor.

Se me escapó la risa antes de que pudiera detenerla.

—¿Estás colocado?

—Durante demasiado tiempo se ha esperado que viviéramos según las viejas leyes, coexistiendo junto a los mortales como si no fuéramos mejores que ellos. El asco empapó sus palabras—. Deberían ocupar el lugar de los mestizos, sirviendo todas nuestras necesidades o caprichos. Y cuando lo hagan, nosotros, los nuevos dioses, gobernaremos esta tierra.

—Por los dioses, estás loco. —No podía decir nada más.

Y lo peor de todo, la abuela Piperi había estado en lo cierto, pero como siempre, yo no lo había entendido. La historia se repetía, pero de la peor manera posible. Y el mal se había escondido en las sombras, actuando como un titiritero moviendo los hilos. La abuela Piperi se refería a Seth y Lucian. Me sentí asqueada. Si me hubiera dado cuenta antes, podría haber evitado que llegara tan lejos.

—No espero que lo entiendas, pero Seth sí. Es lo único que necesito.

—¿Cómo has conseguido que Seth esté de acuerdo con esto?

Se examinó las uñas.

—El chico nunca tuvo un padre. Su madre sangre pura no quería tener nada que ver con él. Supongo que se arrepintió de sus relaciones con el mestizo, pero no pudo deshacerse de él cuando todavía lo llevaba en el vientre.

Me estremecí.

—Cabe suponer que no fue una madre muy cariñosa —continuó Lucian—. Pero aun así ese chico consiguió impresionar al Consejo y entrar en el Covenant. Tuvo una infancia dura, siempre estaba solo. Supongo que lo único que Seth siempre ha buscado es ser querido. —Me miró—. ¿Podrías hacerlo? ¿Darle lo único que siempre ha necesitado?

De repente, supe sin lugar a dudas que Seth no le había contado a Lucian lo de Aiden. Pero ¿por qué? Eliminar a Aiden de la ecuación solo beneficiaría a Seth. ¿Podría ser que Seth no lo hubiera hecho porque sabía que me haría daño? Si ese era el caso, entonces Seth todavía *pensaba* por sí mismo. Después de todo, no era una causa perdida.

—Eso espero. Seth es un buen chico.

Abrí los ojos.

—Suenas… sincero.

Lucian suspiró.

—Nunca he tenido un hijo propio, Alexandria.

El asombro se apoderó de mí. Lucian se preocupaba por Seth de verdad. Y Seth lo veía como un padre. Pero eso no cambiaba lo que Lucian estaba haciendo.

—Lo estás usando.

El Hummer se detuvo detrás de la casa de Lucian.

—Le estoy ofreciendo el mundo. Lo mismo que te ofrezco a ti.

—Lo que estás ofreciendo es una muerte segura para cualquiera que siga con esto.

—No tiene por qué, querida. Tenemos adeptos hasta en el más... improbable de los lugares. Y un partidario muy poderoso...

Mi puerta se abrió antes de que pudiese responder. Un Guardia esperaba a que saliese; me observaba atentamente como si esperara que saliera corriendo, que era lo que había pensado, pero sabía que nunca me saldría con la mía. Me condujeron al interior de la casa rápidamente y luego me dejaron en el opulento vestíbulo con mi padrastro.

—Es una pena que tengas que hacer esto tan difícil, Alexandria.

—Siento aguarte la fiesta, pero no voy a seguir con esto. Nadie más lo hará.

—¿Es así? ¿Dudas de mis palabras apasionadas? —Su mirada se posó en sus Guardias mestizos—. Quiero una vida mejor para los mestizos.

—Mentira —susurré, y mi mirada se dirigió a los Guardias. La cara de condena que llenaba sus expresiones cuando me miraron decía que sí creían en Lucian. Y la verdadera pregunta era: ¿cuántos mestizos lo apoyaban? Las cifras podían ser astronómicas.

Lucian se rio. Era un sonido frío y chirriante.

—En realidad, no tienes ningún poder sobre esto.

—Eso ya lo veremos. —Alcancé el pomo de la puerta, pero me quedé helada cuando giró y se bloqueó en mi mano. Detestaba el elemento aire con toda mi alma. Despacio, me enfrenté a él—. No puedes retenerme aquí. Déjame salir.

Lucian volvió a reírse.

—Me temo que no se te permitirán visitas hasta tu Despertar. Y tampoco esperes que llegue Apolo. No podrá entrar en mi casa.

Fruncí el ceño.

—No se puede detener a un dios.

Lucian parecía complacido mientras se hacía a un lado. Mi mirada se posó detrás de él, en la pared en la que Seth había clavado a un Guardia. Había una marca, un símbolo toscamente dibujado de un hombre con cuerpo de serpiente.

—Apolo no puede entrar en ninguna casa que lleve la marca de la Pitón de Delfos. Fue creada hace mucho tiempo como un castigo por violar las reglas del Olimpo. Es curioso, no lo sabía hasta hace poco.

Tragué saliva. El dibujo parecía hecho con sangre.

—¿Cómo... Cómo te diste cuenta de eso?

—Tengo muchos amigos... de gran poder y relevancia. —Lucian miró el dibujo, una ligera sonrisa en su rostro anguloso—. Tengo muchos amigos que te sorprenderían, querida.

Sentí que las paredes se cerraban, exprimiendo el aliento de mis pulmones. Estaba atrapada aquí hasta mi Despertar. Se me cortó la respiración. Debería haber escuchado a Aiden y no haber salido de su casa.

—No puedes hacer esto.

—¿Por qué no puedo? —Se acercó a mí—. Soy tu tutor legal. Puedo hacer contigo lo que me plazca.

Mi temperamento se estiró y estalló.

—¿De verdad? ¿Cuándo te ha funcionado eso en el pasado?

—En el pasado no tenía a Seth ni estábamos tan cerca del Despertar. —Me agarró la barbilla y me clavó sus dedos huesudos—. Puedes luchar contra mí todo lo que quieras, pero en unos días, Despertarás. Primero, conectarás con Seth, y lo que él desee, tú lo desearás. Y entonces tu poder se transferirá a él. No puedes impedirlo.

Palidecí.

—Soy más fuerte que eso.

—¿Eso crees? Piénsalo, querida. Piensa en lo que eso significa y si tiene sentido o no luchar contra lo que está a punto de ocurrir.

La inquietud se apoderó de mí, pero me mantuve impasible.

—Si no me sueltas, te romperé el brazo.

—Lo harías, ¿verdad? —Sentía su aliento cálido en mi mejilla. Se me subió la bilis a la garganta—. Solo hubo una cosa en la que Telly y yo estuvimos de acuerdo.

—¿En qué?

—Necesitas que te dobleguen. —Me soltó, con la misma maldita sonrisa dibujada en la cara—. Salvo que él lo hizo de la manera equivocada. No cometeré el mismo error que cometí con tu madre. Le di demasiada libertad. A partir de ahora, eres mía. Como Seth. Y harías muy bien en recordarlo.

Me alejé de él.

—Eres un bastardo.

—Puede que sea verdad, pero en unos días, controlaré a los dos Apollyons. Entonces seremos imparables.

CAPÍTULO 26

La cena fue incómoda por distintos motivos. Éramos solo tres personas reunidas en el extremo de una mesa larga y rectangular, comiendo a la luz de las velas como si nos hubiéramos trasladado a la época medieval. Seth alternaba entre charlar con Lucian, su padre imaginario, y mirarme con desprecio. Rechacé cualquier intento de Lucian de entablar conversación conmigo. Y ni siquiera me atreví a comerme el filete, que me hacía agua la boca.

Esta iba a ser mi última cena.

Lo sabía. Lo que estaba planeando mientras observaba a los dos, con toda seguridad acabaría conmigo muerta, pero era salir de esa forma o ser parte de algo tan atroz como destruir a los que no estaban de acuerdo con Lucian y esclavizar a la humanidad. Porque eso era lo que planeaban... o, al menos, lo que Lucian planeaba. Lucian necesitaba a los Apollyons, o por lo menos al Asesino de Dioses, para lograrlo. Tenía sentido. En un principio, los Apollyons habían sido creados para mantener a raya a los puros, pero si él controlaba a los Apollyons, entonces no tenía nada que temer. Cuando yo Despertara, Seth podría derribar a cualquier dios que fuera tras Lucian, haciéndolo prácticamente invencible. Era un plan brillante. Uno en el que sabía que seguramente Lucian había trabajado desde el momento en que se dio cuenta de que había dos Apollyons en una generación. Les darían a los miembros del Consejo una opción. Estar con ellos o caer. Con Seth en el máximo poder del Apollyon, el Asesino de Dioses, sería capaz de matar a cualquier dios que viniera a por él. No era que Lucian creyera que algún dios lo haría. Cuando Seth se convirtiera en el Asesino de Dioses, ningún dios sería tan estúpido como para acercarse a menos de un kilómetro de él. La única amenaza serían los miembros de la Orden, pero a ellos también les costaría mucho acabar con Seth. Lucian ya tenía Centinelas buscando a los miembros que quedaban. Me estremecí ante lo que sabía que les harían.

Y, sin embargo, por mucho que hablaran, sentí que había algo que no estaban diciendo. Había algo más, igual que sentía que había algo más que explicaba por qué Apolo se había empeñado tanto en mantenerme a salvo.

—¿Cómo mató la Orden al Primero y a Solaris? —pregunté, hablando por primera vez.

Lucian alzó las cejas, mirando a Seth mientras hacía girar la copa de cristal.

—Los atraparon de improviso. —Seth miró su plato—. En ese mismo instante, les atravesaron el corazón. —Se aclaró la garganta—. ¿Por qué lo preguntas?

Me encogí de hombros. Sobre todo, porque tenía curiosidad, ya que matar a dos Apollyons no era una tarea fácil. Como no respondí, reanudaron su charla. Yo reanudé mi conspiración.

Iba a hacer algo que nunca pensé que volvería a hacer. Iba a matar a un sangre pura: Lucian. Enrosqué los dedos alrededor del cuchillo de la carne. Era la única manera de detener esto. Acabaría con Lucian y entonces Seth quedaría libre de su extraña influencia paterna. Y yo estaría muerta, pero tal vez... Tal vez Aiden y Marcus podrían demostrar la locura de Lucian. Valía la pena intentarlo. No podía dejar que esto sucediera, y sucedería si me retenían aquí, y entonces no habría quien los detuviera.

Esto era posiblemente lo más loco, espontáneo e imprudente que había planeado, pero ¿qué otra opción tenía? Lucian ya controlaba a Seth y podría controlarme a mí a través de él si así lo deseaba. Ese era el miedo de todos, mi peor miedo.

Tenía que hacer algo.

—¿Puedo retirarme? —pregunté.

—No has comido nada. —Seth frunció el ceño—. ¿Te encuentras mal?

Cielos, ¿sería que había perdido el apetito porque estaba rodeada de lunáticos?

—Solo estoy cansada.

—Está bien —dijo Lucian.

Intentando no pensar en lo que estaba haciendo, coloqué la servilleta sobre el cuchillo de carne y lo arrastré por la manga con el mango por delante. Me puse de rodillas. Matar en combate o cuando necesitaba protegerme era algo muy diferente a esto. Una parte de mí gritaba que aquello estaba mal, tan mal como lo que pretendían hacerle a Telly, pero ¿una vida a cambio de proteger muchas más? Me pareció que valía la pena.

Bueno. Dos vidas, porque dudaba mucho de que fuera a salirme con la mía. Los Guardias esperaban en la puerta del comedor. Si ellos no me mataban, el Consejo que Lucian buscaba traicionar lo haría. Qué irónico.

Caminé despacio alrededor de la mesa, serenando mi respiración y bloqueando mis emociones. Tenía la fuerza suficiente para clavarle el cuchillo en la espalda y atravesarle la médula espinal. Sería más fácil ir a por la garganta o el ojo, pero, dioses, me estaba dando asco solo de pensarlo.

Hazlo y ya está. Llegué al lado de Lucian y respiré hondo mientras dejaba que el cuchillo se deslizara por mi manga. Entonces, un tren de mercancías me tiró al suelo.

Me golpeé contra el suelo de baldosas con un fuerte crujido. Seth me inmovilizó las piernas mientras me retorcía la muñeca hasta que grité y me vi obligada a soltar el cuchillo. Cuando intenté zafarme de su agarre, los Guardias entraron corriendo en la habitación, pero Lucian levantó la mano y los detuvo. Lucian extendió la mano para detenerlos.

—¿Qué pasa contigo? —preguntó Seth, furioso, sacudiéndome un poco cuando no respondí lo suficientemente rápido—. ¿Estás loca?

El corazón me martilleaba contra las costillas.

—¡Aquí la loca no soy yo!

—¿En serio? ¿No eres tú la loca? —Dirigió la mirada al cuchillo—. ¿Hace falta que te lo explique?

—Lidia con ella. —Lucian se levantó y tiró la servilleta de tela, con una voz inquietantemente calma—. Antes de que haga algo de lo que me arrepienta.

Seth exhaló con dureza.

—Lo siento, Lucian. Lo arreglaré.

Estaba tan sorprendida que no podía hablar. ¿Se estaba disculpando con Lucian? Estaba en la tierra de los locos y no había escapatoria.

—Tiene que aceptar esto —dijo Lucian—. No voy a vivir con el miedo de ser asesinado en mi propia casa. O cumple o haré que la encierren.

Los ojos de Seth se encontraron con los míos.

—Eso no será necesario.

Lo fulminé con la mirada.

—Bien. —Lucian sonaba más disgustado que asustado. Era como si le hubiera escupido en vez de intentar matarlo—. Me retiro por esta noche. ¡Guardias!

En una carrera acelerada, siguieron a Lucian fuera de la habitación. Algunos de ellos eran puros. ¿Les había prometido algo por lo que valiera la pena ir contra el Consejo y arriesgarse a morir? Yo sabía lo que les había ofrecido a los mestizos.

Seth seguía sujetándome contra el suelo.

—Probablemente, esa ha sido la estupidez más grande que hayas intentado hacer nunca.

—Lástima que no haya funcionado.

Aparentando incredulidad, me puso en pie. En cuanto me soltó, salí corriendo hacia la puerta. Me atrapó antes de que saliera de la habitación en un abrazo.

—¡Basta ya!

Eché la cabeza hacia atrás, esquivándolo por poco.

—¡Déjame ir!

—No hagas esto difícil, Alex.

Forcejeé con su fuerte agarre.

—Te está utilizando, Seth. ¿Por qué no te das cuenta?

Levantó el pecho contra mi espalda.

—¿Es tan difícil aceptar que Lucian se preocupa por mí… y por ti?

—¡No se preocupa por nosotros! Lo único que quiere es utilizarnos. —Levanté las piernas para usar la pared, pero Seth se anticipó y me dio la vuelta—. ¡Joder! ¡Eres más lista que esto!

Seth suspiró y empezó a arrastrarme hacia el pasillo.

—A veces eres un poco tonta. No te faltará de nada, Alex. Nada. Juntos podremos cambiar nuestro mundo. ¿No es eso lo que quieres? —Habíamos llegado al final de los escalones, y pateé la estatua de algún dios que no reconocí—. ¡Dioses! Déjalo ya, Alex. Para ser una persona tan bajita, pesas mucho, joder. No quiero tener que subirte por estas escaleras.

—Vaya. Gracias. Ahora me estás llamando gorda.

—¿Qué? —Aflojó los brazos.

Lo golpeé con el codo en el estómago con tanta fuerza que el impacto me sacudió todo el cuerpo. Seth se inclinó, pero no me soltó. Con una maldición salvaje, me dio la vuelta y se dobló por la cintura. Me agarró con el brazo y me tiró por encima del hombro. Antes de que pudiera darle una patada, me agarró las piernas y me las sujetó.

—¡Bájame! —Le golpeé la espalda con los puños.

Seth gruñó mientras empezaba a subir las escaleras.

—No puedo creerme que tenga que hacer esto.

Continué mi asalto a su espalda en vano.

—¡Seth!

—Quizá te merezcas unos azotes, Alex. —Riéndose, rodeó el rellano mientras lo golpeaba en los riñones—. ¡Ay! ¡Eso duele!

Estábamos haciendo tanto ruido como para despertar a todos los Guardias de la casa, pero nadie intervino. Reconocí el pasillo al revés y la puerta que Seth abrió de un empujón. Era mi antiguo dormitorio en casa de Lucian.

Seth cruzó furioso una alfombra blanca y afelpada que no estaba en mi habitación cuando me quedé en esta casa. Por aquel entonces, el suelo estaba desnudo y hacía frío en invierno. Me dejó sin ceremonias sobre la cama y se puso las manos en la cadera.

—Compórtate.

Me levanté de un salto. Seth me agarró por la cintura y me empujó hacia abajo sin apenas esfuerzo. Una cantidad increíble de rabia me llenó de energía, recorriéndome como un torrente de olas embravecidas. Y dejé que la furia creciera y se extendiera como la marea.

—Estás haciendo el ridículo, Alex. Y tienes que calmarte. Estás haciendo que desee tener algo de Valium.

Mis manos se cerraron en puños.

—Te está utilizando, Seth. Quiere controlarnos para poder derrocar al Consejo. Quiere ser más poderoso que los dioses. ¡Sabes que nunca lo permitirán! Para empezar, por eso se crearon los Apollyons.

Seth arqueó una ceja.

—Sí, Alex, sé por qué se crearon los Apollyons. Para asegurarse de que ningún sangre pura alcanzara el poder de los dioses y blablablá. Déjame que te haga una pregunta. ¿Crees que a alguno de los dioses le importa si mueres luchando contra un daimon?

—Es evidente que les importa, porque ellos me trajeron de vuelta.

Puso los ojos en blanco.

—¿Y si no fueras el Apollyon, Alex? ¿Y si solo fueras una mestiza normal? ¿Les importaría algo que murieras?

—No, pero...

—¿Crees que eso está bien? ¿Estar obligado a ser esclavo o guerrero?

—¡No! No está bien, pero los dioses no decretaron eso. Fueron los puros, Seth.

—Lo sé, pero ¿no crees que los dioses podrían haberlo cambiado si hubieran querido? —Se acercó más y bajó la voz—. El cambio tiene que ocurrir, Alex.

—¿Y de verdad crees que Lucian va a traer ese tipo de cambio? —Le pedí a Seth que lo entendiera—. ¿Que una vez tome el control total del Consejo, liberará a los sirvientes? ¿Liberará a los mestizos de su deber?

—¡Sí! —Seth se arrodilló frente a mí—. Lucian los liberará.

—¿Entonces quién luchará contra los daimons?

—Habrá quienes se ofrezcan como voluntarios, igual que los puros ahora. Lucian lo logrará. Lo único que tenemos que hacer es apoyarlo.

Sacudí la cabeza.

—A Lucian nunca le han importado los mestizos. Lo único que le ha importado siempre es él mismo. Quiere el máximo poder: esclavizar a los mortales en lugar de a los mestizos. Él mismo lo dijo.

Con un gruñido de disgusto, se levantó.

—Lucian no tiene intención de hacer tal cosa.

—¡Me lo dijo en el coche! —Le agarré las manos, ignorando cómo saltaba el cordón—. Por favor, Seth. Tienes que creerme. Lucian no hará nada de lo que te ha prometido.

Me miró durante un momento.

—¿Por qué iba a importarte si su plan fuese esclavizar mortales? No lo entiendo. No soportabas vivir entre ellos. ¿Por qué querrías proteger a los dioses cuando la Orden te mató, *te mató*, para protegerlos? ¿Y tienes problemas con que algunos puros mueran en el camino? Mira cómo te han tratado. No lo entiendo.

A veces yo tampoco lo entendía. Los puros nos trataban a los mestizos como basura. Y los dioses, bueno, eran tan culpables como los puros. Habían permitido que todo sucediera. Pero esto era peor.

—Morirá gente inocente, Seth. ¿Y qué crees que harán los dioses? Puede que no sean capaces de tocarnos, pero pueden ser vengativos y francamente sádicos. Empezarán a masacrar mestizos y puros a montones. Apolo lo dijo.

Me estrechó las manos.

—Víctimas de guerra, son cosas que pasan.

Tiré de mis manos. Se me revolvió el estómago.

—¿Cómo puedes ser tan insensible?

—No es que sea insensible, Alex. Se llama ser fuerte.

—No —susurré—. No tiene nada que ver con ser fuerte.

Seth se apartó de mí y se pasó la mano por el pelo, soltando mechones de la cinta de cuero. ¿Siempre había sido así? Siempre había habido cierto grado de frialdad en él, pero nada de este tipo.

—Todo irá bien —dijo al final—. Te lo prometo. Cuidaré de ti.

—No va a ir bien. Tienes que dejarme ir. Tenemos que estar separados.

—No puedo, Alex. Quizá con el tiempo te olvides de él y...

—¡Esto no es por Aiden!

Frente a mí, sus labios se torcieron en una sonrisa amarga y cínica.

—Siempre es por Aiden. A ti no te importan los mortales. Si pudieras seguir teniéndolo y dejar que nos saliéramos con la nuestra, no te importaría.

—Sí que lo haría. Vas a tener que matar a gente inocente para hacer esto, Seth. ¿En serio puedes vivir con ello? Porque yo no puedo.

—¿Qué puro es inocente de verdad? —preguntó en lugar de responder a mi pregunta.

—Hay puros que no quieren ver a los mestizos esclavizados. Y sí, los dioses son unos imbéciles, pero son así.

—Ya hemos hablado de esto, Alex. No vamos a estar de acuerdo. No todavía, al menos. Pero tu cumpleaños es dentro de unos días. Entonces lo entenderás.

Me quedé boquiabierta.

—¡Seth, por favor, escúchame!

Una fría máscara se deslizó sobre su rostro, encerrándolo.

—No lo entiendes, Alex. No puedo... No te dejaré ir.

—¡Sí, sí puedes! Es muy sencillo. Déjame salir de esta casa.

En un segundo, Seth estuvo frente a mí. Me agarró las manos, presionando sus palmas contra las mías.

—No sabes lo que se siente ahora, pero lo sabrás. Cuantas más marcas tengas, más *akasha* fluirá hacia mí. No hay nada, nada, que se sienta así. Es puro poder, Alex. ¡Y ni siquiera has Despertado! ¿Te imaginas cómo será entonces?

—Sus ojos adquirieron ese brillo demencial y demasiado pasional que yo había visto y despreciado antes—. No puedo renunciar a eso.

—Por todos los dioses, ¿te estás oyendo? Suenas como un daimon que ansía éter.

Sonrió.

—No tiene nada que ver. Es mejor.

Fue entonces cuando me di cuenta de que, entre la influencia de Lucian y el atractivo del *akasha*, Seth se había convertido en algo peligroso. Apolo tenía razón. Maldita sea. La abuela Piperi tenía razón.

Y yo había estado tan, tan equivocada. Estaba en una posición precaria y mala. Todo era posible y mi ritmo cardíaco se duplicó. Quería darme una bofetada por no dejar que Apolo me escondiera, pero cuando él había sugerido aquello, lo único en lo que podía pensar era en que eso era lo que Lucian hubiera querido hacer. Estaba disgustada conmigo misma por la cantidad de veces que había querido tirar la toalla. Yo nunca huía.

Pero ahora tenía que huir, porque era lo único inteligente que podía hacer.

—Quiero que salgas de mi habitación. —Obligué a mis rodillas a dejar de temblar y me puse de pie—. Ahora.

—No quiero irme —contestó con firmeza.

El corazón se me subió a la garganta.

—Seth, no quiero que estés aquí.

Ladeó la cabeza, con los ojos encendidos.

—No hace mucho no te importaba que estuviera en tu habitación… o en tu cama.

—No tienes derecho a estar aquí. No eres mi novio.

Seth levantó las cejas.

—Hablas como si lo que somos se pudiera simplificar con pequeñas etiquetas. No somos novios. En eso tienes razón.

Me aparté de la cama, buscando desesperadamente una salida de la habitación. Solo había un baño, un armario y una ventana. Y mi vieja casa de muñecas... ¿qué demonios hacía todavía aquí? Encima de la casa había una espeluznante muñeca de porcelana que de niña odiaba y seguía odiando.

Acercándose por la espalda, me susurró al oído.

—*Somos* la misma persona. Queremos y necesitamos las mismas cosas. Puedes amar a quien quieras y puedes decirte lo que quieras. Nosotros no tenemos que amarnos; ni siquiera tenemos que *gustarnos*. No importa, Alex. Estamos unidos, y la conexión que hay entre nosotros es mucho más fuerte que cualquier cosa que sientas en tu corazón.

Me giré y puse espacio entre nosotros.

—No. Se acabó. Recurro a la promesa que me hiciste. No quiero hacer esto. Tienes que irte. No me importa a dónde vayas. Solo vete...

—No voy a irme.

El pánico se convirtió en algo mucho peor y mucho más poderoso. El miedo serpenteó en mi interior, clavándose en lo más hondo y extendiéndose por mis venas como si fuese veneno.

—Me lo prometiste, Seth. Juraste que te irías si esto era demasiado. No puedes retractarte.

Sus ojos se encontraron con los míos.

—Es demasiado tarde para eso. Lo siento, pero esa promesa ha perdido todo su valor. Las cosas han cambiado.

—Entonces me iré yo. —Respiré hondo, pero no sirvió de nada para calmar los latidos de mi pecho—. ¡No podéis retenerme aquí! Me da igual que Lucian sea mi tutor legal.

Inclinó la cabeza hacia un lado. Su mirada se volvió casi curiosa.

—¿Crees que hay algún lugar en este mundo donde no pueda encontrarte si quiero?

—Dioses, Seth, ¿sabes lo acosador que suena eso? ¿Lo espeluznante que suena?

—Solo digo la verdad —respondió despreocupado—. Cuando cumplas dieciocho, que es dentro de... ¿cuánto? ¿Cinco días? No tendrás ningún control sobre eso.

Cerré las manos en puños. Dioses, odiaba cuando tenía razón. Sobre todo cuando daba miedo y, ahora mismo, Seth daba mucho miedo. No podía... Me negaba a mostrárselo. Así que recurrí a la ira.

—¡No tienes ningún control sobre mí, Seth!

Seth arqueó una ceja. Una sonrisa lenta y malvada se dibujó en su rostro. Al reconocer esa mirada, salí disparada hacia atrás, pero él era increíblemente rápido. Extendió el brazo y me agarró por la cintura.

El instinto se apoderó de mí. Mi cerebro dejó de funcionar y me activé en modo lucha. Dejé que mis piernas flaquearan y me convertí en un peso muerto en sus brazos. Seth maldijo y, cuando se agachó para atraparme, me levanté de un salto y le di un rodillazo en el torso. Dejó de respirar y retrocedió tambaleándose.

Me di la vuelta y estiré el brazo para darle en el pecho. No fue un golpe suave. Le di con todas mis fuerzas y Seth se arrodilló.

Salí corriendo hacia la puerta, dispuesta a luchar para salir de la casa y bajar a la calle si era necesario.

No lo conseguí. No exactamente.

Rodeé con los dedos el pomo de la puerta en el mismo instante en que sentí un torrente de poder en la habitación que me erizó el vello de todo el cuerpo. De repente, salí volando hacia atrás. El pelo me cayó sobre el rostro, nublando mi visión.

Seth me rodeó la cintura con los brazos y me estrechó contra su pecho.

—Sabes, me gustas cuando estás furiosa. ¿Quieres saber por qué?

Forcejeé en su abrazo, pero él me sostuvo, y fue como intentar mover un camión de carga.

—No. La verdad es que no me importa, Seth. Suéltame.

Se rio con fuerza, y el sonido retumbó en mi interior.

—Porque cuando estás enfadada, siempre estás a un paso de hacer algo irracional. Y me gustas así.

Seth me soltó sin previo aviso y me di la vuelta. Entonces lo vi en sus ojos, en la forma en que sus labios se entreabrieron. El pánico me heló la sangre en las venas.

—No...

La mano de Seth salió disparada, envolviéndome el cuello. Las marcas del Apollyon se extendieron por su piel a una velocidad vertiginosa. Aquello que había en mí, aquella parte que había sido creada para completarle, respondió con una ráfaga embriagadora. Las marcas descendieron por su brazo, alcanzando los dedos. Un segundo después, una luz ámbar crepitó en el aire, y luego un débil brillo azul. Su mano me rodeó, presionó y me quemó la piel de la nuca, creando la cuarta runa.

Hubo un segundo, justo antes de que mi cerebro se sobrecargara de sensaciones, un instante en el que lamenté haberle permitido a Seth acercarse a mí, forjar el vínculo entre nosotros en algo que parecía irrompible. Lo había planeado todo. Y entonces dejé de pensar.

CAPÍTULO 27

Los ojos de Seth brillaron cuando la presión en mi interior se desplazó a través del cordón, saliendo de mí y fluyendo hacia él. De repente, la luz brotó de cuatro puntos: mi estómago, ambas palmas, y ahora la nuca. El dolor me punzó la piel como una avispa furiosa y luego se atenuó. Empecé a sentir que me pesaba la cabeza y que las piernas me temblaban mientras continuaba el placentero tira y afloja.

Me agarró con el brazo que tenía libre justo cuando mis piernas se doblaron. Debí de desmayarme, no supe por cuánto tiempo. Estaba boca arriba cuando la habitación volvió a estar enfocada. Una espesa neblina se asentó sobre mí, arrastrándome a través de la cama.

—Aquí estás —dijo Seth. La mano que me pasó por el pelo temblaba un poco.

Tenía un sabor extraño, casi metálico, en la garganta.

—¿Qué... Qué ha pasado?

Seth apartó la mano de mi pelo.

—No has Despertado, pero... —Me agarró la mano y me presionó la palma.

La respuesta fue inmediata. Se me arqueó la espalda. Sentí como si algo hubiera penetrado en mi interior, me hubiera agarrado y luego hubiese tirado de mí. No era doloroso, pero tampoco era agradable.

—Seth...

Cuando me soltó, los cordones invisibles desaparecieron. Me desplomé, débil y sin huesos, y Seth... Él se sentó sobre las rodillas, llevándose la mano a la cara. Una expresión asombrada e infantil llenó su rostro mientras la brillante luz azul le cubría la mano, ardiendo con más intensidad que nunca.

—*Akasha*... Esto es bueno, Alex. Esto es más... Puedo sentirte bajo mi piel.

Aturdida, vi cómo la bola de luz se apagaba y la emoción desaparecía de los ojos de Seth. De algún modo, incluso cuando se acercó y apretó los labios contra mi mejilla, supe que Seth había alcanzado el tipo de poder necesario para matar a un dios, aunque solo fuese por unos instantes.

Caían relámpagos por la ventana, pero no más brillantes que el destello del final. Sabía que tenía que salir de aquí, pero cuando intenté incorporarme, me sentí como si estuviera pegada a la cama.

Sonrió cuando se acomodó a mi lado y volvió a llevar su mano a mi mejilla, girando mi cabeza hacia él. Su pulgar recorrió mi labio inferior.

—¿Has visto eso?

Quería apartar la mirada, pero no pude, y me sentí mal con toda mi alma. Los truenos ahogaron los latidos de mi corazón.

—Era hermoso, ¿verdad? Tanto poder. Lucian estará decepcionado de que no hayas Despertado después de la cuarta marca, pero ocurrió algo.

¿Qué significaba eso? No lo entendía, y mis pensamientos me resultaban demasiado confusos. El cordón brincó cuando su mano se deslizó por debajo de mi cabeza y volvió a la runa de mi cuello.

—Esta es la runa de la invencibilidad —me explicó—. Cuando Despiertes, se activará. Entonces los dioses no podrán tocarte.

Me encontré con sus ojos y obligué a mi lengua espesa a moverse.

—No... quiero que me toques.

Seth sonrió y las marcas regresaron, deslizándose sobre su tez dorada. Lo supe en el momento en que nuestras marcas se tocaron. Bajó la cabeza hasta que un suspiro separó nuestros labios. Mis sentidos se volvieron locos. La electricidad me recorrió la piel y descendió.

—Estás tan hermosa así —murmuró, y pegó su frente a la mía.

Lo que había en mí, lo que había entre nosotros, era horrible. ¿Cómo no me había dado cuenta antes? Había habido señales desde el principio. La noche en que descubrí lo que era y Seth se había quedado allí, con Lucian. La necesidad de poder de Seth y cómo no podía controlar la forma en que respondía a él, incluso cuando estuvimos por primera vez junto al patio, hacía meses y varias veces más. Pensé en aquella fugaz mirada de satisfacción que había notado cuando estaba junto a la piscina y decidí ver qué pasaba con él: lo había elegido. Todo ese tiempo que había pasado con Lucian...

Había estado tan ciega.

Los labios de Seth se posaron sobre mi pulso desbocado y me estremecí, asqueada, furiosa, aterrorizada e impotente.

—Para —rogué, antes de que la retorcida conexión entre nosotros se estrechase hasta el punto en que no pudiera decir dónde empezaba él y dónde terminaba yo.

—¿No quieres esto? No puedes negar que una parte de ti sí me necesita.

—Esa parte no es real. —Me hormigueaba el cuerpo, palpitaba y lo anhelaba, pero mi corazón y mi alma se marchitaban, se enfriaban. Los ojos se me llenaron de lágrimas—. Por favor, no me obligues a hacer esto, Seth. —Se me quebró la voz—. *Por favor.*

Seth se quedó inmóvil. La confusión nubló sus ojos, el duro destello de fuego ambarino se quebró con dolor.

—Yo... nunca te forzaría, Alex. No haría tal cosa. —Su voz era curiosamente frágil, vulnerable e insegura.

Empecé a llorar. No sabía si era por el alivio o porque en el fondo el Seth que conocía seguía ahí, en alguna parte. Por lo pronto, Seth se incorporó, pasándose una mano por el pelo.

—Alex, no... No llores.

Sentía las manos como bloques de cemento cuando las levanté y me limpié las ojeras. Sabía que no debía llorar delante de los daimons, mostrar debilidad, y Seth... no era tan diferente.

Bajó la mano, pero se detuvo. Pasaron varios segundos antes de que hablara.

—Se hará más fácil. Te lo prometo.

—Vete —dije con voz ronca.

—No puedo. —Se acomodó a mi lado, manteniendo una discreta distancia entre nosotros—. En el momento en que salga de esta habitación, harás alguna estupidez.

A decir verdad, estaba demasiado cansada para estar de pie, y mucho menos para emprender una huida audaz. Me las arreglé para rodar hacia mi lado, alejándome de él. Esa noche, no fue fácil conciliar el sueño. El único consuelo que tenía era que, cuando cerraba los ojos, me imaginaba a Aiden. Y aunque la imagen no le hacía justicia, su amor hizo lo único que le pedía. No protegerme, sino darme fuerzas para salir de este desastre.

Durante los siguientes dos días, Seth se apartó de mi lado en muy pocas ocasiones. Me traía la comida a la habitación y tardé esos dos días en recuperar las fuerzas. La última runa me había consumido más que las otras, y supe, tal y como había dicho Seth, que algo había cambiado.

Solo me había extraído *akasha* una vez más, cuando había traído a Lucian como testigo.

Seth tenía razón. Lucian se había sentido decepcionado por el hecho de que no hubiese Despertado, pero le había complacido el nuevo poder que había adquirido Seth, aunque hubiese sido temporal.

Y, cielos, Seth sonreía como un niño que le enseña a su padre su preciado proyecto de ciencias. Creía que Seth me daría asco, pero durante las largas tardes que pasó hablando conmigo mientras yo intentaba convencerlo de que me dejara marchar, empecé a sentir lástima por él.

Tenía dos caras, y la que yo había mantenido cerca de mi corazón estaba perdiendo frente a la que ansiaba el poder como un daimon ansiaba el éter. Quería curarlo de algún modo, salvarlo.

También quería estrangularlo, pero eso no era nada nuevo.

Al atardecer de la segunda noche, un alboroto en el piso de abajo me levantó de la cama. Al reconocer la voz grave y estridente de Marcus, me levanté sobre mis débiles piernas y me dirigí hacia la puerta.

Seth apareció a mi lado en un instante, poniendo una mano en la puerta.

—No puedes.

Parpadeé para disipar el mareo.

—Es mi tío. Quiero verlo.

—¿Desde cuándo? —Seth sonrió y yo ahogué un suspiro, porque me recordó al otro Seth, a uno que no me tendría como rehén—. Lo odias.

—Yo... no lo odio. —En ese momento, me di cuenta de que había sido una auténtica imbécil con mi tío. De acuerdo, no era la persona más cariñosa del mundo, pero no me encerraría en una habitación con un sociópata en potencia. Me prometí que cambiaría... si alguna vez volvía a verlo—. Seth, quiero...

—¿Por qué te niegas a que Marcus vea a su sobrina? ¿Ocurre algo?

Se me cortó la respiración mientras apretaba las manos contra la puerta, bajo las de Seth. La voz de Aiden fue como un rayo de sol y calor. Estuve a punto de darle una patada a Seth en los huevos para que se moviera, y él debió preverlo, porque la advertencia en sus ojos me dijo que ni se me pasara por la cabeza.

—Está descansando, pero está bien. No hay de qué preocuparse —oí decir a Lucian, y luego su voz se apagó.

Respiré hondo y cerré los ojos. Aiden estaba tan cerca y, sin embargo, no podía llegar hasta él. Sabía que tenía que estar preocupado, que imaginaba lo peor. Si pudiera verlo, hacerle saber que estaba bien... Eso aliviaría parte del dolor que sentía en el corazón.

—¿Lo amas de verdad? —preguntó Seth en voz baja.

—Sí. —Abrí los ojos. Tenía la mirada gacha. Unas pestañas tupidas le abanicaban las mejillas—. Sí, lo amo.

Levantó la mirada lentamente.

—Lo siento.

Aproveché el momento.

—Y me preocupo por ti, Seth. De verdad. Ver lo que estás haciendo, en lo que te estás convirtiendo, me está matando. Eres mejor que esto, eres más fuerte que Lucian.

—Soy más fuerte que Lucian. —Se apoyó en la puerta, observando con ojos pesados—. Y pronto seré más fuerte que un dios.

Y ahí quedó la cosa. Seth no se apartó de la puerta, y acabé acercándome a la ventana, con la esperanza de poder vislumbrar a mi tío y a Aiden. El tejado de terracota de la biblioteca bloqueaba la vista.

No volvimos a hablar.

El tiempo corría, y yo tenía que hacer algo.

A la mañana siguiente, Seth estaba inquieto y era incapaz de quedarse en un lugar durante más de unos minutos. Su paso incesante y sus movimientos espasmódicos no encajaban con su habitual elegancia de otro mundo. Me ponía de los nervios y, cada vez que me miraba, sentía que un nudo de miedo me subía por la garganta. Pero nunca se acercó a mí ni volvió a tocarme. Seth se limitaba a darse la vuelta y mirar por la ventana en silencio, esperando.

La mañana siguiente a la visita de Marcus, tuve que volver a ver la runa de la nuca. Con mi energía a un nivel normal, busqué un espejito de bolsillo y torcí el cuello hasta que vi algo en el espejo del baño. Era de un azul tenue, con forma de letra «S» que se cerraba al final. La runa de la invencibilidad. Alargué la mano y la toqué. Sentí un hormigueo en las yemas de los dedos al contacto.

Bajé el espejo al mueble y me di la vuelta. Abrí demasiado los ojos, casi asustada. Había sombras debajo de mis ojos, oscureciendo los iris marrones. No era que mis ojos marrones fueran extraordinarios, pero *cielos*.

La mirada temerosa no desapareció, ni siquiera después de darme una ducha. El peso se asentó sobre mis hombros, me oprimió el pecho. Como había temido, Seth había estado intentando despertarme todo este tiempo. Me había mentido. Me eché el pelo húmedo hacia atrás. Por suerte no lo había conseguido, pero era innegable que algo había cambiado. Podía sentirlo justo debajo de la piel.

Llamaron a la puerta del baño.

—¿Alex? —Llamó Seth y volvió a llamar—. ¿Qué haces ahí dentro?

Haciendo acopio de todas mis fuerzas, me concentré en las paredes rosa neón y reforcé los escudos mentales, bloqueándolo.

Su suspiro fue audible.

—Me bloqueas para fastidiarme, Alex.

Sonreí a mi reflejo y abrí la puerta. Pasé junto a él y dejé la ropa sucia en un rincón.

—¿Así que no vas a hablar conmigo? —preguntó.

Me senté en la silla y agarré un peine.

Seth se arrodilló frente a mí.

—No puedes quedarte callada para siempre.

Peinándome los enredos, decidí que podía intentarlo.

—¿Sabes cuánto tiempo vamos a estar juntos? Esto va a convertirse en un aburrimiento muy rápido y va a ser agotador. —Cuando no respondí, me agarró de la muñeca—. Alex, estás siendo...

—No me toques. —De un tirón, liberé mi brazo, dispuesta a convertir el peine en un arma mortal si era necesario.

Sonrió mientras se levantaba.

—Estás hablando.

Tiré el peine al suelo y me puse en pie.

—Me has mentido una y otra vez, Seth. Me has *utilizado*.

—¿Cómo te he utilizado, Alex?

—¡Te acercaste a mí solo para intentar Despertarme! Usaste esta estúpida conexión contra mí. —Inspiré con fuerza. La traición se asentó en mi estómago como si fuesen piedras—. ¿Planeaste esto todo el tiempo, Seth? ¿Pensabas en esto cuando estábamos en Catskills? ¿Cuando me pediste que eligiera?

Se giró hacia mí, con los ojos de un ocre feroz y furioso.

—Esa no fue la única razón, Alex. Aunque ahora no importe. Elegiste. Elegiste a Aiden, por absurdo que sea.

Ni siquiera me lo pensé. Llena de rabia y tristeza, me abalancé sobre él.

Seth agarró mi puño antes de que conectara con su cara.

—No estamos entrenando, Alex. No estamos jugando. Vuelve a golpearme y no te gustarán las consecuencias. —Me soltó.

Retrocedí a trompicones, medio tentada de poner a prueba su amenaza con una patada en la cara. Un golpe en la puerta de la habitación interrumpió nuestro enfrentamiento. Uno de los Guardias estaba al otro lado y hablaba demasiado bajo como para que pudiese entenderlo.

Seth asintió y me miró.

—Nos vamos en cinco minutos.

Mi corazón titubeó.

—¿Nos vamos? ¿A dónde?

—Ya lo verás. —Hizo una pausa y me miró—. Tienes cinco minutos para ponerte algo decente.

—¿Perdona? —Llevaba unos vaqueros y una camiseta negra con cuello de cisne—. ¿Qué le pasa a mi ropa?

—Vas a convertirte en un Apollyon. En mi compañera, por así decirlo. Deberías ponerte algo más… elegante.

No sabía qué parte de lo que había dicho me había dado más ganas de volver a darle un puñetazo.

—Para empezar, tú no puedes decirme lo que tengo que ponerme. Segundo, no soy tu «compañera». Tercero, lo que llevo puesto está bien. Y, por último, estás loco.

—Ahora tienes cuatro minutos. —Seth se dio la vuelta y salió de la habitación, cerrando la puerta tras de sí.

Pasó un minuto entero mientras miraba la puerta cerrada. Entonces entré en acción. Corrí hacia la ventana del dormitorio y la abrí de un empujón. Cuando era más joven, había utilizado la ventana de mi habitación para subir al tejado de la biblioteca y contemplar las estrellas. Sabía que podía saltar. De hecho, el salto que había que dar era más pequeño que el que había dado en Miami.

Sin perder tiempo, me asomé a la cornisa. Los músculos de mis brazos gritaban mientras bajaba despacio. Dioses, me vendría bien trabajar la fuerza de la parte superior del cuerpo. Tenía los pies colgando a medio metro del techo. En aquel momento me sentí como un ninja. Empecé a sonreír, pero el cosquilleo familiar que se extendía por mi piel me oscureció rápidamente la cara.

Dejé de sonreír.

Unas manos me aprisionaron los antebrazos y me empujaron hacia arriba, de nuevo hacia la ventana. Pataleando y dando manotazos, luché como un animal salvaje hasta que Seth me puso de pie.

Me di la vuelta.

—Aún me quedaban tres minutos.

Una sonrisa reticente apareció en su rostro.

—Sí, y un minuto después de salir de tu habitación me di cuenta de que lo más probable era que intentaras escapar. ¿Tirarte por una ventana es mejor opción que ponerte algo bonito?

—No estaba *tirándome* por la ventana. Estaba escapando.

—Estabas en camino de romperte el cuello.

Me retorcí las manos.

—Habría podido saltar, cretino.

Seth puso los ojos en blanco.

—Da igual. No tenemos tiempo. Nos necesitan ahora.

—No voy a ir a ninguna parte contigo.

La frustración se apoderó de él.

—Alex, no te lo estoy pidiendo.

Me crucé de brazos.

—Me da igual.

Gruñó por lo bajo y salió disparado hacia delante para agarrarme del brazo.

—Siempre, *siempre* tienes que hacer todo tan jodidamente difícil. —Empezó a arrastrarme hacia la puerta—. No sé por qué esperaba menos de ti. Una parte de mí, y esto es enfermizo, lo sé, está algo excitada por la idea de que te enfrentes a mí. Es divertido. Mejor que estar ahí sin hablar.

Clavé los dedos en los suyos, pero no podía soltarme.

—Suéltame.

—Eso no va a pasar.

Ya estábamos al final del pasillo, en lo alto de las escaleras. Abajo podía ver un pequeño ejército de Guardias esperándonos.

—¿Qué demonios? —Clavé los pies y me agarré a la barandilla con la mano libre—. ¿Qué está pasando?

Exasperado, Seth me agarró por la cintura. Con fuerza bruta, me apartó de la barandilla.

—Ahora pórtate bien. —Empezó a bajar los escalones, llevándome con facilidad a pesar de que mis zapatillas golpeaban cada escalón.

La incomodidad solo se reflejaba en algunos de los rostros de los Guardias de Lucian mientras Seth me arrastraba junto a ellos. La fría y brillante luz del sol nos recibió fuera y Seth no me soltó hasta que me metió en la parte trasera de un Hummer que nos esperaba. Luego subió detrás de mí y me agarró las muñecas con una mano.

—Lo siento. Es muy probable que intentes tirarte del coche en marcha.

Lo fulminé con la mirada, con nuestras caras a escasos centímetros.

—Te odio.

Seth bajó la cabeza hasta que su mejilla estuvo pegada a la mía.

—Sigues diciendo eso, pero los dos sabemos que no es verdad. No puedes odiarme.

—¿Ah, no? —Le di un codazo en el estómago. No sirvió de mucho. El Hummer se puso en marcha—. Lo que siento ahora mismo no es nada placentero.

Se rio, revolviéndome el pelo alrededor de la sien.

—No puedes odiarme. No estás hecha para eso. Y pronto seremos la misma persona. Fuiste creada para ser mía por los dioses que vamos a derrocar, empezando hoy mismo.

CAPÍTULO 28

Las palabras de Seth me dejaron callada. Viejos miedos, que nunca iban demasiado lejos, resurgieron. No tenía control en este... destino. Ningún control sobre mí misma. El corazón me latía de forma dolorosa. No podía estar hecha para él. Él no era mi existencia.

Yo era mi propia existencia.

Me lo repetía mientras Seth me guiaba desde el Hummer hasta la entrada trasera del juzgado, en la parte principal de Deity Island. Tuve un presentimiento enfermizo, sabía que Telly estaba en una celda de este edificio y supe que algo horrible estaba a punto de suceder. Podía sentirlo y no podía hacer nada.

Sujetándome la mano con fuerza, me condujo por los estrechos pasillos hasta la sala de espera, justo fuera de la zona de las sesiones con la cúpula de cristal. A través de la puerta abierta, pude ver que el lugar estaba abarrotado. Todos los puros que se habían quedado en la isla durante las vacaciones parecían estar allí, al igual que muchos de los Guardias y Centinelas mestizos. Pero aún más extraña era la presencia de los mestizos que se habían quedado en la escuela. Luke se sentó al fondo con Lea; ambos parecían tan curiosos como los demás, incluso un poco incómodos, como si se sintieran fuera de lugar. ¿Qué hacían aquí? A los mestizos nunca se les permitía asistir al Consejo a menos que hubieran sido convocados.

—¿Qué está pasando? —pregunté.

Seth mantuvo su mano sobre la mía, como si supiera que me echaría atrás si me daba la oportunidad.

—Lucian ha convocado una reunión de emergencia del Consejo. ¿Ves? —Señaló hacia el frente de la sala cuadrada—. Todo el mundo está aquí.

El Consejo llenó el estrado revestido de titanio. Reconocí fácilmente la cabeza cobriza de Dawn Samos entre el mar de túnicas blancas y sentí que se me revolvía el estómago.

Mis ojos recorrieron sus expresiones curiosas y luego me volví hacia el público. Al fondo estaba mi tío. Estaba de pie, con los brazos cruzados sobre el pecho. Su mirada esmeralda era dura y fría. A su lado había un hombre al que nunca antes había visto, un mestizo alto con la constitución de un Centinela. Los músculos delgados y arqueados se flexionaban bajo el uniforme negro. Tenía el pelo castaño y largo, recogido en una coleta. Su piel era una mezcla de etnias, profundamente bronceada. Habría sido guapo de no ser por la cicatriz dentada que le iba desde encima de la ceja derecha hasta la mandíbula.

Las puertas del fondo se abrieron de repente y entraron más personas en la sala. Aiden estaba entre ellos. El corazón me retumbó en el pecho cuando se detuvo junto a mi tío. Se inclinó y movió la boca con rapidez. Marcus se quedó mirando al frente, pero el desconocido asintió. Entonces Aiden se enderezó y se volvió, mirando directamente hacia donde yo estaba.

Seth retrocedió antes de que Aiden pudiera vernos. Fruncí el ceño y Seth me devolvió la sonrisa.

—Somos invitados especiales —dijo.

—Ahí estás, muchacho. —Lucian atravesó la sala de espera. Su mirada se posó en mí y se volvió fría—. ¿Alexandria se ha portado bien?

—¿Tú qué crees? —espeté antes de que Seth pudiese responder.

Lucian me regaló una de sus sonrisas falsas.

—No eres tan lista ni tan fuerte como crees, Alexandria, pero pronto lo serás.

Salí disparada hacia él, pero Seth tiró de mí hacia atrás y deslizó un brazo alrededor de mi cintura. Eso me dejó los brazos completamente libres y, vaya, intenté agarrar el pelo de Lucian, la cara, lo que pudiera.

—Tienes suerte de que nadie pueda ver lo que acabas de intentar hacer —siseó Lucian. Se detuvo junto a la puerta abierta, con sus Guardias bloqueando la entrada—. O me vería obligado a hacer algo al respecto. Asegúrate de que se comporte, Seth. Y de que entienda las consecuencias de actuar con imprudencia.

Seth me abrazó, con la espalda pegada a su pecho, esperando a que Lucian y sus Guardias llegaran al estrado.

—Alex, no hagas nada de lo que te puedas arrepentir.

Forcejeé contra él, sin conseguir nada.

—No soy yo quien está a punto de hacer algo de lo que pueda arrepentirse.

Hinchó el pecho de forma brusca.

—Por favor, Alex. Si intentas huir mientras estamos ahí fuera o haces alguna locura, me veré obligado a detenerte.

Dejé de moverme. La inquietud se apoderó de mí y sentí que nunca volvería a entrar en calor.

—Tú me harías eso... ¿a mí?

Me pareció que pasó una eternidad antes de que contestase.

—No querría, pero lo haría. —Hizo una pausa y otra respiración se estremeció a través de él—. Por favor, no me obligues a hacerlo.

Se me formó un nudo en la garganta.

—No te estoy obligando a nada.

—Pero lo has hecho —me susurró al oído. Unos escalofríos me recorrieron la espalda—. Desde que te conocí. Solo que no lo sabías, así que, en realidad, ¿de qué puedo culparte?

Lucian ocupaba el centro del estrado, dando comienzo a la sesión del Consejo. Todos los ojos estaban puestos en él. Nadie sabía el drama que se desarrollaba justo detrás de esas paredes.

—No lo entiendo. —Cerré los ojos para evitar el torrente de lágrimas—. Seth, por favor...

—Es esto. —Seth se movió un poco y me puso la mano en el estómago, encima de donde sentía el cordón, cerca de la cicatriz irregular—. No sabes lo que ha sido. Sentir tu poder y el mío juntos, saber que solo se hará más fuerte. Es el éter, sí, pero también es el *akasha*. Me canta como una sirena.

Se me cortó la respiración y tragué con fuerza cuando el cordón le respondió.

Seth apoyó la barbilla sobre mi cabeza.

—Incluso puedo sentirlo ahora, sé cómo usarlo. Juntos, lo haremos juntos.

Abrí los ojos.

—Dioses, suenas como un... loco, Seth.

Sus dedos se enroscaron en mi jersey.

—La locura de uno es la cordura de otro.

—¿Qué? Eso ni siquiera tiene sentido.

Se rio con suavidad.

—Venga. Está empezando.

Sin más, Seth cambió. Me empujó hacia la puerta, donde permanecimos ocultos, pero pudimos oír lo que estaba pasando. Aflojó el agarre de mi mano, pero sabía que no debía intentar huir. De verdad que creía que me detendría, si era necesario, de una forma dolorosa.

Los miembros del Consejo hablaron entre ellos y luego callaron.

Lucian se deslizó hasta el estrado y juntó las manos delante de él. Una Ministra anciana y majestuosa fue la primera en hablar, con voz áspera pero fuerte:

—¿Ha habido evidencias posteriores que indiquen más ataques daimon?

—¿O es el elixir? —preguntó otro, con las manos entrelazadas en los brazos de un trono revestido de titanio—. ¿Estamos teniendo problemas aquí?

Inmediatamente se produjo un murmullo de preguntas por parte del público y de los Ministros. Algunas caras eran de pánico. Los ataques daimon habían sido demasiado cerca de casa, y lo más probable era que la idea de que el elixir no funcionase horrorizaba a quienes confiaban en que los mestizos lo hicieran todo por ellos.

Me puse tensa y la peor, la peor de todas las ideas, me invadió.

—¿En qué estás pensando? —La voz de Seth era baja, tranquilizadora y totalmente contraria a lo que era capaz de hacer.

Marcus sospechaba que los daimons que atacaron al Consejo habían tenido ayuda, y Seth había sugerido que Telly había manipulado el elixir para provocar una distracción, pero mientras miraba fijamente a Lucian, me pregunté cuánto sabía Seth en realidad.

Lucian, el perfecto sangre pura con su impoluta túnica blanca, observaba a la multitud casi caótica con una sonrisa firme y bien ensayada. ¿Lucian había estado detrás de todo? ¿Para sembrar el caos? Porque recordé una de mis lecciones de Mitos y Leyendas: que todas las sociedades que habían estado al borde de la crisis eran las más fáciles de controlar, de moldear, de manipular... y de derrocar.

—¿Alex?

Aspirando, negué con la cabeza.

—No he convocado esta sesión para discutir ninguna de esas cosas —empezó Lucian—, hoy es un día de descubrimientos, compañeros del Consejo. Nuestro mundo está a punto de experimentar un gran cambio. Un cambio que es necesario, pero que algunos temen. Hoy, aquellos que temen el cambio, aquellos que han trabajado en las sombras para detenerlo, serán desenmascarados y juzgados.

Se me cortó la respiración. *Telly*. Pero no lo veía por ninguna parte.

—¿De qué estás hablando, Lucian? —preguntó una Ministra. Tenía la voz clara, pero nerviosa—. ¿Qué cambio y qué temor son tan importantes como para que nos hagas llamar antes de tiempo, alejándonos de nuestras familias y de las vacaciones?

Casi puse los ojos en blanco ante esa última parte.

Lucian seguía mirando al frente. Fue entonces cuando me di cuenta de que al menos la mitad de los doce sonreían. Lo sabían: apoyaban a Lucian. Esto no presagiaba nada bueno.

Pero los demás no tenían ni idea.

—Nos han enseñado a temer la posibilidad de dos Apollyons —dijo Lucian—. Nos han enseñado a verlos como una amenaza contra nuestra existencia y contra los dioses, pero yo estoy aquí para deciros que, en vez de miedo, deberíamos sentir alegría. Sí. Alegría de que tendremos al Asesino de Dioses para protegernos en pocos días.

—¿Protegerlos de qué? —murmuré—. ¿De los Ministros locos?

—Sh. —Seth me fulminó con la mirada.

Me dolía la mandíbula de tanto apretar los dientes.

—Pero primero, debemos ocuparnos de algo que es poco agradable y —se pasó la mano por el pecho—, que me toca el corazón. ¡Guardias!

La puerta del otro lado se abrió y, en un irónico giro del destino, los Guardias condujeron al Ministro Jefe Telly al centro del estrado. No pude evitar recordar cuando a Kelia Lothos, la mestiza que había amado a Héctor, un sangre pura, había sido llevada ante él, semidesnuda y encadenada. El karma era la hostia.

Sin embargo, eso no significaba que lo que estaba ocurriendo estuviese bien. Tenía ganas de salir corriendo y advertirles a todos lo que estaba a punto de suceder, lo que podía sentir bajo la piel.

El público y la mitad del Consejo soltaron un grito ahogado cuando obligaron a Telly a arrodillarse. Levantó la cabeza, pero sus ojos vidriosos no se centraron en nada en particular.

—Este hombre ha conspirado contra la propia decisión del Consejo y contra mi hijastra. —La voz de Lucian se endureció y sus labios se contrajeron—. Y tengo pruebas.

—¿Qué pruebas tienes? —dijo Dawn, sus ojos iban de Lucian al silencioso Ministro Jefe.

El aliento de Seth me recorrió la nuca. Intenté apartarme, pero él tiró de mí. Mi temperamento, los nervios… todo se me estaba yendo de las manos.

—Durante la sesión del Consejo de noviembre, mi hijastra fue víctima de ataques injustos. Se le había pedido que asistiera para dar su testimonio sobre los desafortunados sucesos de Gatlinburg. Sin embargo, el Ministro Jefe Telly demostró tener motivaciones infames.

Nadie en el Consejo parecía demasiado preocupado. No estaba segura de si debía sentirme enfadada o triste por aquello.

Lucian se volvió hacia Telly. Una sonrisa de satisfacción apareció en el rostro de Lucian.

—Mi hijastra fue víctima de varios ataques. Puede que, a algunos de vosotros —dijo, y miró al Consejo por encima del hombro—, no os importe. Pero ella no es una simple mestiza: será la próxima Apollyon.

—¿Qué ataques? —preguntó un Ministro anciano. El bastón que sujetaba con la mano izquierda estaba tan curtido como su rostro.

—La sometieron a una compulsión ilegal y la dejaron en el frío para que muriera. Cuando eso falló, él intentó convencer al Consejo de los Doce para que le dieran el elixir y la sometieran a la servidumbre —anunció Lucian—. Cuando el Consejo no encontró motivos para hacerlo, se obligó a un sangre pura a darle la poción.

—Dioses —murmuré, sintiendo que me ardían las mejillas.

—Alexandria no estaba al tanto de esto —continuó Lucian, ahora apelando a las mujeres del Consejo—. Se cree que le tendieron una trampa para encontrarla en una... posición comprometida con un sangre pura.

—Hijo de puta —susurré. El bastardo estaba tirando de la carta de la familia.

—Eso no está bien —murmuró Seth.

Lo ignoré.

Dawn palideció mientras miraba a Lucian.

—Eso... Eso es de lo más repugnante.

—Y eso no es todo. —Lucian se volvió hacia el público—. Cuando todas estas cosas fallaron, el Ministro Telly ordenó a un Guardia sangre pura que la matara tras el ataque daimon. Si no fuera por Aiden St. Delphi, que utilizó una compulsión sobre dos sangre pura, el Ministro Jefe lo hubiese logrado.

El corazón me golpeó las costillas y me quedé con la boca abierta. Comprendí lo que Lucian acababa de hacer. Había soltado una bomba, haciéndolo sonar como si Aiden fuese una especie de héroe, aunque sabía lo que significaba para Aiden.

Un Ministro miró a Aiden con evidente desagrado. —Eso es un acto de traición contra los nuestros y debe ser tratado de inmediato. ¡Guardias!

No. No. No.

Varias personas se volvieron hacia donde sabía que estaba Aiden. Los Guardias corrieron hacia adelante, como si Aiden ahora fuese la mayor de las amenazas. Rodearon a Aiden en cuestión de segundos, con las dagas fuera y listas para ser usadas.

Aiden se quedó increíblemente quieto. No había ni un parpadeo de emoción en su rostro o en sus ojos mientras los Guardias se acercaban a él.

De ninguna manera iba a permitir esto. Empecé a avanzar, pero Seth me detuvo.

—No lo hagas, Alex.

—¿Cómo habéis podido? Ejecutarán a Aiden por esto. —El pánico me supo a metal en la garganta—. Ha puesto a *toda* la sociedad en su contra con esas palabras, Seth.

Seth no dijo nada.

—Esperad. —La voz de Lucian viajó, haciendo que todo el mundo se detuviese—. Ahora mismo, el puro no es un problema. Los intentos del Ministro Jefe en los Catskills fracasaron repetidas veces, pero no cesó en su empeño. La buscó, dejando el Covenant de Nueva York en estado de desorden para seguir amenazándola con esclavizarla.

—¿Qué le pasó al Guardia que supuestamente la atacó? —preguntó la Ministra que había sido la primera en hablar.

—Ya nos hemos ocupado de él —respondió Lucian, adelantándose antes de que aquello pudiera examinarse más a fondo—. El Ministro Jefe Telly fue en contra de los deseos del Consejo y, aun así, intentó obligarla a someterse a servidumbre. Incluso fue atacada aquí, apuñalada por un Guardia mestizo al que él instruyó.

—¿Y la prueba? —preguntó el Ministro más viejo—. ¿Dónde está la prueba?

Lucian se volvió hacia Telly.

—La prueba está en sus palabras. ¿No es así, Ministro Jefe?

Telly levantó la cabeza.

—Es cierto. Fui en contra del voto de la mayoría y ordené el asesinato de Alexandria Andros.

Hubo algunos jadeos de asombro. Sabía que no era por mí, sino por el hecho de que Telly lo admitiera con tanta facilidad. No sabían lo que yo sabía: que lo más probable era que Telly tuviera el cerebro frito a causa de una poderosa compulsión.

Los Ministros discutieron durante varios minutos. Algunos querían que Telly fuera destituido de inmediato. Eran los que antes habían sonreído. Otros, los que dudaba que supieran lo que Lucian tramaba, no veían por qué lo que me había hecho era un crimen. Había muy pocas leyes que protegieran a los mestizos.

—No habrá destitución —la voz de Lucian silenció la discusión—. El Ministro Jefe Telly será juzgado hoy.

—¿Qué? —exigieron varios Ministros a la vez.

—Ha llegado a mis oídos que el Ministro Jefe está involucrado en la Orden de Tánatos, y varios de sus miembros están de camino para liberarlo. —Se produjo otra pausa. Lucian sabía cómo conmocionar y atemorizar—. No hay tiempo para nada más. La seguridad de Alexandria es lo más importante.

Y ahora comprendía el nerviosismo de Seth y la presencia de todos los Guardias de esta mañana. Lucian no podía permitir que la Orden arruinara sus planes. Él atacaría primero. ¿Y mi seguridad? No se trataba de mi seguridad. A Lucian le preocupaba que me portase mal antes de salir al estrado porque Seth no me tenía controlada del todo... *todavía*.

—Se suponía que esto no iba a pasar ahora, ¿verdad? —susurré.

Seth no dijo nada.

Tenía la boca seca.

—Todos queríais esperar a que yo Despertara, pero lo hacéis por la Orden.

Pues, ¿no sería una putada para Lucian que la Orden llegara antes de que yo Despertara y acabara matando a uno de nosotros? Lucian hizo un gesto hacia donde estábamos escondidos.

—Este es un momento de cambio. Ese cambio empieza ahora.

—Esos somos nosotros —dijo Seth, su mano se estrechó alrededor de la mía—. Y, por nuestros dioses, por favor, compórtate.

No tuve mucho tiempo para responder a eso. Seth echó a andar y no tuve más remedio que seguirlo hasta la sala de la sesión.

Un silencio tan intenso que me ahogó descendió cuando aparecimos. Todos nos miraban mientras subíamos los escalones de mármol. Nos detuvimos junto a Lucian y Telly.

Todos empezaron a hablar a la vez.

El Consejo se sintió incómodo y se removió en sus asientos. Un murmullo recorrió la multitud, aumentando a medida que pasaban los segundos. Algunos estaban de pie, sus caras mostraban conmoción y terror. «No hay razón para temer a dos Apollyons», mis cojones. Lo sabían, algunos entre el público reconocían el peligro.

El corazón se me salía del pecho y, aunque intenté detenerme, busqué a Aiden. Se había quedado quieto. Ni siquiera estaba segura de que respirara. Nuestras miradas se cruzaron, y por un instante vi alivio y luego rabia en sus ojos de acero mientras su mirada bajaba hasta donde Seth sujetaba mi mano con fuerza. Entonces se movió, dando un paso adelante. Marcus extendió un brazo para detenerlo. No estaba segura de que Aiden fuera a hacerle caso, pero lo hizo.

Solté un suspiro que no sabía que había estado conteniendo.

—¿De qué va esto? —exclamó un Ministro. Había dejado de intentar seguirles la pista.

Lucian sonrió. Odiaba esa sonrisa.

—Ha llegado la hora de recuperar lo que nos pertenece por derecho: un mundo en el que gobernemos y no respondamos ante una secta de dioses a los que no les importa si prosperamos o morimos. Un mundo en el que los mestizos no estén esclavizados, sino que estén a nuestro lado... —Le interrumpieron varios jadeos sobresaltados, como era de esperar—, pero en el que los mortales se arrodillen a nuestros pies como es debido. Somos dioses por derecho propio.

Y fue justo entonces cuando la mitad del público se puso en pie. Se oyeron palabras como «blasfemia», «traición» y «locura». Algunos de los mestizos miraban a Lucian con curiosidad; sus palabras les resultaban atractivas. Pero serían unos tontos si le creyesen.

Los Guardias de Lucian y algunos que reconocía de los alrededores del Covenant se dirigieron a las puertas traseras, impidiendo que nadie escapara. Casi me eché a reír. Creíamos que la Orden se había infiltrado en lo más profundo del Covenant, pero Lucian se había superado a sí mismo. Era él quien se había infiltrado en el Covenant y en el Consejo.

—Ha llegado el momento de una nueva era. —La voz de Lucian resonó en el gran tribunal—. Incluso los mestizos más débiles que estén con nosotros florecerán. Los que no, caerán.

Varios miembros del Consejo se levantaron y dieron un paso atrás. Cinco de ellos, los cinco que apoyaban a Lucian, y al menos dos docenas de Guardias… y Centinelas.

Por el rabillo del ojo, vi a Aiden y al desconocido acercándose al estrado, pero luego los perdí de vista. Me concentré en lo que sucedía frente a mí, mientras sentía que la ira y la preocupación se apoderaban de mí.

—Seth —dijo Lucian en voz baja—. Este hombre ha intentado acabar con la vida de Alexandria varias veces. ¿Merece vivir?

El Ministro anciano se puso en pie, apoyándose pesadamente en el bastón.

—¡Él no tiene nada que decir en este asunto! Apollyon o no, él no puede decidir entre la vida y la muerte. Si el Ministro Telly ha ido en contra de los deseos del Consejo de los Doce, ¡entonces será juzgado por ese mismo Consejo!

Lo ignoraron.

Miré fijamente a Seth.

—No —susurré—. No. No respondas a esa pregunta.

Y me ignoró.

Seth levantó la barbilla mientras las marcas del Apollyon se extendían por su rostro, arremolinándose y desplazándose por su cuello, bajo la camiseta.

—No merece vivir.

El orgullo inundó los ojos de Lucian.

—Entonces puedes encargarte de él.

El pánico me atravesó el pecho. Me separé de Seth, utilizando todo mi peso para zafarme de su agarre. Él no hizo más que aferrarse con más fuerza. Sabía lo que pretendía hacer.

—¡No! —grité. Grité, todavía tratando de liberarme y romper el contacto—. Telly es un imbécil, pero nosotros no decidimos quién muere, Seth. No somos eso, el Apollyon no es eso.

—Niña estúpida —murmuró Lucian en voz lo bastante alto como para que solo nosotros pudiéramos oírlo—. Un Apollyon no toma esas decisiones, pero sí es lo que hace un Asesino de Dioses.

—No lo escuches —supliqué y me estremecí cuando su marca ardió contra la mía—. Tú no eres así. Eres mejor que esto. *Por favor.*

Seth me miró. Fue un instante, fugaz pero preciso. La vacilación y la confusión se reflejaron en su rostro. Seth no creía del todo estar haciendo lo correcto. La esperanza se apoderó de mí.

Me agarré a su brazo.

—Seth, no quieres hacer esto. Sé que no quieres. Y sé que no eres tú. Es *akasha,* lo entiendo. Y es él. Te está usando.

—Seth —instó Lucian—. Sabes lo que tienes que hacer. No me falles. No *nos* falles.

—Por favor —rogué, sosteniéndole la mirada mientras quería saltar sobre la forma derrotada y encorvada de Telly y romperle el cuello a Lucian—. No nos hagas esto, no me lo hagas a mí, no te lo hagas a ti. No te conviertas en un asesino.

Los labios de Seth se curvaron y luego se apartó de mí, mirando al Ministro Jefe Telly.

—No puede vivir. Ese es mi regalo para ti.

El horror me robó el aliento. Y entonces me di cuenta. Esa era la diferencia entre Aiden y Seth. No importaba lo mucho que Aiden quisiera devolver el golpe o lo mucho que quisiera algo, él nunca me pondría en peligro. Y joder, Seth sí lo haría.

Lo hizo.

Su mano apretó la mía. Mi cuerpo se dobló cuando arrancó el *akasha* de mí. Me doblé sobre mí misma y no pude ver nada más que un destello de luz ámbar que envolvía a Telly. La última vez que había visto a Seth usar el *akasha,* había sido azul, pero eso fue antes de las cuatro marcas, antes de que pudiera arrancarme el poder de la quinta.

El aire se llenó de gritos, no de Telly, sino del Consejo y del público. Telly no tuvo oportunidad de emitir sonido alguno. Una vez que el *akasha* lo alcanzó, tanto desde Seth como desde mí, simplemente dejó de existir, desapareció. El cristal de la cúpula se hizo añicos. Llovieron fragmentos de cristal, cortando el aire y a los que no fueron lo bastante rápidos para apartarse. Tres formas aladas entraron por la abertura, aullando de rabia.

Las furias habían llegado.

CAPÍTULO 29

Las furias estaban en modo feas. Tenían la piel gris y lecho-sa. Las serpientes brotaban de sus cabezas. Tenían los dedos extendidos en puntas afiladas. Esas garras podían rasgar el tejido y los huesos con facilidad.

Venían directas hacia nosotros.

No había pasado más de un segundo o dos desde el momento en que Seth había atacado y eliminado a Telly. Una furia se separó de sus hermanas, se elevó sobre el público y emitió gritos estridentes.

Seth levantó el brazo. Akasha brotó de su mano, surcando el aire a una velocidad increíble. Golpeó a la primera furia en el pecho antes de que la luz ámbar se apagara. La conmoción parpadeó en su rostro monstruoso y luego flexionó la mandíbula. La furia cayó, girando como un pájaro abatido mientras sus alas cortaban el aire. Aterrizó en forma de un montón inerte de gasa blanca, piel gris y carne inmóvil a pocos metros de nosotros.

Las dos furias restantes revoloteaban junto a la ventana rota. Su piel mortal se deslizaba sobre los monstruos del interior, y el horror se apoderó de los bellos rasgos de ambas.

—No puede ser —chilló una, tirándose del pelo rubio hasta que los mechones le colgaron de las garras—. ¡No es posible!

—Pero lo es. —La otra sujetó el brazo de su hermana—. Ha matado a una de las nuestras.

Con las piernas débiles, me puse de pie y me balanceé, inestable. Lo que Seth había hecho me había debilitado, por lo que no era rival ni para una marmota, y mucho menos para una de las furias, si es que atacaban. Al darme cuenta de que Seth me había soltado, me tambaleé hacia un lado del estrado. Iba a morir. Estaba segura de ello. Mis gritos se unirían a los del público..., pero las furias no atacaron.

—Habéis declarado la guerra a los dioses —siseó una de ellas. Cortó el aire con las alas sin hacer ruido—. No tengáis duda de que ellos os atacarán.

La otra extendió sus musculosos brazos.

—Los has puesto a todos en peligro para embriagarte con un poder que nunca fue tuyo. Menudo camino... Menudo camino has elegido.

Y entonces desaparecieron.

El caos reinó bajo el estrado y sobre él. Telly había desaparecido. Ni siquiera había un montón de cenizas. Se me subió la bilis a la garganta cuando me alejé del lugar donde había estado arrodillado.

Hacia el fondo, oí el ruido de la lucha de los Guardias y Centinelas que perseguían a los que bloqueaban las puertas. Derribaron a un Guardia que estaba cerca de nosotros. Una de sus dagas cayó al suelo. Me abalancé a por ella y envolví los dedos entumecidos alrededor de la empuñadura. Tenía que detener esto, detener a Lucian. Estaba tirando de los hilos de Seth.

Me di la vuelta y vi a Lucian hablando con el Consejo, soltando más locuras que iban a hacer que nos mataran a todos.

Antes de que pudiera dar un paso hacia Lucian, ya tenía a Seth encima. Nuestras miradas se cruzaron antes de que me arrancara la daga de la mano. La arrojó a un lado mientras avanzaba hacia mí. Sus rasgos se habían vuelto fríos. No reconocí su mirada. Brillaban con violencia, casi luminosos. Aquel estupor volvió a aparecer. Pero no era asombro... Había confundido esa mirada.

Era un ansia, un deseo de más. Lo mismo que había visto una y otra vez en los ojos de un daimon.

Sin armas y débil, sabía cuándo retirarme. Mi columna vertebral chocó contra la pared. Desesperada, busqué algo y encontré un candelabro de titanio. Lo agarré y se lo lancé con ambos brazos.

Con rapidez, atrapó el candelabro y lo arrojó también a un lado.

—Siempre tirando cosas —dijo, con voz grave y diferente. Había desaparecido el tono musical—. Qué traviesa eres, muy traviesa, Alex.

Inhalé con dificultad.

—Este... Este no eres tú.

—Soy yo. —Se acercó a mí—. Y esto somos nosotros.

La voz de Dawn lo distrajo.

—¡Esto es traición! —dijo. El terror se apoderó de sus ojos amatistas. Estaba temblando, abrazándose los codos. Otros Ministros estaban detrás de ella, con los rostros pálidos—. Esto es traición a los dioses, Lucian. No podemos concederte lo que nos pides.

—¿Crees que el cambio no es necesario? —preguntó Lucian.

—¡Sí! —Extendió los brazos y los levantó frente a ella, como si se protegiera—. Necesitamos un cambio. Los mestizos necesitan más libertad y opciones. No cabe duda. Yo tengo una hermana mestiza. La quiero mucho y deseo que tenga una vida mejor, pero este... no es el camino.

Lucian ladeó la cabeza mientras se alisaba la túnica blanca con las manos.

—¿Y qué pasa con los dioses, querida?

Su respiración salió entrecortada mientras enderezaba la espalda.

—Son nuestros únicos señores.

Todas mis pesadillas se estaban haciendo realidad, al igual que ocurrió con la Orden. La historia se repetía. Seth se hizo a un lado, de cara a los miembros del Consejo que no se doblegarían a la voluntad de Lucian.

Lucian sonrió.

—¡No! —Mi voz salió desgarrada mientras me deslizaba por la pared, alejándome de Seth—. ¡Seth, no!

Pero Seth iba en piloto automático. Volvió a agarrarme de la mano. Marca contra marca. La presión me llenó y entonces el cordón volvió a chasquear, impulsando *akasha* a través del lazo. Ya no hubo forma de llegar a él cuando el poder tomó el control, sin compasión.

Seth solo era la máquina de matar de Lucian.

La brillante luz ámbar brotó de su mano por segunda vez.

Los gritos se elevaban por encima del pandemónium. Juré que podía oír los de Lea por encima de todos ellos. Sabía que no podía ser cierto, porque todo el mundo estaba gritando. Yo estaba gritando.

Seth me soltó y caí de rodillas, con náuseas y ahogándome por el olor a tela quemada y... carne, carne quemada. Donde antes habían sido siete, solo quedaban tres personas acurrucadas mientras miraban a Seth con horror. Una gemía, agarrándose un brazo ennegrecido.

La hermana de Lea, Dawn, ya no estaba.

Había sido él, había atacado al Consejo. Tenía las mejillas húmedas. ¿Cuándo había empezado a llorar? ¿Acaso importaba? No lo sabía.

La hermana de Lea había muerto.

Me llevé la mano a los labios, ordenándome a mí misma que me calmara. Tenía que hacer algo. Esto estaba mal, era aterrador, pero una vez Despertase sería aún peor. En medio del caos, podría escapar. No podía derrumbarme ahora. Luché por ponerme en pie, contuve la respiración y me acerqué a las escaleras mientras Seth me daba la espalda. Cuando llegué a los peldaños, unos brazos me rodearon la cintura y me elevaron por encima del escalón. De inmediato, el calor me envolvió. Mi cuerpo, mi corazón, me dijo quién me había agarrado. Un dulce alivio me inundó.

—Te tengo. —Aiden me puso de pie. Sus ojos buscaron los míos con intensidad—. ¿Puedes correr?

Lo oí como a través de un túnel, y creo que asentí.

En cuestión de segundos, estuvimos rodeados.

—Mierda. —Me soltó la mano y tapó mi cuerpo con el suyo. Una tensión en espiral recorrió su cuerpo. Ojalá hubiera tenido la previsión de encontrar la daga que había perdido, porque así al menos tendría algo para protegerse de los Guardias de Lucian. No es que pudiera hacer mucho con ella. Me estaba costando mucho mantenerme en pie, luchar contra el agotamiento insoportable que me había alcanzado cuando Seth recurrió a mi poder.

Entonces Aiden saltó. Giró sobre sí mismo, y su bota conectó con la mandíbula del Guardia que estaba más cerca y luego se lanzó bajo el brazo extendido de otro. Levantándose, su puño golpeó al segundo con un gancho feroz. Sin perder ni un segundo, sorprendió a otro con una patada en el pecho, haciendo retroceder al Guardia varios metros.

Hacía mucho tiempo que no lo veía luchar. Había olvidado lo elegante y rápido que era, y me quedé mirando con asombro. Ningún Guardia logró superarlo. Los acribillaba solo con las manos y patadas.

Sin embargo, uno se nos acercó sigilosamente por la espalda. El Guardia me agarró por detrás y empezó a tirar de mí hacia el estrado, hacia Seth y Lucian. Con los brazos inmovilizados a los lados, solo conseguí golpearle con el pie. Gruñó y aflojó el agarre, pero eso fue todo. Aiden se giró y vio mi situación. Nuestros ojos se encontraron durante un breve instante, y luego bajó la mirada. Dejé que mis piernas se desplomaran. Aiden se movió tan rápido que el aire se revolvió a mi alrededor. Un segundo después, el Guardia cayó inconsciente.

—Bien —grazné mientras Aiden me ponía en pie.

Sonrió tenso cuando volvió a agarrarme de la mano y corrimos por el pasillo central. Mi tío y el desconocido no tardaron en acabar con los Guardias de la puerta. En el suelo, Luke sostenía a Lea, meciéndola de un lado a otro mientras vigilaba la batalla. Cuando nos vio, se levantó y puso a Lea de pie. Estaba histérica. No creía que supiera lo que estaba pasando a su alrededor, ni siquiera cuando el extraño de la cicatriz lanzó una daga y se cargó a un Guardia que estaba a su lado.

—¿Quién... eres? —pregunté.

Se inclinó por la cintura y sonrió.

—La mayoría me llama Solos.

—¿Solos de Nashville?

Solos asintió, se dio la vuelta y le dio un puñetazo a un Centinela que se había abalanzado sobre nosotros. El puñetazo lo hizo perder el equilibrio. Fue bastante épico.

—¿Vamos a salir de aquí? —preguntó Luke. Sostuvo a Lea cerca de él con movimientos casi frenéticos—. Tenemos que salir de...

El aire estalló y crepitó. A continuación, una luz iluminó toda la sala. Cuando disminuyó, Apolo estaba de pie en medio del pasillo.

—Vamos —dijo—. Salid de la isla ahora. Yo lo retendré, os daré tiempo suficiente.

—¡Alex! —rugió Seth.

Unos escalofríos me recorrieron la columna vertebral.

—Hagáis lo que hagáis, no os detengáis. No os quedéis a ayudar —ordenó Apolo antes de darse la vuelta—. Id.

—Vamos. —Aiden me tenía de nuevo—. Tenemos un coche esperando calle abajo, junto a la playa.

—¡Puedes correr, Alex! —La voz de Seth se elevó por encima del alboroto—. ¡Corre todo lo que quieras! Te encontraré.

Aiden me arrastró hacia la puerta principal. Miré hacia atrás y vi a Seth de pie en el centro del estrado, con el pecho agitado. El cuerpo de la furia yacía a sus pies como un trofeo enfermizo.

—¡Detenedlos! —ordenó Lucian, colocándose detrás de Seth—. No dejéis que ella salga de aquí.

Los Guardias frente al estrado se volvieron y se quedaron inmóviles. Luego se dispersaron como cucarachas.

Apolo avanzó por el pasillo.

—Sí, eso es lo que pensaba.

—¡Te encontraré! Estamos conectados. ¡Somos uno! —seguía gritando Seth. Su mirada se posó en el dios. Se burló—. ¿Ahora sí que quieres luchar contra mí? ¿En tu verdadera forma?

—Lucharé contigo en cualquier forma, mocoso gamberro.

Seth se rio.

—No puedes matarme.

—Pero *puedo* darte una paliza de muerte.

No pude escuchar más. Salimos del juzgado, a la luz del sol. Puros y mestizos salieron detrás de nosotros. Seguimos corriendo. Me esforcé por seguir el ritmo de Aiden, respirando con dificultad. Apenas sentía las piernas. Tropecé más de una vez, pero Aiden me agarró y me animó a seguir. Entonces, Marcus apareció a mi lado y, sin mediar palabra, me levantó en brazos.

Me invadió la indignación. Detestaba la idea de que me llevaran, pero de pie no era más que un estorbo. Fue entonces cuando me di cuenta de que mis runas seguían ardiendo, la piel me palpitaba. Se me revolvió el estómago violentamente.

—Voy a vomitar —jadeé.

De inmediato, Marcus se detuvo y me puso de pie. Me arrodillé y el contenido de mi estómago se vació en la acera justo fuera de una cafetería. Fue rápido y violento; terminó tan pronto como empezó, dejándome las entrañas doloridas.

—¡Alex! —Aiden volvió a nosotros.

—Está bien. —Marcus me ayudó a ponerme de pie—. Está bien. Aiden, adelántate. Asegúrate de que tu hermano esté allí y pon a esos chicos a salvo.

Aiden se acercó.

—No voy a dejar…

—Estoy bien. Ve.

Evidentemente, reacio a irse, Aiden tardó unos segundos más antes de girar sobre sí mismo y echar a correr.

—¿Estás bien? —preguntó Marcus—. ¿Alexandria?

Asentí despacio. Me temblaban las manos.

—Lo siento. Lo siento mucho.

La mirada de Marcus se suavizó, posiblemente por primera vez desde que lo había conocido. Dio un paso adelante, envolviéndome en sus brazos. Fue un abrazo breve, pero firme y todo lo que debería ser. Y por extraño que pareciese, descubrí que era algo que había estado anhelando.

—Por todos los dioses, chica —murmuró, soltándome—. ¿Crees que puedes correr? No está muy lejos. Tenemos que regresar a casa de los St. Delphi.

Las lágrimas me arañaron la garganta mientras asentía. No estaba lejos, pero el pobre hombre moriría llevándome todo el camino. Con la esperanza de que mi estómago no decidiera volver a salírseme, empecé a correr tan rápido como pude.

La carrera acabó casi matándome. Cuando por fin llegamos a la playa y corrimos contra el viento, mis músculos gritaron y protestaron. Seguí adelante, y casi lloré cuando vi los dos Hummers negros... y a Aiden.

Él se reunió con nosotros a medio camino, poniéndome una botella de agua en las manos mientras reducía la velocidad.

—Bebe despacio.

Le di sorbos al agua mientras Aiden me agarraba por los hombros. Quería decirle que estaba bien, que no era por mí por quien debía preocuparse, pero volvimos a ponernos en marcha.

Deacon se paseaba por la parte trasera del Hummer.

—¿Alguien va a decirme qué demonios está pasando?

—Nos siguió hasta el primer coche—. Lea está histérica. Luke no habla. ¿Qué demonios ha pasado?

—¿Has metido las bolsas en los coches? —preguntó Aiden, quitándome la botella antes de que me olvidara de la regla de tomar sorbos—. ¿Todas, como te dije?

—Sí. —Deacon se pasó las manos por los rizos, con los ojos muy abiertos y llenos de intensidad—. ¿Qué ha pasado?

Solos trotó hasta nosotros.

—Tardaremos unas ocho horas en llegar a nuestro destino. Deberíamos haber recorrido al menos la mitad de ese tiempo antes de parar a repostar.

—De acuerdo —dijo Aiden. Me agarró el brazo flácido con suavidad, soportando la mayor parte de mi peso. No me había dado cuenta de que me había apoyado en el Hummer. No dejaba de mirarme con preocupación.

—¡Decidme qué ha pasado! —gritó Deacon.

—Seth... Seth ha atacado al Consejo —Me estremecí al oír las palabras.

Deacon se quedó mirándolo, incrédulo.

—Cielos.

Me solté de Aiden y miré dentro del Hummer. En la parte trasera había maletas apiladas. Lo tenían todo planeado. Apartándome de la parte trasera del coche, busqué a Seth. ¿Cuánto tiempo podría retenerlo Apolo?

Estaban ultimando los detalles y yo seguía mirando las maletas. Obviamente esperaban poder sacarme del Consejo de alguna manera, sin saber el tipo de caos que iba a estallar. ¿Qué habrían arriesgado para sacarme de allí? La vida y la integridad física, lo más probable.

El viento se levantó.

Aiden se dirigió de nuevo hacia mí, decidido y resuelto.

—Tenemos que irnos ya.

Solos llamó a Marcus.

—¿Estás listo para esto?

—Vámonos de aquí —respondió Marcus, lanzándome una larga mirada—. ¿Estás bien?

—Sí —grazné, y luego me aclaré la garganta.

—Esto es una locura. —Deacon abrió la puerta trasera y empezó a subir—. Todo se está volviendo un desas...

—¡No! —Aiden empujó a Deacon hacia el Hummer que conducía Solos—. Nos atacarán a nosotros. Ve con Marcus. Luke, quédate con él.

Luke asintió y acercó a Lea hacia él, que aún sollozaba. Quería ir con ella. Lo había perdido todo... y todas las veces había tenido algo que ver conmigo. Primero mi madre se había llevado a sus padres, y ahora Seth se había llevado a su hermana. La culpa se apoderó de mí.

Deacon se detuvo.

—No. Quiero...

Aiden abrazó con fuerza a su hermano pequeño. Se susurraron palabras entre ellos, pero no pude oír nada por el viento. Apartándome el pelo de la cara, me volví hacia la parte de la isla controlada por el Covenant.

Estaba pasando algo. Podía sentirlo. La electricidad llenaba el aire, erizándome el vello de los brazos.

Deacon se apartó de su hermano y se dio la vuelta. Se le habían llenado los ojos de lágrimas. Temía por la vida de su hermano, y debía hacerlo. Cuando Seth viniera por nosotros, que lo haría, no les prestaría ninguna atención. Seth vendría por Aiden y por mí, e incluso con lo fuerte como era, era dudoso que Aiden saliera de esa confrontación.

Se me encogió el corazón. No podía hacerles esto.

—Aiden, no puedes venir conmigo. No puedes hacer esto.

—No empieces —gruñó Aiden mientras me agarraba del brazo—. Entra en el...

Los relámpagos brotaron del cielo, cayendo sobre nosotros y estrellándose contra la costa del Covenant. A pesar de la distancia a la que estábamos del punto de impacto, el destello de luz me cegó.

Solos se detuvo, a medio camino detrás del asiento del conductor.

—¿Qué coj...?

El viento se detuvo. Era antinatural... y también lo era el silencio que descendió sobre Deity Island. Entonces una avalancha de gaviotas alzó el vuelo, fluyendo y graznando presas del pánico. Cientos y cientos de ellas volaron por encima, lejos de la isla.

—¿Qué está pasando? —susurró Lea—. ¿Es él? ¿Está viniendo?

—No —dije, sintiéndolo en mi interior—. No es Seth.

—Tenemos que irnos *ya*. —Aiden empezó a tirar de mí hacia el lado del copiloto del coche.

En una ráfaga de actividad, todo el mundo saltó a sus respectivos coches. Detrás de nosotros, la gente se reunía en las terrazas de sus casas. Los Guardias se dispersaban por la playa. Todos miraban a través de la franja de océano que separaba las dos islas.

Esto me daba muy mala espina.

Aiden cerró la puerta de golpe y puso el Hummer en marcha. Me agarró de la mano.

—Todo va a salir bien.

Unas últimas palabras famosas.

Un ruido ensordecedor estalló a nuestro alrededor, haciendo vibrar el coche. Un torrente de agua salió despedido por los aires al otro lado de la isla, más alto que el edificio más alto del Covenant, más ancho que dos de las residencias de estudiantes. El muro de agua se detuvo, recordándome cómo Seth había jugado con el agua de la piscina.

Esto no iba a ser bueno.

Otro torrente se elevó hacia el el cielo y luego otro... y otro, hasta que muchos muros de agua cubrieron el paisaje. La energía ondulaba en el aire, deslizándose sobre mi piel, enroscándose alrededor del cordón que llevaba dentro.

Y en el centro de cada una de las corrientes, pude distinguir la forma de un hombre.

—Mierda —susurré.

Aiden pisó el acelerador y el Hummer se tambaleó hacia adelante.

—Poseidón.

Me giré en el asiento, observando el océano desde la ventanilla trasera. Más allá de los formidables edificios del Covenant, los muros empezaron a girar hacia los embudos. La sombra de un gigantesco tridente cayó sobre el Covenant y las puntas afiladas tocaron la isla principal, augurando la perdición y la muerte para todos los que quedaban. Poseidón, el dios del mar, el gran agitador de la tierra, estaba muy enfadado.

—Aiden...

—Date la vuelta, Alex.

Mis manos apretaron el respaldo del asiento. Los embudos formaban ciclones gigantes, tornados, sobre el agua.

—¡Van a destruirlo todo! Tenemos que hacer algo.

—No podemos hacer nada. —Con una mano, Aiden me agarró del brazo mientras cruzábamos el puente hacia Bald Head Island—. Alex, por favor.

No podía apartarme. Por la forma en que los ciclones se movían, parecía que Poseidón perdonaría a la isla mortal. pero cuando el primer embudo alcanzó el Covenant, se me oprimió el pecho.

—¡No pueden hacer esto! ¡Esa gente es inocente!

Aiden no respondió.

El agua se estrelló contra las estructuras. El mármol y la madera atravesaron el aire. Los gritos de los habitantes de la isla principal se me metieron en el alma, donde el sonido permanecería para siempre.

Volamos por las calles de Bald Head, evitando por poco a los peatones atónitos que observaban el espectáculo de la naturaleza. Y, al llegar al puente que conducía a tierra firme, vi los grandes muros de agua retroceder. No quedaba ningún edificio en Deity Island. No quedaba nada. Todo había desaparecido. El Covenant, los edificios, las estatuas, los puros y los mestizos... todo había sido borrado por el océano.

CAPÍTULO 30

Pasaron algunas horas de silencio sepulcral. Sentí náuseas y frío. ¿Cuántas personas había en la isla? Cientos de sirvientes e Instructores se habían quedado en el Covenant durante las vacaciones de invierno, y la gente se había quedado en sus casas. Con las manos temblorosas, me eché el pelo hacia atrás mientras Aiden toqueteaba la radio hasta que captó otra emisora.

...Los meteorólogos dicen que el terremoto a varios cientos de kilómetros de la costa de Carolina del Norte produjo al menos un muro de agua de nueve metros. Sin embargo, los residentes de las islas cercanas no sufrieron ningún daño. Algunos dicen haber visto un grupo de hasta una docena de ciclones, pero esos informes no han sido corroborados por la Administración Nacional Oceánica y Atmosférica. Se ha decretado el estado de emergencia...

Aiden apagó la radio. Se acercó y me pasó los dedos por el brazo, por la mano. Llevaba haciéndolo desde que habíamos subido al coche, como si se recordara a sí mismo que estaba sentada a su lado, que seguía viva después de tantas vidas perdidas.

Apoyé la frente contra la ventanilla y cerré los ojos. ¿Poseidón había ido tras Seth y Lucian o Apolo había conseguido evitar de algún modo la destrucción total? Lo único que sabía era que Seth seguía respirando, porque la conexión seguía ahí.

Como había hecho en las dos últimas horas, volví a imaginarme las paredes rosas y brillantes y las reforcé con todas mis fuerzas.

—¿Cómo te encuentras? —preguntó Aiden en voz baja.

Despegué la cabeza de la ventanilla y le miré. Todo en él estaba rígido y tenso, desde la forma en que sujetaba el volante hasta la línea de su mandíbula.

—¿Cómo puedes siquiera pensar en cómo me siento ahora mismo?

—Vi cómo reaccionaste cuando... te arrancó poder. —Me miró con ojos plateados—. ¿Te... hizo daño cuando estabas con él?

Estaba agotada. Me dolía la cabeza y estaba segura de que tenía los dedos de los pies entumecidos, pero estaba viva.

—No. No me hizo daño. Y estoy bien. No deberías preocuparte por cómo estoy. Toda esa gente... —Sacudí la cabeza, tragando saliva contra el repentino nudo en la garganta—. Lo que hizo Lucian al decirles que usaste una compulsión... Lo siento mucho.

—Alex, no tienes por qué disculparte. No fue culpa tuya.

—Pero, ¿cómo vas a volver? Ser un Centinela...

—Sigo siendo un Centinela. Y con todo lo que ha pasado estoy seguro de que lo que hice es lo último en lo que pensarán. —Me miró—. Sabía los riesgos cuando lo hice. No me arrepiento. ¿Lo entiendes?

Aiden no se arrepentía ahora, pero ¿qué pasaría después, si es que había un después y lo juzgaban por traición? Incluso si no lo juzgaban, sería despojado de sus funciones como Centinela y condenado al ostracismo.

—¿Alex?

—Sí. Lo entiendo. —Asentí con la cabeza—. ¿A dónde vamos?

Tenía los nudillos blancos.

—Vamos a Atenas, Ohio. El padre de Solos tiene una casa en el límite del Wayne National Forest. Debería estar lo suficientemente lejos de... él, siempre y cuando Apolo nos haya dado tiempo suficiente.

—No lo siento. —Habíamos dejado de referirnos a Seth por su nombre, como si hacerlo fuese a hacer que reapareciese o algo así.

—¿Crees que puedes protegerte, mantenerlo alejado?

Miré por el retrovisor lateral; el otro Hummer nos seguía de cerca. ¿Cómo lo estaban llevando? ¿Lea?

—La distancia... No debería ser capaz de conectarse a través del vínculo, si eso es lo que te preocupa. Quiero decir, no podía sentir nada cuando estaba en Nueva York, así que...

—Eso no es lo único que me preocupa —respondió Aiden en voz baja—. Son unas ocho horas de viaje. —Se apartó el pelo de los ojos mientras entrecerraba los ojos a la luz del sol—. Pararemos por el camino, probablemente en Charleston, para repostar y comer algo. ¿Crees que podrás aguantar tanto?

—Sí. Aiden... toda esa gente... —Se me quebró la voz mientras se me hacía un nudo en la garganta—. No tuvieron ninguna oportunidad.

Aiden me agarró la mano.

—No es culpa tuya, Alex.

—¿No lo es? —Las lágrimas me hacían arder los ojos—. Si os hubiera escuchado a Apolo y a ti cuando me sugeristeis que me fuera antes de que él volviera, esto no habría pasado.

—Eso no lo sabes.

—Sí que lo sé. —Intenté apartar la mano, pero Aiden me sujetó. Esperaba que supiera conducir bien con una sola mano—. Es solo que no quería creer que él... pudiera hacer algo tan terrible.

Me apretó la mano.

—Tenías esperanza, Alex. A nadie se le puede reprochar la esperanza.

—Una vez me dijiste que tenía que saber cuándo dejar ir la esperanza. Por aquel entonces, la esperanza ya había caducado. —Intenté sonreír, pero no lo conseguí—. No cometeré el mismo error dos veces. Te lo prometo.

Se llevó la mano a los labios y la besó con dulzura.

—*Agapi mou*, no te guardes demasiado este sentimiento de culpa. Se podría haber elegido un camino diferente, pero al final hiciste lo que te pareció correcto. Le diste una oportunidad.

—Lo sé. —Me concentré en la carretera, apartando las lágrimas—. Se ha ido, ¿verdad? Todo el Covenant, incluso Deity Island.

Inspiró con fuerza.

—Podría haber sido peor. Eso es lo que sigo repitiéndome. Si las clases hubieran empezado... Unos días más...

La pérdida de vidas hubiera sido astronómica.

—¿Qué vamos a hacer? No puedo esconderme para siempre.

Lo que no se dijo quedó entre nosotros. En otras palabras, a menos que Seth entrara en razón, lo que parecía muy poco probable, acabaría por encontrarme.

—No lo sé —dijo Aiden, incorporándose al otro carril—. Pero estamos juntos en esto, Alex, hasta el final.

El calor regresó a mi corazón. Su mano sobre la mía me parecía lo correcto y, aunque todo a nuestro alrededor estaba tan increíblemente jodido, *estábamos* juntos en esto. Hasta el final.

Era plena noche cuando llegamos a Charleston, Virginia «por los dioses» Occidental, y nevaba un poco. Los vehículos se detuvieron junto a los surtidores de uno de esos centros de viajes del tamaño de un Walmart pequeño. Necesitábamos gasolina y comida, y tal vez también una de esas bebidas energéticas.

—Esperad. —Aiden metió la mano en el asiento de detrás y sacó una de las hojas de la hoz—. Por si acaso.

Sin desplegar, me cabía en el bolsillo y solo sobresalía la mitad.

—Gracias.

Sus ojos se encontraron con los míos mientras me deslizaba un par de billetes de diez.

—No tardes mucho, ¿vale? Parece que Solos va a entrar contigo.

Miré hacia atrás. Ya estaba esperando junto a la puerta del copiloto. Marcus jugueteaba con el surtidor de gasolina como si nunca lo hubiese usado.

—¿Qué quieres?

—Sorpréndeme. —Sonrió—. Ten cuidado.

Prometí que lo haría, salí del Hummer y casi me comí la acera al resbalarme con un trozo de hielo.

—¡Dioses!

—¿Alex? —gritó Aiden.

—Estoy bien. —Eché la cabeza hacia atrás y cerré los ojos, dejando que los pequeños copos de nieve cayeran sobre mi cara. Hacía mucho, mucho tiempo que no veía la nieve.

—¿Qué haces? —preguntó Solos, arruinando el momento.

Abrí los ojos y los clavé en su pecho.

—Me gusta la nieve.

—Bueno, vas a ver mucha nieve en el lugar al que vamos. —Empezamos a cruzar el aparcamiento, atentos a los trozos de hielo que estaban decididos a acabar conmigo—. Es probable que tengamos unos treinta centímetros de nieve o más en Atenas.

Por un momento, fantaseé con guerras de bolas de nieve y paseos en trineo. Era una estupidez por mi parte, pero me ayudó a no perder la cabeza.

—No eres lo que esperaba —dijo Solos cuando llegamos a la acera cubierta de nieve.

Me metí las manos en los bolsillos.

—¿Qué esperabas?

—No lo sé. —Sonrió, atenuando la cicatriz—. Alguien más alto.

Una pequeña sonrisa tiró de mis labios.

—No dejes que mi tamaño te engañe.

—Lo sé. He oído historias sobre tus muchas aventuras, sobre todo cómo luchaste durante el ataque en el Covenant de Nueva York. Algunos dicen que luchas tan bien por lo que eres.

Me encogí de hombros.

—Pero yo digo que tiene más que ver con tu entrenamiento que con otra cosa. —Solos miró detrás de él y luego su mirada sagaz se posó en mí—. Parece que tú y St. Delphi estáis muy unidos.

Puse cara de póker y volví a encogerme de hombros.

—Es bastante guay para ser sangre pura.

—¿Ah, sí?

—¡Eh! ¡Esperad! —Deacon pisó un trozo de hielo y se deslizó hacia nosotros como un patinador profesional, con los ojos muy abiertos—. Lea quiere comer algo. Luke se va a quedar con ella.

Salvada por Deacon.

—¿Cómo está?

Solos sujetó la puerta, manteniéndola abierta para nosotros.

—Ha dormido casi todo el camino —respondió Deacon—. Desde que se despertó, no ha hablado. Luke la convenció de que debía comer algo, así que vamos a compartir unos Cheetos.

Me compadecí de Lea y comprendí su dolor. Deacon también. Lo más probable era que mi presencia no fuese lo mejor, pero Deacon... Él le haría bien.

Me sacudí la nieve una vez dentro de la cálida y luminosa estación de servicio. A excepción del cajero canoso y flacucho que leía lo que parecía una revista porno, el local estaba vacío. Con el estómago rugiéndome, me dirigí hacia las neveras. Aiden querría agua, por supuesto, pero yo necesitaba un poco de cafeína.

Solos se quedó con Deacon, porque si aparecía un daimon cualquiera, Deacon sería el que necesitaría ayuda. Agarré una botella de agua y una Pepsi y eché un vistazo a la tienda. El cajero bostezaba y se rascaba el pecho, sin levantar la vista. La nieve empezaba a caer en copos más grandes. Suspiré e ignoré el deseo de ver la nieve y me dirigí hacia el pasillo de las patatas fritas. La sección de sándwiches no estaba abierta, así que teníamos pocas opciones.

Un fuerte olor a almizcle y humedad inundó el ambiente. Olfateé y el olor me resultó extrañamente familiar. Me crucé con Deacon con los brazos llenos.

—Será mejor que te des prisa. Solos se está poniendo nervioso por el mortal.

Volví a mirar hacia la entrada de la tienda.

—¿Qué? Si solo hay uno.

—Lo sé.

Sacudí la cabeza y tomé un paquete de cecina y una bolsa de patatas fritas con sabor a vinagre. Miré y decidí que necesitaba algo dulce. Tras una rápida parada en la zona de las chocolatinas volví al mostrador.

—Qué bien que te unas a nosotros —murmuró Solos. Tenía en las manos una bolsa de cacahuetes y una bebida energética.

Lo ignoré mientras Deacon pasaba por caja. El cajero levantó la vista cuando le entregué mi festín de calorías, pero no dijo nada. Por aquí, la gente era muy amable.

—Son diez con cincuenta y nueve —gruñó el hombre.

Santo cielo. ¿Qué había comprado? Rebusqué en el bolsillo el dinero que me había dado Aiden. De repente, el olor a almizcle volvió, pero mucho más fuerte. Y entonces recordé aquel olor. Era el mismo olor musgoso del Inframundo. Las luces fluorescentes parpadearon una vez, luego dos.

—Oh, joder —susurré, y se me heló la sangre.

Solos se puso tenso a mi lado.

—¿Qué pasa?

—No os preocupéis —dijo el empleado, mirando las luces—. Con la nieve, pasa a todas horas. Los conductores chocan contra los postes en ese hielo negro de ahí fuera. No debéis de ser de por aquí.

El aire se espesó a nuestro alrededor, llenándose de la misma electricidad que había envuelto Deity Island momentos antes de la llegada de Poseidón. El mortal no podía sentirlo.

Se oyó un estallido y saltaron chispas. La cámara de seguridad junto a la puerta dejó de parpadear en rojo mientras de ella salía humo.

—¿Qué demonios? —El dependiente se inclinó sobre el mostrador—. Nunca había visto algo así.

Yo tampoco había visto nada igual.

Solos agarró el brazo de Deacon.

—Hora de irse.

Con los ojos muy abiertos, Deacon asintió.

—Lo que tú digas, amigo.

Dejamos mis cosas en el mostrador y nos dirigimos a la puerta. A la mierda la comida. Sin duda, estaba pasando algo, algo... divino.

—¡Eh! ¿A dónde vais? No habéis...

Un gruñido profundo interrumpió sus palabras. Nos detuvimos a unos tres metros de la puerta. El corazón se me subió a la garganta. El olor a perro mojado aumentó y se me erizó el vello del cuerpo. Me di la vuelta despacio, con la mirada fija en la tienda. Me agaché y rodeé con la mano el mango de la hoz.

Junto al expositor de bizcochos y magdalenas, el aire resplandecía. Aparecieron formas inconfundibles de grandes pisadas, ennegreciendo el suelo de vinilo y llenando el aire de volutas de humo y azufre. La estrella viajera blanca pintada en el vinilo burbujeó y echó humo.

Dos piernas forradas de cuero, luego unas caderas estrechas y un pecho ancho aparecieron de la nada. Para cuando mi mirada se dirigió a su rostro, creo que ya había dejado de respirar. «Oscuramente guapo» no le hacía justicia. «Pecaminosamente guapo» se quedaba corto para describir a este dios de pelo negro. El olor a azufre y humo delataba su identidad.

Hades era bastante sexy para ser un dios, y estaba segura de que estaba allí para matarme.

Un disparo de escopeta me taponó los oídos y me hizo saltar.

—No quiero nada de esta mierda aquí. —El empleado volvió a cargar la escopeta—. La próxima vez no...

Hades levantó una mano, y los ojos del empleado se pusieron en blanco. Cayó al suelo sin decir una palabra más. Hades sonrió, mostrando una dentadura perfecta y blanquísima. El Inframundo tenía un buen plan dental.

—Ahora podemos hacerlo por las buenas o por las malas —dijo Hades con bastante encanto. Por extraño que pudiese parecer, tenía acento británico—. Solo quiero a la chica.

Solos arrinconó a Deacon contra el mostrador, protegiéndolo, y dejó con tranquilidad los cacahuetes y la bebida energética.

—Eso va a ser un problema.

Hades se encogió de hombros.

—Entonces será por las malas.

CAPÍTULO 31

«Por las malas» no sonaba ni se veía bien cuando Solos intentó sacar a Deacon de la tienda y se encontró con que las puertas no se abrían. Al otro lado, Aiden y Marcus intentaban desesperadamente entrar, llegando incluso a lanzar un banco contra el cristal reforzado, pero fue en vano.

Las cosas fueron de mal a peor en cuestión de segundos. Hades no estaba solo, aunque no habíamos olvidado el olor y el gruñido animal de antes. Detrás de Hades, el aire brilló antes de que aparecieran dos enormes perros de tres cabezas.

Uno era negro y el otro marrón, pero ambos eran feísimos. El pelo enmarañado lo cubría todo excepto sus largos hocicos sin pelo. Cada cabeza tenía una boca capaz de tragarse a un bebé entero y sus garras parecían despiadadas y afiladas. Seis pares de ojos brillaban con un color rojo rubí. En el extremo de cada cola, similar a la de una rata, había lo que parecía ser un mayal militar: un arma similar al lucero del alba, áspera y llena de pinchos.

Flanqueaban a Hades, gruñendo y chasqueando el aire.

Estábamos muy jodidos.

—Os presento a Muerte —Hades señaló al perro negro— y a Desesperación. Cerbero está orgulloso de sus dos niños.

—Bonitos nombres —balbuceé, y entonces liberé los dos filos de la hoja en forma de hoz.

—¿Quieres jugar, cariño? —Hades ladeó la cabeza.

—La verdad es que no. —No estaba segura de a cuál de los dos debía vigilar.

—En realidad, no es nada personal —dijo Hades—. Pero no podemos permitir que el Primero se convierta en lo que se ha temido. Él ya ha tomado su decisión, y ahora nosotros debemos tomar la nuestra.

Intentar matarme no podía ser más personal. Vi que la barbilla de Hades subía unos centímetros y salté a un lado justo cuando Desesperación cargó contra mí. Corriendo por el pasillo de los caramelos, esperé que Solos pudiera proteger a Deacon. Me agarré a un estante y lo tiré al suelo. Desesperación pasó por encima de las numerosas chocolatinas y sus garras rasgaron los envoltorios y el chocolate. Al girar rápido a la derecha miré por encima del hombro.

Desesperación perdió el equilibrio y se estrelló contra el refrigerador, atravesando el cristal. Las botellas de refresco volaron por los aires, burbujeando tras el impacto. Aprovechando la situación, me di la vuelta y golpeé con el filo de la hoz la cabeza más cercana.

La hoja atravesó músculos y tejidos, y un aullido después, Desesperación se convirtió en un perro bicéfalo… hasta que el muñón empezó a crecer y se convirtió en otra maldita cabeza. Recuperado por completo, Desesperación enseñó los colmillos y arañó el suelo.

Retrocedí.

—Perrito bonito. Perrito bueno.

Desesperación se agachó, cada una de sus bocas arremetiendo contra el aire.

—¡Perrito malo! —Salí corriendo, derribando cajas de cerveza y todo lo que caía en mis manos. Por encima de las estanterías pude ver a Deacon apoyado contra las puertas delanteras y las expresiones horrorizadas de Aiden y Marcus al otro lado. Solos se enfrentaba a Muerte, despachando cabezas a diestro y siniestro.

Y Hades, bueno, estaba ahí parado en su inmensa gloria divina.

—¡Ve a por el corazón! —gritó Solos por encima el caos—. ¡El corazón en el pecho, Alex!

—¡Como si no supiera dónde está el maldito corazón!

—No quería acercarme tanto a esa cosa. Aumenté la velocidad cuando vi la zona del comedor, teniendo una idea, no muy buena, pero mejor que dar vueltas alrededor de la tienda con un pitbull mutante persiguiéndome.

Salté por encima de una serie de sillas y aterricé sobre la mesa. Me di la vuelta, agarré la silla de metal y la sostuve con las patas hacia arriba. Desesperación saltó, despejando el desorden de sillas y aterrizó sobre mí. Chilló y se agitó cuando las patas metálicas se le clavaron en el vientre. El impacto rompió la mesa y ambos caímos, sus garras apenas me dieron en la cara. Las tres cabezas se quebraron a centímetros de mi nariz, su aliento caliente y putrefacto hizo que me dieran arcadas.

Inclinando las caderas, hice rodar a Desesperación y me puse en pie de un salto. Desesperación cayó sobre su espalda, con las piernas agitándose en el aire. Conteniendo las ganas de vomitar, salté sobre el asiento de la silla. Mi peso envió los radios metálicos hacia abajo, perforando la placa protectora del hueso.

Un segundo después, el perro no era más que un montón de polvo azul brillante. Levanté la cabeza y me di la vuelta.

—Uno menos…

Hades soltó un rugido de furia que sacudió las estanterías e hizo caer al suelo objetos caros de todas las formas y tamaños.

Y luego desapareció.

—Bueno, ha sido fácil. —Volteé la hoja, viendo como Solos esquivaba una de las cabezas de la Muerte—. ¿Has visto eso? Hades acaba de acobardarse... *Mierda*.

Los estantes volaron por el aire, sillas y mesas se deslizaron por el suelo, arrojadas a un lado por una fuerza incorpórea. El suelo tembló bajo mis pies mientras retrocedía. Fue entonces cuando recordé que Hades podía volverse invisible. El terror me invadió como una oleada de calor oscuro y aceitoso.

—No es justo —dije, y luego azoté la hoja de la hoz a través de lo que esperaba que no fuera un espacio vacío.

Una mano invisible me agarró el brazo y me lo retorció. Gritando de dolor y sorpresa, dejé caer la hoz. Hades reapareció.

—Lo siento, querida, en la guerra todo vale.

Una luz cegadora inundó la tienda, seguida de un ruido como de explosión. Entonces algo pasó zumbando junto a mi mejilla. Alcancé a ver un destello plateado antes de que Hades me soltara el brazo y arrebatara una flecha del aire.

—Artemisa, eso no ha estado bien. —Hades partió la flecha en dos y la arrojó a un lado—. Podrías sacarte un ojo con una de esas cosas.

La suave risa femenina que se escuchó a continuación parecía un carillón de viento. Unos metros detrás de nosotros, con las piernas abiertas y un arco de plata en mano, estaba Artemisa. En lugar de la gasa blanca que caracterizaba a muchas diosas, llevaba botas de combate y pantalones de camuflaje rosa intenso. Una camiseta de tirantes blanca completaba su imponente atuendo.

Se echó la mano a la espalda y sacó otra flecha de su carcaj.

—Atrás, Hades.

Hades frunció los labios. Colocó la flecha en su arco.

—No atraparás la próxima, Hades. Y no te la llevarás.

Me alejé despacio de la batalla de dioses que se estaba librando, sin tener ni idea de por qué Artemisa iba a venir en mi ayuda. Por el rabillo del ojo, vi a Muerte caer por fin. Recogí mi arma.

Hades se adelantó, con las baldosas desconchadas y humeantes bajo sus botas.

—¿Por qué intervienes, Artemisa? Sabes lo que va a pasar. Todos estamos en peligro.

—Es la descendencia de mi gemelo la que está ahí, y nos pertenece. —Artemisa retiró la flecha, echándose el pelo rubio hasta la cintura por encima del hombro—. Lo que significa que ella es de mi sangre. Así que lo diré una vez más por si acaso Perséfone ha confundido a ese cerebro tuyo: *Retírate*.

Me quedé con la boca abierta. ¿La descendencia de Apolo? *Oh no... oh, al infierno con...*

—¡No me importa si es la heredera del maldito trono, Artemisa! Debemos impedir que el Primero obtenga todo el poder.

Los dedos de Artemisa se crisparon.

—No puede ser herida, Hades. Basta ya.

Una mirada incrédula se posó en su rostro oscuramente apuesto.

—Yo no le haría daño... No exactamente. Podría llevármela al Inframundo. Ni siquiera dolería. Artemisa, no podemos permitir que esta amenaza continúe. Sé razonable.

—Y no puedo permitir que le hagas daño. No es negociable.

—¿Así que te arriesgarías a más destrucción? ¿Has visto lo que Poseidón ha hecho hoy? ¿O estabas demasiado ocupada cazando y jugando con tus consortes?

Artemisa sonrió con satisfacción.

—De verdad que no quieres hacerme enfadar ahora, Hades. No cuando tengo una flecha apuntándote entre los ojos.

Sacudió la cabeza.

—Sabes lo que Zeus hará si el Primero se convierte en el Asesino de Dioses. Lo estás arriesgando todo, las vidas de nuestros descendientes y de los mortales, ¿y por qué? ¿Por unos diluidos lazos familiares?

—Lo arriesgaremos todo por todo —respondió ella en voz baja—. ¿Sabes qué es lo curioso de las profecías, tío?

—¿Que siempre cambian? —se burló Hades—. ¿O que no son más que un montón de basura?

En cualquier otro momento hubiera aplaudido, pero viendo que Hades quería matarme, no iba a celebrar nuestras opiniones compartidas cuando se trataba del oráculo.

Artemisa ladeó el brazo.

—Que así sea.

La furia se apoderó de Hades en oleadas incontenibles. Tragándome el miedo, di un paso atrás. Esperaba una batalla campal entre los dos.

—Nunca debí permitir que su alma fuera liberada —escupió Hades—. Apolo me prometió que nunca llegaría a esto.

—Todavía hay esperanza —dijo Artemisa.

Esas palabras despertaron algo en mí. *Todavía hay esperanza.* ¿La había? Había visto la mirada en los ojos de Seth, cuán ido había estado cuando me quitó *akasha* y apuntó al Consejo. Poseidón había arrasado el Covenant, y más gente caería. Más gente inocente moriría. Gente a la que quería moriría, todo por protegerme.

Miré hacia las puertas y vi el rostro pálido de Aiden junto al de Marcus. Me habían creado, como un peón, para darle a Seth todo el poder. No había nada que pudiera hacerse al respecto. Ninguno de nosotros podía pasar toda la vida escondiéndose. No funcionaría. Despertaría en poco más de un día. Seth me encontraría. Y todo habría terminado.

Me invadió una sensación de aturdimiento, me volví hacia los dos dioses y bajé la hoz.

—Esperad. —Mi voz apenas sonó como un susurro, pero todo el mundo se quedó inmóvil.

—¡No! —gritó Deacon, tratando de pasar por delante de Solos—. ¡Sé lo que va a hacer! Alex, ¡no!

Se me saltaron las lágrimas al ver su expresión horrorizada.

—No puedo… dejar que lo que pasó vuelva a ocurrir.

Deacon luchaba contra Solos, y sus ojos ardían en un feroz color plateado, como solían hacer los de su hermano.

—Me da igual. Matará… —Tragó saliva, sacudiendo la cabeza—. No puedes hacer esto, Alex.

Mataría a Aiden.

Hades dio una palmada.

—¿Ves? Hasta ella lo entiende.

Se me partió el corazón.

Los ojos de Artemisa se abrieron de par en par.

—Alexandria, por favor, entiendo que tu parte mortal de exige que te conviertas en una mártir, pero de verdad que tienes que cerrar la boca.

—La gente va a seguir muriendo. Y Seth me encontrará. —Apreté el botón del mango y las cuchillas se plegaron—. Lo he visto. Es… —No pude terminar. Decir que Seth estaba perdido era demasiado definitivo y, en cierto modo, me partía el corazón.

Hades volvió aquellos ojos hacia mí. Chasquearon con electricidad. Por un momento, eché de menos a Apolo. Al menos él había bajado el tono de esos ojos cuando estaba cerca de mí, haciéndolos parecer normales. Hades no haría tal cosa.

—Estás haciendo lo correcto —arrulló con suavidad—. Y te prometo que no sentirás nada. —Me tendió la mano—. Será fácil, cariño.

La grieta en mi pecho se extendió y parpadeé para contener las lágrimas. No era justo, pero era lo correcto. Heriría a Aiden, a Marcus y a mis amigos, pero también los protegería. Esperaba que algún día lo entendieran. Por encima de los latidos de mi sangre, oí a Solos gritarme. Poco a poco, levanté la mano.

—Eso es —susurró Hades—. Toma mi mano.

Nuestros dedos estaban a escasos centímetros. Podía sentir una extraña mezcla de calor y frío que daba escalofríos. Obligué a mi mente a vaciarse. No podía permitirme pensar en lo que estaba haciendo, porque me acobardaría.

—Hades —gritó Artemisa.

Se giró despacio.

—Quédate...

Artemisa soltó la flecha e impactó donde quería: justo entre los ojos de Hades. Luego se desvaneció como la abuela Piperi se había desvanecido en el jardín el día que me dio su última profecía. El abrumador olor a paredes húmedas y cavernas desapareció, y la flecha se estrelló contra el linóleo.

Me tapé la boca con la mano para detener el grito.

—¿Lo... has matado?

—No —se burló Artemisa—. Solo lo he dejado fuera de combate durante un tiempo. —Bajó el arco y movió la muñeca. Las puertas se abrieron de golpe. Marcus y Aiden entraron corriendo y se detuvieron al ver a Artemisa. Ninguno de los dos parecía saber qué hacer.

Artemisa volvió a colocar la flecha en su carcaj y le dedicó a Aiden una sonrisa sexy.

—Cada vez están más buenos —ronroneó.

Demasiado aturdida para ponerme celosa, la miré fijamente.

—¿Por qué? Tenía razón. Soy un riesgo demasiado grande. Lo *entiendo*.

Artemisa se centró en mí con unos ojos totalmente blancos.

—Mi hermano no se ha arriesgado a la ira de Zeus por protegerte, para que tú tires tu vida por la borda.

Traté de ignorar el ciclón de furia que se formaba detrás de mí. Tratar con Aiden no era algo que estuviera deseando hacer.

—No lo entiendo. Nadie puede esconderme para siempre. Seth me encontrará, ¿y luego qué? Se convertirá en el Asesino de Dioses y otro dios enloquecerá y arrasará una ciudad entera.

Artemisa se acercó deslizándose hacia mí, con sus elegantes movimientos en total desacuerdo con su atuendo de princesa de combate.

—O le darás la vuelta a la tortilla contra el Primero y todos aquellos que creen que pueden derrocar a los dioses.

—¿Qué quieres decir? —dijo Marcus, que se puso colorado cuando Artemisa se volvió hacia él. Hizo una profunda reverencia y luego se enderezó—. ¿Cómo puede Alexandria cambiar las tornas? Si Seth le pone un dedo encima una vez Despierte, se convertirá en el Asesino de Dioses.

—No tiene por qué —replicó ella con firmeza.

Parpadeé con rapidez.

—¿Podrías explicármelo?

Artemisa sonrió. Era imposible, pero se volvió más hermosa... y más espeluznante.

—Es cierto que mi hermano... te tiene afecto, pero eres un activo valioso para nosotros. Algunos desean verte muerta, es verdad. Hades volverá... con el tiempo, al igual que las furias que quedan. Pero pronto Despertarás y serás más fuerte de lo que crees.

Seguramente, todas mis respuestas habituales de listilla me costarían una flecha en la cabeza, así que no tenía ni idea de qué decir.

Se detuvo delante de mí. Cuando alargó la mano y me agarró la barbilla con dedos suaves y fríos, quise apartarme. Me inclinó la cabeza hacia atrás.

—Tienes una pasión temeraria. Te guía. Algunos lo verían como una debilidad.

—¿No lo es? —susurré, incapaz de apartar la mirada.

—No. —Me estudió como si pudiera ver dentro de mí, a través de mí—. Tienes los ojos de una guerrera. —Bajó la mano y dio un paso atrás—. Las profecías siempre cambian, Alexandria. Nada en nuestro mundo está grabado en piedra. Y el poder nunca fluye en una sola dirección. La clave es encontrar la manera de cambiar las cosas.

Luego desapareció.

Me toqué la barbilla. Sentí un hormigueo en la piel. Despacio, me volví hacia Aiden.

—Deberías haber visto a esos perros.

Aiden me agarró ambos brazos, sus ojos eran como plata líquida. Me di cuenta de que quería sacudirme. Había visto a través del cristal lo que había intentado hacer y Artemisa me había dejado tirada en la estacada. Mientras me miraba fijamente, era como si se hubiera olvidado de todos los que estaban en la tienda, de que mi tío estaba allí, su hermano y Solos. Estaba así de enfadado.

—Ni se te ocurra volver a hacer algo así de estúpido, *jamás*.

Aparté la mirada.

—Lo siento...

—Entiendo que pensaras que estabas haciendo lo correcto —dijo con los dientes apretados—. Pero no lo hacías, Alex. Sacrificarte no era lo correcto. ¿Me entiendes?

Marcus le puso una mano en el hombro.

—Aiden, no es el sitio. Tenemos que irnos.

Se me cortó la respiración mientras mis ojos iban de uno al otro.

—Es solo que no sé cómo vamos a ganar esto.

—Nadie gana si te suicidas —dijo Marcus en voz baja—. Tenemos que irnos.

Aiden inspiró hondo y bajó las manos. Su mirada advertía que habría un después, probablemente en el momento en que entráramos en el coche. Solos esperaba junto a la puerta, con la mirada clavada en Aiden mientras daba un sorbo a su bebida energética.

—¿Estás bien? —le preguntó Aiden a Deacon.

Este asintió despacio.

—Sí, estoy genial. Nada como presenciar un combate a muerte entre dioses cuando intento hacerme con unos Cheetos.

Se me crisparon los labios. Pobre Deacon. Él también apretaba la bolsa contra su pecho.

Los suaves ronquidos del cajero eran lo único que se oía. Recordé el propósito de venir a este lugar y me apresuré a volver al mostrador.

—¿Qué haces? —preguntó Aiden.

Dejé caer algo de dinero sobre el mostrador y agarré mi bolsa.

—Tengo hambre.

Aiden se quedó mirándome durante un instante y luego una lenta sonrisa se dibujó en su rostro. Tal vez no me regañaría tanto. Al salir, recogió un paquete de magdalenas de chocolate del suelo y me miró.

—Yo también —dijo.

—Al menos yo he pagado mis cosas.

CAPÍTULO 32

Me echaron la bronca, mucho. Y me lo merecía. Últimamente, Aiden se mostraba muy duro conmigo. Entendía mis motivos, pero no estaba de acuerdo conmigo. Aunque sabía lo que había pensado, y seguía teniendo sentido. No quería morir, pero no quería ver a nadie más herido cuando entregarme lo detendría todo.

A mitad de la segunda parte del viaje, mientras los neumáticos se comían los kilómetros, me agarró de la mano y se aferró a ella. No me había perdonado, pero ya no quería zarandearme. Esto era un progreso. Cuando llegamos a Atenas, seguía sin estar segura de si que Artemisa le disparase a Hades en la cabeza había sido una buena jugada o no.

Nos recibieron pinos altos y montones de nieve cuando llegamos al refugio situado en la linde del bosque nacional. Sin Marcus y el elemento aire no habríamos podido subir por la carretera apartada. Aun así, tardó más de una hora en despejar el camino.

La cabaña era magnífica, hecha de troncos y rodeada por una plataforma envolvente. Si no hubiera estado tan agotada, habría apreciado mucho más su belleza.

—¿Sabes que Atenas es uno de los lugares más embrujados de Ohio? —dijo Solos mientras abría la puerta.

—Ella no cree en fantasmas. —Aiden se echó las maletas al hombro, con las mejillas sonrojadas por el frío. Yo apenas podía sentirlo. Lo único que quería era una cama donde dormir el resto del día.

—¿En serio? —Solos sonrió—. Tendremos que llevarte al viejo manicomio de Atenas a ver si cambias de opinión.

—Suena divertido —murmuré, viendo a Luke y Deacon acompañar a Lea al interior—. ¿Cómo vamos a estar seguros aquí? ¿Qué impide que cualquier dios nos bombardee?

Solos frunció el ceño.

—Aquí estamos a salvo.

—¿Cómo es posible?

—Mira ahí arriba. —Aiden movió las bolsas y señaló por encima de la puerta principal. Tallada en la madera estaba la misma runa en forma de «S» que tenía en el cuello—. Apolo dijo que ningún dios con malas intenciones contra las personas de esta casa puede pasar.

—La runa de la invencibilidad. —Me froté la nuca distraídamente mientras cruzaba el umbral—. No sabía que se podía poner una runa en una casa. Es muy útil.

El interior era igual de hermoso. Los amplios ventanales dejaban entrar los últimos rayos del sol y el suelo de madera había sido pulido hasta dejarlo reluciente. Me recordaba a la cabaña de Gatlinburg. Me estremecí.

—¿Estás bien? —susurró Aiden, acercándose por detrás.

Tragué saliva.

—Sí, solo estoy muy cansada.

Solos nos mostró las habitaciones. A Lea la ubicaron abajo, junto con Marcus y Luke. A Deacon le tocó el desván encima de la sala de recreo y al resto nos dieron habitaciones arriba. Todos se apiñaban en pequeños grupos o, como Marcus, miraban por una de las ventanas, sumidos en sus pensamientos.

Aiden llevó mis maletas a un acogedor dormitorio de aspecto rústico y las colocó junto a la cama. Al girarnos, nuestras miradas se cruzaron. Desde el día que me había ido con Seth, no habíamos estado a solas. El viaje en coche no contaba. Habíamos huido para salvar nuestras vidas después de presenciar una tragedia. Besarnos y tocarnos no había pasado por nuestras cabezas.

Entonces, regresó con más fuerza.

Cruzó la distancia y me acarició las mejillas. Tenía unos dedos elegantes, pero callosos por años de entrenamiento. Me encantaban sus manos. Inclinó la cabeza hacia la mía y acercó sus labios hasta estar a poca distancia.

—Después —prometió, y luego posó sus labios sobre los míos.

El beso fue suave, dulce y demasiado rápido. Sentí un hormigueo en los labios cuando salió de la habitación. ¿Después? ¿Cómo podía haber un «después» en una casa llena de gente? Me di una ducha caliente y dejé que el agua aliviara mis músculos doloridos una vez que descubrí cómo usar los tres grifos sin ahogarme. Luego, me puse una sudadera y eché una mirada de añoranza a la cama al salir de la habitación. Tenía algo que hacer antes de descansar.

Lea estaba sentada en la cama, con las piernas cruzadas mientras miraba su teléfono. Cuando llamé a la puerta abierta, levantó la vista.

—Hola —dije.

Me miró durante varios segundos y luego se aclaró la garganta.

—Le envié un mensaje a Olivia en Vail, le dije que estábamos bien.

—¿Sabe lo que va a hacer? —Me senté en la cama a su lado y me pasé las manos por los enredos húmedos de mi pelo. Pensé en el mensaje que Caleb le había enviado. Con suerte, podría decírselo pronto.

—No. Su madre... —Se le entrecortó la voz y tragó saliva—. Su madre está como loca. Creo que van a Nueva York.

Al pensar en mi padre, sentí que se me oprimía el pecho. ¿Volvería a verlo? Entonces me sentí mal por incluso pensar eso. Lea había perdido a toda su familia.

—¿Allí estarán a salvo?

El pelo largo y cobrizo que había envidiado durante años le protegía la cara mientras inclinaba la cabeza hacia abajo.

—Cree que sí. Me lo dirá cuando su madre sepa más.

Asentí, dejando caer las manos sobre mi regazo.

—Lea, siento mucho lo que ha pasado.

Tomó una bocanada de aire que pareció sacudir todo su cuerpo.

—Ya hemos pasado por esto antes.

—Lo sé.

Lea levantó la cabeza. Sus ojos color amatista brillaban con lágrimas.

—Sé que no es culpa tuya. Lo que hizo tu madre o lo que... lo que hizo Seth. Todas las muertes que he visto o he vivido han tenido que ver contigo. No son culpa tuya, pero aun así ocurrieron.

Aparté la mirada, sintiendo el peso de los últimos diez meses asentarse sobre mí. Diez meses de muerte, empezando con la de mi madre en Miami, y sabía que no se había terminado. Con los dioses involucrados tal y como lo estaban, con mi cumpleaños mañana y con Seth ahí fuera buscándonos, esto no había terminado. Pero, aun así, lo que sentía no era nada comparado con lo que Lea estaba pasando.

—Y no puedo... mirarte sin ver todas esas caras —susurró Lea—. Lo siento. No te culpo, pero yo... ahora mismo no puedo mirarte.

Asentí con rigidez y me puse de pie.

—Lo siento —volví a decir. Era lo único que podía pronunciar.

—Lo sé.

Salir de su habitación no disminuyó la culpa. Meterme en la cama no hizo que nada de lo ocurrido desapareciera. Y la culpa que sentía no era como la que había sentido después de la muerte de Caleb. Era como tener un hijo que había hecho algo terrible y todo el mundo se quedaba mirándote, preguntándose en qué punto se había torcido todo. Culpa por asociación.

Me puse de lado, de cara a la ventana. Fuera seguía nevando. La naturaleza estaba en su mejor momento cuando era a la vez hermosa y mortal.

Contemplar la nieve me despejó la mente de todo lo que estaba ocurriendo, dejando tras de sí una fina capa de electricidad estática hasta que el agotamiento me atrajo y me venció.

Un beso ligero como una pluma me despertó un rato después y me hizo abrir los ojos. Aiden me sonrió mientras su pulgar trazaba la forma de mi pómulo.

—¿Qué estás haciendo? —pregunté somnolienta—. ¿Y si alguien te encuentra aquí?

—Solos llevó a Deacon y Luke a la tienda ya que la nieve ha amainado un poco. Lea está descansando y Marcus está vigilando. —Se acurrucó a mi alrededor, buscando mi mano y entrelazando sus dedos en ella—. Y me parece que nuestro secreto ya tiene muy poco de secreto.

Incliné la cabeza hacia atrás y le miré atentamente.

—¿Qué quieres decir?

—Estamos en una casa llena de mestizos, a excepción de Marcus y mi hermano. Seguramente a Deacon no le importe, y Marcus...

—Mi tío es muy estricto con las normas —susurré.

Aiden rozó con sus labios la punta de mi nariz.

—Marcus lo sabe, Alex. No está ciego.

—¿Le parece bien?

—Yo no diría que le parece *bien* —Aiden sonrió—. De hecho, me dio un puñetazo cuando se dio cuenta.

Me quedé mirándolo.

—¿Qué?

Se rio por lo bajo.

—Sí, me dio un puñetazo en la cara cuando regresó de Nashville. Bueno, dos.

—Por el amor de... —Me mordí los labios para no reírme. No era gracioso, pero lo era.

—El primero fue porque estabas con Seth y Lucian. El segundo fue después de darse cuenta de lo nuestro.

—¿Cómo se enteró? Fuimos cuidadosos. —Y lo habíamos sido.

—Creo que llevaba un tiempo sospechándolo —reflexionó—. Pero se dio cuenta cuando te fuiste. Creo que fui bastante transparente durante esos días.

Quería aliviar las líneas de preocupación que habían aparecido en su frente. Habíamos hablado del tiempo que pasé en casa de Lucian de camino a aquí y le había asegurado más de una vez que no me habían hecho daño, pero seguía inquietándolo. Era algo que, al igual que cuando morí, permanecería en la memoria de Aiden.

—¿Qué te dijo? —le pregunté finalmente.

—No creo que quieras saberlo. Fue una de las pocas veces que he oído a Marcus maldecir.

Sonreí mientras volvía a apoyar la mejilla en la almohada. Los dioses sabían que estaba demasiado familiarizada con los enfados de Marcus.

—No pareces muy preocupado de que lo sepa.

—No lo estoy. Ahora mismo, hay asuntos más... urgentes de los que preocuparse.

¿Acaso no era eso cierto?

—Una parte de mí desearía que mañana no llegara.

Me dio un beso en la cabeza.

—Todo saldrá bien, Alex.

—Lo sé. —Cerré los ojos y me acurruqué—. No sé qué esperar, ¿sabes? ¿Me convertiré automáticamente en la mejor luchando o algo así? ¿O haré explotar a la gente sin querer con *akasha*? —¿O conectaría con Seth? Eso no quería ponerlo en palabras.

—Pase lo que pase, seguirás siendo Alex, seguirás siendo *agapi mou*, mi vida. Pero... no vuelvas a asustarme como hoy, ¿vale? Estamos juntos en esto.

—¿Hasta el final?

—Hasta el final —susurró.

Las malditas lágrimas acudieron a mis ojos. Me sentía como una niña, pero esas palabras eran perfectas, lo que necesitaba oír.

—Hagamos planes otra vez. Me gustó hacerlo. —Alcé las cejas cuando volvió a reír—. ¿Qué?

—Es que eres la última persona que planea algo.

Sonreí porque tenía razón.

—Pero me gusta este tipo de planes.

—Vale. —Movió el pulgar por el interior de mi palma—. He estado pensando en el futuro; nuestro futuro.

Me encantaba cómo sonaba: «nuestro futuro». Cuando Aiden lo decía, parecía posible.

—¿Qué se te ha ocurrido?

—Es más bien algo que he decidido. —Me soltó la mano y me alisó el pelo—. Digamos que todo se va al traste con lo de la compulsión, ¿vale?

No parecía probable, pero asentí.

—No quiero quedarme en nuestro mundo.

Agarré su mano, bajándola hasta donde me latía el corazón mientras me revolvía en su abrazo.

—¿Qué? ¿Qué quieres decir?

Unas gruesas pestañas cubrieron sus ojos.

—Si nos quedáramos en este mundo, el mundo Hematoi, no podríamos estar juntos. Habrá a quien no le importe, pero… es demasiado arriesgado, incluso si consiguiésemos que nos asignasen a la misma zona.

El aire abandonó mis pulmones mientras lo miraba fijamente.

—Pero si te fueras ya no podrías ser un Centinela, y tú necesitas eso.

Levantó la vista y me miró a los ojos.

—Lo necesito. Ser Centinela es importante para mí, pero no es mi mundo, mi vida o mi corazón. Lo eres tú. Y te quiero en mi vida, en mi vida de verdad. Es la única manera.

De repente quise llorar. Otra vez. Ni siquiera podía formar una palabra coherente, y sabía que él podía sentir mi corazón latir contra su palma, pero no me importaba.

Aiden se inclinó, rozando sus labios sobre los míos.

—Te quiero, Alex. Lo daría todo por ti, y sé que tú también lo has pensado, pero esto depende de ti.

¿Podría… renunciar a esa necesidad casi inherente de convertirme en Centinela? ¿Podría dejar de lado el deseo del deber que me habían inculcado durante años y la necesidad de compensar de algún modo lo que le había pasado a mi madre? Abandonar este mundo exigiría volver a integrarme en el mundo de los mortales, algo que se me había dado fatal durante tres años. En ese momento me asaltaron viejos temores y años de no haber encajado nunca, de haber sido siempre un bicho raro. Los mortales, en su mayoría, se sentían incómodos y atraídos por nosotros al mismo tiempo. Era duro estar cerca de ellos, siempre fingiendo.

Pero había estado pensando en un futuro que no incluyera el Covenant o ser Centinela. Nunca pensé que fuera posible, pero cuando miré a los ojos de Aiden y solo vi amor, amor hacia mí, supe que podía hacerlo. *Nosotros* podíamos hacerlo. Aiden lo valía. Nuestro amor lo valía. Vivir como una mortal me había asfixiado en el pasado, pero ahora podía proporcionarme el tipo de libertad que anhelaba. Y juntos, todo parecía posible.

Levanté la cabeza y me encontré con su mirada plateada. Siempre podía saber lo que Aiden sentía por el color de sus ojos y, ahora mismo, lo estaba exponiendo todo y aun así me daba a elegir.

—Sí. Podría hacerlo —susurré—. Lo haría.

Un estremecimiento sacudió el cuerpo de Aiden.

—Casi tenía miedo de que dijeras que no.

Con los ojos nublados, le acaricié la mejilla. La barba de un día me rozó la palma.

—Nunca podría decirte que no, Aiden. Tampoco es que quisiera. Pero... ¿y Deacon y Marcus? ¿Cómo podemos hacerlo?

—Creo que ellos podrían saberlo. Podríamos confiar en ellos.

Había muchos «y si...» en este plan. ¿Cómo podríamos escapar del Covenant y de la sociedad que seguramente no estaría dispuesta a dejarnos ir? Necesitábamos un plan, uno bueno, si es que teníamos la oportunidad de que funcionase, pero ahora mismo la idea en sí me inundaba de calidez y mucha esperanza. Y la esperanza era algo frágil, pero me hacía seguir adelante.

Aiden bajó la cabeza y acercó su boca a la mía. Emitió un sonido en el fondo de la garganta cuando el beso se hizo más profundo. El tímido contacto dio paso a algo mucho más intenso. Cuando giró su cuerpo y lo apretó contra el mío como una manta cálida, el corazón me latió con fuerza. Sentía mucho y no lo suficiente, nunca lo suficiente. Había un anhelo, devastador y salvaje, que nunca desaparecería.

Me perdí entre las manos de Aiden y perdí la cuenta de las veces que nos besamos mientras nuestros cuerpos se movían, y en ese instante, por fin encontramos la forma de detener el tiempo.

Capítulo 33

Nada… No pasó nada, sorprendente, en mi cumpleaños.

Durante toda la mañana, todos me observaron como si esperaran que me saliese una segunda cabeza o empezara a flotar hasta el techo. No me sentí diferente a la noche anterior. No aparecieron más marcas del Apollyon. Las que tenía no hormigueaban. Traté de hacer levitar una silla en la cocina, pero no pasó y, después, me sentí estúpida. Por la tarde, todo el asunto del Despertar parecía bastante decepcionante.

—Hola. —Aiden asomó la cabeza por la entrada del dormitorio—. ¿Estás ocupada, cumpleañera?

Levanté la vista de la revista que Luke había traído de la tienda.

—No. Solo estoy escondiéndome.

Aiden cerró la puerta en silencio y sonrió.

—¿Por qué te escondes?

Me encogí de hombros, cerré la revista y la tiré al suelo.

—Me siento como un fracaso de Apollyon.

—¿Por qué? —Se sentó a mi lado, con los ojos de un suave gris jaspeado.

—Todo el mundo me mira, esperando a que pase algo. Hace un rato, Marcus me miró tanto que se puso bizco. Y mientras Solos preparaba el almuerzo, me preguntó si podía calentar la sopa con el elemento fuego.

Parecía que Aiden intentaba no reírse.

Le di un golpe en el brazo.

—No tiene gracia.

—Lo sé. —Respiró hondo, pero sus ojos bailaron divertidos—. Vale. Es un poco gracioso.

Entrecerré los ojos.

—Puedo ganarte, ¿lo sabes?

Se inclinó hacia mí y sus labios se curvaron en una sonrisa lobuna.

—No puedes ganar lo que ya es tuyo.

Me sentí embriagada al saberlo, pero de todos modos le di un puñetazo en el hombro.

—Deja de intentar engatusarme.

—Hay algo que quería enseñarte. —Se metió la mano en el bolsillo y sacó una cajita—. Y luego tienes que bajar y dejar de esconderte.

Mis ojos se clavaron en la caja. Era blanca, pero tenía un lazo rojo. Imágenes de joyerías bailaron en mi cabeza.

—¿Qué es eso?

Aiden me lo puso en la mano.

—Es tu cumpleaños, Alex. ¿Qué crees que es?

Levanté la vista, encontrándome con su mirada.

—No tenías que regalarme nada.

—Lo sé, pero quería hacerlo.

Deslicé la tapa, enganchando con el meñique el suave material de la cinta de raso. Al abrir la caja, me quedé sin palabras en el acto.

—Oh, vaya. Esto… es tan bonito.

Colocado sobre más satén, había un cristal rojo oscuro diseñado en forma de una rosa tallada como si los pétalos se elevaran hacia el sol. Colgaba de una delicada cadena de plata que complementaba su belleza. Lo saqué de la caja. Las luces parpadeaban y bailaban sobre la piedra preciosa e inmediatamente se calentó en mi piel.

—Aiden, es... ¿dónde has conseguido algo así?

—Lo hice yo. —Se sonrojó—. ¿Te gusta?

—¿Tú has *hecho* esto? —Abrí los ojos de par en par. Respiré un poco más fuerte. Era extraordinario que hubiera podido hacer algo tan asombroso—. ¡Me encanta! ¿Cuándo hiciste algo así?

—Hace un tiempo —dijo, con las mejillas aún más enrojecidas—. En realidad, fue después de que me dieras la púa. No estaba seguro de si algún día... podría dártelo. Quiero decir, empecé a hacerlo un día y a medida que tomaba forma, pensé en ti. Iba a dejarlo en tu dormitorio, pero entonces pasó todo... —Se interrumpió, parecía arrepentido—. Voy a dejar de hablar ahora.

Me quedé mirándolo sin palabras.

—¿Estás segura de que te gusta?

Me arrodillé y le rodeé el cuello con los brazos. Apreté la rosa en mi mano mientras le besaba la mejilla.

—Me encanta, Aiden. Es perfecto. Precioso.

Se rio con suavidad, aflojando mi abrazo.

—Ven, déjame que te ayude a ponértelo.

Me di la vuelta, obediente, y me sujeté el pelo. Aiden me abrochó la cadena por detrás del cuello, dejando que la rosa de cristal se asentara sobre mi pecho. El peso me pareció maravilloso. Alargué la mano y pasé los dedos por los delicados filos. Entonces di un salto y me abalancé sobre Aiden.

Riendo, me atrapó antes de que cayéramos de la cama.

—Supongo que te gusta.

Lo empujé y lo besé.

—Me encanta. Te quiero.

Aiden levantó la mano y me echó el pelo hacia atrás mientras su mirada fundida me penetraba hasta la médula.

—Sé en qué estás pensando.

—Las grandes mentes piensan igual.

—Más tarde —gruñó.

Empecé a protestar, pero me puso de pie.

—Bu.

Me sonrió con descaro.

—Tienes que bajar.

—¿Tengo que bajar?

—Sí. Así que no discutas conmigo.

—Vale. Pero porque eres maravilloso y este collar es precioso. —Hice una pausa, dándole un codazo con la cadera—. Y porque eres muy sexy.

Después de eso, Aiden me sacó de la habitación. Antes de llegar a las escaleras, me metí el collar debajo de la camisa. La gente podía saber o sospechar algo, pero yo no iba a decirlo, aunque quería ponerle el collar en la cara a todo el mundo y hacer que se deleitaran con él.

Seguí a Aiden hasta la cocina. Mis pasos se ralentizaron al ver que *todos* estaban reunidos alrededor de la mesa.

—¿Qué está…?

Deacon y Luke se hicieron a un lado.

—¡Feliz cumpleaños! —gritaron al unísono.

Mi mirada se posó en la mesa. Había una tarta de cumpleaños, decorada con dieciocho velas encendidas y… ¿Spiderman? Sí, era Spiderman. Con sus mallas de color rojo y azul y todo.

—Era eso o My Little Pony —dijo Luke, sonriendo—. Pensamos que apreciarías más a Spiderman.

—Además, es genial escalando edificios —añadió Deacon—. Tal vez algún día, cuando decidas Despertar, serás igual de genial.

—Yo encendí las velas —dijo Solos, encogiéndose de hombros—. Yo solito.

—Yo les di el dinero. —Marcus se cruzó de brazos—. Por lo tanto, yo fui la pieza clave de todo esto.

—Y tenemos refrescos de uva. —Luke señaló las botellas de refresco—. Es tu favorito.

—Esto… Esto es… Guau. —Mis ojos se encontraron con Lea, sentada detrás de Solos. Tenía el pelo apartado de la cara, los ojos seguían hinchados. Me miró a los ojos y sonrió un poco—. Es genial. Sois increíbles. De verdad.

Deacon sonrió.

—Tienes que soplar las velas y pedir un deseo.

¿Qué desear? Sonreí. Eso era fácil. Mientras me arrastraba hacia la mesa, soplé las velas y deseé que todos saliéramos vivos de esto, incluido Seth.

—¡Quiero la tela de araña! —gritó Deacon mientras retrocedía y sacaba un cuchillo enorme.

—Uf. —Me acerqué a Aiden.

—Es su cumpleaños —Luke le quitó el cuchillo—. Ella tiene que elegir qué trozo quiere primero.

Me reí.

—No pasa nada. Puede quedarse con la tela de araña. Yo me quedo con la cabeza.

Nos pusimos a cortar la tarta y a repartir refrescos de uva. Me sentí abrumada por todo el mundo. No esperaba mucho de mi cumpleaños, salvo miradas extrañas, pero esto era increíble. Era fácil olvidarse de todo y de lo que hoy simbolizaba. Aquí, rodeada de amigos, las cosas parecían… normales.

Normal para ser un grupo de mestizos y puros celebrando un cumpleaños.

Vale. No era para nada normal, pero era mi tipo de anormalidad.

Apiñados alrededor de la mesa, nos reímos mientras compartíamos la tarta y los refrescos de uva. Lea se animó un poco, mordisqueando el glaseado. Los chicos siguieron echándome la bronca por no haber Despertado todavía, a lo que Aiden intentó poner fin. Era bonito verlo intentar no ponerse demasiado a la defensiva o protegerme. No es que lo necesitara, pero me parecía algo natural en él. Era igual con su hermano... cuando Deacon no blandía un cuchillo de quince centímetros.

Hacia el final de la celebración, se oyó un estallido en la sala de ocio. Todos nos dimos la vuelta. Recé para que la runa funcionara en la casa, porque sin duda había un dios aquí.

Apolo entró en la cocina. Lo primero que noté fue que sus ojos eran azules y no blanco espeluznante.

—¿Cómo está mi cumpleañera?

Por alguna razón, me sonrojé hasta la raíz del pelo.

—Bien, abuelo.

Sonrió con satisfacción mientras se deslizaba en el asiento a mi lado, quitándole a Deacon el cuchillo de las manos con facilidad.

—No parezco lo bastante viejo para ser lo que soy para ti.

Era cierto. Parecía tener unos veinte años, lo que lo hacía aún más extraño.

—Así que... ¿cuándo ibas a decirme que me habías engendrado?

—Yo no te engendré. Engendré a un semidiós hace siglos que acabó engendrando a tu madre.

—¿Podéis dejar de decir «engendrar»? —preguntó Luke.

Apolo se encogió de hombros mientras cortaba un trozo de tarta. Le devolvió el cuchillo a un Deacon curiosamente apagado.

—No me pareció necesario decírtelo. No es que vaya a hacer trotar a los bebés de Alex sobre mis rodillas.

El refresco se me atascó en la garganta y estuve a punto de escupirlo. Alguien se rio, y parecía Luke.

—Sí, eso no va a pasar.

—Mi hermana debería de haberse guardado eso para ella. —Dio un mordisco a la tarta, hizo una mueca y luego apartó el plato—. Aquí lo importante no es nuestro vínculo familiar.

Fruncí el ceño.

—¿Sabéis qué, chicos? —Solos palmeó los hombros de Deacon y Luke—. Apuesto a que puedo llevaros a los dos al *air hockey* y hacer que me llaméis mamá.

Luke resopló.

—Me da que no.

Solos arrastró a los chicos fuera de la habitación, pero Lea se sentó de nuevo en la silla y se cruzó de brazos. Sus ojos desafiaban a cualquiera a decirle que se fuera. Esa era la Lea que yo conocía.

—¿Recuerdas cuando fuiste a ver a Marcus tras el fallecimiento de la abuela Piperi? —Apolo tomó la botella de refresco.

—Sí. —Le di un vaso, preguntándome a dónde quería llegar—. Es difícil olvidar ese día.

—Eh. —Olfateó la parte superior de la botella, se encogió de hombros y se sirvió un poco—. Bueno, entonces también deberías saber que hay otro oráculo.

Miré a Marcus. Arqueó una ceja mientras se apoyaba en el mueble.

—¿Qué tiene que ver con esto? —preguntó.

Pensé en Kari.

—Pero ¿ella no había fallecido también? —Tras unas cuantas miradas extrañadas, me expliqué—. La conocí en el Inframundo. Dijo que sabía lo que iba a pasar.

Apolo asintió.

—Tuvo algunas visiones antes de su... partida. Quizá tuvo algo que ver con tu inoportuna visita al Inframundo. Verás, lo que pasa con los oráculos es que... son dueños de sus visiones. Lo que ellos ven no lo ven los demás y yo solo puedo ver lo que el oráculo me dice. —Levantó el vaso de plástico, dio un sorbo tentativo y enseguida puso mala cara. Supuse que el refresco de uva no era lo suyo.

—Es parte de cómo funciona todo, de por qué necesitamos un oráculo en lugar de que yo sepa el futuro —continuó mirándome—. ¿Te dijo algo mientras estabas allí?

Negué con la cabeza.

—Solo que sabía que me encontraría y... que sabía cómo terminaba. Y, en realidad, saber cómo termina no me dice qué hacer.

Apolo hizo una mueca.

—Imagino que el oráculo muerto lo sabría. Y Hades no va a dejarme bajar allí a hablar con ella ahora, no después de lo que pasó con mi hermana. Las profecías siempre cambian. Nada está escrito en piedra.

—Eso es lo que dijo Artemisa. —Aiden se sentó al lado de Lea—. ¿La profecía ha cambiado?

—No exactamente.

Se me estaba agotando la paciencia.

—Entonces, ¿qué está pasando, Apolo? Artemisa dijo que aún había esperanza y mencionó algo sobre la profecía. ¿Puedes, no sé, ir al grano?

—El nuevo oráculo no ha tenido ninguna visión, así que la última está ligada al que murió. De modo que lo único que tenemos para trabajar es lo que sabemos. —Sus labios se curvaron en una media sonrisa—. Algunos de nosotros creemos que serás capaz de detener a Seth. La profecía...

—Sé lo que dice la profecía: uno os salvará y el otro os destruirá. Eso lo entiendo, pero lo que no entiendo es por qué alguno de vosotros se arriesgaría a que Seth se pusiera en plan Godzilla a atacaros. Eliminarme acaba con el problema. —Ignoré la mirada amenazante de Aiden mientras me ponía en pie—. Hay algo más en todo esto. Tú sabes algo más.

—Y sabes que la profecía dice que solo puede haber uno de vosotros. No hay forma de evitarlo. —Apolo se echó hacia atrás, dejando caer los brazos sobre el respaldo de su silla—. ¿De verdad crees que todo esto fue idea de Lucian? ¿Que sabía de ti sin que nadie se lo dijera? ¿Que ha conseguido tanto apoyo como el que tiene basado solo en su encanto?

Empecé a dar vueltas.

—Yo no le daría tanto crédito a Lucian.

—Bien. Porque ha tenido ayuda, estoy seguro —dijo Apolo—. Lo que significa que impedir que Seth se convierta en el Asesino de Dioses no soluciona el problema general. El dios detrás de esto encontrará otra forma de llevar el Olimpo al precipicio de una guerra sin cuartel, y si eso ocurre, se extenderá al reino de los mortales. ¿Lo que visteis hacer a Poseidón? Eso no será nada en comparación con lo que puede pasar.

—Genial. —Al paso que iba, abriría un camino en el suelo de la cocina—. ¿Tienes idea de quién es ese dios?

—Hay muchos a los que nos gusta causar discordia y caos por diversión.

—Hermes —dijo Marcus. Todos los ojos se volvieron hacia él. Levantó las cejas, expectante—. Hermes es conocido por provocar el caos y la discordia. —Nadie dijo nada. Marcus sacudió la cabeza—. ¿Ninguno de vosotros prestaba atención en la clase de Mitos y Leyendas?

—Hacer que Lucian se vuelva contra el Consejo y los dioses no es una travesura —dijo Aiden—. ¿Y por qué querría Hermes hacer eso? ¿No se está poniendo en peligro por Seth?

—No si Hermes controla a Lucian. —Me detuve. Una sensación de malestar me recorrió la espalda—. Lucian controla a Seth... por completo. Estaría a salvo.

—Hermes siempre ha sido el bufón y el saco de boxeo de Zeus. —Apolo se puso de pie y se movió alrededor de la mesa. En la ventana que daba a la bahía, se quedó pensativo—. Y últimamente, Hermes ha estado... desaparecido. No era consciente de ello, porque estuve aquí mucho tiempo. Todos vamos y venimos, nunca nos alejamos del Olimpo demasiado tiempo.

Marcus se tensó.

—¿Crees que es posible que Hermes haya estado por aquí?

Nos miró por encima del hombro. Mechones de pelo rubio cayeron hacia delante, protegiéndole la mitad de la cara.

—Como ya dije, si el otro dios se aseguró de que no nos cruzásemos, es posible. Tened en cuenta que puede que no sea Hermes. Podría ser cualquiera de nosotros. Sea quien sea, habrá que detenerlo.

Lo miré fijamente, preguntándome cómo esperaba Apolo que alguno de nosotros detuviera a un dios. Solo Seth podría hacerlo, y ahora mismo no jugaba en nuestro equipo.

—¿Cómo puede detenerlo? —pregunto Lea, con la voz ronca—. ¿Cómo puede detener a Seth? ¿No es ese el punto de todo esto?

Apolo le dedicó una pequeña sonrisa.

—Esa es la cuestión. Alexandria tendría que matarlo una vez Despierte.

CAPÍTULO 34

Era imposible que lo hubiese oído bien. No podía ser.

—¿Qué?

Apolo se volvió hacia la ventana.

—Tendrías que matarlo, Alexandria. Como Apollyon, podrás hacerlo.

La idea de matar a Seth me horrorizaba y me ponía enferma. No podía hacerlo. Me pasé la mano por la cara, sintiendo náuseas.

—No puedo hacerlo.

—¿No puedes? —Lea me miró fijamente, con los ojos brillantes a la luz—. ¡Mató a mi hermana, Alex! Mató a esos miembros del Consejo.

—Lo sé, pero... no fue su culpa. Lucian lo ha trastornado la mente. —Y había dudado antes de eliminar al Consejo. Lo había visto. Por un momento, el Seth que yo conocía no quería hacerlo, pero después... parecía emocionado—. No fue culpa suya.

Y sonaba como si estuviera tratando de convencerme a mí misma.

Los labios de Lea se estrecharon.

—Eso no hace que lo que hizo esté bien.

—Lo sé, pero… —Pero no podía matar a Seth. Me senté en la silla con pesadez, mirando los restos de Spiderman—. Tiene que haber otra forma.

—Sé que una parte de ti se preocupa por él —dijo Apolo en voz baja—. Fuiste… creada para sentir eso. Una parte de él eres tú y viceversa, pero es la única manera.

Lo miré a los ojos durante un segundo, y luego Apolo apartó la mirada. Una sombra pasó por su rostro. Un sabor extraño, casi desagradable, surgió en el fondo de mi boca.

—¿Hay otra manera, Apolo?

—¿Acaso importa? —Lea golpeó la mesa con las manos, haciéndome dar un respingo—. Tiene que morir, Alex.

Me estremecí.

—Lea —dijo Marcus con suavidad.

—¡No! ¡No voy a callarme con esto! —Se puso en pie de un salto, cobrando vida—. Sé que no parece justo, Alex. Pero Seth mató a esas personas, *a mi hermana*. Y eso sí que no fue justo.

Se me cerró la garganta. Lea tenía razón. No había discusión, pero ella no había visto lo que yo había visto… y no conocía a Seth. Por otra parte, tal vez ni siquiera yo lo conocía.

—Y es una mierda —continuó Lea. Sus manos se cerraron en puños que temblaban—. Incluso yo pensé que Seth estaba bueno, pero eso fue hasta que *incineró* a mi hermana. Te gusta. Eso es estupendo. Eres parte de él. Genial. Pero mató gente, Alex.

—Lo entiendo, Lea. —Miré alrededor de la habitación, mi mirada se posó en Aiden—. Todo el mundo sigue diciendo que hay esperanza. Tal vez podamos salvarlo. Y Artemisa mencionó algo sobre que el poder va en ambos sentidos. Quizá haya algo de eso.

El dolor parpadeó en sus ojos plateados, y entonces recordé sus palabras. *A veces hay que saber cuándo dejar ir la esperanza.*

Aspiró con fuerza mientras luchaba por contener la ira y la tristeza.

—Tú querías a tu madre, ¿verdad? La querías incluso después de que se convirtiera en daimon.

—Lea —interrumpió Aiden con brusquedad.

—Pero sabías que había que... detenerla —se apresuró a decir antes de que Aiden pudiera callarla—. La amabas, pero hiciste lo correcto. ¿En qué se diferencia esto?

Me aparté de la mesa. Sus palabras fueron como un puñetazo en el estómago, porque eran ciertas. ¿En qué se diferenciaba esto? Había hecho lo correcto con mi madre, así que ¿por qué era tan difícil para mí entender que había que hacerlo ahora?

—Creo que es suficiente por hoy —intervino Marcus.

Lea se mantuvo firme unos segundos más, pero luego salió furiosa de la habitación. Una parte de mí quería ir tras ella y tratar de explicarme, pero tenía el suficiente sentido común como para saber que no sería prudente.

—Ahora mismo está en un lugar oscuro —dijo Marcus—. Está dolida. Quizá más tarde entienda que esto también es duro para ti.

—No es tan duro como para ella. —Me eché el pelo hacia atrás—. Simplemente no puedo... La idea de matarlo me pone enferma. Tiene que haber otra manera.

Apolo se deslizó hacia mí.

—Todo esto... puede esperar. Hoy es tu cumpleaños, tu Despertar.

—Ya, bueno, no sé qué pasa con eso. —Me quedé mirando las runas de mis palmas. Brillaban débiles. Nada había cambiado en ellas—. Me siento igual. No ha pasado nada.

—¿Cuándo naciste? —preguntó Apolo.

—El cuatro de marzo.

Arqueó una ceja.

—¿A qué hora, Alexandria? ¿A qué hora naciste?

Fruncí los labios.

—No lo sé.

Una mirada incrédula cruzó el rostro de Apolo.

—¿No sabes a qué hora naciste?

—No. ¿La gente sabe eso?

—Yo nací a las seis y cuarto de la mañana —dijo Aiden, intentando ocultar su sonrisa—. Deacon a la una menos cinco de la tarde. Nuestros padres nos lo dijeron.

Entrecerré los ojos.

—Bueno, a mí no me lo dijo nadie... o lo he olvidado.

—¿Marcus? —preguntó Apolo.

Sacudió la cabeza.

—No... lo recuerdo.

—Bueno, es obvio que aún no has llegado a tu hora de nacimiento. —Apolo se apartó de la ventana—. Creo que ya hemos hablado bastante de cosas serias por hoy. Después de todo, es tu cumpleaños. Un momento para celebrar, no para hacer planes de batalla.

Me estremecí.

—Estarás bien. —Apolo me puso la mano en el hombro y me dio un apretón. Probablemente, ese sería el único consuelo que Apolo me ofrecería, y me pareció bien—. No sientes el vínculo desde donde estamos, así que él no puede conectarse contigo. Estarás bien.

Seguía mirando el reloj. ¿Cuándo había nacido? No tenía ni idea. Eran casi las ocho y media de la tarde, y no había pasado nada. ¿Quizá estaba haciendo algo mal?

—Para. —Aiden me agarró la mano, apartándomela de la boca—. ¿Desde cuándo te muerdes las uñas?

Me encogí de hombros. Estábamos sentados en el sofá de la pequeña terraza acristalada. Fuera de la ventana, parecía un paraíso invernal. La noche ya había caído y la luz de la luna se reflejaba en la nieve intacta que cubría la terraza y los árboles.

—¿Crees que soy débil? —le pregunté.

—¿Qué? —Tiró de mí para que me sentara en su regazo—. Cielos, eres una de las personas más fuertes que conozco.

Miré hacia la puerta cerrada, pero luego pensé: *qué más da*. Me permití relajarme, apoyé la mejilla en su pecho y me saqué la rosa de debajo de la camiseta.

—No me siento muy fuerte.

Aiden me rodeó con sus brazos.

—¿Por lo que hablaban todos hoy?

Pasé los dedos por los bordes de la rosa.

—Lea tiene razón, ¿sabes? Me enfrenté a mi madre, pero no puedo… hacer eso con Seth.

—Apolo tenía razón. —Puso la barbilla sobre mi cabeza—. Él es una parte de ti. En cierto modo, es diferente a lo que pasó con tu madre.

—Es diferente. Mi madre era un daimon y no había vuelta atrás. —Suspiré, cerrando los ojos. Vi la cara de Seth mientras le suplicaba, la indecisión en sus ojos—. Sigue ahí dentro, Aiden. Tiene que haber otra forma. Y creo que Apolo lo sabe, pero no nos lo dice.

—Entonces hablaremos con Apolo. Mencionó el oráculo, tal vez algo ha cambiado. —Se movió un poco, y entonces sentí sus labios contra mi frente—. Pero si no hay otra manera…

—Entonces tendré que afrontarlo. Lo sé. Tan solo quiero asegurarme antes de que decidamos que hay que… matarlo.

Aiden puso una de sus manos sobre la mía.

Tal vez tengamos que ir a ver a este nuevo oráculo. ¿Quién sabe? Quizá pueda decirnos algo, con visiones o sin ellas.

—Eso si conseguimos que Apolo nos hable de ella.

—Lo conseguiremos.

Sonreí a Aiden.

—Eres increíble.

Sonrió.

—¿Qué te hace pensar eso?

—¡Eres, sin duda, el mejor! —Siseé mientras soltaba mi mano de la suya—. Me ha picado algo.

Se enderezó un poco y me agarró la muñeca.

—Alex, estás sangrando.

Pequeños pinchazos de sangre cubrían la parte superior de mi mano izquierda, pero eso no era lo que estaba mirando. Allí había un glifo azul tomando la forma de algo que parecía una nota musical.

El pulso me latía con fuerza y me incorporé rápido, escudriñando la habitación. Un reloj con forma de búho indicaba que eran las ocho y cuarenta y siete de la tarde.

—Está sucediendo.

Aiden dijo algo, pero otra ráfaga de dolor abrasador me penetró justo bajo la marca y me llenó la piel de sangre. Me separé de Aiden y me temblaron las piernas al levantarme.

—Por todos los dioses…

—Alex… —Se puso en pie, con los ojos muy abiertos—. ¿Qué puedo hacer?

—No lo sé. Yo no… —Jadeé mientras el dolor me recorría el brazo. Justo delante de mis ojos apareció más sangre. Apenas eran unas gotas diminutas, como si estuviera bajo la aguja de un tatuaje…—. Oh dioses, las marcas… son como tatuajes.

Esto no había pasado con las otras marcas, las que Seth había hecho aparecer antes.

—*Dioses* —Aiden se acercó a mí, pero retrocedí. Tragó saliva cuando mis ojos se encontraron con los suyos—. Alex, todo va a salir bien.

Se me aceleró el corazón. El terror me inundó el estómago. Las marcas estarían *por todas partes* una vez terminadas, y llegaban tan, tan rápido... El dolor se extendió por mi cuello, humedeciéndome la piel. Cuando llegaron a la cara, grité y me tiré al suelo. De rodillas, me doblé, mis manos curvándose en el aire alrededor de mis mejillas.

—Oh... cielos, esto va a ser malo. —Luché por respirar.

De inmediato, Aiden apareció a mi lado, con las manos extendidas hacia mí, pero sin llegar a tocarme.

—Solo... respira hondo, Alex. Respira conmigo.

Me reí con dificultad.

—No... No voy a tener un bebé, Aiden. Esto es... —Un dolor agudo me recorrió la espalda y volví a gritar. Apoyé las manos en el suelo, intentando respirar hondo—. Vale... estoy respirando.

—Bien. Lo estás haciendo muy bien. —Aiden se acercó un poco más—. Ya lo sabes, *agapi mou*. Lo estás haciendo muy bien.

Mientras arqueaba la espalda, no me lo parecía. Prefería enfrentarme a cien daimons sedientos de éter y a una legión de Instructores que a esto. Los ojos se me llenaron de lágrimas cuando la marca siguió bajando. Me fallaron las piernas y, con la ayuda de Aiden, me tumbé boca abajo.

La puerta se abrió y escuché a Marcus.

—¿Qué coj...? Oh, dioses, ¿está bien?

La cara me dolía demasiado para quedarme así, pero la piel de la espalda la sentía en carne viva.

—Mierda...

—Está Despertando —dijo Aiden, con la voz tensa.

—Pero la sangre... —Oí a Marcus acercarse—. ¿Por qué está sangrando?

Me puse de lado.

—Me está tatuando un gigante, hijo de... —Otro grito ahogado interrumpió mis palabras cuando un dolor distinto se instaló bajo mi piel. Era como un relámpago recorriéndome las venas, friendo cada terminación nerviosa.

—Esto es... Guau —dijo Deacon, y abrí los ojos de golpe. Había público junto a la puerta.

—¡Sacadlos de aquí! —grité, tirándome al suelo—. ¡Dioses, esto es una mierda!

—Vaya —oí murmurar a Deacon—. Esto es como ver a una chica dar a luz o algo así.

—Dios mío, voy a matarlo. —Podía sentir las gotas de sangre brotando bajo mis vaqueros—. Voy a darle un puñetazo...

—Salid todos —dijo Aiden—. Esto no es un maldito espectáculo.

—Y creo que él parece el padre —dijo Luke.

Aiden se puso de pie.

—Fuera. De. Aquí.

Unos segundos después, la puerta se cerró. Pensé que estábamos solos hasta que oí hablar a Marcus.

—Es mi sobrina. Yo me quedo. —Lo oí acercarse—. ¿Se... supone que tiene que ser así?

—No lo sé. —La voz de Aiden sonaba nerviosa, casi aterrada—. ¿Alex?

—Vale —respiré—. Solo... no habléis. Ninguno... —Subió por mi frente, abrasándome la piel. Me levanté de golpe, con las manos temblando.

Joder. No podía respirar. El dolor lo era todo. Iba a matar a Seth. Ni una sola vez me había dicho que el Despertar sería *así*, como si me estuvieran arrancando la piel a tiras de los huesos.

El cuerpo se me arqueó y otra oleada de dolor me recorrió. No recordaba haberme golpeado contra el suelo o a

Aiden tirando de mí hacia su regazo, pero cuando abrí los ojos, estaba allí, sobre mí. Mi piel, en algún lugar, donde ya no estaba segura, se incendió. Se estaba tatuando otra marca. No pude contener el grito, pero cuando se escapó de mis labios, no fue más que un gemido.

—No pasa nada. Estoy aquí. —Aiden me alisó el pelo de la frente húmeda—. Ya casi ha terminado.

—¿Sí? —Jadeé mientras lo miraba fijamente, apretando su mano hasta sentir el roce de sus huesos—. ¿Cómo mierdas lo sabes? ¿Has Despertado alguna vez? ¿Hay algo...? —Mi propio grito ronco y débil interrumpió mi parloteo—. Oh dioses, lo... siento mucho. No quería pagarla contigo. Es que...

—Lo sé. Duele. —La mirada de Aiden se desvió sobre mí—. No puede durar mucho más.

Apreté los ojos mientras me acurrucaba en Aiden. Sus gestos calmantes ayudaron a aliviar parte del dolor. Me quedé inmóvil cuando una luz cegadora brilló tras mis ojos. Un estruendo inundó mis oídos, y de repente pude ver el cordón azul con mucha fuerza en mi mente.

Fue como si se hubiera activado un interruptor.

La información me llegó de golpe. Miles de años de los recuerdos de los Apollyon se introdujeron en mí, tal y como Seth había advertido que sería. Como una descarga digital, y no podía seguir el ritmo. La mayoría no tenía ningún sentido. Las palabras estaban en un idioma diferente, ese que Aiden hablaba tan bonito. El conocimiento de cómo surgió el Apollyon pasó a mí, al igual que la naturaleza de los elementos. Incluso del quinto y último. Las imágenes aparecían y desaparecían: batallas ganadas y perdidas hacía ya mucho tiempo. Vi, sentí, *akasha* recorriendo las venas de alguien por primera vez, encendiendo y destruyendo. Salvando... todas esas vidas. Y a los dioses, los vi a través de los ojos de los Apollyons del pasado. Existía una relación, tensa y llena de desconfianza mutua, pero existía... y entonces la vi a ella. Supe que era Solaris, lo sentí en mi interior.

La vi volverse contra un muchacho hermoso, levantando las manos mientras susurraba palabras, palabras poderosas. *Akasha* brotó de ella, y supe al instante que se había vuelto contra el Primero. No para matarlo, porque había un amor infinito en sus ojos, sino para someterlo, para detenerlo. Me aferré a la información, pero avanzó a través de los años hasta el Primero...

El Primero.

El cordón se quebraba, se precipitaba a través del espacio y la distancia, buscando, siempre buscando. No podía detenerlo, no sabía cómo hacerlo. Un resplandor de color ámbar lo cubrió todo. En un estallido de luces arremolinadas, se enfocó un rostro nebuloso. El arco natural de sus cejas doradas, la perversa inclinación de sus labios y la curvatura de sus pómulos me resultaban dolorosamente familiares. No sabía dónde estaba. No debería haber estado allí. Estábamos demasiado lejos.

Pero al final del cordón, vi a Seth y lloré.

En un instante, supe que la distancia entre nosotros no significaba nada para nuestro vínculo. Puede que disminuyera nuestra capacidad de sentirnos el uno al otro, pero no pude evitarlo. No con las cuatro marcas, no cuando él había tirado de mi propio poder. Y también sabía que Seth *había* planeado esto... por si huía.

Un pulso de luz atravesó mi cordón y lo sentí, *lo sentí a él*, atravesando mis escudos, llenándome, convirtiéndose en parte de mí. Fue solo un segundo, un segundo, y estuve rodeada por él. Yo *era* él. Aquí no había yo, no había espacio. Todo era él, siempre lo había sido.

Ya no podía respirar. Estaba allí, bajo mi piel, su corazón latía junto al mío. Sus pensamientos se mezclaron con los míos hasta que solo pude oírlo a él.

Abrió los ojos. Una luz que nunca antes había estado allí brilló detrás de ellos.

Seth sonrió.

La luz crepitó y parpadeó, y el mundo se desvaneció. Estaba temblando. *No.* Me estaban sacudiendo. El dolor retrocedió poco a poco, dejando atrás un escozor crudo que cubría cada centímetro de mi cuerpo. También desapareció mientras mi cuerpo se mecía de un lado a otro. Había voces zumbando en el fondo, eclipsando las palabras tranquilizadoras que susurraban.

Respiré hondo, inhalando por lo que sentí que era la primera vez. Había tanto en el aire a mi alrededor... El fuerte olor a pino empañaba los límites. Saboreé especias y sal marina en la punta de la lengua.

—*Agapi mou*, abre los ojos y háblame.

Abrí los ojos. Todo... parecía diferente, más nítido y magnificado. Las luces resplandecían y los colores brillaban en ámbar. Me concentré en el hombre que me acunaba. Unos ojos del color de la plata caliente me miraban fijamente. Se ensancharon y las pupilas se dilataron. Un sobresalto recorrió sus llamativas facciones.

—No. —Esa única palabra sonó como si hubiera sido arrancada de las profundidades del alma de Aiden.

Un estallido invadió la habitación. Unos pasos se acercaron a nosotros. Algunas formas se enfocaron, una de ellas más brillante que la otra.

Apolo miró por encima del hombro de Aiden y maldijo.

—Suéltala, Aiden.

Sus brazos me rodearon, estrechándome contra su pecho. Hasta el final... estúpidamente valiente y leal *hasta el final...*

—Déjala ir. —Una puerta se cerró de golpe en algún lugar detrás del dios brillante—. Está conectada al Primero.

El Primero. Mi razón de ser. Mío. Mi otra mitad. Estaba aquí, esperando. Ya estaba dentro de mí, viendo lo que yo veía, susurrándome, prometiéndome que vendría. Seth. Mío.

Y todos iban a morir.

Sonreí.